T0203199

Ragdoll
(Muñeco de trapo)

DANIEL COLE

Ragdoll
(Muñeco de trapo)

Traducción de
Raúl García Campos

Grijalbo

Papel certificado por el Forest Stewardship Council®

Título original: *Ragdoll*
Primera edición: febrero de 2018

© 2017, Daniel Cole
© 2018, Penguin Random House Grupo Editorial, S. A. U.
Travessera de Gràcia, 47-49. 08021 Barcelona
© 2018, Raúl García Campos, por la traducción

Penguin Random House Grupo Editorial apoya la protección del *copyright*.
El *copyright* estimula la creatividad, defiende la diversidad en el ámbito de las ideas y el conocimiento,
promueve la libre expresión y favorece una cultura viva. Gracias por comprar una edición autorizada
de este libro y por respetar las leyes del *copyright* al no reproducir, escanear ni distribuir ninguna
parte de esta obra por ningún medio sin permiso. Al hacerlo está respaldando a los autores
y permitiendo que PRHGE continúe publicando libros para todos los lectores.
Diríjase a CEDRO (Centro Español de Derechos Reprográficos, http://www.cedro.org)
si necesita fotocopiar o escanear algún fragmento de esta obra.

Printed in Spain – Impreso en España

ISBN: 978-84-253-5612-4
Depósito legal: B-26.441-2017

Compuesto en La Nueva Edimac, S. L.

Impreso en Rodesa
Villatuerta (Navarra)

GR56124

Penguin
Random House
Grupo Editorial

Dime, si tú eres el diablo, entonces ¿quién soy yo?

Prólogo

Samantha Boyd se agachó para pasar por debajo de la destensada cinta policial y elevó la vista hacia la estatua de la Dama de la Justicia que se erigía sobre los tristemente famosos tribunales londinenses de Old Bailey. Concebida como símbolo de fuerza e integridad, Samantha veía lo que era en realidad: una mujer desencantada y desesperada a punto de saltar del tejado para estamparse contra la acera. Había sido un acierto suprimir la venda que tapaba los ojos de otras esculturas similares en todo el mundo, porque el de «justicia ciega» era un concepto ingenuo, sobre todo cuando se habla de racismo o corrupción policial.

Las calles y estaciones de metro circundantes habían sido cerradas de nuevo por culpa del enjambre de periodistas que se había formado y que había transformado una zona bulliciosa del centro de Londres en un ridículo barrio de chabolas de clase media. En medio del suelo alfombrado de desperdicios podían verse envases de comida vacíos con el logotipo de Marks & Spencer y de Pret A Manger. Los sacos de dormir de marca estaban siendo plegados al son del zumbido de las máquinas de afeitar, y un hombre que manejaba una decepcionante plancha de viaje intentaba disimular en vano el hecho de que había dormido sin quitarse la camisa y la corbata.

Samantha se sintió incómoda mientras se abría paso entre la multitud. Llegaba tarde, había empezado a sudar tras seis minutos de rápida caminata desde Chancery Lane, y el cabello, rubio platino, que se había sujetado en un infructuoso intento de cambiar de aspecto, le tiraba. Desde el primer día la prensa identificó a quienes estaban vinculados con el juicio. Cuarenta y seis días después, Samantha seguramente ya habría aparecido en los principales periódicos de todo el mundo. En una ocasión incluso se había visto obligada a llamar a la policía cuando un reportero más insistente de lo habitual la siguió hasta su casa, en Kensington, de donde se negaba a marcharse. Decidida a no llamar una atención que no buscaba, mantuvo la cabeza gacha y siguió andando con paso resuelto.

Dos filas serpenteantes atravesaban el cruce de Newgate Street, provocadas por el número insuficiente de retretes portátiles a un lado, Starbucks móvil al otro. Arrastrada por la corriente que circulaba sin interrupción entre ambas, Samantha bregó por llegar hasta la pareja de policías que vigilaban la tranquila entrada lateral de los tribunales. Cuando por accidente entró en el plano de una de las decenas de grabaciones que se estaban efectuando, una mujer menuda le espetó algo airadamente en japonés.

«El último día», se recordó Samantha, ignorando la lluvia de insultos indescifrables; solo faltaban ocho horas para que pudiera volver a llevar una vida normal.

Una vez en la puerta, un policía al que no conocía examinó su identificación antes de iniciarse el proceso que Samantha ya se sabía de memoria a esas alturas: guardar en la consigna sus pertenencias, explicar que le resultaba literalmente imposible quitarse el anillo de compromiso cuando saltó la alarma del detector de metales, preocuparse por las posibles manchas de sudor mientras la cacheaban y adentrarse en los anodinos pasillos para unirse a los otros once jurados y tomar una taza de café instantáneo templado.

Debido al interés abrumador suscitado en los medios de todo el mundo y al incidente en la casa de Samantha, se había tomado la insólita decisión de recluir al jurado, hecho que indignaba al público, ya que la cuenta del hotel se abonaría con el dinero de decenas de miles de contribuyentes. Después de casi dos meses, las conversaciones matutinas se centraban sobre todo en los dolores de espalda que provocaban las camas del hotel, en la monotonía del menú de la cena y en las cosas que más se echaban en falta: la esposa, los hijos y el último episodio de la temporada de *Perdidos*.

Cuando el ujier del tribunal acudió a recoger al jurado, el silencio tenso que la charla trivial enmascaraba terminó por imponerse. El presidente del jurado, un anciano llamado Stanley que al parecer había sido designado por los demás debido al intrigante parecido que guardaba con Gandalf, se levantó despacio para encabezar la fila.

El tribunal número uno, tal vez uno de los juzgados más famosos del mundo, se reservaba en exclusiva para los crímenes más graves; era la sala donde célebres monstruos como Crippen, Sutcliffe y Dennis Nilsen habían subido al estrado para responder por sus abominables pecados. La luz artificial entraba por un ventanal de cristales esmerilados e iluminaba los oscuros paneles de madera y el tapizado de cuero verde.

Samantha ocupó su asiento habitual en la primera fila del jurado, el más próximo al banquillo, y cayó en la cuenta de que tal vez su vestido blanco, uno de los que ella misma diseñaba, fuese un poco corto. Se colocó la documentación de jurado sobre el regazo, para desilusión del viejo verde que el primer día había estado a punto de pisar a otro miembro por las prisas para adjudicarse la silla contigua.

Al contrario que en las salas de justicia de las películas americanas, en las que el demandado, bien vestido, se sienta en una mesa junto con sus abogados, el acusado de Old Bailey se enfrentaba al intimidante tribunal a solas. Los vidrios de seguridad que rodeaban el banquillo, de poca altura pero bien visibles, acentuaban la impresión de que quien estaba dentro representaba una amenaza considerable para el resto de la sala.

Culpable hasta que demostrara su inocencia.

Justo frente al banquillo, a la izquierda de Samantha, estaba la tribuna del juez. Una espada con la empuñadura de oro pendía del blasón real que quedaba por detrás de la silla del centro, la única que había permanecido vacía durante todo el juicio. El secretario judicial, la defensa y la acusación ocupaban el centro de la sala, mientras que la galería destinada al público, que bordeaba la pared opuesta, estaba atestada por fervientes espectadores de ojos somnolientos que habían acampado en la calle para asegurarse un sitio desde el que presenciar el desenlace de ese juicio extraordinario.

Al fondo de la sala, en los bancos olvidados debajo de la galería, se sentaba una serie de personas relacionadas de manera indirecta con el juicio: expertos a quienes los abogados podían invitar a intervenir, aunque seguramente no lo harían; diversos funcionarios judiciales; y, cómo no, el agente que había llevado a cabo el arresto y que ocupaba el epicentro de la controversia, el detective apodado Wolf, William Oliver Layton-Fawkes.

Wolf había asistido a las cuarenta y seis jornadas de juicio. Se pasaba las incontables horas mirando el banquillo fijamente con una expresión fría desde su discreto asiento, situado junto a la salida. De complexión fornida, rostro curtido y ojos de un azul intenso, aparentaba cuarenta y pocos años. Samantha opinaba que podría haberle resultado bastante atractivo de no ser porque daba la impresión de que llevaba meses sin dormir y soportando el peso del mundo sobre sus hombros; aunque, a decir verdad, así era.

El Asesino Incinerador, sobrenombre que le había puesto la prensa, se había convertido en el asesino en serie más prolífico de la historia de Londres. Veintisiete víctimas en veintisiete días, todas prostitutas de edades comprendidas entre los catorce y los dieciséis años, circunstancia que hacía más llamativo el caso, pues exponía ante la masa desinformada la dura realidad de la calle. Las habían sedado y quemado vivas, para que el fuego consumiese las posibles pruebas; la mayoría aún ardían cuando las habían encontrado. Después los asesinatos habían cesado de pronto, lo cual había confundido a la policía, que no tenía sospechosos relevantes. La Policía Metropolitana fue muy criticada durante la investigación por no hacer nada mientras seguían muriendo chicas inocentes, pero entonces, dieciocho días después del último asesinato, Wolf efectuó el arresto.

El hombre que ocupaba el banquillo era Naguib Khalid, un musulmán suní británico de origen paquistaní que trabajaba como taxista en la capital. Vivía solo y tenía antecedentes policiales: varios delitos menores por provocar incendios. Las muestras de ADN vinculaban a tres de las víctimas con el maletero de su taxi, y cuando se presentaron ante el tribunal junto con el testimonio irrefutable de Wolf, el caso parecía haber quedado visto para sentencia. Pero entonces las cosas empezaron a complicarse.

Se alegaron coartadas que contradecían los informes de vigilancia elaborados por el detective y su equipo. Afloraron acusaciones por los abusos y la intimidación ejercidos durante el tiempo que Khalid permaneció bajo custodia. Los análisis forenses contradictorios sugerían que las muestras de ADN degradado por el fuego no podían considerarse pruebas fiables y, para alegría de los abogados de la defensa, la unidad de Asuntos Internos integrada en la Policía Metropolitana aportó una carta que habían recibido. Redactada por un colega anónimo y fechada escasos días antes del último asesinato, la misiva expresaba cierta preocupación tanto por el modo en que Wolf estaba manejando el caso como por su estado anímico, y sugería que el detective estaba «obsesionado» y «desesperado», por lo que recomendaba un cambio inmediato de destino.

La noticia más comentada en todo el mundo adquirió entonces una magnitud aún mayor. Se acusó a la policía de utilizar a Khalid como oportuno chivo expiatorio para ocultar su propia negligencia. Tanto al comisario como a su adjunto en la Unidad Especial de Crimen y Operaciones se les presionó para que dimitieran por los actos de corrupción flagrante cometidos delante de sus narices, y los tabloides se llenaron de historias escandalosas sobre el desacreditado detective, en las que se recogían sus supuestos problemas con el alcohol y su posible predisposición a la violencia, todo lo cual habría provocado el fracaso de su matrimonio. En un momento dado, la altiva abogada de Khalid recibió una amonestación por proponer que Wolf y su cliente intercambiaran asientos. Naguib Khalid presenció el espectáculo con desconcierto, sin evidenciar en ningún momento la satisfacción que le producía dejar de ser el monstruo para convertirse en la víctima.

El último día del juicio se desarrolló como cabía esperar. Tanto la defensa como la acusación pronunciaron sus alegatos finales antes de que el juez se dirigiera al jurado para enumerar las escasas pruebas que seguían considerándose válidas y aconsejarle sobre las complejidades de la ley. Acto seguido el jurado fue autorizado a retirarse para discutir el veredicto y conducido por detrás del estrado hasta una sala privada decorada sin imaginación con los paneles de madera y el cuero verde ya familiares. Durante más de cuatro horas y media, los doce jurados permanecieron sentados en torno a la amplia mesa de madera debatiendo sobre su veredicto.

Hacía semanas que Samantha había decidido su voto, por lo que le sorprendió que sus compañeros todavía estuvieran tan indecisos. Ella jamás habría permitido que la opinión pública influyese en su postura, se dijo, aunque le alegraba que su voto no sirviera para avivar la hoguera social sobre la que en ese momento se sostenían su taller, su sustento y su felicidad. Los mismos argumentos se exponían una y otra vez. Después alguien mencionaba algún detalle del testimonio del detective y se enfadaba cuando los demás le recordaban, por enésima vez, que era inadmisible y debía ignorarse.

Stanley organizó varias rondas de votación, tras cada una de las cuales se pasó una nota al juez a través del ujier, en la que se informaba de que aún no habían llegado a un veredicto unánime. Tras cada votación, otro miembro del jurado cedía a la presión de la creciente mayoría, hasta que, después de casi cinco horas de deliberaciones, llegaron a una mayoría de diez a dos. A regañadientes, Stanley pasó una nota al ujier para dar aviso, y al cabo de diez minutos el subalterno reapareció para escoltar al jurado de regreso al tribunal.

Samantha notó que todas las miradas convergían en ella cuando se dirigió hacia su asiento junto al banquillo. La sala estaba en silencio, y el sonido de sus tacones que reverberaba en toda la sala le hizo sentirse tontamente avergonzada. Por suerte, los desagradables crujidos y arañazos que se oyeron a continuación, cuando los doce jurados tomaron asiento al mismo tiempo, hicieron que el ruido de sus pasos quedara en un cómodo segundo plano.

Se dio cuenta de que varias personas intentaban desentrañar su expresión, demasiado impacientes para esperar a oír el veredicto oficial. Eso le divertía. Toda aquella gente erudita había estado pavoneándose con sus pelucas y sus togas, tratándolos a ella y a sus compañeros con una amabilidad condescendiente; en ese momento, en cambio, se encontraban a merced del jurado. Tuvo que reprimir una sonrisa; se sentía como una niña que conocía un secreto que no debía desvelar.

—Póngase en pie el acusado —solicitó el secretario, rompiendo el silencio.

Naguib Khalid se puso de pie tímidamente en el banquillo.

—¿Puede levantarse el presidente del jurado?

Stanley, en la otra punta de la fila de Samantha, hizo lo propio.

—¿Han llegado a un veredicto unánime?

—No. —La voz de Stanley se quebró, lo que hizo su respuesta inaudible.

Samantha puso los ojos en blanco mientras el presidente se aclaraba la garganta con tres carraspeos.

—No —repitió Stanley, casi gritando.

—¿Han llegado a un veredicto con el que la mayoría necesaria esté de acuerdo?

—Hemos llegado —afirmó el anciano, que se estremeció al saltarse el protocolo—. Perdón. Sí.

El secretario miró al juez, quien asintió indicando que aceptaba la votación mayoritaria.

—¿El jurado considera al acusado, Naguib Khalid, culpable o no culpable de veintisiete cargos de asesinato?

Samantha descubrió que estaba conteniendo la respiración a pesar de que ya conocía la respuesta. Varias sillas crujieron al unísono cuando sus ocupantes se inclinaron hacia delante movidos por la expectación.

—No culpable.

Samantha miró a Khalid, deseosa de ver su reacción. El procesado, aliviado, temblaba con la cara entre las manos.

Estallaron entonces los primeros gritos de pánico.

Wolf había salvado la escasa distancia que lo separaba del banquillo y había sacado a Khalid levantándolo por encima del vidrio de seguridad sin que los guardias tuvieran tiempo de reaccionar. Khalid cayó de mala manera y su grito jadeante se vio ahogado cuando empezó la despiadada paliza. Sus costillas crujieron bajo las botas de Wolf, que se desolló los nudillos con la intensidad del ataque.

Una alarma comenzó a sonar en alguna parte.

Wolf recibió un golpe en plena cara y saboreó su propia sangre mientras se tambaleaba hacia atrás, contra el jurado, y derribaba a la mujer que tenía más cerca. Durante los pocos segundos que el detective tardó en recuperar el equilibrio, varios policías se apresuraron a interponerse entre él y el cuerpo vapuleado que yacía al pie del banquillo.

Wolf repartió golpes a diestro y siniestro mientras trataba de abrirse paso, sintiendo que una multitud de manos férreas retenían su cuerpo debilitado y lo obligaban primero a caer de rodillas y después a tenderse en el suelo. Exhausto, tomó una bocanada de aire, impregnada de olor a sudor y a cera, y vio que la porra que se le había caído a uno de los guardias heridos rodaba hasta impactar con un ruido hueco contra los paneles de madera que había junto a Khalid.

Parecía muerto, pero Wolf tenía que cerciorarse.

Con el impulso de la última oleada de adrenalina, reptó hacia el cuerpo inmóvil; en el traje azul marino, allí donde la sangre había traspasado la tela barata, se distinguían manchas de color marrón oscuro. Estiró el brazo hacia la porra y cerró la mano en torno al frío metal. Ya la había levantado por encima de su cabeza cuando un golpe devastador lo hizo caer de espaldas. Desorientado, solo pudo limitarse a ver como el guardia del banquillo se le echaba encima de nuevo y le aplastaba la muñeca con un segundo y brutal porrazo.

Apenas habían transcurrido veinte segundos desde el veredicto de no culpable, pero cuando Wolf oyó el golpe del metal contra la madera, supo que todo había terminado. Solo rogó para que lo que había hecho bastante.

La gente gritaba y corría hacia las salidas, pero un enjambre de policías la recondujo de vuelta al interior; Samantha se quedó sentada en el suelo, aturdida, con la mirada perdida pese a lo que estaba sucediendo a escasos metros. Por fin, alguien la cogió del brazo, la levantó y tiró de ella con urgencia para que abandonase la sala. La persona que quería sacarla de allí gritaba algo, pero Samantha no la oía. Una alarma muda de la que apenas era consciente. Resbaló en el suelo del Gran Salón y notó que una rodilla golpeaba contra su sien. Aunque no le dolió, cayó de espaldas sobre las baldosas blancas y negras de mármol siciliano y, aturdida, dejó que sus ojos se perdieran en la ornamentada cúpula, que se elevaba veinte metros más arriba, en las estatuas, en las vidrieras multicolores y en los murales.

Su rescatador volvió a levantarla cuando la multitud se dispersó y la llevó hasta la puerta principal, que apenas se usaba, antes de regresar corriendo a la sala. Las enormes puertas de madera y la verja negra estaban abiertas de par en par, y el cielo encapotado la invitaba a seguir adelante. Sola, Samantha salió a la calle dando traspiés.

La fotografía no habría quedado mejor si hubiera posado para ella; la preciosa jurado salpicada de sangre, vestida de blanco, paralizada por la conmoción bajo las esculturas pétreas de la Fortaleza, la Verdad y el siniestro Ángel Registrador, cubierto de la cabeza a los pies con una túnica gruesa, imitando a la muerte, preparado para llevarse a los cielos una infinita lista de pecados.

Samantha dio la espalda a la jauría de periodistas y a sus flashes cegadores. Bajo el resplandor de un millar de fogonazos, reparó en el lema tallado en la piedra muy por encima de ella, apoyado sobre cuatro pilares de granito que parecían sostener su peso metafórico.

EN DEFENSA DE LOS HIJOS DE LOS POBRES Y EN CASTIGO DE LOS DELINCUENTES

Al leer aquellas palabras, la asaltó el temor de que hubiera errado de alguna manera. ¿De verdad podía decir que estaba tan segura de la inocencia de Khalid como el detective lo estaba de su culpabilidad? Cuando de nuevo detuvo la mirada en el ángel encapuchado, supo que había entrado en la lista.

Acababa de ser juzgada.

Cuatro años después...

1

Sábado, 28 de junio de 2014
3.50 h

Wolf buscó a tientas el teléfono móvil, que se alejaba algo más por el suelo laminado con cada vibración. Poco a poco, la oscuridad empezó a difuminarse y aparecieron las siluetas extrañas de su nuevo apartamento. La sábana empapada de sudor se le adhirió al cuerpo cuando se arrastró fuera del colchón a la caza del molesto trasto vibrador.

—Wolf —contestó, satisfecho por haber atrapado su presa mientras palpaba la pared en busca de un interruptor.

—Soy Simmons.

Wolf accionó el interruptor y dejó escapar un suspiro profundo cuando la débil luz ambarina le recordó dónde estaba; sintió la tentación de apagarla de nuevo. El diminuto dormitorio se componía de cuatro paredes, un desgastado colchón de matrimonio tirado en el suelo y una bombilla. En el claustrofóbico cuarto hacía un calor asfixiante gracias al casero, quien todavía no le había reclamado la llave de la ventana al inquilino anterior. Por lo general, esto no habría supuesto un problema en Londres; sin embargo, la mudanza de Wolf había coincidido con una de las inusuales olas de calor de Inglaterra, que llevaban arrastrando desde hacía casi dos semanas.

—No te alegres tanto —dijo Simmons.

—¿Qué hora es? —bostezó Wolf.

—Las cuatro menos diez.

—¿No libraba este fin de semana?

—Ya no. Necesito que vengas a la escena de un crimen.

—¿Al lado de tu escritorio? —preguntó Wolf medio en broma, ya que hacía años que no veía a su jefe salir de la oficina.

—Muy gracioso. A esta sí me han dejado venir.

—Debe de ser muy grave, entonces.

Hubo silencio al otro extremo de la línea, hasta que Simmons respondió:

—Es bastante grave. ¿Puedes tomar nota?

Wolf rebuscó en una de las cajas apiladas junto a la entrada y encontró un bolígrafo con el que apuntar en el dorso de la mano.

—Vale. Dime.

Con el rabillo del ojo, reparó en una luz que parpadeaba en el armario de la cocina.

—Piso 108... —comenzó Simmons.

Cuando Wolf entró en la cocina a medio amueblar, lo deslumbraron unas luces azules centelleantes al otro lado de la ventanita.

—... Trinity Towers...

—¿Hibbard Road, Kentish Town? —lo interrumpió Wolf, con la vista puesta en el tumulto de coches patrulla, reporteros y residentes evacuados del bloque contiguo.

—¿Cómo demonios lo has sabido?

—Soy detective.

—Bien, pues entonces también podrías ser nuestro principal sospechoso. Baja aquí.

—Ya voy. Solo necesito... —Se interrumpió al darse cuenta de que Simmons ya había colgado.

Entre los fogonazos intermitentes distinguió la lucecita naranja fija de la lavadora y recordó que había metido la ropa del trabajo antes de acostarse. Miró las cajas de cartón idénticas apiladas contra las paredes.

—Mierda.

Cinco minutos después Wolf se abría paso a empujones entre la multitud de curiosos que se había congregado fuera del edificio. Se acercó a un policía y le mostró su credencial, convencido de que atravesaría el cordón sin problemas; sin embargo, el joven agente le cogió la identificación, la examinó con detenimiento y miró escéptico al tipo imponente vestido con unas bermudas y una camiseta descolorida de «Keep the Faith», la gira de Bon Jovi del 93.

—¿Agente Layton-Fawkes? —preguntó el policía con recelo.

Wolf hizo una mueca, consciente de lo pretencioso que sonaba su nombre.

—Sargento detective Fawkes, sí.

—¿Como el Fawkes de la masacre en el tribunal?

—Se pronuncia William... ¿Puedo? —Wolf señaló el edificio de apartamentos.

El joven le devolvió la credencial y levantó la cinta para que pasase por debajo.

—¿Necesita que lo acompañe? —preguntó.

Wolf se miró los pantalones cortos de motivos florales, las rodillas desnudas y los zapatos de trabajo.

—¿Sabe qué? Creo que puedo apañármelas muy bien yo solo.

El agente sonrió.

—Cuarta planta —le indicó—. Y vaya con cuidado; es un vecindario de mierda.

Wolf volvió a suspirar con pesadez, cruzó el vestíbulo, que olía a lejía, y entró en el ascensor. Faltaban los botones de la segunda y de la quinta plantas, y sobre el resto del panel de control se había secado un líquido parduzco. Tras emplear sus dotes detectivescas y determinar que podía ser excremento, óxido o Coca-Cola, utilizó la parte inferior de la camiseta, el rostro de Richie Sambora, para pulsar el botón.

En sus tiempos había llegado a subir en cientos de ascensores iguales, cajas metálicas sin soldaduras, instaladas en las barriadas de protección oficial de todo el país. El suelo estaba descubierto, y no había espejos ni luces o elementos que sobresalieran. No había absolutamente nada que los desfavorecidos propietarios pudieran destrozar o llevarse del lujoso aparato, de manera que se limitaban a pintarrajear obscenidades en las paredes. Wolf solo tuvo tiempo de averiguar que Johnny Ratcliff había estado *aki* y que era *maricón* antes de que las puertas se abriesen con un chirrido al llegar a la cuarta planta.

Había una decena de personas dispersas a lo largo del pasillo silencioso. Parecían conmocionadas, pero todas miraron el atuendo de Wolf con desaprobación, salvo un hombre desaliñado que llevaba un distintivo de forense, quien asintió en señal de conformidad y levantó el pulgar cuando pasó por su lado. Un leve pero conocido olor se intensificó cuando Wolf llegó a la entrada abierta del final del pasillo. Era el hedor inconfundible de la muerte. Quienes trabajan en entornos similares se acostumbran pronto a la mezcla única de aire viciado, mierda, pis y carne pútrida.

Wolf se apartó de la entrada cuando oyó que alguien se acercaba corriendo desde el interior. Una chica salió aprisa por la puerta abierta, se hincó de rodillas y vomitó en medio del pasillo, a sus pies. Wolf aguardaba cortésmente el momento adecuado para pedirle que se apartase cuando se oyeron más pisadas. Dio otro paso atrás de forma instintiva antes de que la sargento detective Emily Baxter saliese patinando al pasillo.

—¡Wolf! Me había parecido verte merodeando por aquí —voceó en el pasillo enmudecido—. En serio, ¿no es genial?

Miró a la joven sacudida por las arcadas en el suelo entre ellos.

—¿Le importaría ir a vomitar a otra parte, por favor?

Avergonzada, la mujer se quitó de en medio. Baxter cogió a Wolf del brazo y lo llevó emocionada al interior del apartamento. Casi diez años menor que él, Baxter lo igualaba en estatura. Su cabello, castaño oscuro, parecía negro bajo la penumbra del austero recibidor y, como siempre, llevaba un maquillaje oscuro con el que sus atractivos ojos parecían más grandes de lo normal. Con su camisa entallada y sus elegantes pantalones, lo miró de arriba abajo mientras desplegaba una sonrisa traviesa.

—No sabía que hoy tocaba venir de paisano.

Wolf se negó a morder el anzuelo; sabía que Baxter no tardaría en perder el interés si permanecía callado.

—Chambers se pondrá hecho una furia cuando sepa lo que se ha perdido —aseguró con una amplia sonrisa.

—Personalmente, yo preferiría irme de crucero por el Caribe antes que venir a ver un cadáver —respondió Wolf, aburrido.

Los ojos enormes de Baxter se ensancharon con una mirada de sorpresa.

—¿Simmons no te lo ha dicho?

—¿Qué tenía que decirme?

Lo guio por el apartamento atestado, que solo contaba con la iluminación tenue de un puñado de linternas situadas de forma estratégica. Aunque no llegaba a resultar abrumador, el hedor iba cobrando intensidad. Wolf supo que la fuente de la que manaba estaba cerca al ver la nube de moscas que se revolvían febriles sobre él.

El piso tenía el techo alto, carecía de muebles y era mucho

más amplio que el de Wolf, aunque no más acogedor. Las paredes, amarillentas, estaban salpicadas de orificios a través de los cuales los viejos cables y el polvoriento revestimiento térmico se desparramaban por el suelo desnudo. Ni el cuarto de baño ni la cocina parecían haber sido sometidos a ningún tipo de renovación desde los años sesenta.

—¿Qué tenía que decirme? —repitió.

—Esto es único, Wolf —le aseguró Baxter, que hizo caso omiso de la pregunta—, un caso único en toda una carrera.

Wolf estaba distraído, midiendo mentalmente el segundo dormitorio mientras se preguntaba si no le estarían cobrando demasiado por la caja de cerillas en la que vivía al otro lado de la calle. Cuando doblaron la esquina para pasar al salón, lleno de gente, escrutó el suelo de forma automática, paseando la vista entre los distintos aparatos y las piernas de la gente, en busca del cadáver.

—¡Baxter!

La detective se detuvo y se volvió hacia él con impaciencia.

—¿Qué es lo que no me ha dicho Simmons?

Tras ella, un grupo de personas, de pie frente al ventanal de suelo a techo que dominaba el salón, se hizo a un lado. Antes de que la sargento tuviera ocasión de contestarle, Wolf dio un traspié, con la mirada clavada en un punto que quedaba por encima de ellos, en la única fuente de luz que la policía no había llevado consigo, un foco en medio de un escenario oscuro.

El cuerpo desnudo, contorsionado de forma antinatural, parecía flotar un palmo por encima de las irregulares tablas del suelo. Estaba de espaldas al salón, mirando hacia el inmenso ventanal. Cientos de hilos casi invisibles mantenían sujeta la figura, anclados a su vez a dos ganchos metálicos industriales.

Wolf tardó un momento en reparar en la característica más desconcertante de la escena surrealista que tenía ante sí: la pierna negra adherida al torso blanco. Incapaz de comprender lo que estaba viendo, se adentró un poco más en la estancia. Al aproximarse, se fijó en las toscas puntadas que mantenían unidas las extremidades incongruentes, la piel tensada allí donde las hebras la penetraban. Una pierna de varón negro, otra blanca; una mano grande de varón a un lado, otra bronceada de mujer en el costado opuesto; una cabellera azabache y desgreñada que colgaba de forma inquietante sobre un torso femenino pálido y esbelto, moteado de lunares.

Baxter estaba junto a Wolf, sin duda deleitándose con su gesto de repugnancia.

—No te ha dicho que había... un cuerpo, ¡y seis víctimas! —le susurró al oído con regocijo.

Wolf bajó la vista al suelo. Se encontraba a la sombra que proyectaba el cadáver grotesco, cuyas proporciones parecían aún más discordantes, cruzada por una multitud de huecos luminosos que distorsionaban las uniones de las extremidades con el tronco.

—¿Por qué cojones está ya la prensa ahí fuera? —Wolf oyó los gritos de su superior—. Te juro que este departamento tiene más fugas que el *Titanic*. ¡Como vea a alguien hablando con un periodista, puede darse por suspendido!

Wolf sonrió, consciente de que Simmons solo pretendía interpretar el papel de jefe estereotipado. Se conocían desde hacía más de una década y, hasta el incidente de Khalid, Wolf lo había considerado su amigo. Pese a la baladronada, en realidad Simmons era un policía inteligente y capaz que se preocupaba por su oficio.

—¡Fawkes! —Simmons se acercó a ellos. A menudo tenía que esforzarse para no llamar a sus subordinados por sus respectivos apodos. Era casi una cabeza más bajo que Wolf, andaba por los cincuenta y tantos años, y había echado barriga de directivo—. No sabía que hoy había que vestir de paisano.

Wolf oyó la risita de Baxter. Decidió emplear la misma táctica a la que había recurrido con ella e ignoró el comentario. Tras un silencio incómodo, Simmons se volvió hacia Baxter.

—¿Dónde está Adams? —le preguntó.

—¿Quién?

—Adams. Tu nuevo protegido.

—¿Edmunds?

—Sí. Edmunds.

—¿Cómo voy a saberlo?

—¡Edmunds! —bramó Simmons en medio del bullicioso salón.

—¿Trabajas mucho con él? —le preguntó Wolf en voz baja, sin poder disimular un dejo de celos, lo que hizo sonreír a Baxter.

—Soy su canguro —susurró ella—. Es el que han trasladado desde Anticorrupción; hasta ahora solo ha visto unos pocos cadáveres. Puede que hasta termine echándose a llorar.

El joven que se les acercaba dando bandazos entre la multitud solo tenía veinticinco años, estaba delgado como un palillo e iba impecable, salvo por el alborotado cabello, de color rubio rojizo. Con su libreta en ristre, dirigió una sonrisa entusiasta al inspector jefe.

—¿Algún avance de los forenses? —le preguntó Simmons.

Edmunds pasó hacia atrás algunas páginas.

—Helen dice que su equipo todavía no ha encontrado ni una sola gota de sangre en todo el apartamento. Que han confirmado que las seis partes pertenecen a otras tantas víctimas y que fueron amputadas sin miramientos, posiblemente con una sierra de arco.

—¿Y Helen no ha comentado nada que no supiéramos? —le espetó Simmons, haciendo hincapié en el nombre de la forense.

—En realidad, sí. Debido a la ausencia de sangre y a que no se han hallado evidencias de constricción en los vasos sanguíneos que circundan las amputaciones…

Simmons puso los ojos en blanco y consultó su reloj.

—… tenemos la certeza de que las distintas partes fueron extraídas *post mortem* —terminó de recitar el joven agente, satisfecho consigo mismo.

—Es un trabajo policial extraordinario, Edmunds —lo felicitó un irónico Simmons antes de gritar—: ¡Que anulen el anuncio en las cajas de leche para buscar al hombre sin cabeza! ¡Gracias!

A Edmunds se le borró la sonrisa. Wolf miró a los ojos a Simmons y le sonrió con suficiencia. Ambos habían sido objeto de humillaciones similares en su día. Formaba parte del adiestramiento.

—Solo quería decir que las personas a las que cercenaron los brazos y las piernas también están muertas. Averiguarán más detalles cuando lleven el cuerpo al laboratorio —masculló Edmunds, intimidado.

Wolf reparó en el reflejo del cuerpo que se proyectaba en los cristales oscuros. Al darse cuenta de que todavía no lo había visto de frente, lo rodeó para examinarlo.

—¿Qué tienes, Baxter? —preguntó Simmons.

—No mucho. Ligeros daños en la cerradura, tal vez forzada con una ganzúa. Tenemos a varios agentes interrogando a los vecinos, pero de momento nadie ha visto ni oído nada. Ah, y no hay ningún defecto en la instalación eléctrica; todas las bombillas del apartamento han sido retiradas, salvo la de encima de la víctima… de las víctimas, como si pretendiera exponerlas o algo así.

—¿Y qué dices tú, Fawkes? ¿Alguna idea? ¿Fawkes?

Wolf miraba fijamente el rostro del cadáver, de tez oscura.

—Perdona, ¿te estamos aburriendo?

—No. Lo siento. A pesar del calor que hace, esta cosa está empezando a apestar, de lo que se deduce que o bien el asesino mató a las seis víctimas anoche, lo cual parece poco probable, o bien guardaba los cadáveres en hielo.

—Estoy de acuerdo. Pondremos a alguien a investigar posibles robos en instalaciones de almacenamiento en frío, en supermercados, restaurantes y cualquier lugar donde pueda haber cámaras de refrigeración de dimensiones industriales —dijo Simmons.

—Y que averigüen también si algún vecino oyó un taladro —añadió Wolf.

—El del taladro es un ruido bastante habitual —soltó Edmunds, que lamentó su incontinencia verbal cuando las miradas de enfado de los otros tres confluyeron en él.

—Si esta es la obra maestra del asesino —prosiguió Wolf—, seguramente no querría correr el riesgo de que se descolgara del techo y quedara reducida a un amasijo de carne antes de que llegásemos. Esos ganchos estarán taladrados en vigas metálicas maestras. Alguien debería haberlo oído.

Simmons asintió.

—Baxter, pon a alguien con eso.

—Jefe, ¿podemos hablar un momento a solas? —preguntó Wolf mientras Baxter y Edmunds se retiraban. Se puso unos guantes desechables y apartó un mechón del enredado cabello moreno de la espantosa cara de la figura. Era un varón. Tenía los ojos abiertos, la expresión desconcertantemente sosegada teniendo en cuenta el final indudablemente violento de la víctima—. ¿Te resulta familiar?

Simmons se acercó al otro lado para unirse a Wolf junto a

la ventana helada y se agachó para examinar mejor la cara oscura. Al cabo de unos momentos, encogió los hombros.

—Es Khalid —dijo Wolf.

—Eso es imposible.

—¿Seguro?

Simmons volvió a mirar el rostro inánime. Poco a poco su expresión escéptica cambió a una de profunda preocupación.

—¡Baxter! —gritó—. Necesito que tú y Adams...

—Edmunds.

—... vayáis a la prisión de Belmarsh. Pedidle al alcaide que os deje ver en persona a Naguib Khalid.

—¿A Khalid? —preguntó con sorpresa Baxter, que miró a Wolf sin pretenderlo.

—Sí, a Khalid. Llamadme en cuanto lo hayáis visto con vida. ¡Vamos!

Wolf miró su edificio, que quedaba enfrente. Muchas ventanas permanecían a oscuras, pero en otras se distinguían las caras emocionadas de los que estaban grabando con su teléfono móvil el espectáculo de abajo, seguramente con la esperanza de capturar algún momento escabroso con el que divertir a sus amigos por la mañana. Debía de resultarles imposible ver la mal iluminada escena del crimen para la cual, de lo contrario, tendrían asientos de primera fila.

Wolf alcanzaba a distinguir su piso, unas ventanas más arriba. Con las prisas, se había dejado encendidas todas las luces. Divisó una caja de cartón, en la base de una pila, en la que ponía «Pantalones y Camisas».

—¡Ajá!

Simmons se acercó a Wolf y se frotó los ojos cansados. Permanecieron en silencio, a ambos lados del cuerpo suspendido, viendo cómo el despuntar del día contaminaba el cielo oscuro.

Incluso a pesar del ruido del salón, oían el trino sereno de los pájaros.

—Bien, así que es la escena más escalofriante que has visto nunca —bromeó Simmons con fatiga.

—La segunda más escalofriante —lo corrigió Wolf sin apartar la vista del cielo, cada vez más azul.

—¿La segunda? No sé si quiero saber qué puede ser peor que esta... cosa. —Simmons volvió a mirar con renuencia el puzle de extremidades amputadas.

Wolf dio una palmada con cuidado al brazo derecho de la figura, que estaba estirado. La palma parecía pálida en comparación con el resto de la piel morena y las uñas púrpuras, de manicura perfecta. Decenas de hilos finos como hebras de seda sostenían la mano tendida, y otra decena mantenía en su sitio el dedo índice extendido.

Tras cerciorarse de que nadie estuviera escuchando su conversación, se inclinó hacia Simmons para susurrarle:

—Señala hacia la ventana de mi apartamento.

2

Baxter había dejado a Edmunds esperando el traqueteante ascensor. Ella pasó como un huracán por una salida de incendios para acceder a las lúgubres escaleras, por donde ascendía una interminable procesión de gente hosca e irritable a la que por fin habían autorizado a regresar a su casa. A medio camino decidió guardar su credencial, después de darse cuenta de que tan solo le servía para avanzar con más dificultad entre la corriente incesante de personas. La novedad inicial del incidente se había pasado hacía horas, por lo que los residentes del edificio ya solo albergaban resentimiento y animosidad hacia la policía.

Cuando llegó al vestíbulo, Edmunds estaba esperándola pacientemente junto a la puerta principal. Pasó por su lado como si no lo conociera y salió a la calle, donde aún hacía frío. El sol no había terminado de asomar, pero el cielo cristalino sugería que la persistente ola de calor los acompañaría una jornada más. Profirió una blasfemia al ver que la creciente multitud de curiosos y periodistas se había cerrado en torno a la cinta policial, impidiéndole acceder a su Audi A1 negro.

—Ni una palabra —le recordó a Edmunds, que ignoró el tono de la orden innecesaria con su buen talante habitual.

Se acercaron al cordón bajo un aluvión de preguntas y flashes, se agacharon para pasar al otro lado de la cinta y se abrieron paso a empujones entre la aglomeración. Baxter apretó los dientes al oír las repetidas disculpas de Edmunds a su espalda. Cuando se volvió hacia atrás para fulminarlo con la mirada, se topó con un hombre rechoncho, cuya abultada cámara de televisión cayó al suelo con un estrépito que auguraba una avería costosa.

—¡Mierda! Lo siento —dijo, y automáticamente se sacó del bolsillo una tarjeta de visita de la Policía Metropolitana. Había repartido centenares a lo largo de los años, entregándolas a modo de pagarés antes de olvidarse al instante siguiente del caos que había causado.

El hombre corpulento seguía en el suelo, arrodillado sobre los fragmentos desperdigados de la cámara como si fueran los restos de su amada fallecida. Una mujer estiró la mano y extrajo la tarjeta de entre los dedos de Baxter. Al levantar la vista con rabia, la detective se encontró con una mirada hostil clavada en ella. Pese a la hora temprana, la mujer estaba perfectamente arreglada para salir en televisión; el agotamiento que marcaba a los demás con unas profundas ojeras había sido disimulado por completo de su rostro. Tenía la melena pelirroja larga y rizada y vestía un elegante conjunto de falda y blusa. Las dos mujeres se estudiaron en tenso silencio durante un momento mientras Edmunds las observaba con asombro. No imaginaba que su mentora pudiera parecer tan incómoda.

La mujer pelirroja le dio un rápido repaso a Edmunds.

—Veo que por fin has encontrado a alguien de tu edad —le dijo a Baxter, que miró colérica a Edmunds, como si la ofendiese con su mera existencia—. ¿Ya ha intentado enredarte? —inquirió con compasión al novato.

Edmunds se quedó helado, preguntándose muy en serio si estaría pasando por el peor momento de su vida.

—¿No? —prosiguió la mujer, que consultó su reloj—. Bueno, todavía es pronto.

—Voy a casarme —balbució Edmunds, sin saber muy bien por qué todavía era capaz de articular palabra.

La mujer del cabello rojo esbozó una sonrisa triunfal y abrió la boca para decir algo.

—¡Nos vamos! —ordenó Baxter antes de recuperar su habitual actitud indiferente—. Andrea.

—Emily —respondió la mujer.

Baxter le dio la espalda, pisó las tripas de la cámara y continuó andando seguida de Edmunds. Este comprobó su cinturón de seguridad tres veces mientras Baxter arrancaba y engranaba la marcha atrás bruscamente, saltando por encima de dos bordillos antes de salir a gran velocidad y dejar que los fogonazos azulados de las cámaras se encogieran hasta desaparecer en el retrovisor.

Baxter no había dicho ni una palabra desde que abandonaron la escena del crimen, y Edmunds se esforzaba por mantener los ojos abiertos mientras circulaban disparados por las calles casi desiertas de la capital. La calefacción del Audi insuflaba una leve brisa cálida al lujoso habitáculo, que Baxter llevaba lleno de discos compactos, artículos de maquillaje medio gastados y envases vacíos de comida rápida. Mientras cruzaban el puente de Waterloo, el amanecer comenzó a derramar su resplandor tras la ciudad; la cúpula de la catedral de San Pablo era una silueta monótona contra el cielo dorado.

Edmunds sucumbió a la pesadez de sus párpados y se dio un doloroso cabezazo contra la ventanilla del pasajero. Se sentó derecho de inmediato, furioso consigo mismo por mostrar debilidad, una vez más, delante de su superior.

—Entonces ¿era él? —preguntó inopinadamente. No sabía cómo iniciar una conversación para desprenderse de la somnolencia.

—¿Quién?

—Fawkes. El famoso William Fawkes.

En realidad, Edmunds ya había visto varias veces a Wolf con anterioridad. Se había percatado del modo en que sus compañeros trataban al veterano detective, conscientes de la condición de celebridad que él insistía en rechazar.

—«El famoso William Fawkes» —resopló Baxter entre dientes.

—He oído infinidad de historias sobre lo que ocurrió… —Hizo una pausa, a la espera de alguna señal que le desaconsejara ahondar en el tema—. Tú estabas en su equipo por aquel entonces, ¿no?

Baxter siguió conduciendo en silencio como si su acompañante no hubiera dicho nada. Edmunds se sintió como un imbécil por pensar que ella aceptaría hablar de un asunto tan delicado con un novato. Se disponía a sacar el teléfono móvil para mantenerse ocupado con algo cuando, casi por sorpresa, Baxter le respondió.

—Sí. Lo estaba.

—¿Y de verdad hizo todas esas cosas de las que se le acusó? —Edmunds sabía que se estaba pisando terreno peligroso, pero su interés sincero pesaba más que el riesgo de despertar la ira de Baxter—. Colocación de pruebas, agresión al acusado…

—Algunas.

Edmunds chasqueó la lengua sin darse cuenta, lo que colmó la paciencia de Baxter.

—¡No te atrevas a juzgarlo! No tienes la menor idea de cómo es este trabajo —le espetó—. Wolf sabía que Khalid era el Asesino Incinerador. Lo sabía. Y sabía que volvería a actuar.

—Debía de haber alguna prueba válida.

Baxter rio con amargura.

—Espera a llevar unos años en el oficio, a ver cómo esos hijos de mala madre salen impunes una y otra vez. —Hizo una pausa, consciente de que empezaba a perder los nervios—. Las cosas no son blancas o negras. Lo que hizo Wolf estuvo mal, pero estaba desesperado por motivos muy legítimos.

—¿Tan legítimos como para agredir brutalmente a un hombre delante de un tribunal atestado? —cuestionó Edmunds desafiante.

—Sobre todo para eso —afirmó Baxter. Estaba demasiado distraída para reparar en el tono del novato—. Cedió a la presión. Un día te ocurrirá a ti también, y a mí. Todo el mundo termina por ceder. Pero reza para que cuando te ocurra tengas a alguien a tu lado. Wolf no tenía a nadie cuando le pasó, ni siquiera a mí.

Edmunds se quedó callado, atento al tono de arrepentimiento de Baxter.

—Iban a expulsarlo por eso. Querían sangre. Pretendían imponer un castigo ejemplar al «desacreditado detective», pero entonces, una fría mañana de febrero, adivina a quién encuentran delante del cadáver achicharrado de una colegiala. Aún estaría viva si hubieran hecho caso a Wolf.

—Cielos —murmuró Edmunds—. ¿Crees que es él? ¿La cabeza?

—Naguib Khalid es un asesino de niños. Incluso los criminales tienen su ética. Por su seguridad, lo tienen aislado de forma permanente en el módulo de alta seguridad de una prisión inexpugnable. No se le permite ver a nadie, y mucho menos a nadie que pueda salir de allí con su cabeza bajo el brazo. Es absurdo.

Un nuevo silencio incómodo surgió entre ellos después de que Baxter concluyera de forma irrefutable que estaban perdiendo el tiempo. Consciente de que esta había sido con diferencia la conversación más fructífera que habían mantenido desde que empezaron a trabajar juntos de forma esporádica tres meses y medio atrás, Edmunds retomó el tema que habían dejado en el aire.

—Es increíble que Fawkes... Perdón, que Wolf haya vuelto.

—Nunca subestimes el poder de la opinión pública ni el ansia de los mandamases por someterse a ella —contestó Baxter con desdén.

—Se diría que no te parece bien que haya vuelto.

Baxter no respondió.

—No deja en muy buen lugar a la policía, ¿verdad? —opinó el joven agente—. Al dejarlo marcharse de rositas.

—¿«De rositas»? —repitió Baxter incrédula.

—Bueno, no entró en prisión.

—Le habría ido mejor de haber entrado. Los abogados, para guardar las apariencias, se inclinaron por la detención hospitalaria. Un embrollo más fácil de resolver, supongo. Dijeron que la tensión del caso había provocado una reacción «completamente fuera de lo normal».

—¿Y cuántas veces tiene alguien que hacer algo fuera de lo normal para que la gente comprenda que no lo es? —la interrumpió Edmunds.

Baxter hizo caso omiso de la observación.

—Dijeron que necesitaba tratamiento continuo para lo que, según su abogado, fue diagnosticado como antipersonalidad..., no, como trastorno antisocial de la personalidad.

—¿Y tú no crees que lo padeciera?

—No cuando ingresó, al menos. Pero cuando tienes a todo el mundo venga a repetirte que estás chalado y te pasas el día atiborrado de pastillas, al final terminas dudando. —Baxter suspiró—. Así que, en respuesta a tu pregunta: un año en el hospital de Saint Ann, degradado, con la reputación por los suelos y los papeles del divorcio esperándole en el felpudo. Desde luego, Wolf no se marchó de rositas.

—¿Su esposa lo dejó a pesar de que se demostró que tenía razón?

—Qué quieres que te diga. Es una zorra.

—Entonces ¿la conocías?

—¿Has visto a la reportera pelirroja de la escena del crimen?

—¿Era esa?

—Andrea. Se le llenó la cabeza de tonterías sobre nosotros.

—Que os acostabais juntos.

—¿Qué si no?

—Y… ¿no era así?

Edmunds contuvo la respiración. Sabía que acababa de torpedear la delicada línea sobre la que caminaba, y la conversación había terminado. Baxter ignoró la impertinente pregunta e hizo rugir el motor mientras aceleraba por la autopista bordeada de árboles que llevaba a la prisión.

—¿Qué demonios quiere decir con que está muerto? —le gritó Baxter a Davies, el alcaide de la prisión.

Había vuelto a ponerse de pie, mientras que Edmunds y el alcaide permanecieron sentados en torno al amplio escritorio que dominaba el insulso despacho. El director se estremeció mientras daba un sorbo a su café hirviendo. Solía llegar temprano a trabajar, pero la media hora desperdiciada le había desbaratado el día por completo.

—Sargento Baxter, las autoridades locales son las que se encargan de comunicar este tipo de información a su departamento. Por lo general, nosotros no…

—Pero… —intentó interrumpir Baxter.

El alcaide prosiguió con mayor firmeza.

—El recluso Khalid cayó enfermo en su celda de aislamiento y lo trasladaron al pabellón médico. Desde ahí lo enviaron al hospital Queen Elizabeth.

—¿Cómo que enfermo?

El alcaide sacó sus gafas de lectura y abrió el expediente sobre el escritorio.

—El informe dice así: «Insuficiencia respiratoria y náuseas». Alrededor de las ocho de la tarde, se le trasladó a la unidad de cuidados intensivos del citado hospital debido a «la ausencia de reacción y a la bajada de la saturación de oxígeno, pese al tratamiento con O_2», por si les sirve de algo.

El director levantó la mirada y vio que Baxter y Edmunds asentían en actitud cómplice. Cuando de nuevo centró la vista en el informe, los investigadores encogieron los hombros, desconcertados.

—La policía local estableció una guardia de veinticuatro horas en la entrada de la habitación, aunque les sobraron veintiuna, ya que a las once de la noche ya estaba muerto. —El alcaide cerró la ficha y se quitó las gafas—. Me temo que esto es todo cuanto puedo decirles. Tendrán que personarse en el hospital si precisan más detalles. Ahora, ¿puedo ayudarlos con alguna otra cosa?

Tomó otro sorbo abrasador del café y lo deslizó fuera de su alcance antes de quemarse. Baxter y Edmunds se levantaron para marcharse. Edmunds sonrió y le tendió la mano al alcaide.

—Gracias por dedicarnos unos minutos para... —comenzó.

—Con esto nos basta por ahora —atajó Baxter según salía de la oficina.

Edmunds apartó la mano avergonzado y salió tras ella, dejando que la puerta se cerrase sola. Antes de que sonara el clac de la cerradura, la sargento irrumpió de nuevo en el despacho con una última pregunta.

—Mierda. Casi se me olvida. Cuando Khalid abandonó la prisión, ¿tenemos la certeza absoluta de que todavía conservaba la cabeza?

El alcaide asintió perplejo.

—Gracias.

La sala de reuniones de Homicidios y Crímenes Graves palpitaba al ritmo del *Good Vibrations* de los Beach Boys. A Wolf siempre le había resultado más fácil trabajar con música de fondo y, dado que aún era temprano, no molestaría a demasiada gente.

Llevaba una camisa blanca arrugada, unos pantalones chinos azul oscuro y su único par de zapatos. Los mocasines Loake hechos a mano fueron una adquisición inusual y extravagante, pero también la más práctica que había hecho nunca. Ya no recordaba los días en que aún no los calzaba, cuando terminaba casi lisiado tras los turnos de diecinueve horas y tenía que volver a ponerse los mismos zapatos incómodos al cabo de unas pocas horas de sueño.

Subió el volumen, sin darse cuenta de que su teléfono móvil, cerca de él encima de la mesa, se había iluminado. Estaba solo en aquella sala donde cabían cómodamente treinta personas y que se usaba con tan poca frecuencia que aún olía a moqueta nueva, pese a que hacía más de un año que la habían remodelado. Una ventana de cristal esmerilado abarcaba todo el ancho de la pared, nublando la vista de la oficina principal contigua.

Cogió otra fotografía del escritorio, tarareando arrítmicamente al compás de la música, y se deslizó bailando hacia el amplio tablero que había junto a la entrada de la sala. Una vez que hubo clavado la última foto, se inclinó hacia atrás para admirar su obra: un conjunto de fotografías de las distintas partes corporales se solapaba para crear dos versiones a gran escala de la espantosa figura, una de la parte delantera y otra de la de atrás. Contempló de nuevo el rostro ceroso con la esperanza de hallarse en lo cierto, de poder empezar a dormir un poco mejor sabiendo que por fin Khalid estaba muerto. Por desgracia, Baxter todavía no había telefoneado para confirmar sus sospechas.

—Buenos días —dijo a su espalda una voz familiar con un áspero acento escocés.

Wolf interrumpió su baile al instante y bajó el volumen de la radio cuando el sargento detective Finlay Shaw, el agente más veterano de la unidad, entró en la sala. Era un hombre apacible pero intimidante que siempre olía a humo de tabaco. Tenía cincuenta y nueve años, el rostro curtido y una nariz que le habían roto en más de una ocasión y que nunca volvió a ser recta.

Al igual que Baxter debía instruir a Edmunds, controlar a Wolf tras su reincorporación al servicio era la labor principal de Finlay. Tenían un acuerdo tácito según el cual Finlay, que recorría la serena recta final hacia la jubilación, dejaría que el más joven se encargase de la mayoría de las tareas, siempre que él diera el visto bueno cada semana al papeleo relacionado con la supervisión de Wolf.

—Tienes dos pies izquierdos, muchacho —observó Finlay con su voz ronca.

—Bueno, siempre se me ha dado mejor cantar —se defendió Wolf—, ya lo sabes.

—No, no se te da mejor. Pero lo que quiero decir es que... —replicó Finlay, que se acercó al tablero y tamborileó con el dedo sobre la fotografía que Wolf acababa de clavar— tienes dos pies izquierdos.

—Ah. —Wolf rebuscó en la pila de las fotos tomadas en la escena del crimen hasta que dio con la correcta—. ¿Sabes?, a veces hago estas cosas a propósito, para que pienses que todavía te necesito.

Finlay sonrió.

—Claro.

Wolf cambió las fotografías y los dos observaron atentos el horrendo collage.

—En los setenta trabajé en un caso parecido a este, el de Charles Tenyson —dijo Finlay.

Wolf se encogió de hombros.

—Nos iba dejando trozos de cadáveres: una pierna por aquí, una mano por allá. Al principio parecía algo aleatorio, pero no lo era. Todas las partes tenían un rasgo identificativo. Quería que supiéramos a quién había matado.

Wolf se acercó para señalar el tablero.

—Tenemos un anillo en la mano izquierda y la cicatriz de una operación en la pierna derecha. No es mucho para empezar.

—Habrá más —aseguró un prosaico Finlay—. Alguien que lleva a cabo una masacre sin derramar una sola gota de sangre no comete el descuido de dejarse atrás un anillo.

Wolf recompensó a Finlay por sus estimulantes sugerencias con un sonoro bostezo.

—¿Hace un café? Necesito echar un pitillo de todos modos —propuso Finlay—. ¿Leche y dos terrones?

—¿Será posible que todavía no te lo sepas? —se indignó Wolf mientras Finlay se encaminaba aprisa hacia la puerta—. Cortado largo muy caliente con leche desnatada y una gota de sirope de caramelo sin azúcar.

—Leche y dos terrones —voceó Finlay. A punto estuvo de chocar con la comandante Vanita al salir de la sala.

Wolf conocía a la diminuta india por sus habituales apariciones en televisión. También había asistido a una de las incontables entrevistas y evaluaciones a las que él había tenido que someterse para asegurarse la reincorporación. Por lo que recordaba, ella se oponía a la idea.

En realidad, tendría que haberla visto llegar, ya que la mujer siempre parecía recién salida de un dibujo animado; esa mañana iba ataviada con un blazer de un vivo color morado que por alguna razón incomprensible hacía juego con sus estridentes pantalones naranjas.

Wolf se cobijó tras el papelógrafo demasiado tarde, y la comandante se detuvo en el vano para hablar con él.

—Buenos días, sargento detective.

—Buenos días.

—Esto parece una floristería —observó ella.

Wolf miró confundido el montaje repulsivo que dominaba la pared a sus espaldas. Al volverse de nuevo, vio que Vanita señalaba hacia la oficina principal, donde decenas de ramos pomposos se amontonaban sobre los escritorios y los archivadores.

—Ah. No han dejado de llegar en toda la semana. Creo que son del caso Muniz. Parece que toda la comunidad se ha puesto a mandar flores —explicó.

—Se agradece que nos aprecien, para variar —dijo Vanita—. Estoy buscando a tu jefe. No está en su oficina.

El teléfono de Wolf empezó a vibrar ruidosamente encima de la mesa. Miró la identificación de la llamada y colgó.

—¿Puedo ayudarte en algo? —le preguntó con desgana.

Vanita esbozó una sonrisa.

—Me temo que no. La prensa nos está destripando. El comisario quiere que alguien se ocupe de eso.

—Creía que ese era tu trabajo —replicó Wolf.

Vanita se rio.

—Hoy no pienso salir ahí fuera.

Vieron que Simmons regresaba a su oficina.

—La mierda siempre se escurre hacia abajo, Fawkes, ya lo sabes.

—Como ves, estoy amarrado aquí. Necesito que salgas y hables con esos buitres por mí —le pidió Simmons con una sinceridad casi creíble.

Dos minutos después de que la comandante se marchase, Wolf fue convocado a la minúscula oficina del inspector jefe. El despacho medía apenas cuatro metros cuadrados, pero acogía un escritorio, un pequeño televisor, un archivador herrumbroso, dos sillas giratorias y un taburete de plástico, por si tuviera que congregarse una multitud en ese estrecho agujero. A Wolf le parecía un incentivo deprimente con el que alardear ante los subordinados, el callejón sin salida en la cúspide del escalafón.

—¿Yo? —preguntó Wolf dubitativo.

—Claro. La prensa te adora. ¡Eres William Fawkes!

Wolf suspiró.

—¿No hay nadie más abajo en la cadena alimentaria al que pueda pasarle el marrón?

—Creo haber visto a la limpiadora en el retrete de caballeros, pero supongo que tú eres más indicado.

—Está bien —masculló.

El teléfono de la mesa empezó a sonar. Wolf ya se retiraba cuando Simmons descolgó, pero se detuvo al ver que su superior levantaba la mano.

—Tengo a Fawkes conmigo. Pongo el altavoz.

La voz de Edmunds apenas se distinguía bajo el rugido del motor. Wolf empatizó con él. Sabía por experiencia que Baxter era una conductora pésima.

—Vamos de camino al hospital Queen Elizabeth. Khalid entró en la UCI hace una semana.

—¿Vivo? —ladró Simmons malhumorado.

—Sí —contestó Edmunds.

—Pero ¿ahora?

—Muerto.

—¿La cabeza? —voceó el inspector jefe con frustración.

—Les avisaremos.

—Formidable. —Simmons colgó el teléfono y negó con la cabeza. Miró a Wolf—. Fuera te están esperando. Diles que tenemos seis víctimas. De todas formas, eso ya lo saben. Déjales claro que estamos procediendo con las identificaciones y que nos pondremos en contacto con las familias antes de hacer público ningún nombre. No digas ni una palabra sobre las extremidades cosidas, ni sobre tu piso.

Wolf se despidió con un saludo sarcástico y salió del despacho. Cerró la puerta y vio que Finlay se acercaba con dos vasos de café para llevar.

—¡Justo a tiempo! —exclamó Wolf mientras cruzaba la oficina, que empezaba a llenarse con los compañeros que iniciaban su turno. Era fácil olvidar que, mientras los casos más destacados eclipsaban la vida de quienes trabajaban en ellos, el resto del mundo continuaba con su vida normal: las personas seguían matándose entre sí, los violadores y los ladrones campaban a sus anchas.

Finlay pasó por delante de un escritorio enterrado bajo cinco enormes ramos de flores y empezó a olisquearlos. Wolf notó que se le saltaban las lágrimas al acercarse a las plantas. Justo cuando se colocó a su altura, Finley estornudó con violencia, derramando ambos cafés sobre la moqueta mugrienta. Wolf pareció desilusionado.

—¡Jolines con las flores! —bramó Finlay. Su esposa lo había obligado a renunciar a las blasfemias cuando se convirtió en abuelo—. Ahora te traigo otro.

Wolf iba a decirle que no se molestase cuando un repartidor interno salió del ascensor cargado con otro impresionante ramo. Finlay lo miró con cara de asesino.

—¿Está bien? Traigo unas flores para la señora Emily Baxter —anunció el joven desaliñado.

—Estupendamente —retumbó Finlay.

—Debe de ser el quinto o el sexto envío que le traigo. ¿Qué pasa?, ¿está muy buena? —soltó el zafio repartidor, cuya pregunta inapropiada cogió a Wolf con la guardia baja.

—Eeeh… Está… En fin, muy… —balbuceó Wolf.

—Entre detectives no nos vemos de esa manera —intervino Finlay al percatarse del apuro de su amigo.

—Depende de… —Wolf miró a Finlay.

—Quiero decir, claro que lo está —soltó Finlay, perdiendo la serenidad que hasta entonces había dominado la conversación—. Pero…

—Creo que todas las personas son únicas y bellas a su manera —concluyó Wolf con prudencia.

Finlay y él asintieron el uno para el otro tras haber eludido de forma impecable una pregunta que podría haberlos puesto en un compromiso.

—Pero él nunca… —le aseguró Finlay al repartidor.

—No, nunca —convino Wolf.

El repartidor los miró sin comprender.

—Vale.

—¡Wolf! —lo llamó una policía desde el fondo de la sala, lo que le proporcionó una excusa para dejar a Finlay con el visitante. La agente le tendía un teléfono—. Es tu esposa. Dice que es importante.

—Estamos divorciados —la corrigió Wolf.

—Lo que sea, sigue estando al teléfono.

Wolf iba a coger el auricular cuando Simmons salió de su oficina y vio que seguía allí parado.

—¡Baja de una vez, Fawkes!

Wolf se exasperó.

—Ya la llamaré —dijo a la agente antes de montarse en el ascensor desocupado, rezando por que su exesposa no se encontrara entre la multitud de reporteros a la que estaba a punto de enfrentarse.

3

Baxter y Edmunds llevaban más de diez minutos esperando en la recepción principal del hospital Queen Elizabeth. Unas puertas endebles bloqueaban las entradas de la cafetería y de la tienda WH Smith, y a Baxter le rugían las tripas sin que pudiera apartar los ojos de los inalcanzables estantes de bolsas de aperitivos. Por fin un guardia de seguridad con obesidad mórbida se acercó al mostrador andando como un pato, y la antipática recepcionista señaló hacia ellos.

—¡Aquí! —voceó la mujer, agitando la mano como si llamase a un perro—. Jack los acompañará.

El guardia estaba de mal humor. De mala gana, los condujo con una lentitud desesperante hacia los ascensores.

—Tenemos un poco de prisa —lo apremió Baxter, incapaz de contenerse. Por desgracia, lo único que consiguió fue ralentizar aún más el paso del vigilante.

Cuando llegaron al sótano y salieron del ascensor, su escolta se dignó al fin hablarles.

—La policía «de verdad» prefirió no confiar a los vulgares guardias de seguridad la complicada tarea de sentarnos en la puerta de la habitación, por lo que se encargaron ellos mismos. Ya se ve lo bien que les fue.

—¿Se puso algún tipo de vigilancia al cuerpo una vez que lo

bajaron al depósito de cadáveres? —preguntó Edmunds, afable, en un intento de apaciguar al resentido guardia. Había sacado su libreta y estaba listo para anotar la respuesta mientras caminaban por el claustrofóbico pasillo.

—Es un suponer —advirtió el guardia con exagerada lentitud—, pero puede que la policía ya no lo considerase tan peligroso una vez muerto. Aunque ya les digo, solo es una conjetura mía.

El vigilante sonrió, envanecido con su ocurrencia. Edmunds miró a Baxter, dando por hecho que ella negaría con la cabeza o que lo ridiculizaría por hacer preguntas estúpidas. En lugar de eso, de forma inesperada, la detective saltó en su defensa.

—Lo que mi compañero intenta, infructuosamente, es que le diga si el depósito es seguro.

Se detuvieron ante una puerta doble sin señalizar. El guardia golpeó de manera arrogante con su grueso dedo índice una pequeña pegatina adherida a la ventanilla en la que podía leerse «Prohibido el paso».

—¿Le basta con esto, cariño?

Baxter apartó a un lado al aborrecible vigilante y sujetó la puerta para que Edmunds pasase.

—Gracias, ha sido muy... —Le dio un portazo en las narices al guardia—. Gilipollas.

Al contrario que el desganado guardia, el encargado del depósito se mostró cordial y eficiente; un cincuentón de voz suave, llevaba la encanecida barba recortada de forma impecable para que no desentonase con su cabello. En cuestión de minutos había localizado tanto la copia impresa como los archivos informáticos referentes a Naguib Khalid.

—En realidad yo no estaba cuando se le practicó la autopsia, pero, según esta, la causa de la muerte fue la tetrodotoxina. Se encontraron rastros en la sangre.

—Y la tetoxi...

—Tetrodotoxina —la corrigió el encargado sin mostrar condescendencia.

—Sí, eso. ¿Qué es? ¿Y cómo se administra?

—Es una neurotoxina que se segrega de forma natural.

Baxter y Edmunds lo miraron sin entender.

—Es un veneno que el fallecido probablemente ingirió. La mayoría de las muertes por TTX se deben a la ingesta de pez globo, un manjar para algunos, aunque yo me inclino más por los Ferrero Rocher.

El estómago de Baxter insistió en su angustioso gimoteo.

—¿Tengo que llamar a mi inspector jefe para decirle que al Asesino Incinerador lo mató un pez? —preguntó con indiferencia.

—Todos tenemos que morirnos de un modo u otro. —El encargado encogió los hombros a modo de disculpa—. Por supuesto, existen más fuentes de TTX, como algunas estrellas de mar, determinados caracoles... Creo no equivocarme si les digo que hay un sapo que...

Sus propuestas no parecieron convencer a la sargento.

—¿Querían ver el cadáver? —preguntó el encargado un momento después.

—Por favor —contestó Baxter. Era la primera vez que Edmunds la oía pronunciar esa expresión.

—¿Puedo preguntarles por qué?

Se acercaron a la pared de los amplios cajones refrigeradores, de metal pulido.

—Para comprobar si conserva la cabeza —explicó Edmunds sin dejar de tomar notas en la libreta.

El encargado miró a Baxter. Esperaba que sonriera o tal vez que se disculpase por el humor negro de su compañero, pero se limitó a asentir con franqueza. Un tanto desconcertado, el encargado buscó el cajón correspondiente, en la fila de abajo, y lo extrajo de la pared con cuidado. Los tres contuvieron la respiración cuando el infame asesino en serie se deslizó ante ellos.

Los pies y las piernas, cetrinos, estaban cubiertos de cicatrices y quemaduras antiguas. A continuación aparecieron los brazos y las ingles. Baxter miró con reparo los dos dedos retorcidos de la mano izquierda, recordando la noche en que Wolf había salido de la celda cubierto de sangre. Ella negó saber nada al respecto cuando sus superiores la interrogaron al día siguiente.

En el momento en que el pecho se deslizó bajo la luz, los tres miraron la profusión de cicatrices que le habían quedado a consecuencia de las numerosas operaciones practicadas para reparar las lesiones que había sufrido durante el ataque de Wolf. Por fin, el cajón produjo un clic al terminar de abrirse y los tres se encontraron con sus reflejos distorsionados en la bandeja de metal, ocupando el espacio en el que debería haber estado descansando la cabeza.

—Mierda.

Wolf estaba haciendo tiempo frente a la entrada principal de New Scotland Yard, desde donde miraba con nerviosismo hacia la extensa multitud que se agolpaba a la sombra del inmenso edificio de cristal, el cual ocupaba casi dos manzanas del corazón de Westminster. Estaban dándole los últimos retoques al podio improvisado, erigido en el emplazamiento donde solía atenderse a la prensa, que incorporaba el famoso letrero giratorio como telón de fondo.

En cierta ocasión alguien le había contado que el rótulo reflectante del letrero giratorio simbolizaba la vigilancia incesante de la Policía Metropolitana, de tal modo que devolvía al observador su reflejo, siempre ojo avizor. Lo mismo podía decirse del resto del colosal edificio, que en los días de cielo despejado parecía desvanecerse, ya que las especulares ventanas quedaban camufladas con las formas del hotel victoriano de ladrillos rojos de enfrente y con las de la alta torre del reloj del 55 de Broadway, que se alzaba por detrás.

Wolf llevaba el móvil en el bolsillo y se maldijo por no haberlo apagado cuando empezó a vibrar. Vio que era Simmons quien llamaba y descolgó enseguida.

—¿Jefe?

—Baxter nos lo acaba de confirmar: es Khalid.

—Lo sabía. ¿Cómo?

—Un pez.

—¿Qué?

—Envenenamiento. Por ingesta.

—Eso no es nada para lo que se merecía —soltó Wolf.

—Haré como que no lo he oído.

Alguien con pantalones de trabajo le hizo una seña a Wolf.

—Me parece que ya están listos para recibirme.

—Buena suerte.

—Gracias —dijo Wolf con falsedad.

—Procura no pifiarla.

—Vale.

Wolf colgó y miró su reflejo, se cercioró de que llevaba la bragueta subida y de que no parecía más cansado y abatido que de costumbre. Se dirigió al podio dispuesto a pasar el mal trago lo antes posible; sin embargo, sus ánimos se desinflaron cuando el bullicio se intensificó y vio los objetivos negros de las cámaras de televisión siguiendo cada uno de sus pasos, como cañones que lo tuvieran en el punto de mira. Por un momento regresó a la salida de Old Bailey, donde intentaba en vano taparse la cara mientras lo llevaban hacia la trasera de un furgón policial, entre las protestas angustiosas de la prensa insatisfecha y los golpes violentos que el vehículo recibía por ambos lados y que agitarían su sueño para siempre.

Subió al podio con aprensión e inició un discurso que no había preparado lo suficiente.

—Soy el sargento detective William Fawkes, de la…

—¿Qué? ¡Más alto! —lo interrumpió la multitud.

Uno de los técnicos que habían montado el pequeño escenario se apresuró a encender el micrófono, que produjo una atronadora crepitación estática. Wolf intentó no hacer caso de las risas maliciosas que estallaron entre el mar de rostros.

—Gracias. Como les decía, soy el sargento detective William Fawkes, de la Policía Metropolitana, y formo parte del equipo encargado de investigar el homicidio múltiple cometido en el día de hoy. —«De momento, bien», pensó. Su público empezó a lanzarle preguntas, pero Wolf las ignoró y siguió hablando—. Podemos confirmar que se han hallado los restos de seis víctimas en una dirección de Kentish Town durante esta…

Wolf cometió el error de levantar la vista de sus notas y de inmediato reconoció la llamativa cabellera pelirroja de Andrea. Le pareció que estaba angustiada, lo que lo distrajo aún más. Se le cayeron los apuntes al suelo y se agachó para recogerlos, consciente de que en una de las hojas había elaborado una lista con los detalles que no debía mencionar. Cuando la encontró, se acercó de nuevo al micrófono.

—… durante esta madrugada. Esta mañana. —Notó que se le secaba la garganta y supuso que se estaría poniendo colorado, como le ocurría siempre que se avergonzaba, por lo que decidió leer más deprisa la última hoja—. Estamos procediendo con la identificación de las víctimas y nos pondremos en contacto con las respectivas familias antes de hacer público ningún nombre. Dado que se trata de una investigación en curso, esto es cuanto puedo comunicarles en este momento. Gracias.

Hizo una pausa de unos segundos, a la espera de un aplauso, hasta que se dio cuenta de que habría sido muy inapropiado y de que, en cualquier caso, su intervención tampoco lo merecía. Bajó de la plataforma y se alejó de la masa que gritaba su nombre.

—¡Will! ¡Will!

Se dio media vuelta y vio que Andrea luchaba por alcanzarlo. Había eludido al primer agente, pero los dos policías siguientes le cortaron el paso. Embargado por la misma rabia inexplicable que había eclipsado los escasos encuentros que habían mantenido desde que se divorciaron, Wolf estuvo tentado de dejar que los agentes se la llevaran a rastras, pero decidió intervenir cuando un miembro del Grupo de Protección Diplomática, armado con un fusil de asalto Heckler & Koch G36C, se acercó a ella.

—Está bien. Está bien. Déjenla pasar, por favor —voceó de mala gana.

La última vez que se vieron, para hablar sobre las nuevas complicaciones relativas a la venta de la casa, había resultado particularmente fría, por lo que Wolf se extrañó cuando Andrea corrió hacia él y lo envolvió con un abrazo fuerte. Tomó aire por la boca en un intento por no aspirar el olor de su cabello, que sabía impregnado de su perfume favorito, aquel que a él tanto le gustaba. Cuando por fin lo soltó, vio que Andrea estaba a punto de romper a llorar.

—No puedo contarte nada más, Andie...

—¿Es que no contestas nunca el teléfono? ¡Llevo casi dos horas llamándote!

Wolf no podía seguir el ritmo de sus cambios de humor. En ese momento parecía hecha una auténtica furia.

—Lo siento mucho. Hoy he estado un poco ocupado —le dijo antes de inclinarse hacia ella para susurrarle algo en tono confidencial—. Al parecer, ha habido un asesinato o algo así.

—¡Al lado de tu piso!

—Sí —afirmó Wolf pensativo—. Es un vecindario de mierda.

—Tengo algo que preguntarte y necesito que me digas la verdad, ¿vale?

—Hummm.

—Hay algo más, ¿verdad? El cuerpo estaba cosido... como un muñeco.

Wolf balbuceó, inquieto.

—¿Cómo lo...? ¿De dónde...? En nombre de la Policía Metropolitana, te...

—Es Khalid, ¿verdad? ¿La cabeza?

Wolf cogió a Andrea del brazo y la llevó aparte, todo lo lejos que pudo de los demás agentes. Ella sacó un grueso sobre marrón de su bolso.

—Créeme, lo último que me apetece es mencionar el nombre de ese monstruo. Por lo que a mí respecta, echó por tierra nuestro matrimonio. Pero lo he reconocido en las fotos.

—¿Fotos? —repitió Wolf con cautela.

—¡Cielo santo! Sabía que eran auténticas —lamentó Andrea conmocionada—. Alguien me envió unas fotos de esa especie de muñeco. Llevo horas ocultándolo. Tengo que volver al trabajo.

Andrea guardó silencio cuando alguien pasó junto a ellos.

—Will, quienquiera que me enviara esto incluyó una lista. Ese es el motivo por el que te he estado llamando, porque no sé lo que significa; seis nombres con una fecha junto a cada uno de ellos.

Wolf le quitó el sobre de la mano y lo abrió de un tirón.

—El primer nombre es el del alcalde Turnble, acompañado de la fecha de hoy —indicó Andrea.

—¿El alcalde Turnble? —se extrañó Wolf. Se sentía como si acabara de abrirse la tierra bajo sus pies.

Sin decir nada más, giró sobre los talones y entró embalado por la puerta principal. Oyó que Andrea le gritaba algo, pero su voz se volvió ininteligible contra los gruesos cristales.

Simmons estaba hablando por teléfono con el comisario, que había empezado a amenazarlo sin tapujos con reemplazarlo mientras él se disculpaba una y otra vez por la clara falta de progresos de su equipo. Simmons estaba describiendo el plan de actuación cuando Wolf irrumpió en la oficina.

—¡Fawkes! ¡Sal de aquí! —gritó Simmons.

Wolf se inclinó sobre el escritorio y pulsó un botón para poner fin a la llamada.

—Pero ¿qué demonios crees que estás haciendo? —rugió el inspector jefe iracundo.

Wolf abrió la boca para responderle cuando una voz distorsionada surgió del altavoz.

—¿Está hablando conmigo, Simmons?

—Mierda. —Wolf apretó otro botón.

—Ha accedido al buzón de voz del... —anunció una voz robótica.

Horrorizado, Simmons se llevó las manos a la cabeza cuando Wolf se puso a aporrear todos los botones del teléfono.

—¿Cómo se cuelga este trasto? —gritó con frustración.

—Es con un botón rojo enorme que... —le explicó el comisario amablemente antes de que un clic seco, seguido de un silencio, confirmase que, en efecto, tenía razón.

Wolf esparció las instantáneas del grotesco cuerpo por el escritorio.

—Nuestro asesino ha facilitado a la prensa unas fotografías y una lista de objetivos.

Simmons se frotó la cara y miró las imágenes que mostraban el cadáver colectivo en sus distintas fases de ensamblaje.

—El primero es el alcalde Turnble. Hoy —anunció Wolf.

Bastó un momento para que sus palabras cobraran sentido.

Simmons reaccionó de inmediato y sacó su teléfono móvil.

—¡Terrence! —contestó el alcalde con entusiasmo. Parecía estar en la calle—. ¿A qué debo el placer?

—Ray, ¿dónde estás?

—De camino a Ham Gate, en Richmond Park, nuestro antiguo territorio. Después tengo que asistir a una recaudación de fondos en...

Simmons le susurró la ubicación a Wolf, que ya estaba hablando por teléfono con la sala de control.

—Ray, hay un problema, es posible que te encuentres en peligro de muerte.

El alcalde recibió la noticia con sorprendente calma.

—El pan de cada día. —Se rio.

—Quédate donde estás. Hemos enviado varios coches para que te escolten hasta aquí, donde tendrás que permanecer hasta que sepamos más —insistió Simmons.

—¿De verdad es necesario?

—Te contaré los detalles cuando llegues.

Colgó y miró a Wolf.

—Hay tres vehículos en camino. El más cercano está a cuatro minutos. Uno de ellos es una Unidad de Respuesta Armada.

—Bien —dijo Simmons—. Que Baxter y el como se llame vuelvan aquí. Después quiero toda la planta blindada, que nadie entre ni salga. Avisa a seguridad de que vamos a hacer entrar al alcalde por el acceso del garaje. ¡Vamos!

El alcalde Turnble esperaba pacientemente sentado en el asiento trasero del Mercedes-Benz Clase E con chófer. De camino al coche, intuyendo que le esperaba un día largo y tedioso, le había pedido a su asistente que cancelase todas las citas de su apretada agenda.

Dos meses atrás, después de recibir un correo electrónico amenazador, le obligaron a ocultarse dentro de su casa de Richmond durante toda una tarde, hasta que se descubrió que el autor del mensaje era un niño de once años cuya escuela había visitado aquella misma semana. Se preguntó si también le harían perder ese día entero.

La cola del tráfico, que afluía ya hacia el parque para aprovechar un nuevo fin de semana espléndido, los había obligado a retirar el coche. En ese momento se encontraban aparcados frente al Royal Star and Garter Home, recientemente desocupado. El alcalde contempló el majestuoso edificio que se levantaba sobre Richmond Hill y se preguntó cuánto faltaría para que otra de las joyas históricas de Londres sufriera el lamentable deshonor de verse convertida en apartamentos para banqueros acaudalados.

Abrió el maletín, sacó el inhalador preventivo marrón y realizó una aspiración profunda. La interminable ola de calor había disparado los niveles de polen, poniendo en riesgo su capacidad pulmonar, pero estaba decidido a no terminar en el hospital por tercera vez ese año. Su principal contendiente sabía aprovechar muy bien sus oportunidades y tenía la certeza de que las citas canceladas de ese día darían que hablar.

Cada vez más tenso, bajó la ventanilla y encendió un cigarrillo. Hacía tiempo que no reparaba en la ironía de guardar una cajetilla de tabaco entre los inhaladores, sobre todo porque lo ayudaba a fumar menos. Oyó el ulular de las sirenas en la distancia y no pudo evitar sentirse abrumado.

Un coche patrulla se detuvo derrapando junto a ellos y el agente uniformado desmontó para dar unas indicaciones rápidas al chófer. Al cabo de treinta segundos, estaban en marcha, saltándose los semáforos y atajando con urgencia por el carril bus. Rezó por que nadie estuviera grabando esa operación ridícula y excesiva cuando otros dos coches patrulla se situaron a ambos flancos del inconfundible Mercedes.

El alcalde se deslizó un poco en el asiento y vio como las casas espaciosas daban paso a los compactos bloques de oficinas, que luchaban por acaparar todo el protagonismo en un eterno concurso de meadas que oscurecía el cielo cada vez un poco más.

4

Sábado, 28 de junio de 2014
7.19 h

Edmunds estaba casi seguro de que Baxter había derribado a algún ciclista en Southwark. Cerró los ojos mientras bordeaban el río por el carril contrario, casi llevándose por delante a las decenas de peatones que cruzaban la calle después de salir de la estación de metro de Temple.

El Audi de Baxter disponía de unos faros azules ocultos tras la rejilla frontal, de modo que quedaban camuflados mientras permanecían apagados, aunque, a juzgar por la cantidad de personas a las que habían estado a punto de atropellar, cuando estaban encendidos tampoco se veían mucho más. Hasta que la detective dio un volantazo para regresar al lado correcto de la carretera y serpentear entre el tráfico, cada vez más denso, Edmunds no se atrevió a soltar la manilla de la puerta. Durante la tregua momentánea que la conductora le concedió al motor enfurecido para evitar estamparse contra la parte trasera de un autobús, el joven agente oyó que le sonaba el teléfono. Una foto de Tia, una atractiva joven negra de unos veinticinco años, llenó la pantalla.

—Hola, cariño, ¿todo bien? —voceó al móvil.

—Hola. Desapareciste en plena noche y todos los informativos están hablando de lo mismo... Solo quería saber cómo estás.

—No es el mejor momento, T. ¿Puedo llamarte dentro de un rato?

Tia pareció extrañarse.

—Claro. ¿Te importa comprar leche cuando vuelvas esta noche?

Edmunds sacó la libreta y escribió una nota bajo la definición de tetrodotoxina.

—Y unas hamburguesas —añadió.

—¡Eres vegetariana!

—¡Hamburguesas! —impuso Tia.

Edmunds añadió el artículo a la lista de la compra.

—Nutella.

—Pero ¿qué estás tramando? —le preguntó él.

Baxter miró de reojo a Edmunds, que lanzó un chillido afeminado al tiempo que estuvieron a punto de salírsele los ojos de las órbitas por el susto. La detective regresó a la carretera y giró el volante con brusquedad, esquivando a otro coche por los pelos.

—¡Mierda! —Rio aliviada.

—Vale, de acuerdo —concluyó Edmunds entre jadeos—. Ahora tengo que dejarte. Te quiero.

Cruzaron las barreras de seguridad y bajaron la rampa que llevaba a los garajes de New Scotland Yard, de manera que la despedida de Tia se quedó en el aire cuando el teléfono perdió la señal.

—Mi prometida —explicó Edmunds. Sonrió—. Está de veinticuatro semanas.

Baxter lo miró impasible.

—Embarazada. Está embarazada de veinticuatro semanas.

Su mentora no mudó la expresión.

—Enhorabuena. Estaba pensando en que los detectives disfrutamos de demasiadas horas de sueño, pero seguro que un bebé llorón te soluciona ese problema.

Baxter aparcó, por así decirlo, y se volvió hacia Edmunds.

—Escucha, no vas a lograrlo. ¿Por qué no dejas de hacerme perder el tiempo y te vuelves a Anticorrupción?

Desmontó y dio un portazo, dejando a Edmunds sentado a solas. El joven agente estaba conmocionado, no por la falta de tacto de la detective, ni por el indisimulado desinterés con el que había reaccionado ante su paternidad inminente. Más bien le inquietaba la sospecha de que Baxter fuera la primera persona que le decía la verdad; le preocupaba que tuviese razón.

El departamento de Homicidios y Crímenes Graves al completo atestaba la sala de reuniones, incluidos aquellos que no participaban directamente en el caso pero que de todas formas se verían afectados por el bloqueo de emergencia. El deficiente aire acondicionado que entraba a través de las rejillas agitaba los bordes de las fotos colocadas en la pared, de manera que las enormes reconstrucciones parecían balancearse ligeramente, del mismo modo que se mecía el cadáver cuando estaba suspendido del techo alto.

Simmons y Vanita llevaban más de cinco minutos hablando. La incomodidad de su público se acrecentaba a la par que la temperatura de la sala mal ventilada.

—... por la entrada del garaje. A continuación, aislaremos al alcalde Turnble en la sala de interrogatorios número uno —indicó Simmons.

—Mejor en la número dos —propuso alguien—. Todavía no han reparado la fuga de la cañería de la uno, y no creo que el alcalde quiera sumar la tortura de la gota china a la lista de problemas que está teniendo hoy.

Se oyeron unas risas dispersas, seguramente las de aquellos

que habían llevado a cabo interrogatorios extraoficiales en la número uno por ese mismo motivo.

—En la sala número dos, entonces —accedió Simmons—. Finlay, ¿está todo preparado?

—Ajá.

Su respuesta no pareció convencer por completo a Simmons. Wolf dio un codazo sutil a su amigo.

—Ah, les he dicho que Emily y... y...

—Edmunds —susurró Wolf.

—¿Cuál es su nombre de pila? —siseó Finlay a su vez.

Wolf se encogió de hombros.

—¿Edmund?

—... y Edmund Edmunds pueden pasar. Hay vigilantes en todas las puertas, los chicos armados del GPD esperan la llegada del alcalde en el garaje y ya han traído a los perros. Hemos bajado todas las persianas de la planta y deshabilitado los ascensores, de modo que tendremos que utilizar las escaleras... o al menos Will tendrá que utilizarlas.

—Excelente —aprobó Simmons—. Fawkes, cuando recojas a Turnble un agente armado subirá con vosotros hasta aquí. Ten en cuenta que es un edificio muy grande y que no conocemos a todos los que trabajan en él. Una vez que lleguéis a la sala de interrogatorios, os quedaréis allí recluidos.

—¿Cuánto tiempo? —preguntó Wolf.

—Hasta que nos cercioremos de que el alcalde está a salvo.

—Os llevaré un cubo —roznó Saunders, un arrogante detective de rango inferior que encontró su propia contribución de lo más ingeniosa.

—Lo cierto es que me preguntaba qué habría para comer —respondió Wolf.

—Pez globo —se mofó Saunders, poniendo a prueba la paciencia de Simmons.

—¿Te parece que esto es cosa de risa, Saunders? —gritó Simmons, tal vez sobreactuando un poco para la comandante—. ¡Sal de aquí!

El detective con cara de rata balbuceó como un niño al que hubieran reprendido.

—Pe... pero si no se puede, por... por el bloqueo.

—Pues quédate ahí y cierra el pico.

En el momento menos indicado para entrar en la sala de reuniones, Baxter y Edmunds hicieron su aparición.

—Qué bien que hayáis decidido uniros a nosotros. Os he preparado una larga lista de pistas dudosas para que las sigáis. —Simmons le lanzó una carpeta a Baxter, que esta depositó en las manos de Edmunds.

—¿Qué nos hemos perdido? —preguntó Baxter a la sala.

—Will y yo haremos labores de escolta —respondió Finlay—. Tú y Edmund Edmunds os encargaréis de identificar las distintas partes, y Saunders ha demostrado ser un...

—¿Imbécil? —supuso Baxter mientras se sentaba.

Finlay asintió, agradecido de que la detective hubiera evitado que rompiera la regla de no pronunciar más improperios.

—Vale. Tranquilidad —ordenó Simmons—. Y ahora que os tengo aquí a todos: tenemos seis víctimas mortales cosidas juntas, una amenaza de muerte contra el alcalde y una lista con otros cinco objetivos —prosiguió, ignorando las miradas inquisitivas que se propagaron por toda la sala—. ¿Alguien tiene alguna...?

—También está el hecho de que la marioneta monstruosa señalase hacia la ventana de Will —lo interrumpió un jovial Finlay.

—También. ¿Alguien tiene alguna teoría? —La sala llena de rostros inexpresivos contestó a la pregunta de Simmons—. ¿Nadie?

Tímidamente, Edmunds levantó la mano.

—Es un desafío, señor.

—Continúa.

—En la universidad redacté un ensayo en el que exploraba las razones que llevan a los asesinos en serie a enviar comunicados a los medios o a la policía: el Asesino del Zodíaco, el Asesino de la Cara Feliz...

—El Asesino Fáustico, el malo de *Seven* —aportó Saunders, cuya imitación de Edmunds cosechó tanto unas risas maliciosas como la mirada feroz de Simmons.

—¿Tú no eres el de Anticorrupción? —preguntó alguien.

Edmunds los ignoró.

—Con frecuencia, pero no siempre, sus comunicados contienen pruebas irrefutables de que, en efecto, son los verdaderos perpetradores —prosiguió—. Unas veces son cosas sutiles, como los detalles que no se hacen públicos; otras, se trata de aspectos bastante más sustanciales.

—Como las fotografías que han enviado hoy a la esposa de Fawkes —dijo Vanita, inconsciente del desliz.

—Exesposa —la corrigió Wolf.

—Exacto. Y en casos muy contados, se hace como grito de auxilio, para pedir literalmente a la policía que les impida volver a matar. Creen que son meras víctimas de sus impulsos irrefrenables. Es eso o la idea insoportable de que otra persona se lleve el mérito de sus actos. En ambos casos, ya sea de forma consciente o inconsciente, la intención última es siempre la misma: ser atrapados.

—¿Y crees que este es uno de esos casos poco frecuentes? —preguntó Vanita—. ¿Por qué?

—La lista, por ejemplo... El plazo de tiempo determinado... Los cebos para la prensa... Creo que el asesino guardará las distancias mientras analiza la situación, pero al final no podrá resistirse a acercarse poco a poco a la investigación. Con cada asesinato, su confianza se fortalecerá, lo que avivará su complejo de dios y lo incitará a asumir riesgos cada vez mayores. Al final será él quien venga a nosotros.

La sala al completo miró a Edmunds con asombro.

—Creo que es la primera vez que te oigo hablar —le dijo Finlay.

Edmunds se encogió de hombros, avergonzado.

—Pero ¿por qué yo? —preguntó Wolf—. ¿Por qué no orientó esa aberración hacia la ventana de otro? ¿Por qué le envió las fotos a mi esposa?

—Exesposa —replicaron Baxter y Finlay al unísono.

—¿Por qué me...? —Wolf se interrumpió—. ¿Por qué yo?

—Tienes una cara demasiado común —aventuró Finlay con una sonrisa satisfecha.

La sala miró a Edmunds con expectación.

—En muy raras ocasiones el asesino en serie elige a alguien en concreto en lugar de a la policía en general, pero puede ocurrir, y cuando se da esa circunstancia, las razones siempre son personales. En cierto modo, es una especie de halago. Seguramente considera que Wolf, y solo Wolf, es un adversario digno.

—Entonces no hay problema. Si obró con buena intención —dijo Wolf con desdén.

—¿Quién más aparece en la lista? —preguntó Baxter, ansiosa por cambiar a un tema sobre el que Edmunds no hubiera escrito un ensayo.

—Yo me ocupo, Terrence —respondió Vanita dando un paso adelante—. Por el momento preferimos reservarnos esa información porque, primero: no queremos que cunda el pánico; segundo: necesitamos que ahora todos os centréis en proteger al alcalde, y tercero: no tenemos la certeza de que la amenaza sea auténtica, y lo último que este departamento necesita es meterse en otro pleito.

Wolf fue consciente de que varias miradas acusadoras confluían en él.

El teléfono de la sala de reuniones sonó con una llamada por la línea interna, y todos guardaron silencio mientras Simmons respondía.

—Adelante... Gracias.

Asintió mirando a Vanita.

—Bien, hoy tenéis que entregaros al máximo. Se disuelve la reunión.

El Mercedes del alcalde ya había estacionado cuando Wolf llegó al aparcamiento subterráneo. Al contrario que el resto del edificio, los garajes de los sótanos carecían de la comodidad del aire acondicionado, de manera que el calor que emanaba del asfalto, mezclado con el olor a caucho, a aceite y a gases de escape, resultaba casi asfixiante. Los fluorescentes opresivos que lo alumbraban todo salvo los huecos más recónditos parecían querer desajustar el ritmo vital de Wolf. Agotado como estaba, se preguntó si ya sería de noche otra vez y consultó su reloj: las 7.36 de la mañana.

Estaba a punto de llegar al coche cuando una de las puertas traseras se abrió y el alcalde desmontó del vehículo, para consternación del chófer, que estaba de más.

—¿Quiere alguien explicarme qué demonios está pasando? —exigió al tiempo que daba un portazo.

—Señor alcalde, soy el sargento detective Fawkes.

Cuando Wolf le tendió la mano para recibirlo, el enfado del alcalde se disipó al instante. Por un momento pareció incómodo, hasta que por fin se serenó y le estrechó la mano a Wolf con cordialidad.

—Un placer conocerlo en persona al fin, detective —celebró con una sonrisa radiante a modo de compensación, como si posase ante los fotógrafos del acto benéfico hacia el que debería estar de camino.

—Si es tan amable de acompañarme —indicó Wolf, que señaló al agente armado que los escoltaría escaleras arriba.

—Un momento, por favor —pidió el alcalde.

Wolf retiró la mano que sin darse cuenta le había puesto en la espalda en un intento de apremiarlo.

—Me gustaría que se me explicase qué sucede. Ahora.

Wolf se esforzó por ignorar el tono engreído. Con los dientes apretados, se limitó a contestar:

—Simmons preferiría informarle en persona.

El alcalde, que no estaba acostumbrado a recibir un no por respuesta, titubeó.

—Muy bien. Aunque, a decir verdad, me sorprende que Terrence le haya enviado a hacer de canguro para mí. Le he escuchado por la radio esta mañana. ¿No debería estar trabajando en el caso de ese asesino en serie?

Wolf sabía que no tendría que haberle dicho nada, pero necesitaba que el alcalde saliera del garaje y, además, ya estaba cansado de su altivez. Se volvió hacia él y lo miró a los ojos.

—Eso hago.

El alcalde caminaba más rápido de lo que cabía esperar.

De no haber sido por el asma crónica y por las décadas que sus pulmones llevaban sufriendo por culpa de los cigarrillos, les habría costado seguirle el paso. El trío adoptó un trote enérgico cuando accedió al vestíbulo principal.

El amplio espacio minimalista era una de las contadas zonas del edificio que no conservaban rastro alguno del diseño de los años sesenta. El comisario se había opuesto en redondo cuando Simmons le propuso cerrar el vestíbulo y las escaleras mientras trasladaban al alcalde, arguyendo que los guardias armados, el circuito cerrado de televisión, los detectores de metales y el edificio lleno de policías lo convertían de hecho en el lugar más seguro de la ciudad.

El vestíbulo estaba mucho más tranquilo que cualquier día entre semana, pero aun así varias personas iban y venían y hacían tiempo en la cafetería del centro. Al ver el amplio espacio entre la gente que pululaba por la sala, Wolf aligeró el paso y se dirigió hacia la puerta que daba a las escaleras.

El alcalde, con los nervios de punta, fue el primero en ver al calvo que entraba en el edificio y echaba a correr hacia ellos.

—¡Detective!

Wolf se volvió en la dirección de la amenaza y empujó al alcalde tras de sí al tiempo que el agente armado empuñaba su pistola.

—¡Al suelo! ¡Túmbese! —gritó el policía al hombre anodino, que llevaba una bolsa de papel marrón en la mano.

El hombre se detuvo dando un patinazo y levantó los brazos, conmocionado.

—¡Al suelo! —El agente parecía tener que repetir todas las instrucciones dos veces para hacerse entender—. ¡Baje la bolsa! ¡Póngala en el suelo!

El hombre empujó la bolsa, que se deslizó en dirección al alcalde por el suelo encerado. Wolf no estaba seguro de si era una actuación premeditada o una mera interpretación errónea de las intenciones de un hombre nervioso, de modo que hizo retroceder varios pasos al alcalde.

—¿Qué hay en la bolsa? —le gritó el agente al hombre, que miró a Wolf y al alcalde—. ¡Baje la vista! ¡Mire al suelo! ¿Qué... hay... en... la... bolsa?

—¡El desayuno! —exclamó el hombre aterrorizado.

—¿Por qué corría?

—Llego casi veinte minutos tarde al trabajo, al departamento de Informática.

Sin dejar de apuntar al hombre, el agente del GPD se acercó a la bolsa. Se arrodilló con cautela junto a ella y muy muy despacio se asomó al interior.

—Tenemos una especie de burrito caliente —avisó a Wolf, como si hubiera identificado un dispositivo de aspecto sospechoso.

—¿De qué? —indagó Wolf.

—¿De qué? —voceó el agente.

—¡Jamón y queso! —gritó el hombre del suelo.

Wolf sonrió.

—Confísquelo.

Llegaron a la oficina sin más incidentes. Wolf dio las gracias al escolta y Finlay los condujo al interior. Las siete plantas de subida habían pasado factura; Wolf oía un silbido afilado cada vez que el alcalde, con la cara colorada, inspiraba.

La oficina producía cierta claustrofobia, con todas las persianas bajadas, la austera luz artificial un vulgar sucedáneo de la del sol. Atravesaron aprisa la sala repleta de rostros que los observaban al amparo de las pantallas de los ordenadores y de los ramos coloridos. Simmons salió corriendo de la oficina en cuanto los vio acercarse y estrechó la mano a su viejo amigo.

—Me alegro de verte, Ray —lo saludó con franqueza antes de mirar a Wolf—. ¿Algún contratiempo abajo?

—Una falsa alarma —masculló Wolf mientras masticaba un bocado del burrito de jamón y queso.

—Terrence, te agradecería que me explicaras qué está pasando —lo instó el alcalde.

—Por supuesto, hablemos en privado. —Simmons los llevó a la sala de interrogatorios y cerró la puerta—. He enviado un coche patrulla a tu casa. He imaginado que querrías saber que Melanie y Rosie están protegidas.

—Eres muy... —La respiración del alcalde había empeorado incluso tras salir de la oficina. Comenzó a toser sin parar. Acostumbrado a la sensación de tener una boa constriñéndole el pecho, rebuscó de nuevo en el maletín y esta vez sacó el inhalador azul. Inspiró profundamente dos veces y pareció aliviarse un poco—. Eres muy amable, gracias.

El alcalde guardó silencio, expectante. Simmons captó la indirecta y se puso a caminar en círculos por el cuarto.

—De acuerdo, ¿por dónde empiezo? Seguramente habrás oído que esta mañana hemos encontrado seis cadáveres. Bien, pues no es tan sencillo como parece.

Simmons dedicó los siguientes quince minutos a explicarle lo que había ocurrido hacía unas horas. Wolf permaneció en silencio todo el tiempo. Le sorprendió oír a su jefe revelar detalles de los que de ninguna manera querrían que la prensa se hiciera eco, pero era obvio que Simmons confiaba incondicionalmente en su amigo, por lo que supuso que este tenía derecho a conocerlos. El único dato que Simmons prefirió no compartir con él, incluso a pesar de que el alcalde se lo había pedido sin ambages, era el de los otros cinco nombres de la lista.

—No quiero que te preocupes. Aquí estás más que protegido —le aseguró el inspector jefe.

—Y exactamente ¿durante cuánto tiempo esperas que permanezca aquí escondido, Terrence?

—Sería razonable que te quedaras al menos hasta medianoche. Así el asesino no habrá podido cumplir su amenaza. Te asignaremos más medidas de seguridad, desde luego, pero podrás regresar a una normalidad relativa.

El alcalde asintió con resignación.

—Cuanto antes atrapemos a ese cabrón, disculpa la expresión, antes podrás salir de aquí —afirmó Simmons con absoluto convencimiento mientras se encaminaba hacia la puerta—. Fawkes permanecerá a tu lado.

El alcalde se levantó para hablar con Simmons en privado. Wolf volvió el cuerpo, como si al colocarse de cara a la pared ya no pudiera oír lo que se estaba diciendo en el reducido cuarto.

—¿Estás seguro de que es una buena idea? —resolló el alcalde.

—Claro que sí. Aquí estarás bien.

Simmons salió de la sala de interrogatorios. Desde dentro oyeron las instrucciones amortiguadas que le dio al agente de la puerta. El alcalde realizó otras dos inhalaciones largas antes de mirar a Wolf. Forzó otra sonrisa, en esta ocasión para aparentar que le entusiasmaba la idea de pasarse el día acompañado por el infame detective.

—Bien —dijo el alcalde, que reprimió un nuevo y violento acceso de tos—. ¿Y ahora qué?

Wolf acercó el primer fajo de papeles para rellenar que un previsor Simmons le había dejado sobre la mesa. Puso los pies encima y se reclinó en la silla.

—Ahora esperamos.

5

Un clima de exasperación y resentimiento comenzó a instalarse poco a poco en la tranquila oficina a medida que las horas desperdiciadas trascurrían lánguidamente. La flagrante desigualdad que se ponía de manifiesto al conceder un trato preferente al «excelentísimo» señor alcalde Turnble, a costa de las víctimas de segunda categoría de la ciudad, se había convertido en el polémico tema principal de no pocas conversaciones a media voz. Baxter sospechaba que este igualitarismo que acababan de descubrir algunos de los hombres más machistas y obtusos que había conocido nunca se fundamentaba más en su prepotencia que en su deseo de vivir en un mundo más justo; aunque, debía admitirlo, no dejaban de tener razón.

Escépticos, los policías miraban una y otra vez hacia la puerta de la sala de interrogatorios, casi esperando que sucediera algo, aunque solo fuese para justificar la molesta situación. No era mucho el tedioso papeleo (que constituía un poco glamuroso noventa por ciento del trabajo de un detective) que una persona podía despachar de una sentada. Algunos de los agentes, terminado su turno de trece horas, habían colocado una pizarra blanca delante de las repugnantes creaciones con las que Wolf había decorado la pared. Dada la imposibilidad de marcharse a casa, habían apagado las luces de la sala de reuniones e intentaban descansar un poco antes de empezar el siguiente turno.

Simmons había montado en cólera con la séptima persona que solicitó recibir un trato especial y saltarse el bloqueo, de forma que desde entonces nadie más se había atrevido a pedirlo. Todos tenían razones perfectamente válidas, y él sabía muy bien que sus medidas drásticas afectarían de forma negativa, tal vez de manera irremediable, a otros casos igual de importantes, pero ¿qué podía hacer? Habría preferido que el alcalde Turnble y él no fuesen amigos, cuestión que Simmons sabía que le pesaría, porque habría tomado las mismas decisiones. El mundo entero se hallaba pendiente del examen al que la Policía Metropolitana estaba siendo sometida. Si resultaba ser débil, vulnerable, incapaz de evitar un asesinato del que se le había avisado con antelación, las consecuencias podrían ser devastadoras.

Debía pasar además por la vergüenza de que la comandante se hubiera instalado en su despacho, por lo que él había tenido que reubicarse de forma provisional en el escritorio desocupado del inspector detective Chambers. Simmons se preguntaba si la noticia del crimen habría llegado ya al Caribe y si el experimentado investigador podría haber arrojado un poco de luz sobre el insólito caso de haber estado allí.

Baxter dedicó la mañana a localizar al propietario del piso en el que había aparecido el cuerpo. Este creía que el antiguo apartamento lo ocupaba un matrimonio joven junto con su hijo recién nacido. Baxter temía que la pareja hubiera terminado aportando alguna parte de sus cuerpos a la confección del cadáver y no quiso dar demasiadas vueltas a la suerte de la indefensa criatura; no obstante, descubrió con alivio que no existía registro alguno del casamiento de la pareja y que los escasos detalles que el confiado propietario conocía eran falsos.

Cuando volvió a llamarlo una hora después, el casero admitió que se habían puesto en contacto con él en privado y que había aceptado que los pagos se hicieran en metálico, depositándolos en su buzón. Le dijo a la detective que había tirado a la basura todos los sobres y que nunca se había encontrado en persona con el inquilino, tras lo que le rogó que no lo denunciase por no declarar los ingresos. Baxter no quería aumentar su carga de trabajo, así que hizo la vista gorda y confió en que Hacienda terminara por descubrirlo; ya había perdido demasiado tiempo en un callejón sin salida.

Por su parte, Edmunds estaba eufórico, apoyado en una esquina de la mesa de Baxter. Su ánimo se debía, en parte, a la ubicación de su pseudoescritorio, que quedaba justo debajo de una de las rejillas de ventilación del techo, desde la que una incesante corriente de aire frío fluía hacia su cabeza; y lo que era más importante, había realizado grandes progresos en la sencilla tarea que Baxter le había asignado.

Su misión era averiguar la procedencia de los alimentos de la prisión, y enseguida determinó que la mayoría se preparaba en sus propias instalaciones, pero tras una huelga de hambre que hubo en 2006, se contrató a la compañía Complete Foods para que cubriera las necesidades alimentarias específicas de buena parte de los reclusos musulmanes. Una breve llamada a la cárcel confirmó que Khalid era el único preso que recibía con regularidad una versión sin gluten de las comidas. Cuando Complete Foods reconoció que estaba investigando un problema de contaminación tras haber recibido dos quejas de personas que habían sido hospitalizadas después de comer platos similares, Edmunds tuvo que ocultar su emoción. Quería impresionar con sus progresos a Baxter, que era obvio que no estaba avanzando en absoluto.

El jefe de sección de Complete Foods le explicó que los

platos se cocinaban por la noche y quedaban listos para enviarlos a las prisiones, hospitales y escuelas a primera hora de la mañana. Edmunds le pidió que elaborase una lista con los empleados que trabajaron aquella noche y que tuviera preparadas las grabaciones de las cámaras de vigilancia para cuando lo visitasen al día siguiente. Acababa de coger el teléfono para llamar a las dos empresas que habían presentado las quejas, imaginándose ya el diagnóstico y la lamentable suerte de los desafortunados pacientes, cuando alguien le dio una palmada en el hombro.

—Lo siento, socio, el jefe dice que sustituyas a Hodge en la puerta. Lo necesito para una cosa. —El hombre sudoroso que le hablaba cerró los ojos extasiado al colocarse bajo la corriente de aire frío.

A juzgar por la vaga excusa del hombre, Edmunds sospechó que en realidad solo pretendía librar a algún amigo de la soporífera tarea de permanecer de pie junto a una puerta durante horas y horas. Miró a Baxter en busca de auxilio, pero la detective se limitó a despedirse de él con un gesto desdeñoso de la mano. Colgó el teléfono y, sin ningún entusiasmo, fue a relevar al agente que vigilaba la sala de interrogatorios.

Edmunds desplazó el peso del cuerpo y se apoyó de espaldas contra la puerta que llevaba protegiendo desde hacía casi cincuenta minutos. Sin contar con nada en lo que ocupar la mente, la falta de descanso empezaba a ser más evidente, y el runrún reposado de las conversaciones discretas, el repiqueteo de los teclados y el murmullo de la fotocopiadora lo invitaban a ceder al agotamiento como si de una nana se tratase. Parpadeaba una y otra vez. Nunca había sentido una necesidad tan acuciante de cerrar los ojos. Acomodó la pesada cabeza contra la puerta, y empezaba a dejarse vencer por el sueño cuando oyó una voz contenida que procedía del interior del cuarto.

—El de la política es un juego curioso.

Wolf se sobresaltó con el arrebato repentino, aunque a todas luces calculado, del alcalde. Llevaban cinco horas seguidas sentados en silencio. Él dejó en la mesa el expediente que estaba leyendo y esperó a que se explayase. El alcalde tenía la vista perdida entre sus pies. Al ver que la pausa comenzaba a derivar en un silencio incómodo, Wolf se preguntó si Turnble se habría dado cuenta siquiera de que acababa de hablar en voz alta. Se disponía a recuperar el expediente cuando el alcalde decidió continuar con sus pensamientos.

—Quieres hacer las cosas bien, pero no puedes a menos que estés en el poder. No puedes mantenerte en el poder si no tienes votos, y solo puedes recabar votos si satisfaces a la gente. Pero, a veces, para satisfacer a la gente tienes que dejar de hacer algunas cosas todo lo bien que te gustaría. El de la política es un juego curioso.

Wolf no tenía ni idea de qué responder a semejantes perlas de sabiduría, de manera que esperó, cohibido, a ver si el alcalde proseguía o se callaba.

—No finjamos que le caigo bien, Fawkes.

—Vale —contestó Wolf, tal vez demasiado deprisa.

—Por lo que debo agradecerle aún más lo que hoy está haciendo por mí.

—Solo hago mi trabajo.

—Igual que yo hacía el mío. Quiero que lo sepa. La opinión pública no estaba de su parte, por lo tanto, yo no estaba de su parte.

En opinión de Wolf, la expresión «no estaba de su parte» se

quedaba un poco corta a la hora de reflejar la implacable lluvia de ataques, las descaradas arengas con las que enardecer a un público harto de tanta corrupción y la insistencia por convertirlo en un símbolo de inmoralidad, en un blanco contra el que por fin la gente de bien podría proyectar su rabia.

Aprovechando el incesante malestar general de la población con las tambaleantes fuerzas policiales de la ciudad, el alcalde había presentado un informe turbulento: «La policía y la política criminal». Una y otra vez exigió que Wolf fuese castigado con todo el peso de la ley durante un encendido discurso que pronunció en una sala llena de sus seguidores, donde acuñó el ya conocido lema de «vigilemos a los vigilantes».

Wolf recordó la cómica vuelta de tornas que se produjo cuando arrestaron a Naguib Khalid por segunda vez. Le vino a la cabeza el modo en que el alcalde, que seguía utilizando a Wolf como referencia, alardeaba de su Estrategia de Desigualdades Sanitarias a la vez que condenaba los deficientes servicios de los que disponían «las mejores y más valientes personas» en particular y la ciudad de Londres en general.

Pastoreados por una figura pública carismática e inusualmente popular, los partidarios del alcalde se congregaban y aplaudían obedientes al compás de sus manipulaciones. Las mismas voces convencidas que habían reclamado la cabeza de Wolf hacían campaña para que se le resarciera, y algún adepto apasionado incluso llegó a salir en la televisión para reivindicar las dos cosas.

No cabía ninguna duda de que sin la influencia del alcalde y sin la batalla convenientemente publicitada que este llevó a cabo para redimir a uno de los «héroes rotos» del pueblo, Wolf aún estaría entre rejas; no obstante, ambos sabían que el detective no le debía nada.

Wolf guardó un silencio sepulcral; no quería tener que arrepentirse de sus palabras.

—Hizo lo correcto, por cierto —continuó el alcalde con pomposidad, ajeno al drástico cambio de humor de su interlocutor—. Una cosa es la corrupción, y otra, la desesperación. Ahora lo entiendo. En mi opinión, ojalá hubiera liquidado a ese puto lunático en el tribunal. La última cría a la que prendió fuego tenía la edad de mi hija.

La respiración del alcalde se había sosegado durante las horas de silencio tenso, pero el largo rato que llevaba hablando había echado por tierra todos sus progresos. Agitó el inhalador azul y no le sorprendió oír que los restos del medicamento golpeaban las paredes del envase metálico; desde que se encerraran en la sala de interrogatorios, había consumido una cantidad de Salbutamol que debería haberle durado más de una semana. Impertérrito, tomó otra dosis y retuvo la valiosa bocanada en los pulmones tanto tiempo como pudo.

—Hace mucho que quería decírselo —le confesó el alcalde—. Que nunca fue personal. Que solo estaba haciendo...

—Su trabajo, sí —concluyó Wolf resentido—. Lo entiendo. Todos estaban haciendo su trabajo: la prensa, los abogados, el héroe que me fracturó la muñeca y me apartó de Khalid... Lo entiendo.

El alcalde asintió. No pretendía ofender a Wolf, pero no se arrepentía de haberse sincerado. A pesar de la situación nada envidiable en la que se hallaba, sentía que se había quitado un peso de encima, un peso que llevaba soportando demasiado tiempo. Abrió el maletín y sacó la cajetilla de tabaco.

—¿Le importa?

Wolf miró al asmático Turnble sin dar crédito.

—No hablará en serio.

—Todos tenemos algún vicio —replicó el alcalde sin remordimientos. Su pomposidad había vuelto a aflorar por medio del amago de disculpa; su autoridad se había desbocado ya que no se sentía en deuda con Wolf—. Si tengo que pasarme otras once horas encerrado en este cuarto, espero que no se oponga. Uno ahora y otro a la hora de la cena.

Wolf se disponía a protestar cuando el alcalde se colocó el pitillo entre los labios con ademán desafiante, encendió el mechero y, protegiendo la llama con la mano de la brisa del aire acondicionado, se lo acercó a la cara.

Por un breve instante se miraron el uno al otro, incapaces de entender lo que estaba ocurriendo. Wolf vio como la llama se adhería a la parte del cigarrillo acomodada entre los labios del alcalde y se propagaba de súbito hasta envolver la mitad inferior de su rostro. Turnble aspiró profundamente para proferir un alarido, pero la llamarada fluyó junto con la inhalación, llenándole la nariz y la boca en su tránsito hacia los pulmones.

—¡Socorro! —gritó Wolf mientras saltaba hacia el alcalde, que se estaba quemando vivo en silencio—. ¡Necesito ayuda!

Sujetó a Turnble por los brazos, que no dejaba de sacudir, sin saber muy bien qué hacer. Edmunds entró a toda prisa en el cuarto y contempló la escena boquiabierto mientras el alcalde emitía una tos gutural y repulsiva con la que proyectó una rociada de sangre espumosa y fuego líquido sobre el brazo izquierdo de Wolf. Este aflojó por un segundo la tenaza que ejercía en el brazo descontrolado del alcalde y recibió un doloroso manotazo en la cara al tiempo que la manga de su camisa empezaba también a arder. Comprendió que, si lograba acercarse lo suficiente para mantener cerradas la nariz y la boca del alcalde, la llama, privada de oxígeno, se extinguiría al instante.

Edmunds salió corriendo al pasillo a la vez que se activaba

la alarma de incendios. Toda la oficina estaba en pie, observando como arrancaba una manta ignífuga de la pared. Vio que Simmons serpenteaba disparado entre las mesas en dirección al cuarto. Edmunds volvió a entrar en la sala de interrogatorios. El sistema de aspersión, que ya los empapaba a los dos, resultaba más perjudicial que beneficioso; con cada tos acuosa que el aterrorizado Turnble dispersaba por el cuarto, propagaba las llamas un poco más, escupiendo fuego literalmente. Wolf seguía forcejeando con él para derribarlo cuando Edmunds levantó la manta y se echó encima de los dos, de tal modo que los tres cayeron al suelo inundado.

Simmons entró chapoteando en el cuarto; la repugnancia que sintió cuando Edmunds retiró la manta del cuerpo devastado del que había sido su apuesto amigo le dejó helado. Al comprender que el aire que estaba respirando hedía a carne abrasada, tuvo que reprimir una fuerte náusea. Otros dos agentes llegaron corriendo cuando Simmons salía. Uno de ellos extendió otra manta sobre el brazo de Wolf, que seguía ardiendo, mientras Edmunds palpaba el cuello del alcalde en busca de su pulso y acercaba el oído a su cara para comprobar si salía aire de su boca destrozada.

—¡No tiene pulso! —vociferó, sin saber muy bien quién estaba en la sala.

La camisa de Savile Row se desintegró entre sus manos cuando la abrió de un tirón y empezó a contar las compresiones en el pecho; pero cada vez que apretaba el esternón del alcalde, un nuevo cuajarón de sangre y tejidos calcinados le encharcaba un poco más la garganta descompuesta. Lo primero que había aprendido en el curso de tres días de primeros auxilios en el entorno laboral fueron las nociones básicas: sin una vía respiratoria, ni todas las compresiones del mundo podían salvar al accidentado. Comenzó a espaciar las compresiones hasta que se dio por vencido y se dejó caer en el charco del suelo. Miró a Simmons, que permanecía paralizado en la entrada.

—Lo siento, señor.

El agua caía a chorros del cabello empapado del joven agente y se le escurría por la cara. Cerró los ojos mientras se esforzaba por encontrar algún sentido al suceso surrealista que habían vivido en los últimos dos minutos y medio. A lo lejos oyó el coro de las sirenas que se aproximaban.

Simmons volvió a entrar en el cuarto. Mantuvo una expresión indescifrable mientras miraba el cuerpo carbonizado de su amigo. Se obligó a apartar la vista de la estampa horrenda que sabía que nunca podría sacarse de la cabeza y centró su atención en Wolf, que estaba de rodillas, sujetándose el brazo dolorido, cubierto de ampollas. Simmons lo agarró de la camisa y tiró de él para obligarlo a ponerse de pie antes de empujarlo contra la pared, sorprendiendo a todos los que habían acudido al cuarto.

—¡Tenías el deber de protegerlo! —bramó con los ojos llorosos mientras aplastaba a Wolf contra la pared una y otra vez—. ¡Tu misión era vigilarlo!

Edmunds se levantó de un salto antes de que nadie más reaccionase y sujetó a su superior por los brazos. Siguiendo su ejemplo, los otros dos agentes y Baxter, que acababa de aparecer en la entrada, separaron a Simmons de Wolf y lo arrastraron fuera de la sala de interrogatorios. Al salir, cerraron la puerta para impedir el paso a la escena del crimen, de modo que Wolf se quedó a solas con el espeluznante cadáver.

El detective se deslizó pared abajo y se sentó hecho un ovillo en la esquina. Conmocionado, se palpó la nuca y miró sin comprender la sangre que le manchaba los dedos. Estaba rodeado de decenas de diminutas llamas aceitosas, que insistían en arder con voracidad en la superficie del charco creciente, como farolillos flotantes japoneses que guiasen a los espíritus extraviados hacia el mundo de los muertos. Con la cabeza apoyada contra la pared, contempló las llamas que se agitaban bajo el diluvio incesante mientras dejaba que el agua fría le lavara las manos ensangrentadas.

6

Andrea se apeó del taxi y se dirigió hacia la sombra de la Heron Tower, el tercer rascacielos más alto de Londres. Alzó la vista hacia las plantas superiores, que eclipsaban el sol. Las formas irregulares se proyectaban incoherentes hacia el cielo, sustentando el larguirucho mástil metálico, que se balanceaba precariamente en su afán por arañar un poco más de altura a costa de la estética y, a juzgar por las apariencias, de la integridad estructural.

No había un edificio más apropiado para albergar la sala de redacción.

Entró en el inmenso vestíbulo y se encaminó directamente hacia las escaleras mecánicas; no tenía la menor intención de pisar ninguno de los seis ascensores transparentes que impulsaban a los apremiados hombres de negocios hacia sus escritorios a velocidades de vértigo. Cuando empezó a elevarse poco a poco sobre el vestíbulo, pudo admirar el colosal acuario incorporado tras la recepción, donde los pulcros empleados parecían trabajar impertérritos delante de los setenta mil litros de agua marina contenidos por una fina capa acrílica.

Pensó en su nueva pasión, el submarinismo, mientras contemplaba las coloridas plantas que brotaban de entre los corales y los peces mansos que se escurrían fugaces de acá para allá a través del agua cálida. Estuvo a punto de tropezar cuando la escalera deslizante la sacó de su ensimismamiento con una sacudida y la dejó con brusquedad en suelo firme.

La habían llamado a las tres de la madrugada para que acudiese a la escena del crimen. Después de que por fin lograra hablar con Wolf y le entregara el inquietante sobre que había encontrado en la bandeja del correo, había permanecido otras cuatro horas a las puertas de New Scotland Yard junto con el cámara para realizar conexiones en directo cada media hora. Eso implicaba refreír una y otra vez los mismos datos para que pareciese, sin mencionarlo nunca específicamente, que en la acera, frente a las puertas cerradas de la sede policial, se desarrollaba una actividad frenética y no dejaban de ocurrir hechos de gran interés.

Una vez concluido el boletín de las once de la mañana, Andrea recibió la llamada de su redactor jefe, Elijah Reid, que la autorizó a volver a casa y tomarse unas horas de descanso. Andrea se negó en redondo. No tenía ninguna intención de perder la oportunidad de narrar la que sin duda se convertiría en la historia más impactante desde los asesinatos del Incinerador, sobre todo conociendo el escalofriante contenido del sobre, que aún tenía que compartir con su jefe. Al final se dejó convencer cuando Elijah juró llamarla en cuanto se produjera la menor novedad.

Había dado un agradable paseo de media hora bajo el sol, por los terrenos del palacio y por los jardines de Belgrave Square, de regreso a Knightsbridge y a la casa adosada victoriana de tres plantas que compartía con su novio y la hija de nueve años de este. Cerró la pesada puerta de entrada y subió derecha al sencillo y elegante dormitorio de la última planta.

Corrió las cortinas y se tendió sobre la colcha, sin desvestirse, en la penumbra. Introdujo la mano en el bolso, sacó el móvil y configuró la alarma. A continuación, extrajo una carpeta que contenía una fotocopia de cada uno de los elementos del material que había entregado a Wolf y la apretó con fuerza contra su pecho a la vez que cerraba los ojos, muy consciente de lo crucial que era para la policía, para las personas sentenciadas de la lista... y para ella.

Permaneció tendida en la cama durante más de una hora, incapaz de conciliar el sueño, con la vista perdida en el techo alto y en los minuciosos adornos que rodeaban la lámpara antigua, mientras sopesaba las implicaciones morales y legales que habría de afrontar si mostraba las pruebas a Elijah. Tenía muy claro que a su jefe no le temblaría el pulso ante la ocasión de enseñar las doce fotografías al mundo entero. La diplomática advertencia de que «las imágenes podrían herir la sensibilidad del espectador» solo serviría para tentar la insaciable curiosidad morbosa de la audiencia. Se preguntó con pesar si las familias de las víctimas, todavía sin identificar, las verían y se sentirían tan fascinadas como repugnadas por las fotos de unos miembros cercenados que solo les resultarían vagamente familiares.

Aquella mañana decenas de periodistas se habían plantado unos junto a otros frente al archiconocido escenario para proporcionar exactamente la misma información, todos ellos ansiosos por captar la atención de un público al que sobraban las opciones. Con toda seguridad, el hecho de que el asesino hubiera recurrido a Andrea les otorgaría cierta ventaja frente a la BBC y Sky News, que sin duda reproducirían las imágenes a los pocos minutos de que se emitieran. No obstante, ella sabía muy bien qué herramientas debía emplear para asegurarse de que todas las televisiones del país se centraran en ella:

1. El discurso. Andrea comunicaría al público que el nuevo asesino en serie de la ciudad se había puesto en contacto con ella.

2. El cebo. Mostrarían las fotografías una a una, describiendo al mismo tiempo lo que aparecía en ellas, y elaborarían las suposiciones más descabelladas para provocar a las mentes fácilmente influenciables. Incluso podrían encontrar a algún antiguo detective o investigador privado (un escritor de novela policíaca también serviría) que accediera a opinar acerca de los datos revelados.

3. La promesa. Andrea desvelaría que el contenido del sobre incluía una lista manuscrita que detallaba la identidad de las siguientes seis víctimas del asesino y la fecha exacta en que fallecerían. «Les proporcionaremos toda la información dentro de cinco minutos», prometería (un plazo lo bastante largo como para que la noticia se propagase por todo el planeta, pero insuficiente para que la policía cortase la emisión).

4. La revelación. Una vez captada la atención del mundo entero, anunciaría los nombres y las fechas, efectuando pausas dramáticas entre los distintos datos, como si fuera un miembro del jurado de un concurso televisivo de talentos anunciando a los finalistas. Se preguntó si añadir un redoble de tambores sería excesivo.

Se odió a sí misma por el mero hecho de considerarlo. Era muy probable que la policía todavía no se hubiera puesto en contacto con las personas afectadas, quienes sin duda merecían conocer su suerte inminente al menos un poco antes que el resto del mundo. Además, era muy probable que la arrestaran, aunque eso nunca había disuadido a Elijah en ocasiones anteriores. Si bien llevaba poco tiempo en la cadena, Andrea lo había visto arruinar la vida a mucha gente con sus conjeturas, difundir detalles relativos a distintas investigaciones en curso tras obtenerlos mediante métodos cuestionables e ir a juicio en dos ocasiones por ocultar pruebas y por intentar sobornar a un agente de policía.

Sabiendo que ya no dormiría, se sentó en la cama no demasiado descansada pero con un plan en mente. Utilizaría las fotos; se buscaría un problema, pero el impulso que darían a su carrera pesaba mucho más que todos los inconvenientes. Mantendría la lista en secreto. Eso era lo correcto. Se sintió orgullosa de sí misma por seguir resistiéndose a una presión creciente que podría convertirla en tan despiadada y dañina como su jefe.

Llegó al pasillo que llevaba a la sala de redacción. Pese a la altura modesta, se arrimó a la pared de forma instintiva e ignoró el paisaje de los tejados de Camomile Street. Como le ocurría cada vez que entraba en la oficina, le asombró aquel bullicio que se prolongaba durante las veinticuatro horas del día. Elijah se deleitaba con el caos, con las conversaciones a gritos de los redactores, con el sonido discordante de los teléfonos, con la multitud de pantallas que sobresalían del techo, en las que los subtítulos reemplazaban el volumen silenciado. Sabía que solo tardaría unos minutos en aclimatarse y que el ambiente hostil terminaría por reducirse a un mero ruido de fondo.

La redacción ocupaba los pisos diez y once. Habían retirado el suelo que los separaba para dar lugar a un inmenso espacio de dos alturas. Después de haber trabajado durante varios años en cadenas regionales, Andrea pensaba que las dimensiones eran excesivas y se desperdiciaba el espacio hasta el punto de convertir el lugar casi en una parodia. Ella no necesitaba más que un escritorio, un ordenador y un teléfono.

El nuevo redactor jefe procedía de un noticiario estadounidense de estilo agresivo, en el que se había destapado de forma controvertida la corrupción galopante que se había enquistado en multitud de organismos y compañías muy conocidos. Había llevado consigo un amplio surtido de americanismos condescendientes, además de métodos para fomentar el trabajo en equipo e incentivos que aplicaban de manera cada vez más forzada a unos trabajadores ingleses tradicionalmente reservados.

Andrea se sentó en su silla ergonómica amarillo fluorescente (según los últimos estudios científicos, existía una relación directa entre los colores brillantes y la productividad), frente a la máquina de helados, y se lanzó sobre la bandeja del correo para ver si tenía algún mensaje nuevo del asesino. Sacó la carpeta del bolso y se disponía a subir al despacho de Elijah cuando sus compañeros empezaron a abandonar sus escritorios para congregarse debajo del televisor de mayores dimensiones.

Vio que su jefe también había salido del despacho y observaba, de brazos cruzados, desde la galería. Por un momento bajó la vista hasta ella para a continuación, indiferente, volver a concentrarse en la pantalla. Andrea no conseguía hacerse una idea de lo que ocurría, pero se levantó también y se colocó al fondo del creciente tumulto.

—¡Subid el volumen! —gritó alguien.

De pronto apareció el famoso letrero de New Scotland Yard y reconoció el zoom suave típico de su cámara, Rory, que en este caso se abría para encuadrar a una hermosa reportera rubia ataviada con un vestido veraniego excesivamente escotado. Se oyó un silbido de admiración entre las primeras filas. Isobel Platt solo llevaba cuatro meses trabajando en la cadena. Cuando se incorporó, a Andrea le había parecido que era un insulto para el oficio dar el puesto a una veinteañera estúpida y embellecida a base de maquillaje sin mirar más allá de su capacidad de leer en voz alta; ya se lo tomaba como un ataque personal contra ella y contra su carrera.

Isobel anunciaba con jovialidad que un portavoz de la policía emitiría un comunicado de forma «in... minen... te» mientras su busto descubierto dominaba la pantalla hasta el punto de que Andrea se preguntó por qué Rory seguía molestándose en mantener su cabeza en el plano. Notó que las lágrimas le escocían en los ojos, pero sabía que Elijah observaba atento su reacción, así que mantuvo la mirada fija en la pantalla, negándose a darse media vuelta o abandonar la sala, decidida a no proporcionarle esa satisfacción.

No era la primera vez que subestimaba la crueldad implacable del redactor jefe. Entendía sus razones; ya que había que librar una batalla para ofrecer la historia más sobrecogedora del año, ¿por qué no poner a una modelo delante de la cámara a modo de incentivo adicional? No le habría extrañado en absoluto que Isobel reapareciera en topless para despedir la conexión.

La alarmante noticia de la muerte prematura del alcalde Turnble, que se encontraba de visita en la sede policial para asistir a una reunión en la que se revisarían distintos procedimientos, apenas sorprendió a Andrea, al contrario de lo que ocurrió a sus compañeros, entre los que se propagó un murmullo de jadeos y blasfemias. Estaba ocupada transformando la autocompasión en rabia. De ninguna manera permitiría que le arrebatasen su historia con sutileza. Dio la espalda al plasma, sin esperar a oír lo que los pechos de Isobel opinaban de la impactante rueda de prensa, regresó airada a su escritorio, cogió la carpeta y subió a hablar con Elijah. Como si estuviera esperando a que llegase ese momento, el redactor jefe entró en su despacho con despreocupación y dejó la puerta entornada.

Elijah se pasó casi cinco minutos gritando y soltando palabrotas. Estaba furioso porque Andrea se hubiera guardado durante todo el día una información tan explosiva. Ya le había dicho en siete ocasiones que estaba despedida, la llamó hija de todo tipo de cosas y echó a empujones a su secretaria cuando esta entró para ver si todo iba bien.

Andrea aguardó con paciencia a que terminase. La predecible reacción de Elijah le parecía casi tan graciosa como el modo en que su cuestionable acento neoyorquino se iba entrelazando con un dejo sureño conforme se acrecentaba su cólera. Era un hombre vanidoso. Pasaba por el gimnasio de camino a la oficina y al salir del trabajo, y siempre vestía camisas una talla más pequeñas de lo que le correspondía, enfatizando la magnitud de su obsesión. Pese a que tenía más de cuarenta años, no brillaba ni una sola cana en su cabello; de hecho, lucía una perfecta mata de pelo de un dorado antinatural que se alisaba hacia atrás de forma impecable. A algunas compañeras les parecía irresistiblemente guapo, la personificación del concepto de macho alfa. Andrea lo encontraba tan ridículo como vomitivo. Tuvo que esperar otro minuto para que terminase con su exhibición de superioridad.

—Las fotos tienen una calidad de mierda, apenas se pueden aprovechar —gruñó con desdén para disimular su emoción mientras las distribuía por la mesa.

—Sí, es verdad. Estas son solo para ti —respondió Andrea con calma—. Las versiones en alta resolución las tengo guardadas en una tarjeta de memoria.

—¿Dónde? —le preguntó él con urgencia. Al ver que Andrea no tenía intención de contestar, la miró—. Buena chica, estás aprendiendo.

Pese a su ofensiva condescendencia, la periodista no pudo evitar enorgullecerse en cierto modo con el cumplido reticente. Los dos competían ya en igualdad de condiciones; eran dos tiburones que rondaban la misma presa.

—¿La policía tiene los originales? —preguntó Elijah.

—Sí.

—¿Wolf? —El redactor jefe se había mostrado muy interesado cuando Andrea se divorció del infame detective. El escándalo del Asesino Incinerador también había hecho correr ríos de tinta al otro lado del Atlántico. Sonrió—. Entonces no podrán acusarnos de ocultar pruebas, ¿verdad? Llévales las fotos a los de Gráficos. Puedes seguir en tu puesto.

Esto cogió desprevenida a Andrea. Seguramente él había entendido que la intención de la reportera no era solo conservar el empleo, sino también atribuirse la autoría de la historia. La sonrisa de Elijah se tornó maliciosa cuando reparó en su mirada.

—No te hagas la indignada. Has hecho tu trabajo, punto. Isobel ya está allí. Ella dará la noticia.

Andrea volvió a sentir el escozor familiar en los ojos, que intentó ocultar desesperadamente mientras se devanaba los sesos pensando en cómo contraatacar.

—En ese caso...

—¿Qué? ¿Dimitirás? ¿Te llevarás las fotos a otra parte? —Elijah se rio—. Apuesto a que la tarjeta de memoria que utilizaste pertenece al periódico. Si me das motivos para sospechar que intentas salir de las instalaciones con material sustraído, estoy en mi derecho de ordenar a los de seguridad que te registren.

Andrea visualizó el pequeño rectángulo negro oculto entre la tarjeta de fidelización de Starbucks y la inscripción de la escuela de buceo, ambas guardadas en la cartera. La encontrarían en cuestión de segundos. Sin embargo, cayó en la cuenta de que todavía le quedaba una última carta por jugar.

—Hay una lista —soltó, articulando las palabras de forma casi inconsciente— de las próximas víctimas del asesino.

—Tonterías.

Andrea sacó la fotocopia arrugada que llevaba en el bolsillo

y la plegó con cuidado, de tal forma que solo la primera anotación quedase a la vista.

Alcalde Raymond Edgar Turnble
Sábado, 28 de junio

Elijah entornó los ojos para examinar la copia en escala de
grises que Andrea mantuvo fuera de su alcance. La había visto dejar de mirar la televisión para dirigirse a su escritorio y,
a continuación, subir a su despacho. No había tenido ocasión
de manipular la fotocopia.

—Más abajo hay otros cinco nombres con sus fechas. Y te
juro que, si intentas quitármela de las manos, me la tragaré
entera.

Elijah intuyó que Andrea hablaba muy en serio; se reclinó
en la silla y desplegó una sonrisa de felicidad, como si por fin
hubieran concluido una reñida partida de ajedrez.

—¿Qué quieres?

—Es mi historia.

—Bien.

—Puedes dejar a Isobel perdiendo el tiempo allí plantada.
Daré la exclusiva desde el estudio.

—Eres una reportera de campo.

—Puedes decirles a Robert y a Marie que esta noche no los
necesitaremos. Me hará falta todo el tiempo de emisión.

El redactor jefe titubeó un momento.

—Dalo por hecho. ¿Algo más?

—Sí. Mantén todas las puertas cerradas hasta que termine
y no dejes pasar a nadie. No podemos permitir que me arresten
antes de que haya acabado.

7

Wolf estaba sentado a solas en el despacho de Simmons. Se sintió como un intruso cuando reparó en las numerosas y recientes marcas de patadas del antiguo archivador y pisó el yeso desconchado, con lo que lo hundió un poco más en la moqueta; las primeras señales del proceso de duelo. Esperó, cohibido, tocándose distraídamente el vendaje empapado que le cubría el brazo izquierdo.

Una vez que se llevaron a Simmons de la sala de interrogatorios, Baxter regresó y se encontró a Wolf desplomado junto al cuerpo inerte del alcalde, desatado aún sobre ellos el monzón interior. Nunca lo había visto tan aturdido y vulnerable, con la mirada perdida, ajeno a su presencia. Lo ayudó a levantarse poco a poco y lo sacó al pasillo, seco, donde un montón de rostros preocupados observaban cada uno de sus movimientos con una atención agobiante.

—Por el amor de Dios —bufó Baxter.

Cargó con casi todo el peso de Wolf cuando cruzaron a trompicones la oficina y entraron en el aseo de señoras. Le costó acomodarlo en la encimera que separaba los dos lavabos. Con delicadeza, le desabotonó la camisa sucia y se la quitó despacio, extremando el cuidado al retirar el material derretido de la herida cubierta de ampollas y rezumante que le rodeaba el antebrazo. El olor a desodorante barato, a sudor y a piel quemada impregnó el aire mientras un nerviosismo irracional asaltaba a Baxter, angustiada por la idea de que entrara alguien y al verlos llegase a una conclusión equivocada.

—No te muevas —le pidió cuando acabó de limpiarlo lo mejor que supo. Salió corriendo a la oficina y al cabo de unos minutos regresó con un botiquín de primeros auxilios y una toalla, que enrolló sobre el cabello empapado de Wolf. Torpemente, abrió y aplicó el viscoso apósito para quemaduras antes de cortar vendas suficientes como para momificarle el brazo herido.

Poco después, llamaron a la puerta. Edmunds entró en el aseo y, poco convencido, se quitó la camisa, tras admitir que llevaba una camiseta debajo. Aunque era alto, Edmunds tenía la complexión de un escolar escuálido, por lo que la prenda no llegaba a cubrir por completo el pecho voluminoso de Wolf. A pesar de todo, Baxter decidió que era mejor eso que nada. Le abrochó casi todos los botones y se encaramó a la encimera, se sentó a su lado y esperó en silencio el tiempo necesario para que se recuperase.

Wolf se pasó el resto de la tarde en un rincón tranquilo redactando un informe minucioso de lo que había ocurrido en la sala cerrada. Ignoró a todos los que, sin que él se lo hubiera pedido, le aconsejaron que se pasase por urgencias y después se marchase a casa. A las seis menos diez, lo llamaron al despacho de Simmons, donde aguardó con aprensión la llegada del inspector jefe, al que no había visto desde que estallara de rabia unas horas antes.

Mientras esperaba, Wolf recordó vagamente el momento en el que Baxter lo había llevado al aseo, pero el recuerdo se le antojaba difuso, irreal. Sintió un poco de vergüenza, ya que se le había olvidado hacer flexiones esa mañana (despiste en el que llevaba incurriendo cuatro años) y se estremeció al imaginar a la detective viendo su cuerpo descuidado y un poco fofo.

Oyó a sus espaldas que Simmons entraba en el despacho y cerraba la puerta. El inspector jefe ocupó una silla frente a él y sacó una botella de whisky Jameson Irish, una bolsa de hielo y una torre de vasos de plástico con dibujos de los Transformers de una bolsa del hipermercado. Aún tenía los ojos hinchados después de haberle comunicado la noticia a la esposa del alcalde Turnble, antes de la rueda de prensa. Repartió un puñado de cubitos de hielo entre dos vasos, los llenó generosamente y deslizó uno por la mesa hacia Wolf sin palabra. Ambos tomaron un trago en silencio.

—Tu preferido, si no recuerdo mal —dijo Simmons al cabo de un rato.

—Tienes buena memoria.

—¿Cómo está tu cabeza? —le preguntó, como si no fuera en absoluto responsable de la leve conmoción de Wolf.

—Mejor que el brazo —respondió el detective con jovialidad, aunque dudaba seriamente que quedase nada que los médicos pudieran salvar si el vendaje de Baxter era proporcional a las heridas que tapaba.

—¿Puedo hablarte con franqueza? —Simmons no esperó a que le respondiera—. Los dos sabemos que eres tú, y no yo, quien estaría sentado en esta silla si no la hubieras fastidiado de una forma tan estrepitosa. Siempre fuiste mejor detective.

Wolf tuvo la cortesía de mantenerse inexpresivo.

—Tal vez —prosiguió— tú habrías sabido tomar mejores decisiones que las mías. Tal vez Ray seguiría vivo si...

Simmons dejó la posibilidad a medio formular y bebió otro sorbo de whisky.

—No había forma de saberlo —dijo Wolf.

—¿Que el inhalador contenía un producto incendiario? ¿Que las montañas de flores sobre las que llevamos sentándonos una semana estaban impregnadas de polen de ambrosía?

Wolf había reparado al entrar en la oficina en la pila de bolsas de plástico para recoger pruebas.

—¿De qué?

—Al parecer, es la kriptonita de los asmáticos. Y yo traje a Ray aquí.

Sin tener en cuenta que era de plástico, Simmons estampó el vaso vacío contra la pared, furioso consigo mismo. El vaso rebotó y rodó por la mesa de manera decepcionante hasta que, un momento después, lo levantó.

—En fin, quitemos todo esto de en medio antes de que vuelva la comandante —dijo Simmons—. ¿Qué hacemos contigo?

—¿Conmigo?

—Bueno, esta es esa reunión en la que te aviso de que estás demasiado implicado en el caso e intento hacerte entender que lo mejor para todos es que te apartes...

Wolf intentó protestar, pero Simmons continuó.

—... tras lo que tú me mandas al cuerno. Tras lo que yo te recuerdo lo que ocurrió con Khalid. Tras lo que tú me mandas al cuerno otra vez, y yo, a regañadientes, accedo a que sigas trabajando en él, pero no sin advertirte que, a la menor muestra de preocupación por parte de tus compañeros, de tu psiquiatra, o de mí, se te asignará cualquier otra tarea. Una buena charla.

Wolf asintió. Era consciente de que Simmons se la estaba jugando por él.

—Siete cadáveres y, hasta ahora, las únicas armas homicidas que tenemos son un inhalador, unas flores y un pez. —Simmons negó con la cabeza con incredulidad—. ¿Recuerdas los viejos tiempos, cuando los delincuentes tenían la decencia de presentarse a cara descubierta ante el desgraciado al que iban a pegar un tiro?

—Eran los buenos tiempos —dijo Wolf, que levantó el vaso de Optimus Prime.

—¡Por los buenos tiempos! —brindó Simmons haciendo chocar los vasos.

Wolf notó que le vibraba el móvil en el bolsillo. Lo sacó y leyó el mensaje breve de Andrea.

Lo siento ( ) ( )
\ /
V

Se sintió inquieto de pronto. Sabía que Andrea se estaba disculpando por algo más que por el inapropiado dibujo del pene con el que, supuestamente, pretendía representar un corazón. Se disponía a responder cuando Baxter irrumpió en el despacho y encendió el pequeño televisor de la pared. Simmons estaba demasiado agotado para reaccionar.

—La zorra de tu ex está rajando del caso —anunció Baxter.

Andrea apareció en mitad del informativo. Estaba impresionante. Al observarla con objetividad, Wolf comprendió que había olvidado lo hermosa que era, los largos rizos escarlatas recogidos al estilo que reservaba para las bodas y las fiestas, los destellantes ojos verdes que no parecían reales. El motivo de su traición quedó de manifiesto al instante. No estaba parada junto a la calle principal ni hablando a través de una inestable línea telefónica mientras en la pantalla solo se mostraba una fotografía antigua suya, como si se tratara de un chabacano número de ventriloquía; estaba informando desde el estudio, presentando el programa, como siempre había querido hacer.

«... que la muerte del alcalde Turnble, hecho que ha tenido

lugar esta tarde, ha sido en realidad un asesinato relacionado con los seis cadáveres que se han hallado esta madrugada en Kentish Town —iba diciendo Andrea, sin mostrar un asomo del manojo de nervios que Wolf sabía que ocultaba bajo la fachada de serenidad—. Las imágenes podrían herir la sensibilidad de...»

—Habla con tu mujer, Fawkes. ¡Ya! —rugió Simmons.

—Ex —lo corrigió Baxter, al tiempo que los tres empezaban a aporrear el teclado de sus respectivos teléfonos.

—Sí, necesito el número de la sala de redacción de...

—Dos unidades al 110 de Bishopsgate...

«La persona con la que intenta ponerse en contacto no está disponible...»

La voz de Andrea seguía sonando de fondo.

«... confirmado que la cabeza es la de Naguib Khalid, el Asesino Incinerador. En estos momentos se desconoce cómo es posible que Khalid, que se encontraba en...»

—Intentaré hablar con el departamento de Seguridad del edificio —dijo Wolf después de dejar un seco mensaje de voz de tres palabras para Andrea: «¡Llámame ahora mismo!».

«... que al parecer fueron desmembrados para después ser cosidos los unos con los otros y así dar forma a un cuerpo completo —reveló Andrea, que seguía en pantalla mientras las espantosas fotografías se mostraban una tras otra—, conocido por la policía como "el Ragdoll", el muñeco de trapo.»

—Pero qué cojones dice —rabió Simmons, que seguía al teléfono, hablando con la sala de control.

Todos guardaron silencio para escuchar a Andrea.

«... el nombre de otras cinco personas y la fecha exacta en que morirá cada una de ellas. Las identidades se revelarán dentro de cinco minutos. Andrea Hall. Permanezcan atentos.»

—¿Nada? —le preguntó Simmons a Wolf con incredulidad, la mano tapando el auricular.

Al ver que este no respondía, todos reanudaron sus conversaciones urgentes.

Cinco minutos después, Wolf, Simmons y Baxter estaban sentados viendo como se encendían poco a poco las luces del estudio, lo que daba la impresión de que Andrea había pasado ese tiempo sentada a solas en la oscuridad. Tras ellos, sus compañeros se habían apiñado en torno a un televisor que alguien había sacado de la sala de reuniones.

Para ellos ya era tarde.

Como cabía esperar, Andrea había ignorado el mensaje de Wolf. Los guardias de seguridad del edificio se encontraban apostados en torno a las oficinas de la sala de redacción, y los agentes de policía que Simmons había enviado aún no habían llegado a la emisora. Simmons consiguió que le pasaran con el redactor jefe, cuyo nombre conocía demasiado bien. Había informado al insoportable tipo de que estaba saboteando una investigación de homicidio, lo que podría valerle una pena de cárcel. Al ver que la advertencia no servía de nada, Simmons apeló a su humanidad y admitió que todavía no habían informado siquiera a las personas de la lista del peligro que corrían.

—Entonces le estamos ahorrando el trabajo —respondió Elijah—. Para que luego diga que no hago nada por usted.

Se negó a dejarles hablar con Andrea y le faltó tiempo para colgar. Lo único que podían hacer era ver la emisión junto con el resto del mundo. Simmons sirvió tres copas de whisky. Baxter, sentada en el escritorio, olisqueó la suya con recelo, pero después la vació de un trago, igual que los demás. Iba a preguntar si podía ver la lista confidencial, ya que de todas formas pasaría a ser del dominio público en cuestión de minutos, cuando empezó el siguiente bloque del informativo.

Andrea se saltó la entradilla, y a Wolf no le cupo duda de que estaba nerviosa, de que titubeaba, de que sentía remordimientos. Sabía que bajo el escritorio minimalista sus rodillas subían y bajaban incontrolables, como le ocurría siempre que se angustiaba. Miró a cámara, sumergiéndose entre los millones de ojos invisibles que estaban pendientes de ella, y Wolf tuvo la sensación de que lo estaba buscando a él, que buscaba la salida del callejón en el que se había metido.

—Andrea, estamos en el aire —le susurró alguien al oído con preocupación—. ¡Andrea!

—Buenas tardes. Soy Andrea Hall. Bienvenidos de nuevo...

Dedicó los cinco minutos siguientes a resumir la historia y a mostrar otra vez las nauseabundas fotografías para los incontables espectadores que acababan de incorporarse. Empezó a trastabillar mientras explicaba que entre las imágenes se incluía una lista manuscrita, y las manos le temblaban llamativamente cuando llegó el momento de que leyera en alto las seis sentencias de muerte.

—Alcalde Raymond Edgar Turnble: sábado, 28 de junio.

»Vijay Rana: miércoles, 2 de julio.

»Jarred Andrew Garland: sábado, 5 de julio.

»Andrew Arthur Ford: miércoles, 9 de julio.

»Ashley Danielle Lochlan: sábado, 12 de julio.

»Y el lunes, 14 de julio...

Andrea hizo una pausa, pero no por aumentar el efecto dramático (había recitado la lista rápidamente, sin la menor teatralidad, desesperada por terminar cuanto antes con todo aquello), sino porque debía quitarse del ojo una lágrima ennegrecida por el rímel. Carraspeó y reordenó los papeles que tenía delante, con la vana esperanza de hacer creer a los espectadores que una errata o una hoja descolocada eran las culpables de la interrupción. De pronto se llevó las manos a la cara, los hombros temblándole al tomar plena conciencia de lo que había hecho.

—¿Andrea? ¿Andrea? —susurró alguien desde detrás de la cámara.

Andrea volvió a mirar a los televidentes, que le habían concedido un nuevo récord de audiencia, su gran momento, con indecorosas manchas negras en la cara y los puños de la blusa.

—Estoy bien.

Una pausa.

—Y el lunes, 14 de julio, el agente de la Policía Metropolitana e investigador jefe de los asesinatos del Ragdoll... el sargento detective William Oliver Layton-Fawkes.

8

—Mal.

—¿Mal?

—Y apenado.

—Apenado.

La doctora Preston-Hall exhaló un suspiro profundo y dejó el cuaderno sobre la antigua mesita para el café que había junto a su silla.

—Es testigo de cómo el hombre al que le ordenaron proteger muere ante sus ojos, después el responsable anuncia su intención de asesinarlo a usted dentro de dos semanas, ¿y lo único que puede decirme es que se siente «mal» y «apenado»?

—¿Desquiciado? —sugirió Wolf, que hasta ese momento creía estar progresando.

Esto pareció despertar el interés de la doctora, que volvió a coger el cuaderno y se inclinó hacia él.

—¿Quiere decir que siente ira?

Wolf lo pensó durante un momento.

—No, lo cierto es que no.

La doctora soltó el cuaderno, que se deslizó por el borde de la mesita hasta caer al suelo.

Al parecer era ella quien empezaba a desquiciarse.

Wolf visitaba la casa adosada de estilo georgiano y fachadas de estuco de Queen Anne's Gate todos los lunes por la mañana desde que se había reincorporado. La doctora Preston-Hall era la psiquiatra especialista de la Policía Metropolitana. Su discreto despacho, publicitado tan solo con una placa de latón colocada junto a la puerta principal, estaba situado en una calle tranquila, a apenas tres minutos a pie de New Scotland Yard.

La presencia de la doctora realzaba el exquisito entorno. A sus sesenta y pocos años, estaba envejeciendo con elegancia, e iba arreglada con un lujoso pero discreto conjunto y un peinado que moldeaba meticulosamente su cabello plateado. Tenía un severo aire de autoridad, ese carácter de profesora de escuela que en los niños pequeños arraigaba de manera tan profunda que terminaba por formar parte de ellos en la edad adulta.

—Dígame, ¿ha vuelto a tener esos sueños? —le preguntó—. Los del hospital.

—Usted lo llama hospital, yo lo llamo manicomio.

La doctora suspiró.

—Solo cuando duermo —respondió Wolf.

—¿Y cuándo duerme?

—Cuando no puedo evitarlo. Y en realidad yo no los llamaría sueños. Son pesadillas.

—Y yo no los llamaría pesadillas —opuso la doctora Preston-Hall—. Los sueños no tienen por qué aterrorizarnos. Es uno quien proyecta su miedo en ellos.

—Con el debido respeto, eso es muy fácil decirlo cuando no has pasado trece meses y un día de tu vida en ese infierno.

La doctora dejó el tema; intuía que, de lo contrario, Wolf dedicaría el tiempo que les quedaba a discutir en lugar de a contarle nada personal. Abrió el sobre sellado que Wolf había llevado consigo y leyó con detenimiento el habitual informe semanal de Finlay. A juzgar por su expresión, la doctora coincidía con él en que el documento era un grave desperdicio de tiempo, de papel y de tinta.

—El sargento Shaw parece muy satisfecho con el modo en que ha sobrellevado la tensión de los últimos días. Le ha concedido una puntuación de diez sobre diez. Solo Dios sabe en qué sistema de evaluación se basa, pero… me alegro por usted —dijo hoscamente.

Wolf desvió la vista al otro lado de la ventana levantada y contempló las casas suntuosas que bordeaban el lado opuesto de Queen Anne's Gate. Todas estaban cuidadas de forma impecable, cuando no restauradas con fidelidad al estilo de su época más gloriosa. De no haber sido por el murmullo distante que la ciudad caótica producía al prepararse para afrontar otra cruenta semana, habría llegado a convencerse de que habían retrocedido en el tiempo. Una brisa agradable se coló en la sala en penumbra mientras fuera la temperatura ascendía hasta alcanzar los veintiocho grados.

—Voy a recomendar que nos veamos dos veces por semana mientras dure este caso —dijo la doctora Preston-Hall, que aún no había terminado de leer el detallado informe que Finlay había escrito con su letra tosca al dictado de Wolf.

El detective se enderezó en la silla, consciente de que no le convenía apretar los puños delante de la psiquiatra.

—Agradezco su preocupación…

El comentario no sonó como si así fuese.

—… pero no tengo tiempo para esto. Yo debo atrapar a un asesino.

—Ahí radica el problema: «yo». Eso es lo que me preocupa. ¿No es lo que sucedió la otra vez? Detener a esa persona no es solo responsabilidad suya. Cuenta con sus compañeros, con la ayuda de…

—Me juego más que nadie.

—Y yo tengo una obligación profesional —sentenció ella.

Wolf temió que la doctora recomendase tres días por semana si insistía en su negativa.

—Entonces está decidido —atajó la psiquiatra mientras hojeaba las páginas de su agenda—. ¿Qué tal le va el miércoles por la mañana?

—El miércoles estaré haciendo todo cuanto esté en mi mano para impedir el asesinato de un hombre llamado Vijay Rana.

—¿El jueves, entonces?

—Bien.

—¿A las nueve en punto?

—Bien.

La doctora Preston-Hall firmó los papeles y se permitió una sonrisa amable. Wolf se levantó y se encaminó hacia la puerta.

—Y, William... —Wolf se volvió para mirarla—, cuídese.

Simmons había insistido en que Wolf se tomara el domingo libre tras la terrible experiencia del día anterior. El detective sospechaba que el inspector jefe solo pretendía salvar su culo, asegurándose de que la psiquiatra le diera la baja antes de que volviese al trabajo.

Había parado en un supermercado y había comprado comida suficiente para encerrarse durante el resto del fin de semana, ya que sospechaba acertadamente que habría una jauría de reporteros esperándolo ansiosos frente a la entrada de su edificio. Por suerte, logró zafarse de ellos al cruzar el cordón policial, que seguía en su sitio mientras los forenses terminaban su trabajo.

Había dedicado el indeseado día libre a ordenar las cajas que Andrea le había preparado meses atrás. Parecía una mitad de la casa bastante triste, y podía dar por hecho que no encontraría el coche embutido en ninguna de las cajas de cartón que cubrían las paredes.

Ignoró las diecisiete llamadas que su exmujer le hizo entre el sábado por la noche y el domingo, aunque sí le cogió el teléfono a su madre, que se mostró sumamente preocupada durante los dos primeros minutos, tras los que pasó a hablar de otros asuntos más acuciantes, como la valla rota de Ethel, la vecina de al lado, durante los últimos cuarenta minutos de la conversación. Wolf le prometió que bajaría a Bath para reparársela aprovechando algún fin de semana de julio; aunque, a decir verdad, se libraría de esa tarea si era brutalmente asesinado el día 14.

El estruendo del taladro recibió a Wolf cuando entró en la oficina de Homicidios y Crímenes Graves. Una brigada de obreros debidamente equipados había empezado a reparar la sala de interrogatorios inundada. Al cruzar la oficina, identificó dos tipos de reacciones muy distintos entre sus compañeros. Muchos le sonrieron en señal de apoyo, alguien a quien no conocía se ofreció a llevarle un café, y otro, que ni siquiera trabajaba en el caso, le aseguró: «Lo cogeremos». Varios agentes, sin embargo, evitaron cualquier contacto con el muerto viviente, quizá temerosos de que el pez, el medicamento o la planta que el asesino pudiera emplear de nuevo para despacharlo acabara llevándoselos por delante también a ellos.

—Por fin —le saludó Baxter cuando se acercaba al escritorio que la detective compartía con Edmunds—. ¿Has tenido un agradable día libre mientras los demás hacíamos tu trabajo?

Wolf ignoró la pulla. Él sabía mejor que nadie que la hostilidad era el recurso predilecto de Baxter. A la infelicidad respondía con agresividad; a la confusión, con rivalidad; a la vergüenza, con violencia. Había permanecido inusitadamente callada desde que se emitiera el informativo el sábado por la tarde, y no había intentado ponerse en contacto con él a pesar de que era la única persona con la que Wolf habría querido hablar. Parecía limitarse a actuar como si no hubiera oído recitar la lista, algo que Wolf no tenía intención de recriminarle.

—Resulta que este cabroncete —señaló a Edmunds, que estaba sentado junto a ella— no es un completo inútil, en el fondo.

Baxter puso a Wolf al corriente. Se habían visto obligados a abandonar la línea de investigación de la ambrosía cuando un experto les dijo que podrían haberla cultivado en cualquier invernadero del país. Con las flores sucedía algo parecido; habían comprado cada ramo en una floristería distinta de Londres. Todos los habían pagado en metálico por correo.

Siguiendo la pista de Edmunds, habían visitado la fábrica de Complete Foods, por lo que contaban con una nutrida lista de los empleados que trabajaron la noche anterior al envenenamiento de Naguib Khalid. Y, lo que era más importante, habían conseguido una grabación de las cámaras de vigilancia en la que aparecía un hombre no identificado entrando en las instalaciones de madrugada. Un orgulloso Edmunds, con aspecto de que no le habría importado recibir una palmadita en la espalda, entregó a Wolf la memoria USB que contenía el vídeo.

—Hay algo que no termina de encajar —comentó.

—Otra vez no —resopló Baxter.

—He comprobado que el pedido contaminado de alimentos especiales también se envió a otros destinos. Consumieron la tetrodotoxina otras tres personas, dos de las cuales ya han fallecido.

—¿Y la tercera? —preguntó Wolf, preocupado.

—Hay pocas esperanzas.

—Fue una suerte que el gótico de la academia de Santa María estuviera de vacaciones, porque si no tendríamos otra víctima —dijo Baxter.

—Exacto —continuó Edmunds—. No tiene sentido que el asesino nos facilitase una lista con seis nombres en concreto para después matar a otras tres...

—Dos y media —precisó Baxter.

—... personas al azar, sin molestarse siquiera en reivindicar su autoría. Los asesinos en serie no se comportan así. Estamos ante otra cosa.

Impresionado, Wolf miró a Baxter.

—Ahora sé por qué te cae tan bien.

Edmunds lo miró henchido de satisfacción.

—No me cae bien.

La sonrisa del novato perdió su consistencia.

—Yo no la dejé sentarse en mi escritorio hasta que llevaba seis meses aquí —reveló Wolf a Edmunds.

—¡Continuemos! —zanjó Baxter.

—¿Tienes algo sobre el inhalador? —preguntó Wolf.

—El bote había sido soldado a mano. No contenía ningún tipo de medicamento, solo un producto químico que soy incapaz de pronunciar —informó Baxter—. Lo estamos investigando, pero, según parece, sería posible elaborarlo a partir del material que puede encontrarse en los almacenes de los laboratorios de química de cualquier escuela. Así que por ahora podemos respirar tranquilos, si me permitís una broma de mal gusto.

—En cuanto a eso —intervino Edmunds—, nuestro asesino tuvo que estar lo bastante cerca para intercambiar los inhaladores poco antes del crimen, posiblemente esa misma mañana. ¿Por qué no mató al alcalde entonces? Parece que, más que un afán de venganza, lo que lo mueve es su sentido del espectáculo.

—Tiene sentido —asintió Wolf. Titubeó antes de sacar el tema prohibido que todos habían estado eludiendo—. ¿Y qué hay de los miembros de la lista?

Baxter no pudo ocultar su agitación.

—Eso no nos compete. Nuestra labor consiste en identificar a los que ya han muerto, no ocuparnos de los que van a ser... —Se interrumpió al recordar a quién tenía delante—. Tendrás que hablar con tu compañero.

Wolf se levantó para marcharse. Se detuvo.

—¿Sabéis algo de Chambers? —preguntó con naturalidad.

Baxter lo miró con recelo.

—¿A ti qué narices te importa?

Wolf se encogió de hombros.

—Me preguntaba si sabrá lo que está ocurriendo. Tengo la corazonada de que vamos a necesitar toda la ayuda posible.

Cansado de que toda la oficina lo observase, Wolf se metió en la sala de reuniones, donde alguien había escrito «El Ragdoll» con una caligrafía elaborada sobre sus dos montajes a gran escala. Su frustración se acrecentaba por momentos; terco, se negaba a admitir que no tenía ni idea de cómo reproducir la grabación de las cámaras de vigilancia, atrapada dentro de la estúpida memoria USB, en el televisor.

—Hay un agujero en el costado de la tele —le indicó Finlay, que le sacaba más de quince años, cuando entró en la sala—. No, en la... abajo... Bah, déjame a mí.

Finlay extrajo la memoria USB de la rejilla de ventilación de la parte de atrás del televisor y la introdujo en el puerto correspondiente. Apareció una pantalla azul de menú que contenía un único archivo.

—¿Qué me he perdido? —preguntó Wolf.

—Hemos enviado a algunos agentes a cuidar de Garland, de Ford y de Lochlan. Solo nos preocupan los que se encuentran en Londres.

—Porque ¿para qué iba a retarme a detenerlo si en realidad pensaba cometer el asesinato en la otra punta del país?

—Sí, algo así. Hay más hombres protegiendo a otras personas que se llaman igual, pero no nos interesan —añadió Finlay—. De lo que nadie tiene ni idea es del paradero de Vijay Rana. Trabajaba como contable y vivía en Woolwich hasta que desapareció del mapa hace cinco meses, cuando Hacienda se dio cuenta de que había estado falseando las cuentas. Anticorrupción lo tenía en la lista para investigarlo, pero parece que no han hecho demasiados progresos. De todas maneras, les he pedido que nos envíen lo que hayan averiguado.

Wolf consultó su reloj.

—Tiene treinta y ocho horas hasta el miércoles. Esperemos, por su bien, que lo encontremos nosotros primero. ¿Quiénes son los demás?

—Garland es periodista, así que no le faltarán enemigos. Y hay dos Ashley Lochlan: una trabaja como camarera y la otra tiene nueve años.

—Pero habrá agentes protegiéndolas a las dos, ¿no? —supuso Wolf.

—Por supuesto. Y Ford es guardia de seguridad, creo, o al menos lo era hasta que cogió la baja indefinida por enfermedad.

—¿Qué relación guardan?

—Ninguna. Todavía. Por ahora la prioridad ha sido encontrar a estas personas y poner vigilancia en sus casas.

Wolf se abstrajo durante un momento.

—¿En qué estás pensando, muchacho?

—Me preguntaba a quién habrá fastidiado Vijay Rana con sus trampas de contable y pensaba en una forma muy inteligente de encontrar a alguien que ha desaparecido: hacer que nosotros lo busquemos por ellos.

Finlay asintió.

—Puede que esté más seguro si dejamos que siga en la cueva en la que haya decidido esconderse.

—Puede.

Wolf estaba distraído con el fajo de papeles que Finlay había llevado consigo. La primera página incluía la foto de una mujer de mediana edad vestida con un juego de lencería que en principio debía resultar provocador.

—¿Qué demonios es esto?

Finlay rio entre dientes.

—¡Tus admiradoras! Se hacen llamar la Manada del Lobo. Ahora estás fichado, van a salir chaladas hasta de debajo de las piedras para hacerte proposiciones indecentes.

Wolf hojeó los primeros folios, meneando la cabeza con incredulidad, mientras Finlay revisaba las otras treinta páginas, tirando al suelo las fichas de las personas descartadas.

—¡Qué bueno! —exclamó Finlay—. Esta jovencita lleva una camiseta clásica original de la campaña «Salvad al lobo». Todavía conservo la mía. Claro que a mí no me sienta igual de bien —murmuró.

Wolf supuso que tendría que habérselo imaginado. En el pasado le revolvía el estómago que las miserables y peligrosas alimañas a las que había dado caza acumulasen una montaña de correo a los pocos días de haber sido encarceladas de por vida. Del mismo modo que podía dar por sentados ciertos rasgos a la hora de elaborar el perfil de un asesino, podía imaginar también la personalidad de estas desesperadas amistades por correspondencia: mujeres solitarias, incapaces de encajar en la sociedad, a menudo antiguas víctimas de violencia doméstica durante largos años, consumidas por la creencia equivocada de que nadie estaba roto de verdad, de que solo ellas podían reparar a esas víctimas incomprendidas de la ley.

Wolf sabía que ese pasatiempo desconcertante era lo más normal en Estados Unidos, donde distintas organizaciones animaban activamente a la población a que se comunicara con alguno de los tres mil reclusos del corredor de la muerte. ¿Qué atractivo tenía algo así?, se preguntaba. ¿Deleitarse con el final lacrimógeno y cinematográfico de una relación? ¿De esas en las que siempre afloran problemas de compromiso a causa de la ajustada fecha de caducidad? ¿O acaso solo pretendían formar parte de algo más grande y más interesante que sus vidas rutinarias?

Era consciente de que no le convenía manifestar sus opiniones en público; estaba preparado para reaccionar con indignación ante cualquier verdad u observación controvertidas por miedo a arder en la hoguera de la corrección política. No obstante, esas personas desconocían las consecuencias de los actos de esos asesinos. Era Wolf quien debía mirar a los ojos de esos depredadores despiadados, vacíos de remordimientos. Se preguntó cuántas de esas personas desinformadas seguirían carteándose con ellos de haberse encharcado los zapatos con la sangre derramada en la escena del crimen, de haber tenido que consolar a las familias que sus amigos por correspondencia habían destrozado.

—¡Oh, mira esta! —voceó Finlay con excesivo entusiasmo, haciendo que varios de los compañeros que estaban en la oficina principal se volvieran hacia él.

Levantó la fotografía de una preciosa veinteañera rubia disfrazada de policía. Wolf se quedó quieto, sin palabras, con la mirada clavada en aquella imagen que bien podría haber ocupado la portada de una revista masculina.

—Tírala —dijo cuando recuperó el habla, tras decidir que con un sociópata narcisista que reclamaba su atención ya tenía bastante.

—Pero... la señorita... de Brighton... —masculló Finlay a medida que leía el correo electrónico.

—¡Tírala! —insistió Wolf—. ¿Cómo se hace para ver el vídeo?

Malhumorado, Finlay arrojó los correos electrónicos a la papelera antes de sentarse junto a Wolf y pulsar un botón del mando a distancia.

—Te vas a arrepentir como seas un fiambre dentro de dos semanas —rezongó.

Wolf ignoró el comentario y se centró en la pantalla del enorme televisor. La filmación granulosa procedía de una cámara situada en un ángulo elevado de la planta de Complete Foods. Las hojas de una puerta doble se mantenían abiertas gracias a una caja colocada entre ellas, y al fondo se veía el panorama monótono y deprimente de los empleados con sueldos miserables que trabajaban robóticamente hasta que sufrieran la siguiente lesión por el sobreesfuerzo repetitivo.

De pronto alguien apareció en la entrada. Un hombre, sin duda. Edmunds había calculado su estatura en poco más de un metro ochenta, después de medir las puertas tras revisar la grabación. El hombre vestía un mandil sucio, guantes, una redecilla para el pelo y una mascarilla, al igual que los otros operarios, a pesar de venir de fuera. Caminaba con naturalidad, solo vaciló un segundo mientras decidía qué dirección tomar. Durante los dos minutos siguientes no dejó de aparecer y desaparecer tras las cajas preparadas para el reparto. A continuación se dirigió de nuevo hacia la puerta doble y se perdió en la noche sin que nadie reparase en su presencia.

—Bah, menuda pérdida de tiempo. —Finlay suspiró.

Wolf le pidió que rebobinase y congelaron la reproducción en el mejor fotograma del asesino que podía extraerse de la filmación pixelada. Examinaron el rostro cubierto. Aunque los técnicos lo procesasen, no tendrían mucho con lo que seguir trabajando. Se adivinaba una calva bajo la redecilla, o al menos una cabeza afeitada. Lo único destacable de verdad era el mandil, cubierto de lo que parecía sangre seca.

Acceder a Naguib Khalid habría sido imposible, lo que les llevaba a sospechar que su asesinato había requerido una planificación minuciosa. Wolf había dado por hecho, al parecer equivocadamente, que el asesino lo había matado a él primero para después ir a por otros objetivos más fáciles. Se preguntó cuáles de las otras cinco víctimas estarían ya descuartizadas en esta fase inicial y, lo que era más importante, por qué.

9

Edmunds levantó los dos frasquitos hacia la luz. En uno ponía «Rosa quebrado», y en el otro, «Sherwood». Incluso después de tres minutos de examen minucioso, los dos esmaltes de uñas parecían exactamente idénticos.

Se encontraba en el laberíntico departamento de maquillaje que dominaba la planta baja de Selfridges. Los puestos distribuidos al azar actuaban como un archipiélago ante el océano, una primera línea defensiva concebida para absorber la oleada de clientes que afluían desde Oxford Street y reconducirla hacia otras secciones de la tienda. Se había cruzado con varios hombres tan perdidos como él, que se habían descolgado de sus parejas y deambulaban sin rumbo entre los mostradores de lápices de ojos, barras de labios y geles de rejuvenecimiento facial que no tenían la menor intención de comprar.

—¿Puedo ayudarlo en algo? —le preguntó una rubia maquillada de forma impecable y vestida por completo de negro. Sus generosas capas de maquillaje no lograron enmascarar un gesto desdeñoso cuando se fijó en el pelo desarreglado y las uñas pintadas de púrpura de Edmunds.

—Me llevaré estos dos —le dijo él, feliz, manchándole el brazo de brillante esmalte púrpura al tenderle los frasquitos.

La mujer sonrió, aduladora, y se apostó al otro lado de su pequeño imperio para cobrarle una cantidad prohibitiva.

—Me gusta mucho el Sherwood —le dijo ella—, pero el Rosa quebrado me encanta.

Edmunds miró los dos artículos indistinguibles, tirados de cualquier manera en el fondo de la inmensa bolsa de papel que la dependienta le había entregado. Guardó el recibo en el compartimento trasero de su cartera con la esperanza de poder justificar el gasto y obtener un reembolso; de no ser posible, se habría pulido la mitad del presupuesto para la comida en un par de esmaltes de uñas de vivos colores.

—¿Puedo ayudarlo en algo más? —le preguntó la mujer, que volvía a mostrar una indiferencia glacial una vez concluida la transacción.

—Sí. ¿Dónde está la salida?

Hacía veinticinco minutos que Edmunds había perdido la salida de vista.

—Diríjase a las escaleras mecánicas y verá las puertas justo delante de usted.

Edmunds zigzagueó por la sección hacia las escaleras mecánicas, solo para verse atrapado en el también hostil departamento de perfumería. Saludó con la cabeza a un hombre con el que ya se había cruzado en tres ocasiones entre los mostradores de maquillaje e inició su vano intento por escapar de la tienda.

Este desvío que había dado para volver a casa, y que se había prolongado más de lo que esperaba, se debía a un avance que se había producido en el caso esa mañana. Durante la madrugada del domingo, cuando el equipo de campo completó su trabajo en la escena del crimen, el Ragdoll fue transportado a las instalaciones de los servicios forenses. Fue un proceso muy delicado, ya que resultaba crucial conservar con exactitud la

postura y la distribución del peso de las distintas partes durante el trayecto. Se realizaron infinidad de pruebas, análisis y tomas de muestras durante toda la noche, pero por fin, a las once
de la mañana del lunes, Baxter y Edmunds recibieron la autori-
zación para acceder al cuerpo.

Sin la bruma surrealista de la escena del crimen nocturna,
el incoherente cadáver resultaba todavía más repulsivo bajo la
luz cruda de los fluorescentes del laboratorio forense, una
amalgama de trozos de carne cortados sin miramientos que se
pudrían poco a poco en la gélida sala de análisis. Las burdas
puntadas que los unían, y que habían parecido como de otro
mundo en la atmósfera espectral del apartamento penumbroso, ya solo daban la sensación de ser el resultado de un des-
cuartizamiento salvaje.

—¿Cómo va el caso? —preguntó Joe, el médico forense que
a Edmunds le recordaba a un monje budista, con su bata qui-
rúrgica y la cabeza afeitada.

—Genial, estamos a punto de resolverlo —respondió Baxter con sarcasmo.

—Qué eficaces, ¿no? —Joe sonrió. No solo parecía acostumbrado a la mordacidad de Baxter, sino que se divertía bastante con ella—. Quizá esto sirva de ayuda.

Le tendió a la detective un grueso anillo guardado en una
bolsa transparente para pruebas.

—Mi respuesta es un rotundo no —dijo ella, lo que provocó la risa del forense.

—Es de una mano izquierda de varón. Tiene una huella par-
cial, pero no de la víctima.

—¿De quién, entonces? —preguntó Baxter.

—Ni idea. Quizá sea importante, quizá no.

El entusiasmo de Baxter se disipó.

—¿Puedes decirnos algo con lo que empezar?

—Puedo asegurar que el hombre —dijo, y Baxter enarcó las cejas—, o la mujer —prosiguió, y ella volvió a bajarlas—, tenía dedos.

Edmunds articuló un resoplido involuntario que intentó disimular con una tos cuando su superior lo fulminó con la mirada.

—No os preocupéis, hay más —continuó Joe.

Señaló la pierna de varón negro, que estaba surcada por una larga cicatriz producto de una operación. Orientó una radiografía hacia la luz. Dos largas franjas blancas brillaban en incongruente contraste con los huesos descoloridos que se apreciaban debajo.

—Las placas y los tornillos sujetan la tibia, el peroné y el fémur —explicó el forense—. Fue una señora intervención, de las de «¿Operamos o amputamos?». Alguien recordará haberla practicado.

—¿Esas cosas no llevan un número de serie o algo así? —preguntó Baxter.

—Lo comprobaré; aunque el que se puedan rastrear o no dependerá del tiempo que haga que se realizó la operación, y esta cicatriz tiene pinta de ser muy antigua.

Mientras Baxter estudiaba las radiografías con Joe, Edmunds se arrodilló para examinar más de cerca el brazo derecho de mujer, que apuntaba de forma inquietante hacia el reflejo de ambos, proyectado en el cristal de la ventana. Las cinco uñas pintadas a la perfección relucían con su esmalte púrpura oscuro.

—¡La del índice es distinta! —exclamó de pronto.

—Ah, te has dado cuenta —afirmó un jovial Joe—. De eso quería hablaros. Era imposible apreciarlo en la oscuridad del apartamento, pero aquí se puede observar con claridad que en ese dedo se ha utilizado un esmalte diferente.

—¿Y eso nos puede ayudar en algo? —preguntó Baxter.

Joe cogió una lámpara ultravioleta del carrito, la encendió y la pasó casi pegada al elegante brazo. Aparecieron varios cardenales, que volvieron a ocultarse a medida que la luz violácea se alejaba y que se concentraban sobre todo en la muñeca y alrededor de esta.

—Hubo un forcejeo —reveló el forense—. Ahora fijémonos en las uñas; ni el menor desperfecto. Las pintaron con posterioridad.

—¿Con posterioridad al forcejeo o a la muerte? —preguntó Baxter.

—Diría que a ambas cosas. No he observado ningún indicio de reacción inflamatoria, lo que significa que la mujer falleció poco después de sufrir las contusiones.

—Creo que el asesino quiere decirnos algo.

Un tramo breve pero importante de la carretera norte estaba cortado por obras. La idea de viajar en un autobús atestado no le atraía en absoluto, así que Wolf tomó la línea que llevaba de Piccadilly a Caledonian Road y dio un paseo de veinticinco minutos de regreso a Kentish Town. No era la ruta más pintoresca una vez que el parque quedaba atrás y que se perdía de vista la distinguida torre del reloj, con sus detalles envejecidos bajo una elegante pátina de óxido verdoso; no obstante, la temperatura había descendido hasta un nivel soportable y el sol vespertino había llevado una brisa sosegada a esa parte de la ciudad.

La jornada, bastante improductiva, había transcurrido monopolizada por la infructuosa búsqueda de Vijay Rana. Wolf y Finlay se habían desplazado hasta Woolwich, donde encontraron el hogar de la familia en un previsible estado de abandono. El penoso jardín de delante causaba más impresión de la debida, con el césped crecido y los hierbajos oportunistas cubriendo el sendero que conducía a la puerta de la entrada. Atisbaron una montaña de cartas sin abrir y publicidad de comidas para llevar al otro lado de una pequeña ventana emplomada.

La información que había recabado Anticorrupción apenas aportaba nada de interés y el atosigado compañero de Rana en la empresa de contabilidad había admitido sin tapujos que, de saber dónde se escondía, lo mataría con sus propias manos. El único hallazgo esperanzador era la llamativa falta de información sobre Rana hasta 1991. Se había cambiado el nombre por alguna razón. Confiaban en que, si en los juzgados o en los Archivos Nacionales conseguían facilitarles una identidad anterior, el reguero de los pecados del pasado los condujera hasta el paradero actual de Rana.

Cuando Wolf llegó a su edificio reparó en un Bentley azul marino con matrícula personalizada mal aparcado frente a la entrada principal. Cruzó la calzada por delante del coche y se fijó en el hombre de cabello plateado que ocupaba el asiento del conductor. Se había detenido en el portal para sacar las llaves cuando su móvil empezó a sonar. El nombre de Andrea apareció en la pantalla. Volvió a guardarse el teléfono en el bolsillo y acto seguido oyó el ruido sordo de la pesada puerta de un coche lujoso al cerrarse de golpe a su espalda.

—Ignoras mis llamadas —lo acusó Andrea.

Wolf suspiró y se volvió hacia ella. La periodista tenía un aspecto inmaculado de nuevo, posiblemente después de haberse pasado otro día entero delante de la cámara. Se dio cuenta de que llevaba el collar que él le había regalado el día de su primer aniversario de bodas, pero prefirió no hacer ningún comentario al respecto.

—Me pasé toda la noche del sábado encerrada —continuó.

—Es lo que tiene violar las leyes.

—Ya basta, Will. Los dos sabemos que, si no lo hubiera anunciado yo, lo habría hecho otro.

—¿Estás segura?

—Claro que estoy segura. ¿Crees que, si no lo hubiera emitido, el asesino habría dicho «Vaya, al final no lo ha leído, es una pena. Pues nada, mejor me olvido de la lista de personas que descuartizar»? Claro que no. Se habría puesto en contacto con otro canal de noticias y seguramente habría buscado un huequecito para mí en su apretada agenda.

—¿Esta es tu idea de pedir disculpas?

—No tengo nada por lo que pedir disculpas. Lo que quiero es que me perdones.

—Primero hay que pedir disculpas cuando esperas que te perdonen. ¡Así es como funciona!

—¿Quién lo dice?

—No lo sé... ¿El protocolo policial?

—Claro, como si eso existiera.

—No pienso discutir esto contigo —zanjó Wolf, asombrado ante la facilidad con la que retomaban las viejas costumbres. Dirigió la vista más allá de Andrea, hacia el coche elegante que había aparcado al ralentí junto a la acera—. ¿Cuándo se ha comprado un Bentley tu padre?

—¡Vete a la mierda! —le espetó, lo cual lo cogió por sorpresa.

Poco a poco Wolf entendió por qué se había ofendido Andrea.

—Ay, cielos. Es él, ¿verdad? Con el que te achuchas ahora —dedujo, entornando los ojos en un esfuerzo por ver más allá de las lunas tintadas.

—Es Geoffrey, sí.

—Ah, así que Geoffrey, ¿eh? Bueno, se le ve muy... rico. ¿Qué tiene? ¿Sesenta?

—Deja de mirarlo.

—Puedo mirar lo que me dé la gana.

—Eres tan inmaduro...

—Pensándolo bien, quizá no debas achucharlo con demasiada fuerza, no sea que le rompas algo.

Andrea no pudo reprimir un atisbo de sonrisa.

—No, en serio —siguió Wolf en voz baja—, ¿de verdad él es la razón por la que me dejaste?

—La razón por la que te dejé eres tú.

—Ah.

Se produjo un silencio incómodo.

—Queríamos invitarte a cenar. Llevamos casi una hora aquí sentados y me muero de hambre.

Wolf emitió un gruñido de decepción poco convincente.

—Me encantaría, pero resulta que estaba a punto de salir.

—Acabas de llegar.

—Mira, aprecio el gesto, pero ¿te importa si lo dejamos para otro día? Tengo una montaña de trabajo pendiente y solo me queda un día para dar con Rana y... —Wolf reparó en su desliz al ver que Andrea ensanchaba los ojos con interés.

—¿No lo tenéis? —preguntó ella, estupefacta.

—Andie, estoy cansado. No sé lo que digo. Tengo que irme.

Wolf la dejó en el portal y entró en el edificio. Andrea montó en el asiento del pasajero del Bentley y cerró la puerta.

—Una pérdida de tiempo —murmuró Geoffrey tras presenciar el desenlace que imaginaba.

—En absoluto —negó Andrea.

—Si tú lo dices. ¿Cena en el Greenhouse, entonces?

—No te importa si esta noche no te acompaño, ¿verdad?

Geoffrey resolló.

—¿A la oficina, entonces?

—Sí, por favor.

Wolf abrió la puerta de su cutre apartamento y encendió el televisor para mitigar el escándalo de la competición de gritos que todas las noches libraba la pareja incompatible de arriba. El presentador de un programa sobre casas enseñaba a unos recién casados un chalet de tres dormitorios ubicado en las afueras de un parque idílico en una región aún más agradable del país. Resultaba tan gracioso como desgarrador oírlos deliberar acerca del reducidísimo precio de venta, que ni siquiera les habría permitido acceder al cuchitril que él ocupaba en ese momento en la capital.

Se acercó a la ventana de la cocina y miró la negrura de la escena del crimen. Se detuvo; en cierto modo esperaba ver allí colgado el Ragdoll, el grotesco muñeco de trapo, acechándolo. El programa sobre casas llegó a su fin (la pareja decidió que podía conseguir una propiedad mejor por ese dinero) y un hombre del tiempo pronosticó con voz enérgica que la ola de calor terminaría de forma espectacular la noche siguiente, con previsión de tormentas y lluvias de gran intensidad.

Apagó el televisor, corrió las cortinas y se tendió en el colchón del suelo del dormitorio con el libro que llevaba leyendo más de cuatro meses. Avanzó una página y media más antes de sumirse en un sueño agitado.

Se despertó cuando su teléfono móvil empezó a vibrar sobre el montón de ropa doblada del día anterior. Sintió de inmediato un fuerte dolor en el brazo izquierdo y, al mirar, comprobó que la herida había rezumado líquido durante la noche, empapando el vendaje. La habitación le resultaba extraña bajo la luz tenue de la mañana, teñida de unos tonos grisáceos que sustituían la calidez anaranjada a la que se había acostumbrado durante las dos últimas semanas. Volvió el cuerpo y estiró la mano para alcanzar el tembloroso teléfono.

—¿Jefe?

—¿Qué has hecho ahora? —le reprendió un iracundo Simmons.

—No lo sé. ¿Qué he hecho ahora?

—Tu esposa…

—Exesposa.

—… ha sacado la cara de Vijay Rana en todos los informativos matutinos y ha anunciado al mundo entero que no tenemos ni idea de dónde encontrarlo. ¿Es que quieres que me despidan?

—No es mi intención, no.

—Arréglalo.

—Oído.

Wolf salió a la habitación principal dando tumbos. Se tomó dos analgésicos para el dolor del brazo y encendió el televisor. Andrea apareció en la pantalla, tan radiante como siempre, aunque con la misma ropa que llevaba puesta la tarde anterior. Con sus características dotes interpretativas, estaba leyendo la declaración de un «portavoz de la policía», a todas luces falsa, que suplicaba a los familiares y amigos de Rana que dieran la cara por el bien de este.

En la esquina superior derecha de la imagen, una cuenta atrás indicaba las horas y los minutos que faltaban para la mañana del miércoles. Era increíble; no tenían ni la menor idea de por dónde empezar a buscar a Rana, y solo disponían de diecinueve horas y veintitrés minutos hasta que el asesino ejecutase a su siguiente víctima.

10

Londres había recuperado su atmósfera monocroma habitual, con el cielo plomizo sustentado por los edificio de un gris sucio que proyectaban sus sombras oscuras en la inmensa planicie hormigonada.

Wolf marcó el número de Andrea mientras recorría el breve tramo que llevaba desde la estación de metro hasta New Scotland Yard. Para su sorpresa, su exesposa descolgó casi al instante. Pareció sorprenderse sinceramente por la reacción de Wolf, e insistió una y otra vez en que solo pretendía ayudar a la policía en compensación por el perjuicio que pudiera haberle ocasionado. Arguyó que el hecho de que el país entero estuviera buscando a Rana podría funcionar, y ni siquiera Wolf podía rebatir ese razonamiento egoísta. Sin embargo, sí consiguió que Andrea le jurase que consultaría con él antes de volver a compartir más detalles polémicos con el resto de la población.

Wolf entró en la oficina, donde Finlay ya estaba enfrascado en el trabajo. Hablaba por teléfono con los juzgados, haciendo hincapié en que la sencilla tarea que aún no habían completado era de una importancia vital. Wolf se sentó en el escritorio de enfrente y hojeó las montañas de papeles que habían dejado los detectives del turno de noche, quienes a pesar de sus esfuerzos no parecían haber hecho grandes progresos. A falta de una idea mejor para dar con Rana, continuó a partir de donde ellos lo habían dejado y asumió la ardua tarea de marcar una casilla tras otra mientras revisaba de forma sistemática una infinidad de recibos bancarios, extractos de tarjetas de crédito y detallados registros telefónicos.

A las 9.23 sonó el teléfono de Finlay, que contestó con un bostezo.

—Shaw.

—Buenos días, soy Owen Whitacre, de los Archivos Nacionales. Le pido disculpas por todo el tiempo que ha llevado...

Finlay hizo señas a Wolf para llamar su atención.

—¿Nos ha conseguido un nombre?

—Lo cierto es que sí. En este momento le estoy enviando por fax una copia del certificado, pero pensé que tal vez debería ponerme en contacto con usted directamente teniendo en cuenta... en fin, teniendo en cuenta lo que hemos encontrado.

—¿Lo que han encontrado?

—Sí. Vijay Rana se llamaba, de nacimiento, Vijay Khalid.

—¿Khalid?

—Hemos hecho algunas comprobaciones, y consta que tiene un hermano menor: Naguib Khalid.

—*Shiatsu.*

—¿Disculpe?

—Nada. Gracias —dijo Finlay antes de colgar.

Pocos minutos después, Simmons había designado a otros tres agentes para que ayudasen a Wolf y a Finlay a indagar en el pasado oculto de Rana. Se encerraron en la sala de reuniones, lejos del ruido y del ajetreo de la oficina principal, y se pusieron a trabajar. Aún tenían catorce horas y media para encontrarlo.

Aún tenían tiempo.

El dolor de cuello estaba matando a Edmunds después de pasar la noche en su incomodísimo sofá. Al volver a casa, un dúplex que en su día había sido de protección oficial, a las ocho y diez de la pasada tarde, se encontró con la madre de Tia fregando los platos. Había olvidado la cena por completo. Ella lo recibió con su calidez habitual, se puso de puntillas para llegar a su pecho y lo envolvió con los brazos cubiertos de espuma. Tia, sin embargo, no se mostró tan comprensiva. Al presentir la tempestad, su madre se disculpó y se marchó tan rápido como sus modales se lo permitieron.

—Hace más de dos semanas que lo habíamos planeado —le recriminó la joven.

—Las cosas se han complicado en el trabajo. Lamento haberme perdido la cena.

—Tenías que haber traído el postre, ¿recuerdas? He tenido que improvisar uno de mis bizcochos de frutas.

De pronto Edmunds ya no sentía tanto haber llegado tarde.

—Oh, no —se lamentó con convincente teatralidad—. Deberías haberme guardado un trozo.

—Te lo he guardado.

«Maldita sea.»

—¿Así va a ser nuestra vida a partir de ahora? ¿Vas a seguir saltándote la cena y apareciendo a deshoras con las uñas pintadas?

Edmunds, avergonzado, se toqueteó el esmalte púrpura desconchado.

—Son las ocho y media, T. Yo no lo llamaría «a deshoras».

—Entonces va a ser todavía peor, ¿verdad?

—Puede que lo sea. Ahora este es mi trabajo —replicó Edmunds.

—Motivo por el cual yo nunca quise que dejaras Anticorrupción —le recordó Tia, elevando el tono.

—Pero ¡lo dejé!

—¡No puedes ser tan egoísta cuando eres padre!

—¿Egoísta? —exclamó Edmunds, incrédulo—. ¡Me paso el día ahí fuera para traer dinero a casa! ¿De qué íbamos a vivir si no? ¿De tu sueldo de peluquera?

Se arrepintió del reproche envenenado en cuanto salió de sus labios, pero el daño ya estaba hecho. Tia corrió escaleras arriba y dio un portazo al entrar en el dormitorio. Edmunds pensaba disculparse por la mañana, pero como se marchó a trabajar antes de que ella se levantara, tomó nota mental de comprar unas flores antes de volver a casa.

Lo primero que hizo fue reunirse con Baxter, confiando en que no se diera cuenta de que llevaba puesta la misma camisa del día anterior (las otras, recién planchadas, estaban colgadas tras la puerta del dormitorio, cerrada por dentro) ni en que no podía volver el cuello hacia la derecha. Mientras ella se encargaba de ponerse en contacto con distintos traumatólogos y fisioterapeutas para solicitarles información sobre la pierna reconstruida, él debía averiguar cuanto pudiera acerca del anillo liso de plata.

Buscó en su teléfono las joyerías de renombre más cercanas y salió, a pie, hacia Victoria. Cuando llegó, el amanerado vendedor se ofreció encantado a ayudarlo, sin duda deleitándose con la trágica historia. Llevó a Edmunds a una sala trasera donde la ilusión elegante y relajada de la tienda quedaba reemplazada por una serie de imponentes cajas fuertes, utensilios sucios, material de pulimento y pantallas que proyectaban lo que recogía la decena de cámaras ocultas que vigilaban todos y cada uno de los escaparates de cristal blindado.

Un hombre pálido y desaliñado, que parecía ocultarse como

un leproso que se escondiera de una clientela de clase alta demasiado impresionable, llevó el anillo a su banco de trabajo y examinó la banda interior a través de una lupa.

—Platino de la más alta calidad, con el sello de la Oficina de Análisis de Edimburgo, fabricado en 2003 por alguien que respondía a las iniciales de T.S.I. Puede ponerse en contacto con ellos para averiguar a quién corresponde esa firma.

—Vaya. Gracias. No se imagina lo mucho que me ha ayudado —dijo Edmunds mientras tomaba notas, asombrado por la valiosa información que había obtenido aquel hombre a partir de unos símbolos que parecían carecer de importancia—. ¿Cuánto calcula que podría costar un anillo como este?

El hombre puso la gruesa joya en una balanza y sacó un catálogo manoseado del fondo de uno de los cajones.

—No es una marca de diseño, lo que bajaría un poco el precio, pero tenemos anillos parecidos que pueden subir hasta las tres.

—¿Tres mil libras? —confirmó Edmunds. Por un momento recordó la discusión que había mantenido con Tia el día anterior—. Al menos eso nos da una idea de la clase social a la que pertenecía la víctima.

—Y no solo eso —añadió el hombre con seguridad—. Es uno de los anillos más sosos que he visto nunca. Prácticamente carece de valor artístico. Es lo mismo que pasearse por ahí con un puñado de billetes de cincuenta en cada mano; materialismo pretencioso. Todo por fuera, nada por dentro.

—Debería trabajar para nosotros —bromeó Edmunds.

—Bah —rechazó el hombre—, no pagan lo suficiente.

Para la hora del almuerzo, Baxter había llamado a más de cuarenta hospitales. Se entusiasmó al enviar por correo electrónico la radiografía y una foto de la cicatriz resultante a un cirujano que aseguraba ser quien había salvado esa pierna; por desgracia, al cabo de cinco minutos el médico llamó para decir que él jamás habría realizado una sutura tan espantosa y que no podía serle de más ayuda. Sin una fecha o un número de serie, la información que le había proporcionado era demasiado imprecisa.

Observó a Wolf en la sala de reuniones. Él también estaba al teléfono, trabajando frenéticamente con su equipo para localizar a Rana. Baxter aún no había mencionado el hecho de que su nombre figurase en la lista del asesino, tal vez porque no sabía muy bien qué reacción esperaba el detective por su parte. Entonces más que nunca, no tenía ni idea de lo que eran el uno para el otro.

La asombraba el modo en que Wolf se había entregado a su trabajo. Otros hombres más débiles se habrían hundido, escondido, amparado en aquellos que los rodeaban. Él no. Si acaso, era más fuerte, más decidido, como el hombre que había conocido durante los asesinatos del Incinerador; eficiente, implacable y autodestructivo como una bomba de relojería. Nadie más había reparado en el cambio sutil que se había operado en él, pero con el tiempo terminarían por darse cuenta.

Edmunds había hecho progresos impresionantes con el anillo. Ya se había puesto en contacto con la Oficina de Análisis de Edimburgo, donde le habían informado de que el sello pertenecía a una joyería independiente del Casco Antiguo. Tras enviarles una fotografía del anillo, con las medidas toscamente anotadas, Edmunds se dedicó a comparar esmaltes de uñas mientras esperaba a que le devolviesen la llamada. Después de haber entrado en un par de tiendas de cosmética de camino a la oficina, era el orgulloso propietario de otros seis frascos centelleantes, ninguno de los cuales era de los tonos que estaban buscando.

—Tienes un aspecto lamentable —observó Baxter después de hablar por teléfono con el cuadragésimo tercer hospital.

—No he dormido muy bien —se justificó Edmunds.

—Ayer llevabas esa camisa.

—¿Sí?

—Es la primera vez en tres meses que te pones la misma camisa dos días seguidos.

—No sabía que llevases un registro.

—Has discutido —dedujo, disfrutando de la reticencia de Edmunds a hablar del asunto—. Noche de sofá, ¿eh? Todos hemos pasado por eso.

—Si no te importa, ¿podríamos hablar de otra cosa, por favor?

—¿Y por qué ha sido? ¿No le hace gracia que tengas una chica de compañera? —Baxter rotó sobre la silla y lo miró con un pestañeo exagerado.

—No.

—¿Te preguntó cómo te había ido el día y te diste cuenta de que no tenías nada de lo que hablar con ella excepto sobre extremidades cercenadas o alcaldes a la parrilla?

—Siempre está el esmalte de uñas —se defendió él con una sonrisa mientras le enseñaba las uñas astilladas que el día anterior se había pintado de púrpura. Pretendía utilizar la broma para demostrarle a Baxter que sus conjeturas no le afectaban.

—En ese caso, fue porque te perdiste algo. ¿Un cumpleaños? ¿Un aniversario?

Al ver que Edmunds guardaba silencio, Baxter supo que iba por el buen camino. Lo miró fijamente y esperó una respuesta con paciencia.

—Una cena con su madre —masculló él.

Baxter estalló en carcajadas.

—¿Una cena con su madre? Joder, dile que se tranquilice un

poco. Estamos intentando atrapar a un asesino en serie, por el amor de Dios. —Se inclinó hacia él en ademán cómplice—. Hace tiempo salía con un tipo, ¡me perdí el funeral de su madre porque andaba persiguiendo un barco por el Támesis!

Se rio a voz en cuello y Edmunds hizo lo mismo. Se sintió culpable por no defender a Tia, por no explicar que todavía se estaba acostumbrando a las exigencias de su nuevo empleo, pero le agradaba tener algo en común con su compañera.

—No volví a saber de él después de aquello —continuó.

Poco a poco la risa de Baxter se fue aplacando, y entonces Edmunds creyó percibir un poso de tristeza bajo la fachada de indiferencia, un leve titubeo, como si por un momento se hubiera preguntado cómo habrían sido las cosas de haber tomado otra decisión.

—Verás como a tu cagoncete se le ocurra llegar a este mundo en un momento en el que estemos atareados en una escena del crimen y no puedas acompañarla.

—Eso no va a suceder —le aseguró Edmunds a la defensiva.

Baxter se encogió de hombros y giró la silla hacia el otro lado. Cogió el teléfono y marcó el siguiente número de la lista.

—Matrimonio. Detective. Divorcio. Pregúntale a cualquiera en esta sala. Matrimonio. Detective. Divorcio... Ah, hola, soy la sargento detective Baxter, le llamaba por lo de...

Simmons salió de su despacho y se detuvo ante las fotografías de la autopsia con las que Baxter había inundado el escritorio vacío de Chambers.

—¿Cuándo vuelve Chambers? —le preguntó el inspector jefe.

—Ni idea —respondió ella mientras esperaba a que transfirieran la llamada al enésimo departamento de fisioterapia.

—Juraría que era hoy.

Baxter encogió los hombros en señal de que no le importaba y no quería oír nada más al respecto.

—Ya me dejó colgado toda una semana cuando el volcán aquel entró en erupción hace unos años. Más le vale no haberse quedado «atrapado» en el Caribe. Llámalo por mí, ¿quieres?

—Llámalo tú mismo —rezongó ella, cada vez más enojada por la canción de Will Young que le estaba perforando el oído.

—Tengo que llamar a la comandante. ¡Hazlo!

Mientras seguía esperando a que la transfiriesen, Baxter sacó su móvil y marcó el número de la casa de Chambers, que se sabía de memoria. La atendió directamente el contestador automático.

—¡Chambers! Soy Baxter. ¿Dónde te has metido, puto holgazán? Mierda, espero que los críos no oigan esto. Si Arley o Lori estáis escuchando, por favor, ignorad las palabras «puto» y... «mierda».

Alguien se puso por fin al teléfono en el hospital, lo que cogió a Baxter desprevenida.

—Maldita sea —resopló por el móvil antes de colgar.

Una sensación de impotencia absoluta se iba apoderando de Wolf a medida que las horas pasaban. A las dos y media recibió una llamada del agente que había enviado a la casa del primo de Rana. Al igual que las otras pistas que manejaban, tampoco había dado resultado. Estaba seguro de que Rana y su familia tenían que haberse ocultado en la casa de unos familiares o amigos. Hacía cinco meses que habían desaparecido sin dejar rastro, pero tenían que cuidar de dos hijos en edad escolar, que deberían dejarse ver a lo largo de la semana. Se frotó los ojos cansados y miró a Simmons, que caminaba en círculos por su apretado despacho mientras atendía las interminables llamadas de sus superiores mientras cambiaba de un canal de noticias a otro para evaluar los últimos daños.

Había pasado otra media hora sin que se produjera ninguna novedad cuando de pronto Finlay dio una voz.

—¡Tengo algo!

Wolf y los demás dejaron lo que tenían entre manos para escucharlo.

—Cuando la madre de Rana falleció, en 1997, les dejó la casa a sus dos hijos. Nunca la revendieron. Unos años después, pusieron la propiedad a nombre de la hija recién nacida de Rana. Otra vez evasión fiscal, está claro.

—¿Dónde? —preguntó Wolf.

—En Lady Margaret Road, en Southall.

—Tiene que ser ahí —presintió.

Tras perder a piedra, papel o tijeras, un avergonzado Wolf interrumpió la conferencia telefónica de Simmons. El inspector jefe pasó a la sala de reuniones y Finlay le explicó lo que había averiguado. Decidieron que Wolf y Finlay solo detuvieran a Rana. Era vital que actuaran con discreción, lo que además serviría para mantener la táctica de dejar que la prensa los destripara y airease su incapacidad de dar con Rana. Y el jueves por la mañana anunciarían que se encontraba sano y salvo.

Simmons propuso recurrir a los contactos que tenía en el Servicio de Personas Protegidas del Reino Unido, mucho mejor preparados para llevar a cabo la misión de traslado y escolta en secreto, y que se responsabilizaran de Rana de forma conjunta hasta que se confirmara que el peligro había pasado. Acababa de descolgar el teléfono cuando alguien llamó con reparo a la puerta de la sala de reuniones.

—¡Ahora no! —bufó el inspector jefe cuando una agente subalterna entró en la sala tímidamente y cerró la puerta—. ¡He dicho que ahora no!

—Lamento mucho interrumpirlo, señor, pero ha entrado una llamada de teléfono que creo que es preciso que atienda.

—¿Y por qué lo crees? —le preguntó Simmons con condescendencia.

—Porque Vijay Rana acaba de personarse en la comisaría de Southall y se ha entregado.

—Ah.

11

Martes, 1 de julio de 2014
16.20 h

Finlay se durmió al volante cuando conducía por el carril exterior de la autopista. Esto no se convirtió en el desastre que habría sido en circunstancias normales porque llevaban más de cuarenta minutos parados en medio de un atasco. La lluvia caía con la fuerza suficiente para imponerse a sus ronquidos, de modo que, en lugar de por un aguacero, la fina carrocería parecía castigada por un diluvio de piedras. Hacía rato que los limpiaparabrisas no daban abasto, lo que podría ser la razón de que el tráfico se hubiera detenido.

Querían preservar el anonimato, así que habían sacado un coche del parque móvil con el que consiguieron dejar atrás a la prensa, que se retiró para guarecerse del repentino chaparrón. De nada les hubiera servido disponer de una sirena; estaban atrapados en el carril exterior de una calzada de cuatro vías y el embotellamiento ocupaba hasta el último rincón disponible. Jamás habrían podido llegar al arcén, que, a menos de diez metros de ellos, parecía angustiosamente inalcanzable.

Wolf había hablado con Walker, el inspector jefe de la comisaría de Southall. De inmediato tuvo la impresión de estar tratando con alguien capaz e inteligente. Habia cacheado a Rana a su llegada, lo había llevado a una celda y había apostado a un agente en la puerta. Le aseguró que solo cuatro personas, incluido él mismo, sabían que Rana estaba en las dependencias policiales. Hizo que sus hombres jurasen guardar el secreto, incluso ante los compañeros que se encontraban de patrulla. Cerró la comisaría a petición de Wolf, bajo el pretexto de una fuga de gas, y ordenó a sus agentes que mientras tanto se integrasen en otras comisarías. A pesar del retraso, respiró aliviado al saber que, por el momento, Rana se encontraba en buenas manos.

Los cinco vehículos que habían chocado en cadena fueron retirados para entretenimiento del tráfico que avanzaba con pesadez por el carril izquierdo. Llegaron a Southall en poco más de una hora. El rumor de los primeros truenos reverberaba por el cielo turbio cuando Wolf y Finlay se apearon del coche. Las farolas de las calles, ya encendidas, proyectaban sus reflejos en los paraguas huidizos y en el torrente de agua que desbordaba las cunetas, en competición con el tráfico que congestionaba la carretera.

Los dos terminaron calados hasta los huesos tras una carrera de diez segundos desde el aparcamiento hasta la entrada trasera de la comisaría. El inspector jefe les abrió la puerta y se apresuró a cerrarla con llave de nuevo en cuanto entraron. Tendría más o menos la edad de Finlay y lucía el uniforme con orgullo. Las pronunciadas entradas le favorecían tanto que daba la impresión de que se estuviera quedando calvo a propósito. Los recibió con calidez y los condujo hasta la sala de descanso, donde les ofreció una bebida caliente.

—Bien, caballeros, ¿hay algún plan para el señor Rana? —preguntó Walker. Le dirigió la pregunta a Finlay, quizá como muestra de deferencia por ser el mayor de los dos, aunque sabía muy bien que era Wolf quien había organizado el dispositivo.

—Con tan poca antelación, Personas Protegidas no tiene

tiempo de preparar nada —explicó Finlay, que se enjugó el agua de la cara con una manga empapada—. No se moverán hasta que puedan garantizar su integridad.

—En ese caso, lo dejaré en sus manos expertas —accedió Walker—. Por favor, pónganse cómodos.

—Me gustaría hablar con él —solicitó Wolf cuando el inspector jefe se disponía a salir de la sala.

Walker tardó unos segundos en contestar, tal vez mientras daba la forma menos ofensiva posible a su respuesta.

—Sargento detective Fawkes, usted es ahora toda una celebridad —comenzó.

Wolf no terminaba de ver adónde quería llegar.

—Aunque, y en absoluto quisiera que se lo tomase como una ofensa, ya lo era antes de que ocurriese todo esto, ¿cierto?

—¿A qué se refiere?

—Me refiero a que, cuando esta tarde el señor Rana se ha presentado dando tumbos en la recepción, se le notaba muy afligido. Quería distanciarse de su esposa y sus hijos, lo que es comprensible dadas las circunstancias. Después se ha venido abajo y ha roto a llorar por su difunto hermano.

—Entiendo —dijo Wolf, que comprendía las reservas de Walker: lo sabía. Aunque le irritaba, respetaba el hecho de que el inspector jefe solo estaba haciendo su trabajo—. Antes de todo esto no conocía a Vijay Rana, ni siquiera había oído hablar de él. Lo único que pretendo es que siga con vida, y diría que, si alguien va a necesitar que lo protejan durante nuestra reunión, seré yo.

—Entonces no le importará si estoy presente en todo momento durante su entrevista con el detenido —propuso Walker.

—A decir verdad, me haría sentir más seguro —aceptó Wolf con despreocupación.

Walker los condujo a la sala de custodia, ubicada en la parte trasera del edificio, donde los otros tres agentes que estaban al tanto de la situación esperaban intranquilos. El inspector jefe les presentó a Wolf y a Finlay y pidió al policía que montaba guardia que abriera la puerta de la celda de Rana.

—Lo hemos puesto al fondo, lo más lejos posible del resto de nuestros invitados —comentó el responsable de la comisaría.

La puerta pivotó con pesadez para dar paso a la celda de custodia, compuesta por un retrete mohoso y un colchón y una almohada azules que cubrían el catre de madera. Rana estaba sentado con la cabeza entre las manos, vestido todavía con un anorak mojado. La cerradura produjo un clac sonoro cuando pasaron adentro y Walker se acercó despacio al detenido.

—Señor Rana, estos dos agentes son quienes se encargarán de...

Rana levantó la mirada y en el momento en que sus ojos sanguinolentos se clavaron en Wolf, se levantó del catre de un brinco y cargó hacia delante. Walker lo asió de un brazo cuando pasaba junto a él y Finlay lo agarró del otro. Lo arrastraron de regreso al catre mientras gritaba:

—¡Hijo de puta! ¡Hijo de puta!

Los experimentados agentes redujeron sin dificultad a Rana, que era bajo y padecía un sobrepeso acusado. Una barba hirsuta había crecido de forma desigual en su cara inmensa durante los últimos días. Pareció desinflarse al cejar en su acometida y empezó a gimotear sobre la almohada. Walker y Finlay lo soltaron con cautela mientras Vijay se incorporaba. Poco a poco, la atmósfera terminó por calmarse.

—Mi más sentido pésame por la pérdida de tu hermano —le dijo Wolf con una sonrisa de satisfacción. La mirada furibunda de Rana volvió a hundirse en él—. Se ha perdido un gran pedazo de mierda.

—¡Hijo de puta! —gritó Rana una vez más mientras Walker y Finlay se esforzaban por devolverlo al catre.

—Maldita sea, Will —protestó Finlay cuando una rodilla perdida impactó contra su entrepierna.

—Hágalo otra vez, Fawkes —le advirtió Walker con enojo—, y no me molestaré en sujetarlo.

Wolf levantó una mano a modo de disculpa y retrocedió algunos pasos para apoyarse contra la pared. Cuando Rana se sosegó de nuevo, Finlay le explicó la situación; que solo un reducido grupo de agentes sabía que se había presentado en la comisaría, que esperaban las instrucciones de Personas Protegidas, que estaba a salvo y que había tomado la decisión acertada al entregarse. Siguiendo las pautas de su adiestramiento, cuando facilitó a Rana información suficiente para empezar a ganarse su confianza, Finlay inició el interrogatorio. Le preguntó si conocía a alguna de las otras personas de la lista, si sabía quién podría desearle algún mal, si en los últimos tiempos había mantenido conversaciones telefónicas o vivido incidentes que se salieran de lo habitual.

—¿Me das permiso para hacerte un par de preguntas acerca de tu hermano? —le preguntó Finlay con una educación que sorprendió a Wolf. Se acercaba con sigilo al que, como habían comprobado, era el punto débil de Rana.

Wolf se esforzó por mantener la mirada fija en el suelo para no hacer más incómoda la situación.

—¿Por qué? —inquirió Rana.

—Porque tiene que existir alguna relación entre las personas de la lista y las víctimas que ya... —explicó Finlay con tacto.

Wolf puso los ojos en blanco.

—Vale —aceptó Rana.

—¿Cuándo fue la última vez que tuviste noticias de tu hermano?

—2004... o 2005 —respondió Rana entre titubeos.

—¿Eso significa que no asististe al juicio?

—No. No asistí.

—¿Por qué? —preguntó Wolf, que llevaba más de cinco minutos en silencio.

Walker se disponía a sujetar a Rana, pero este no intentó moverse ni contestó a la pregunta.

—¿Qué clase de persona no asiste ni un solo día al juicio de su hermano? —insistió Wolf, ignorando las miradas de reprobación de Walker y Finlay—. Yo te diré qué clase de persona: la que ya conoce la verdad, la que ya sabe que su hermano es culpable.

Rana no respondió.

—Esa es la razón por la que te cambiaste el nombre hace años. Sabías lo que planeaba hacer y querías desentenderte de todo eso.

—Yo no sabía que iba a...

—¡Sí lo sabías! —gritó Wolf—, y no hiciste nada. ¿Qué edad tiene tu hija?

—¡Fawkes! —le avisó Walker.

—¿Qué edad?

—Trece —masculló Rana.

—Me pregunto si tu hermano ya habría quemado viva a tu hija si yo no lo hubiera detenido. Ella lo conocía, tal vez incluso confiase en él. ¿Cuánto tiempo crees que habría tardado tu hermano en sucumbir a la tentación de un blanco tan fácil?

—¡Basta! —gimió Rana, que se tapó los oídos con las manos como un niño—. ¡Por favor, basta!

—¡Me lo debes, Vijay Khalid! —le espetó Wolf.

Aporreó la puerta de la celda y dejó que Finlay y Walker atendieran al detenido, sollozante.

A las siete y cinco Wolf recibió una llamada para avisarle de que alguien estaría con ellos a las diez y media como muy tarde. Personas Protegidas todavía tenía que asignarles una unidad de agentes debidamente adiestrados y un piso franco donde eludir la amenaza inminente contra la integridad de Rana. Wolf se lo comunicó a Walker y a sus agentes, que no se molestaron en disimular que allí ya no era bien recibido.

Harto de sus miradas hostiles, decidió salir a buscar algo de comer para Finlay, él y el detenido (como medida de precaución, ordenó a Walker que no lo alimentasen con nada que hubiera en la comisaría). Se ofreció a comprar patatas fritas para todos, no porque considerase que les debía nada, sino porque no estaba seguro de que le dejasen entrar otra vez si volvía con las manos vacías.

Wolf se puso el abrigo empapado y uno de los agentes mantuvo la puerta reforzada abierta para él. Según parecía, el grueso metal amortiguaba el retumbo de la tormenta. Wolf echó a correr por la calle desierta, procurando acompasar sus pasos al vaivén de los tsunamis en miniatura que inundaban la acera cada vez que un coche pasaba sobre un charco profundo. Encontró la tienda de *fish and chips* y pasó al interior embarrado y resbaladizo. Cuando cerró la puerta para impedir que entrara la lluvia ensordecedora, se dio cuenta de que su teléfono estaba sonando.

—Wolf —respondió.

—Hola, Will. Soy Elizabeth Tate —saludó su interlocutora con voz ronca.

—Liz, ¿qué puedo hacer por ti?

Elizabeth Tate era una dura abogada defensora que además trabajaba como abogada de oficio para numerosas comisarías del centro de Londres. Con sus casi treinta años de experiencia, aportaba una primera línea defensiva para quienes llegaban detenidos y no sabían cómo actuar (desde borrachos hasta asesinos), una solitaria voz de apoyo para los aislados y afligidos.

Aunque muchos otros abogados mentían con descaro, y no por el bien de sus representados, con frecuencia culpables a todas luces, sino para inflar su ego, Elizabeth solo defendía a sus clientes mientras las leyes se lo permitieran. Las contadas ocasiones en que se habían enfrentado fue porque ella creía de verdad en la inocencia de sus defendidos, y en esas circunstancias podía luchar con tanta fiereza y vehemencia como el mejor.

—Tengo entendido que, en estos momentos, tenéis bajo custodia al señor Vijay Rana —dijo.

—Salchichas rebozadas y doble de patatas fritas, por favor, cariño —se oyó pedir a alguien de fondo.

Wolf tapó el micrófono mientras pensaba en una respuesta.

—No sé de qué me…

—No te hagas el tonto. Me ha llamado su esposa —continuó Elizabeth—. Lo representé el año pasado.

—¿Por evasión fiscal?

—Sin comentarios.

—Por evasión fiscal.

—Ya he hablado con Simmons, quien me ha autorizado a reunirme con mi cliente esta noche.

—De ninguna manera.

—No me obligues a recitarte por teléfono la ley de pruebas delictivas y policiales. Me he pasado la última media hora recordándosela a tu jefe. El señor Rana no está solo bajo tu protección, sino que también está bajo arresto por un delito. Los dos sabemos que cualquier cosa que diga, a ti o a quien sea, durante los dos próximos días, podría incriminarlo todavía más en detrimento de su proceso en el tribunal.

—No.

Elizabeth suspiró.

—Habla con Simmons y llámame —le dijo antes de colgar.

—¿A qué hora puedes estar aquí? —preguntó Wolf a Elizabeth por teléfono mientras cogía la última de sus patatas empapadas de vuelta en la comisaría.

Simmons y él habían discutido durante diez minutos, aunque era absurdo pensar que el comisario, que tenía fobia a los pleitos, cedería en un asunto semejante y le negaría a un detenido su derecho a recibir asistencia legal por un delito por el que seguían intentando procesarlo. Simmons, que temía que Wolf desatendiera sus órdenes, le recordó la conversación que habían mantenido el sábado por la tarde. Le reiteró que podría hacer que lo apartaran del caso en cualquier momento. Además, le hizo entender que negarle a Rana un abogado podría echar por tierra el caso contra él; habría salvado la vida a un delincuente solo para conseguir que se marchara de rositas.

A regañadientes, Wolf llamó a Elizabeth.

—Tengo que terminar aquí, en Brentford, y después necesito parar un momento en Ealing por el camino. Podría estar allí a las diez.

—Es un poco justo. Se lo llevarán a y media.

—Llegaré a tiempo.

Se produjo un trueno seco y todas las luces de la sala de custodia se apagaron. Instantes después, el resplandor inquietante de las luces de emergencia desterró parte de la oscuridad. Un detenido que ocupaba una de las celdas más próximas empezó a patear la puerta rítmicamente. El golpeteo apagado resonaba en el pasillo claustrofóbico como el batir de un tambor de guerra mientras la tormenta amortiguada bramaba al otro lado de las paredes. Wolf se levantó y se despidió de Elizabeth.

Notó que le temblaba la mano e intentó ignorar el motivo: aquella era su pesadilla; las incontables noches de desvelo en el pabellón de seguridad, escuchando los gritos incesantes que inundaban el laberinto de pasillos, los golpes inútiles de los pacientes desesperados que se fracturaban los huesos al lanzarse contra las puertas inamovibles. Se tomó un momento para serenarse y se llevó la mano al bolsillo.

—Quiero ver a Rana —dijo a los otros, que aguardaban en el puesto de registro.

Walker y él se adentraron en el pasillo penumbroso mientras el golpeteo constante iba *in crescendo*. El agente que vigilaba la celda de Rana abrió la puerta con urgencia. Dentro imperaba una oscuridad opaca. El resplandor frágil del pasillo apenas hendía el lóbrego calabozo.

—Señor Rana —llamó Walker—. ¿Señor Rana?

Finlay apareció tras ellos con una linterna. Deslizó el haz con premura en todas las direcciones hasta detenerlo en el bulto inmóvil que yacía sobre el catre.

—Mierda —rabió Wolf, que entró sin pensárselo en la sombría celda y volvió a Rana para ponerlo boca arriba. Le apretó el cuello con dos dedos en busca del pulso.

Rana abrió los ojos con un parpadeo y dejó escapar un grito de pánico; estaba profundamente dormido. Wolf respiró aliviado, y Finlay, que permanecía en el pasillo, soltó una risita. Walker solo pensaba en que faltaba mucho para las diez y media.

12

Lo último que Wolf sabía del equipo de Personas Protegidas era que continuaba atrapado en el atasco de la M25. Uno de los agentes encargados de la vigilancia puso su teléfono encima del mostrador para que todos pudieran ver el informativo de la BBC sobre el incidente que estaba provocando el retraso. Al parecer había un camión atravesado en la calzada. Dos helicópteros medicalizados habían tomado tierra en la autopista y se había confirmado la muerte de al menos una persona.

La iluminación se había restablecido en la sala de custodia, que parecía cada vez más acogedora mientras la cólera de la tormenta se acrecentaba en el exterior. Finlay había vuelto a dormirse en una silla de plástico. Un agente vigilaba la celda de Rana y los otros dos intercambiaban miradas de exasperación a espaldas de Walker. Comenzaba la decimoquinta hora de su turno de doce horas, y se sentían igual de encarcelados que los ocupantes de los calabozos.

Wolf esperaba a Elizabeth caminando en círculos junto a la puerta de atrás. La abogada también llegaba con mucho retraso a causa del insólito clima. En el último mensaje de texto que había recibido, decía que se encontraba a menos de cinco minutos y que fuese poniendo la tetera al fuego.

Se asomó por el ventanuco de la entrada para observar el aparcamiento inundado y los desagües saturados en los que borboteaba un agua turbia mientras la tormenta se tornaba cada vez más furibunda. Los haces de un par de faros doblaron la esquina con cautela, seguidos de un taxi que se detuvo durante más de un minuto frente a la entrada. Alguien que se protegía con una capucha y portaba un maletín bajó del asiento trasero, subió corriendo las escaleras y llamó con urgencia a la puerta metálica.

—¿Quién es? —voceó Wolf, incapaz de distinguir el rostro oculto bajo la capucha.

—¿Quién crees tú? —contestó Elizabeth con su voz áspera.

Wolf abrió la puerta y recibió una ráfaga de lluvia horizontal cuando el viento huracanado, pronosticado por la Oficina de Meteorología, empezó a lanzar papeles y pósteres por toda la sala. Tuvo que hacer acopio de todas sus fuerzas para volver a cerrar la pesada puerta.

Elizabeth se quitó el abrigo chorreante. Tenía cincuenta y ocho años y siempre llevaba el cabello plateado recogido en una apretada coleta. Wolf solo la había visto lucir tres trajes distintos, todos los cuales parecían haber costado una suma desorbitada en el momento en que los compró, dos décadas atrás, pero que ya estaban desgastados y pasados de moda. Cada vez que se encontraban, ella había vuelto a dejar de fumar, aunque siempre olía a tabaco, e indefectiblemente parecía haberse aplicado a oscuras el pintalabios, rosa chillón. Una amable sonrisa amarillenta se extendió por su rostro cuando miró a Wolf.

—Liz —la saludó él.

—Hola, cielo —respondió la abogada, que dejó caer el abrigo en la silla más cercana antes de darle un abrazo y plantarle un beso exagerado en cada mejilla.

Lo mantuvo apretado contra sí durante una fracción de

segundo más de lo que podía considerarse normal. Wolf supuso que Elizabeth intentaba demostrarle que se preocupaba como una madre por que estuviera bien.

—Hace un día de perros —exclamó para la sala, por si aún no se habían percatado.

—¿Algo de beber? —le ofreció Wolf.

—Mi reino por un té —aceptó con una teatralidad que merecía un público mucho más nutrido.

Wolf se retiró para preparar la oportuna bebida, dejando que Walker y sus agentes efectuasen los registros de seguridad. Se sintió incómodo al permitir que una compañera a la que conocía desde hacía tantos años, una amiga, fuese sometida a un vulgar cacheo. Al menos así parecería que él no tenía parte en ello. Se entretuvo todo el tiempo que pudo antes de regresar a la sala de custodia, donde encontró a Elizabeth bromeando con Finlay, que estaba revisando el contenido del maletín. Había retirado un mechero grabado, que la abogada conservaba solo por motivos sentimentales, y dos lujosos bolígrafos.

—¡Todo correcto! —Finlay sonrió.

Cerró el maletín y lo deslizó hacia Elizabeth, que se bebió el té tibio en unos pocos tragos.

—Bien, ¿dónde está mi cliente?

—Te llevaré con él —se ofreció Wolf.

—Necesitaremos un poco de privacidad.

—Habrá alguien en la puerta.

—Será una conversación confidencial, cielo.

—Entonces tendréis que hablar en voz baja —repuso Wolf encogiéndose de hombros.

Eso hizo sonreír a Elizabeth.

—El mismo listillo de siempre, ¿eh, Will?

Acababan de llegar a la puerta de la celda de Rana cuando sonó el móvil de Wolf. El agente de guardia dejó entrar a Elizabeth y volvió a cerrar la puerta con llave. Satisfecho, Wolf se alejó por el pasillo antes de descolgar. Simmons lo llamaba para comunicarle dos noticias. Acababan de informarle de que, por fin, Personas Protegidas se encontraba en camino y estarían con ellos en cuestión de media hora. A continuación, pasó al conflictivo segundo punto: Wolf y Finlay no podrían acompañar a Rana.

—Voy a ir con ellos —dijo Wolf con firmeza.

—Deben atenerse a unos protocolos muy estrictos —opuso Simmons.

—Me importa una… No podemos entregarlo sin más y dejar que se lo lleven a Dios sabe dónde.

—Podemos y lo haremos.

—¿Tú has aprobado esto? —Se sentía claramente defraudado por su jefe.

—Sí.

—Déjame hablar con ellos.

—Olvídalo.

—Seré educado, te lo prometo. Permíteme que les explique la situación. ¿Cuál es su número?

El barato reloj de pulsera de Wolf emitió un bip para anunciar las doce de la noche mientras discutía con el director del equipo que viajaba ya a su encuentro. Cada vez le exasperaba más el testarudo hombre, que por alguna razón absurda se oponía a saltarse el protocolo a pesar de las circunstancias. Al presentir que tendría mejor suerte cuando se lo encontrase cara a cara, lo llamó «gilipollas» y colgó.

—Es un milagro que tengas amigos —murmuró Finlay. Estaba viendo un breve parte meteorológico con Walker y otro agente.

—Vientos de hasta ciento cincuenta kilómetros por hora —avisó una voz distorsionada.

—Esos tipos están bien entrenados —continuó Finlay—. Debes dejar de obsesionarte con tenerlo todo bajo control.

Wolf iba a responder algo con lo que poner en peligro una de las pocas amistades que todavía conservaba cuando oyó que el agente abría la puerta de la celda de Rana. Elizabeth salió al pasillo. Antes de que terminara de despedirse con sequedad de su cliente, el vigilante volvió a cerrar y bloquear la puerta. Sus pies descalzos chascaban contra el suelo beis (Walker le había confiscado los zapatos por su exagerado tacón) mientras recorría el pasillo. Pasó junto a Wolf sin decir palabra y recogió sus pertenencias de la mesa.

—¿Liz? —dijo él, confundido por el notable cambio de humor de la abogada—. ¿Todo bien?

—Bien —le aseguró ella poniéndose el abrigo. Mientras se abrochaba los botones empezaron a temblarle las manos. Para asombro de Wolf, la vio enjugarse los ojos llorosos—. Me gustaría irme, por favor.

Se dirigió hacia la puerta.

—¿Te ha dicho algo que te haya molestado? —le preguntó Wolf. Notaba como la rabia comenzaba a bullir en él. Albergaba un sentimiento protector hacia aquella mujer, que tenía que lidiar con la escoria de la sociedad a diario. Sabía que se necesitaba una lengua inmerecidamente lacerante para perforar la férrea coraza de Elizabeth.

—Ya soy mayorcita, William —le espetó ella—. La puerta, deprisa, por favor.

Wolf se acercó y retiró la pesada barrera. Un nuevo latigazo de viento y lluvia acompañó el retumbo distante de los truenos cuando Elizabeth salió a la calle.

—¡El maletín! —exclamó Wolf al darse cuenta de que se lo había dejado en la celda de Rana.

Elizabeth lo miró aterrorizada.

—Yo te lo traigo. No tienes por qué volver a verlo —respondió él.

—Lo recogeré por la mañana.

—No digas tonterías.

—¡Maldita sea, Will, déjalo! —bufó Elizabeth antes de bajar las escaleras con urgencia.

—¿A qué ha venido eso? —quiso saber Finlay sin apartar la vista de la diminuta pantalla.

Wolf vio a Elizabeth doblar la esquina en dirección a la calle mayor. Poco a poco, un presentimiento incómodo empezó a oprimirle el pecho. Consultó su reloj; las 12.07.

—¡Abrid la puerta! —gritó mientras echaba a correr por el pasillo.

Al agente, alarmado, se le cayeron las llaves, lo que dio tiempo a Walker para alcanzarlo. La cerradura produjo un clac firme, y cuando Wolf empujó la pesada puerta, encontró a Rana sentado derecho sobre el colchón. Oyó a Walker respirar aliviado tras él...

... y acto seguido jadear al fijarse mejor en el preso.

Rana tenía la cabeza caída hacia delante, el rostro teñido de los tonos azulados y amoratados propios de los muertos, los ojos sanguinolentos salidos de las cuencas de forma antinatural. Alrededor del cuello tenía enrollada varias veces lo que parecía una cuerda de piano, hundida profundamente en la piel cetrina. Del borde interior del maletín abierto sobresalían más cuerdas, evidentes una vez que no estaban ocultas a simple vista.

—¡Llamad a una ambulancia! —gritó Wolf, y volvió a cruzar el pasillo disparado hacia la calle.

Bajó las escaleras resbaladizas, chapoteó por el aparcamiento inundado y dobló la esquina que daba a la calle mayor mientras la lluvia torrencial le arañaba la cara. Habían transcurrido menos de treinta segundos, pero no había el menor rastro de Elizabeth en la acera desierta. Wolf pasó corriendo junto a los escaparates oscurecidos, consciente de que el estruendo de la tormenta jugaba en su contra. Los coches que pasaban hacían el ruido de un avión al despegar cada vez que levantaban una nueva cortina de agua. El rumor de los millones de gotas de lluvia se amplificaba con el golpeteo que producían en los techos metálicos de los coches aparcados.

—¡Elizabeth! —gritó, pero su voz se dispersó en el viento.

Atravesó a la carrera el callejón que separaba dos escaparates y se detuvo. Volvió sobre sus pasos, hasta la boca sombría del estrecho pasadizo, desde donde escudriñó la oscuridad. Se adentró un poco más, oyendo la lluvia tamborilear sobre las botellas de cristal, los envoltorios vacíos y demás desperdicios que alfombraban el suelo invisible del callejón.

—¿Elizabeth? —llamó a media voz. Continuó adentrándose. Sentía que el suelo crujía a su paso—. ¿Elizabeth?

Percibió un movimiento repentino y un instante después se vio empujado contra la fría pared de ladrillo. Alargó el brazo y estuvo a punto de asir el abrigo de Elizabeth cuando esta echó a correr de nuevo hacia la calle.

Wolf reapareció en cuestión de segundos bajo el resplandor granuloso de una farola anaranjada. Elizabeth, llevada por el pánico, corrió embalada hacia la carretera. Un coche familiar se detuvo derrapando a escasos centímetros de ella y sumó el bramido furioso de su claxon al ya de por sí ensordecedor estruendo de la noche. La abogada le llevaba ya varios metros de ventaja. Por alguna extraña razón, sacó su móvil mientras aflojaba el paso y se lo llevó al oído. Cuando empezaba a alcanzarla, Wolf vio la sangre y la mugre que cubrían las plantas de sus pies después de haber corrido descalza por los charcos aceitosos y los arcenes embarrados. Por fin, a tan solo unos pasos de ella, la oyó hablar por el teléfono entre jadeos.

—¡Está hecho! ¡Está hecho!

Estiró el brazo para sujetarla cuando de pronto Elizabeth se adentró en la carretera. De forma instintiva, Wolf la siguió, sin estar seguro de si el tráfico se había detenido o no. Elizabeth recorrió tambaleándose la isleta que se elevaba en medio de la amplia calzada, hasta que tropezó y cayó al asfalto. Al apoyarse sobre las manos y las rodillas, vio que Wolf se había detenido en medio de la carretera. Se fijó en su expresión de espanto y volvió la cabeza en la dirección de su mirada en el momento en que un autobús de dos pisos se le echaba encima.

No gritó.

Wolf se acercó despacio al bulto desmadejado que yacía contra el bordillo a más de diez metros calle adelante. Oyó que a sus espaldas los coches derrapaban hasta detenerse, proyectando los haces de sus faros sobre el cuerpo retorcido. Notó que las lágrimas se le acumulaban en los ojos, demasiado atónito y agotado para intentar imaginarse siquiera por qué su amiga había hecho algo así.

El estupefacto conductor del autobús se acercó indeciso hacia él mientras los pasajeros contemplaban la escena boquiabiertos desde la comodidad de sus asientos. Tenía una expresión de esperanza en el rostro, esperanza de que la mujer pudiera levantarse, de que no hubiera sufrido daños graves, de que su propia vida no acabara de cambiar para siempre. Wolf no tenía la menor intención de consolarlo ni de dirigirse a él en modo alguno. No podía culparlo por no haber visto a una mujer agachada en medio de la carretera bajo un temporal tan violento, pero había sido él quien había puesto fin a la vida de Elizabeth, y Wolf no estaba seguro de poder controlar su rabia.

Cuando un nuevo coche se unió a la creciente cola y sus faros iluminaron otro tramo de la calzada, Wolf vio el móvil roto de Elizabeth tirado en el lugar exacto en el que el autobús había impactado contra ella. Se acercó despacio al teléfono y al darle la vuelta vio que la llamada seguía en curso. Se lo apretó con fuerza contra la oreja y oyó un siseo y el murmullo de una respiración contenida al otro extremo de la línea.

—¿Quién es? —La voz de Wolf se quebró al formular la pregunta.

No obtuvo respuesta, salvo la respiración constante de alguien que permanecía a la escucha y el ruido de maquinaria industrial sonando de fondo.

—Soy el sargento detective Fawkes, de la Policía Metropolitana. ¿Quién es? —repitió; albergaba la corazonada, no obstante, de que ya conocía la respuesta.

Unas lejanas luces azules se deslizaban en su dirección, pero Wolf permaneció inmóvil, escuchando al asesino escuchándolo. Aunque le hubiera gustado amenazarlo, asustarlo, provocar algún tipo de reacción en él, sabía que jamás lograría expresar la ira y el odio ciegos que lo embargaban. Se limitó, por tanto, a escuchar, ignorando el bullicio que lo rodeaba. No sabía por qué redujo el ritmo de su respiración hasta acompasarla con la del asesino, pero momentos después el auricular emitió una crepitación violenta y la llamada se cortó de súbito.

13

Miércoles, 2 de julio de 2014
5.43 h

Karen Holmes esperaba con impaciencia a que comenzase el siguiente parte sobre el estado del tráfico. Nunca dormía muy bien cuando se tenía que levantar de madrugada y se había despertado varias veces durante la noche por culpa de la tormenta furiosa. Cuando salió a oscuras de su chalet de Gloucester, encontró el contenedor de basura volcado en medio de la carretera y una de las tablas de la cerca caída contra el coche de la casa de al lado. La apartó con todo el sigilo que pudo y rezó para que el desagradable vecino no reparase en los nuevos arañazos que atravesaban el capó.

Karen temía la visita mensual a las oficinas centrales de la empresa, ubicadas en la capital. Sus compañeros disfrutaban de los hoteles y las cenas con todos los gastos pagados, pero ella no tenía a nadie a quien pudiera pedirle que cuidase de sus perros con esa regularidad, y su bienestar era primordial para ella.

El tráfico de la autopista empezaba a masificarse y un control de velocidad que no parecía terminar nunca había ralentizado el avance de los coches a fin de proteger una hilera de conos de plástico que se extendía a lo largo de varios kilómetros, lo que hacía pensar que tal vez alguien podría empezar a trabajar, en alguna parte, en algún momento de un futuro próximo.

Karen bajó la vista para manipular la radio, temerosa de haberse perdido algún parte. Cuando de nuevo dirigió la mirada hacia la carretera, se fijó en una enorme bolsa negra que había tirada entre las vallas de acero de la mediana. En el instante en que se situó a su altura, a ochenta kilómetros por hora, habría jurado que la vio moverse. Al mirar por el retrovisor, lo único que vio fue un Audi cuyo conductor, por alguna razón absurda, había decidido acelerar hasta casi estamparse contra su parachoques, momento en que la adelantó a ciento cincuenta kilómetros por hora, demasiado rico o demasiado imbécil para preocuparse por las cámaras de vigilancia.

Siguió avanzando por la autopista y observó que había una incorporación tres kilómetros más adelante. No tenía tiempo de parar, aunque hubiera estado segura de haber visto algo, y no era el caso. La bolsa debía de haber llegado allí arrastrada por el fuerte viento y su coche la habría agitado al pasar junto a ella, pero Karen no conseguía librarse de la sensación de que contenía algo, de que se había movido de un modo extraño.

Había adoptado a sus perros, dos bull terrier de Staffordshire, cuando los recogió del contenedor de basura en el que los habían abandonado. Siempre se le revolvía el estómago al recordarlo. Al salir del tramo en obras, un BMW la rebasó a cerca de doscientos kilómetros por hora, y Karen supuso que si había algo vivo dentro, no seguiría respirando durante mucho más tiempo.

Dio un volantazo que hizo vibrar con violencia su vetusto Fiesta al saltarse las bandas sonoras y dirigirse hacia el ramal de salida. Solo perdería quince minutos si retrocedía y echaba un vistazo. Dio media vuelta en la rotonda y regresó a la autopista en sentido opuesto.

No recordaba con exactitud en qué punto del monótono tramo estaba la bolsa, de modo que aminoró cuando consideró que se encontraba cerca. Al verla más adelante, encendió las luces de emergencia, salió al arcén y se detuvo a su altura. Observó la bolsa negra durante más de un minuto. Se sintió estúpida y enfadada consigo misma, ya que la única agitación que se producía en la bolsa ocurría cuando pasaba algún coche a gran velocidad. Encendió el intermitente derecho y estaba a punto de reincorporarse al carril cuando de pronto la bolsa se sacudió hacia delante.

Karen sintió que el corazón le aporreaba el pecho mientras esperaba a que se formase un hueco en el tráfico, momento en que se apeó del coche y atravesó la calzada corriendo para saltar la mediana. Notaba el rebufo de los vehículos que pasaban a escasos metros de ella, rociándola con barro y agua aceitosa. Se arrodilló y titubeó.

—Que no sean serpientes. Por favor, que no sean serpientes —susurró para sí.

Mientras hablaba, el contenido de la bolsa volvió a brincar deliberadamente hacia ella, instante en que creyó oír un gemido. Con cautela, agarró el material apergaminado y practicó un orificio en un extremo. Ensanchó la abertura poco a poco, temiendo que lo que hubiera dentro echase a correr y terminara arrollado por los coches. Muy nerviosa, rasgó la mitad de la bolsa por accidente y cayó hacia atrás aterrorizada cuando una sucia cabellera rubia se derramó sobre el asfalto y una mujer atada y amordazada empezó a mirar frenéticamente en todas direcciones. Detuvo en Karen sus enormes ojos suplicantes y perdió el conocimiento.

Edmunds cruzó con energía el control de seguridad de New Scotland Yard. Había llegado a casa a tiempo para llevar a Tia a cenar, a modo de disculpa por la discusión de la noche anterior. Los dos habían hecho un esfuerzo por ponerse elegantes y, durante un par de horas, fingieron gustosos que tales extravagancias eran lo más natural para ellos. Disfrutaron de un menú de tres platos y Edmunds se atrevió incluso a pedir un bistec. El ensueño solo quedó deslucido por la irascible camarera, que le gritó al supervisor desde el otro extremo del restaurante que no tenía ni idea de cómo había que pasar los vales de fidelización del hipermercado por la caja registradora.

Edmunds también estaba animado por el hecho de haber encontrado por fin un esmalte de uñas del tono exacto que buscaba. Aún no estaba seguro de si esa información les sería de gran ayuda, pero suponía que les serviría para identificar con mucha mayor celeridad el brazo derecho de mujer del Ragdoll.

Al entrar en la oficina, vio a Baxter ya sentada en el escritorio. Incluso desde el otro lado de la sala se dio cuenta de que su mentora estaba de un humor de perros.

—Buenos días —tanteó Edmunds con jovialidad.

—¿Por qué demonios sonríes? —gruñó ella.

—Ha sido una buena noche —respondió él encogiéndose de hombros.

—No lo ha sido para Vijay Rana.

Edmunds se sentó para escucharla.

—¿Ha…?

—No lo ha sido para Elizabeth Tate, a la que conocía desde hace años. Y tampoco lo ha sido para Wolf.

—¿Wolf está bien? ¿Qué ha pasado?

Baxter puso a Edmunds al corriente de lo acontecido la noche anterior y de la aparición de la joven durante la madrugada.

—Los forenses tienen la bolsa, pero cuando el equipo de la ambulancia llegó allí, encontraron esto colgado de su pie.

Baxter le tendió una pequeña bolsa de plástico para pruebas que contenía una etiqueta del depósito de cadáveres.

—«A la atención de: sargento detective William Fawkes» —leyó Edmunds—. ¿Wolf sabe ya esto?

—No. Wolf y Finlay han estado trabajando toda la noche. Tienen libre el resto del día.

Una hora más tarde, una agente llegó con la petrificada mujer a la bulliciosa oficina. La habían llevado directamente desde el hospital y no había tenido ocasión de lavarse. Tenía la cara y los brazos cubiertos de cortes y cardenales, y en su pelo enmarañado se sucedían todos los tonos que iban desde el rubio platino hasta el moreno. Se sobresaltaba cada vez que oía un ruido repentino o una voz nueva.

En el departamento ya sabían que se trataba de Georgina Tate, la hija de Elizabeth. Al parecer llevaba dos días sin ir al trabajo y su madre había llamado en su nombre para alegar motivos personales. No se había presentado ninguna denuncia en Personas Desaparecidas. A pesar de la escasez de datos, no era difícil deducir lo que había sucedido, y Baxter no pudo evitar inquietarse ante lo fácil que había sido coaccionar a una mujer que ella sabía que era fuerte, decidida y de sólidos principios para que cometiera un asesinato.

—Ella todavía no lo sabe —explicó una adusta Baxter cuando hicieron pasar a Georgina Tate a la renovada sala de interrogatorios.

—¿Lo de su madre? —preguntó Edmunds.

—No parece que esté lista para recibir la noticia, ¿no crees?

Baxter empezó a recoger sus cosas.

—¿Vamos a algún lado?

—No —respondió ella—. Voy yo sola. Sin Wolf ni Finlay,

adivina quién es la pringada que tiene que limpiar su mierda además de la suya propia. ¿Quién es el cuarto en la lista?

—Andrew Ford, el guardia de seguridad —le recordó Edmunds, un tanto sorprendido de que Baxter hubiera tenido que preguntárselo.

—Gilipollas integral. Un borracho. Anoche le saltó un diente a una policía cuando esta intentaba que dejase de destrozarlo todo.

—Iré contigo.

—Puedo ocuparme yo. Después tengo una reunión con Jarred Garland, el periodista, que está condenado para dentro de... —dijo Baxter calculando el plazo con los dedos— tres días. Ha decidido dedicar su última semana a denunciar lo inútiles que cree que somos todos y a contar lo que se siente al figurar en la lista de sentenciados de un asesino en serie. Me han encargado que lo «apacigüe» y lo «anime».

—¿Tú? —se extrañó Edmunds. Por suerte, Baxter se tomó su incredulidad como un cumplido—. ¿Qué quieres que haga?

—Averigua si Georgina Tate recuerda algo de utilidad. Investiga el anillo; necesitamos saber para quién se hizo. Comprueba si los peritos médicos tienen noticias para nosotros y hazte con el móvil de Elizabeth Tate cuando los forenses terminen con él.

En cuanto Baxter salió de la oficina, Edmunds cayó en la cuenta de que no le había hablado del esmalte de uñas. Colocó el frasquito sobre la mesa, sintiéndose como un idiota por emocionarse tanto con su trivial investigación cuando Wolf andaba persiguiendo asesinas involuntarias por Southall, llevando a la oficina a jóvenes secuestradas y manteniendo conversaciones telefónicas con la realeza criminal. Todas esas cosas eran horribles, por supuesto, pero debía admitir que estaba un poco celoso.

—Es una preciosidad. —Elijah rio emocionado cuando la fotografía que acababa de comprar por dos mil libras fue proyectada en la pared de la sala de conferencias—. Y lo digo muy en serio, una preciosidad.

Andrea se había tapado la boca con la mano y daba gracias por que la penumbra de la sala ocultara las lágrimas que se deslizaban por sus mejillas. La imagen era cualquier cosa menos una preciosidad; de hecho, probablemente era lo más triste que había visto nunca: una fotografía en blanco y negro de Wolf hincado de rodillas, alumbrado por una farola solitaria, con la lluvia centelleante y los faros de los coches reflejados en los charcos y en los escaparates como si fueran los focos de un escenario. Durante el tiempo que estuvieron casados, había visto llorar a Wolf dos o tres veces, y en esas ocasiones también a ella se le partió el corazón.

Esto era muchísimo peor.

Se encontraba postrado en medio de la carretera inundada junto al cadáver reventado de una mujer mayor que él, a la que sostenía con delicadeza la mano ensangrentada mientras miraba al infinito con una expresión de absoluta derrota tallada en el rostro.

Estaba hundido.

Andrea se fijó en las caras de sus compañeros; algunos sonreían, otros aplaudían e incluso se burlaban. Empezó a temblar, estremecida de rabia y asco. En ese momento los despreció a todos y cada uno de ellos, y se preguntó si ella habría puesto la misma cara de regocijo de no haber amado un día al hombre de la imagen. La inquietaba admitir que era muy probable.

—¿Quién es el fiambre? —les preguntó Elijah a los ocupantes de la sala, que se limitaron a encoger los hombros o a negar con la cabeza—. ¿Andrea?

Andrea fijó la mirada en la fotografía para que los demás no le vieran los ojos.

—¿Cómo voy a saber quién es esa pobre señora?

—Parece que tu exmarido la apreciaba mucho —observó Elijah.

—Un poco demasiado —rebuznó el productor calvo de la esquina para diversión de la sala.

—Pensaba que tú la habrías reconocido —terminó Elijah.

—Bien, pues no la reconozco —respondió Andrea con toda la amabilidad que pudo, aunque algunos de sus compañeros se miraron sorprendidos.

—No importa. Es oro televisivo de todas formas —concluyó el redactor jefe sin inmutarse ante su tono—. Abriremos con la fotografía y con la cuenta atrás de las horas que le queden a Rana o como se llame. Pondremos algo sobre la búsqueda en curso para dar con él y después volveremos a la fotografía para dar pie a las especulaciones e invenciones.

Todos rieron entre dientes salvo Andrea.

—¿Quién es esa mujer? ¿Por qué está el investigador jefe del caso del Ragdoll en el escenario de un accidente de tráfico en lugar de por ahí, buscando a la siguiente víctima? ¿O acaso este suceso guarda alguna relación con los asesinatos? Lo de siempre. —Elijah aguardó expectante—. ¿Algo más?

—El *hashtag* «noenlalista» es *trending topic* ahora mismo —anunció un joven insoportable al que Andrea no había visto nunca sin el móvil en la mano—, y nuestra aplicación, Reloj de la muerte, ya se ha descargado más de cincuenta mil veces.

—Mierda. Tendríamos que haberle puesto precio —maldijo Elijah—. ¿Cómo va el *emoji* del Ragdoll?

Otro de los asistentes a la reunión deslizó un papel por la mesa hacia él con timidez. Elijah lo cogió y lo miró confuso.

—Es difícil reflejar la magnitud del horror en una viñeta —se justificó el nervioso dibujante.

—Puede valer —aprobó el jefe mientras le devolvía la lámina—. Pero tapa las tetas. Es un poco inapropiado para los niños, ¿no te parece?

Como si estuviera orgulloso de sí mismo tras haber hecho la buena acción de la década, Elijah levantó la sesión. Andrea fue la primera en ponerse en pie y abandonar la sala de conferencias. No sabía si pasar por maquillaje o dirigirse directamente a la salida. Solo sabía que estaba desesperada por ver a Wolf.

Simmons se detuvo a mirar los enormes collages del Ragdoll que cubrían la pared de la sala de reuniones. Tenía un aspecto impecable, vestido con el uniforme completo, salvo por la marcada rozadura del zapato derecho, que no había conseguido pulir. Había estropeado el cuero con las furiosas patadas que lanzó contra el archivador metálico de su despacho minutos después de ver a su amigo abrasado e inmóvil en el suelo inundado de la sala de interrogatorios. Le pareció apropiado, no obstante, calzárselos esa tarde, como una especie de símbolo personal de pérdida y amistad, para asistir al que sin duda sería un evento protocolario y formal desprovisto de sentimiento.

La misa por el alcalde Turnble se oficiaría en la iglesia de Saint Margaret, en los jardines de la abadía de Westminster, a la una, después de que la familia hubiera solicitado celebrar un funeral privado en una fecha posterior, una vez que se le entregara el cuerpo. Antes de eso, Simmons debía dar una rueda de prensa para confirmar las muertes de Vijay Rana y de Elizabeth Tate. Le costaba mantener la cabeza fría mientras el equipo de relaciones públicas debatía sobre la mejor manera de imprimir un «enfoque positivo» a la situación.

Vio cómo sacaban a Georgina Tate de la sala de interrogatorios a la que él aún no se había atrevido a regresar y en la cual dudaba que volviera a poner un pie. Jamás olvidaría la imagen de la cara cubierta de ampollas y desollada de su amigo, y aún percibía el tufo a carne quemada cada vez que el escalofriante recuerdo rebrotaba en su cabeza.

—Vale, ¿y qué tal si nos centramos en el hecho de que hayamos detenido a esa tal Tate? —propuso un joven larguirucho al que Simmons no echaba más de quince años—. Una asesina menos en la calle, ¿no?

Simmons se volvió despacio hacia el trío de estrategas, armados con sus tablas y sus gráficos, recortes subrayados de los periódicos matutinos que brillaban como los residuos tóxicos que eran. Iba a decirles algo, pero en el último momento negó con la cabeza sin disimular su asco y salió de la sala.

14

Miércoles, 2 de julio de 2014
11.35 h

Baxter tomó la línea de metro de District en dirección a Tower Hill y siguió sin excesivo entusiasmo las vagas indicaciones de Jarred Garland al salir de la estación. Con la Torre de Londres a su izquierda, enfiló la atestada calle principal. No entendía por qué no habían podido quedar en casa de Jarred (donde tendría que haberse quedado, bajo protección policial) o en las oficinas del periódico.

En un inesperado giro de los acontecimientos, el amoral, envanecido y agitador periodista había solicitado que se encontraran en una iglesia. Baxter se preguntaba si Garland habría optado por aferrarse a la religión en sus últimos días, como había visto hacer en múltiples ocasiones. Si ella hubiera creído en algo, estaba segura de que el descaro flagrante de esas revelaciones de última hora le habría parecido ofensivo.

Las nubes oscuras empezaban a desgajarse, lo que permitía al sol caldear la ciudad durante un rato de forma intermitente. Después de diez minutos andando, Baxter vio la torre prominente de una iglesia y tomó la siguiente calle lateral. Al doblar la esquina, bañada ya por el resplandor trémulo del sol, se quedó boquiabierta.

La prístina torre de la iglesia de Saint Dunstan en el Este se erigía muy por encima de sus muros ruinosos. Una fronda de árboles gruesos y lozanos asomaba por encima del tejado inexistente y por las altas ventanas arqueadas, mientras la maraña de enredaderas trepaba por las paredes de piedra para derramarse al otro lado en densos cúmulos que proyectaban sombras extrañas a lo largo y ancho de los íntimos jardines. Parecía un escenario sacado de una fábula infantil, un bosque secreto en medio de la ciudad, oculto a simple vista, invisible entre los apagados edificios de oficinas que se alzaban dándole la espalda.

Baxter cruzó la verja, entró en la iglesia semiderruida y siguió el apacible arroyuelo que pasaba bajo un inmenso arco, saturado de gruesos zarcillos, hasta que llegó a un patio adoquinado construido en torno a una pequeña fuente. Allí, una pareja intentaba fotografiarse a sí misma y una mujer obesa daba de comer a las palomas. Se acercó al hombre solitario que estaba sentado discretamente en un rincón del fondo.

—¿Jarred Garland? —preguntó.

El hombre levantó la vista con sorpresa. Era más o menos de la misma edad que Baxter, vestía una camisa entallada con las mangas recogidas y tenía cierto atractivo, con la cara bien afeitada y el pelo peinado con excesivo esmero. La miró de arriba abajo con una sonrisa arrogante.

—Vaya, de pronto el día tiene mucho mejor aspecto —dijo con un marcado acento del East End—. Siéntate.

Dio una palmadita a su derecha y Baxter se sentó a su izquierda, lo que hizo que se dibujara una ancha sonrisa en el rostro de Garland.

—¿Qué tal si quitas esa cara de tonto y me dices por qué no podíamos vernos en tu oficina? —le espetó Baxter.

—A los periódicos no les hace mucha gracia que haya detectives husmeando por sus instalaciones si pueden evitarlo. ¿Por qué no podíamos vernos en la tuya?

—Porque a los detectives no les hace mucha gracia que haya periodistas creídos, carroñeros, oportunistas... —hizo una mueca al tiempo que olisqueaba el aire— y bañados en una loción de afeitado repulsiva husmeando por sus instalaciones, punto.

—¿Has leído mi columna?

—No porque me apeteciera.

—Me siento halagado.

—Mal hecho.

—Entonces ¿qué piensas?

—¿Cómo era el dicho ese de no morder...? —empezó Baxter.

—¿No muerdas la mano que te da de comer?

—No, ese no. Ah, sí: no muerdas la mano de los únicos protectores que pueden salvarte de un asesino en serie prolífico, despiadado y brillante.

Esta vez las facciones juveniles de Garland compusieron una mueca de satisfacción.

—¿Sabes? He empezado a trabajar en el artículo de hoy. Empiezo dando la enhorabuena a la Policía Metropolitana por haber hecho posible una nueva ejecución.

Baxter se preguntó si se buscaría un problema muy grave si le soltaba un puñetazo al tipo al que tenía que proteger.

—Pero eso no es del todo cierto, ¿verdad? Os habéis superado. ¡El detective Fawkes ha marcado un tanto doble!

En lugar de responderle, Baxter dirigió la vista hacia los jardines. Garland debió de pensar que había encontrado su punto débil; en realidad, Baxter miraba si habría testigos en el caso de que perdiera los estribos.

El sol se había ocultado tras una nube mientras hablaban, dejando tras de sí una sombra que daba una apariencia más siniestra al jardín secreto. De repente, la idea de que aquella casa de Dios estuviera desmoronándose desde los cimientos se antojaba estremecedora; las sólidas paredes se derrumbaban bajo el abrazo de las enredaderas serpenteantes, que la iban derruyendo piedra a piedra, prueba irrefutable de que en aquella ciudad impía no quedaba nadie que se preocupase por salvarla.

Tras perder la ilusión por el merendero que acababa de descubrir, Baxter se volvió hacia Garland y reparó en la parte superior de la delgada caja negra que le sobresalía del bolsillo.

—¡Eh, qué cabrón! —lo insultó al tiempo que le sacaba la pequeña grabadora del bolsillo. Una lucecita roja parpadeaba.

—Eh, no puedes…

Baxter estampó el aparato contra el suelo adoquinado y lo aplastó con el talón para cerciorarse.

—Supongo que me lo merezco —admitió Garland con sorprendente elegancia.

—Mira, esto va así: tienes dos policías apostados frente a tu casa. Aprovéchalo. Wolf se pondrá en contacto contigo mañana…

—No quiero a Wolf. Te quiero a ti.

—No es una opción.

—Escucha, detective, esto va así: no estoy preso. No me encuentro bajo arresto. La Policía Metropolitana no puede retenerme de ningún modo, y yo no estoy obligado a aceptar su ayuda. Además, por expresarlo de forma amable, tampoco es que puedas presumir de historial. Me ofrezco a trabajar contigo en esto, pero bajo mis condiciones. Primera: te quiero a ti.

Baxter se levantó, sin el menor ánimo de negociar.

—Segunda: quiero fingir mi propia muerte.

Baxter se frotó la sien e hizo una mueca, como si la imbecilidad de Garland le hubiera provocado un dolor físico.

—Piénsalo. Si ya estoy muerto, el asesino no puede matarme. Tendríamos que hacerlo de una forma creíble, eso sí, en algún lugar público o algo por el estilo.

—Puede que no sea tan mala idea —admitió ella.

A Garland se le iluminó la cara cuando Baxter volvió a sentarse a su lado.

—Podríamos hacer que intercambiases la cara con John Travolta... Ah, no, espera, que eso era una película. ¿Qué tal si nos teletransportamos a...? No. Ya lo tengo: alquilamos un caza, creo que la licencia de Wolf le permite pilotar uno, y reventamos un helicóptero en...

—Me muero de la risa —dijo Garland, un tanto avergonzado—. Intuyo que no me estás tomando en serio.

—Eso es porque no te estoy tomando en serio.

—Mi vida está en juego —le recordó el periodista, y por primera vez Baxter creyó percibir un dejo de miedo y autocompasión en su voz.

—Pues márchate a casa —le recomendó.

Se levantó de nuevo y salió de la iglesia.

—Gracias, le estoy muy agradecido. Usted también. Adiós.

Edmunds colgó el teléfono justo en el momento en que Baxter regresaba a la oficina tras su encuentro con Garland. Llevó la mano bajo la mesa y se pellizcó en la pierna hasta hacerse daño para obligarse a dejar de sonreír.

Baxter odiaba que sonriera.

Se sentó ante el ordenador, resolló con fuerza y empezó a barrer las migas del teclado con una mano para recogerlas con la otra.

—¿De verdad has llegado a comerte algún trozo de lo que quiera que fuese esto? —renegó.

Edmunds prefirió no decirle que no había tenido tiempo ni para almorzar y que lo que tenía en la palma eran los restos de la barrita de cereales que había desayunado ella. Al levantar la mirada, Baxter lo pilló observándola con paciencia, con una expresión tensa en el rostro. Parecía a punto de estallar de puro júbilo.

—Está bien, cuéntamelo. —Suspiró.

—Collins y Hunter. Es un bufete familiar de Surrey que cuenta con varias sucursales especializadas y socios distribuidos por todo el país. Tiene una larga tradición que consiste en obsequiar a los empleados con un anillo. —Edmunds levantó la bolsa para pruebas que contenía la gruesa joya de platino—. Con un anillo como este, de hecho, tras prestar cinco años de servicio.

—¿Estás seguro?

—Sí.

—La lista de nombres no debería ser demasiado larga.

—Entre veinte y treinta como máximo, según la señora con la que he hablado. Va a enviarme la lista completa esta tarde, incluidos los detalles de contacto.

—Ya era hora de que tuviéramos un descanso. —Baxter sonrió.

A Edmunds le asombró lo distinta que parecía cuando estaba contenta.

—¿Cómo te ha ido con Garland?

—Quiere que lo matemos. ¿Algo de beber?

La impactante respuesta de su superior solo quedó eclipsada por el hecho de que se ofreciera a llevarle un refrigerio. Este hecho sin precedentes le puso muy nervioso.

—Té —balbuceó.

Odiaba el té.

Al cabo de cinco minutos, Baxter regresó al escritorio compartido y le puso delante un té lechoso. Obviamente había olvidado (o tal vez nunca había prestado atención) que Edmunds era intolerante a la lactosa. El joven fingió tomar un sorbo con exagerada fruición.

—¿A qué hora volverá Simmons? —preguntó ella—. Tengo que hablar con él de lo de Garland.

—A las tres, creo.

—¿Le han sacado algo a Georgina Tate?

—No mucho —respondió Edmunds, con su libreta en la mano—. Caucásico. Pero eso ya lo sabíamos. Cicatrices en el antebrazo derecho. —Tardó unos segundos en descifrar una anotación que él mismo había hecho a pie de página—. Ah, sí. Te han llamado mientras estabas fuera. Eve Chambers. Ha dicho que tenías su número.

—¿Eve ha llamado? —le extrañaba que la esposa de Chambers le hubiera devuelto la llamada.

—Parecía bastante nerviosa.

Baxter sacó al instante su móvil. Ante la imposibilidad de mantener una conversación privada con Edmunds sentado a dos pasos, se levantó y se instaló en el escritorio libre de Chambers. Respondieron al segundo tono.

—Emily —contestaron con alivio.

—¿Eve? ¿Va todo bien?

—Oh, sí, claro, cariño. Estaba preocupada como una boba, nada más. Es que... he escuchado el mensaje que dejaste ayer en el contestador.

—Sí, te pido disculpas —lamentó Baxter con torpeza.

—Ah, no te preocupes. Imaginaba que te habrías confundido, pero después Ben no volvió a casa en toda la noche.

La detective se extrañó.

—¿No volvió de dónde, Eve?

—Bueno, del trabajo, cariño.

Baxter enderezó la espalda en la silla, alarmada de pronto, y calculó su respuesta para no preocupar sin necesidad a la bondadosa mujer que le hablaba desde el otro extremo de la línea.

—¿Cuándo se acabaron las vacaciones? —le preguntó con naturalidad.

—Ayer por la mañana. Ben ya había salido para el trabajo cuando yo llegué a casa. No dejó comida en el frigorífico, ni ninguna nota de bienvenida... ¡Este hombre!

Eve soltó una risa tensa. Baxter se frotó la cabeza. Su confusión aumentaba cada vez que la mujer abría la boca y estaba haciendo un gran esfuerzo por no ponerse borde.

—Vale, ¿por qué volviste a casa después que Chamb... después que Ben?

—Lo siento, cariño. No te entiendo.

—¿Cuándo volvió Ben de las vacaciones? —Baxter estuvo a punto de gritar.

Se produjo una pausa larga en el otro extremo de la línea antes de que una angustiada Eve contestase con un susurro resquebrajado:

—Ben no vino de vacaciones.

Durante el silencio estupefacto que siguió, y que Baxter aprovechó para devanarse los sesos en busca de alguna idea útil, Eve comenzó a sollozar. Chambers llevaba más de dos semanas desaparecido sin que nadie lo echase de menos. Baxter notó que se le aceleraba el corazón y se le secaba la garganta.

—¿Crees que le habrá ocurrido algo?

—Seguro que está bien —respondió Baxter con escaso poder de convicción—. ¿Eve?

Por respuesta solo obtuvo un llanto distante.

—Eve, necesito saber por qué Ben no se fue de vacaciones contigo... ¿Eve?

Empezaba a perderla.

—Porque a mí no dejaba de hablarme del tema —prosiguió Baxter con el tono más desenfadado que acertó a adoptar—. Estaba todo el rato enseñándome fotos de la casa que tu hermana tiene en la playa y del restaurante ese levantado sobre unos pilotes. Se moría de ganas de ir, ¿verdad?

—Sí, cariño, tenía muchas ganas. Pero me llamó a casa la mañana que debíamos coger el avión. El equipaje ya estaba hecho y solo faltaba que llegara él. Había salido a ver al doctor Sami a primera hora para recoger su medicación y acabó ingresando en el hospital para hacerse «unas pruebas». Al día siguiente me envió un mensaje para decirme que le habían dado el alta y que volvía al trabajo.

—¿Qué más te dijo?

—Me dijo que me quería y que últimamente la pierna le había dado un poco la lata. Que no había querido preocuparme. Le dije que me quedaría con él, claro, pero se negó en redondo e insistió en que era mejor que me marchase antes que desperdiciar el dinero. Discutimos al respecto.

Eve empezó a llorar otra vez.

—¿La pierna?

Baxter recordó que a veces Chambers cojeaba un poco, pero nunca le había parecido tan grave como para que le supusiera un problema ni le había oído quejarse por eso.

—Sí, ya sabes, cariño, por el accidente que tuvo hace unos años. Casi todas las noches llega a casa con molestias y dolores. No le gusta hablar del tema. Le pusieron placas y barras, y estuvo a punto de perderla... ¿Hola?

Baxter había dejado caer el teléfono y buscaba algo frenéticamente en los cajones del escritorio de Chambers. Temblaba con violencia y estaba empezando a hiperventilar cuando sacó del todo el cajón superior y vertió el contenido encima de la mesa. Sus compañeros la observaban con embarazosa perplejidad.

Edmunds se acercó a ella cuando descargó en el suelo un segundo cajón lleno de papeles, artículos de escritorio, analgésicos y comida basura. Se había arrodillado y había empezado a revolver en el caos cuando él se agachó a su lado.

—¿Qué estamos buscando? —le preguntó en voz baja. Extendió el revoltijo por la moqueta, sin saber muy bien qué era lo que Baxter necesitaba con tanta urgencia—. Déjame ayudarte.

—ADN —susurró Baxter, con la respiración cada vez más acelerada.

Se secó los ojos llorosos y extrajo de un tirón el cajón del fondo del archivador. Se disponía a volcarlo en el suelo cuando Edmunds introdujo la mano y sacó un peine de plástico barato.

—¿Esto sirve? —preguntó, tendiéndoselo.

Baxter gateó hacia él para recogerlo, se abandonó a un llanto histérico y comenzó a sollozar de forma incontenible contra su pecho. Edmunds la rodeó con un brazo titubeante y sacudió la mano con rabia para espantar a los curiosos.

—¿Qué está ocurriendo? —le susurró.

Baxter tardó un minuto en serenarse lo suficiente para responderle. Incluso entonces le costó articular las palabras entre los resuellos.

—El Ragdoll... La pierna... ¡Es Chambers!

15

Wolf todavía llevaba puestos los zapatos cuando por fin se dejó caer en el incómodo colchón a las 8.57 de la mañana. Finlay y él se habían pasado toda la noche trabajando en las dos escenas del crimen, a medio kilómetro la una de la otra, recogiendo pruebas, impidiendo el paso a los medios, interrogando a los testigos y recopilando declaraciones. Cuando Finlay lo dejó por fin frente a su edificio, mientras la ciudad se levantaba para acudir al trabajo, los dos estaban demasiado exhaustos para decir nada. Wolf se limitó a darle una palmada en el hombro a su amigo y se apeó.

Empezó a ver el primer informativo del día que presentaba Andrea, sentado en el duro suelo mientras desayunaba una tostada, pero apagó el televisor en cuanto apareció en pantalla la fotografía que lo mostraba junto al cuerpo desplomado de Elizabeth. Arrastró los pies hasta el dormitorio y se quedó dormido en cuanto cerró los ojos.

Tenía intención de ir a ver a un médico de verdad para que le examinase el brazo, pero durmió del tirón hasta las seis de la tarde, cuando recibió una llamada de Simmons. Tras comentar por encima la misa por el alcalde Turnble, su superior le puso al corriente de los progresos realizados durante el día y de la basura que los medios estaban sacando de lo acontecido durante la noche. Tras una pausa titubeante, se armó de valor y le comunicó lo que había descubierto Baxter. Los forenses habían confirmado que la muestra de cabello tomada del peine que Chambers guardaba en el escritorio se correspondía por completo con la pierna derecha del Ragdoll. Por último, le recordó que seguía pudiendo retirarse del caso si lo prefería.

Wolf se preparó un plato de pasta con albóndigas en el microondas, pero después de hablar con Simmons le era imposible sacarse de la cabeza la imagen del mandil manchado del asesino. Se había preguntado, al ver la grabación borrosa de las cámaras de vigilancia, de quién sería la sangre seca del delantal sucio, quién habría muerto antes de que el asesino obtuviese su celebrado trofeo con forma de Naguib Khalid. Todo cobraba sentido. El asesino se había visto obligado a matar a Chambers antes de que saliera del país.

Se sentó frente al televisor solo para descubrir que la espeluznante fotografía circulaba ya por los distintos canales de noticias, y que todos parecían dedicar la programación entera a debatir sobre si Wolf era el más indicado para asumir la dirección del caso. Se obligó a ingerir dos bocados del almuerzo carnoso antes de apartarlo a un lado. Iba a levantarse para tirarlo al cubo de la basura cuando sonó el interfono. Para su exasperación, seguía sin poder abrir ninguna ventana; de haber estado desbloqueadas, se habría deshecho tanto del reportero entrometido como de la repulsiva cena al mismo tiempo. A regañadientes, pulsó uno de los botones del receptor.

—William Fawkes, chivo expiatorio de la prensa, modelo y muerto viviente —respondió con jovialidad.

—Emily Baxter, náufraga emocional y borracha moderada. ¿Puedo entrar?

Wolf sonrió, pulsó otro botón, se apresuró a tirar los trastos desparramados al dormitorio y cerró la puerta. Abrió a Baxter, que vestía unos vaqueros ceñidos, unos botines negros y una blusa blanca de encaje. Llevaba un maquillaje azul ahumado en torno a los ojos y un dulce perfume floral que se extendió por el recibidor. Le tendió una botella de vino tinto mientras pasaba al deprimente y descuidado piso.

Wolf no terminaba de acostumbrarse a verla vestida con ropa informal, pese a que hacía ya muchos años que se conocían. Parecía más joven, y también fina y delicada, como si estuviera más acostumbrada a asistir a cenas y bailes de gala que a trabajar con cadáveres y asesinos en serie.

—¿Silla? —preguntó él.

Baxter miró alrededor del salón desamueblado.

—¿Tienes una?

—Eso es lo que yo te preguntaba —respondió Wolf con sequedad.

Arrastró hasta el centro del salón la caja con la etiqueta de PANTALONES Y CAMISAS para que Baxter se sentara y encontró varias copas de vino en la que estaba a punto de ocupar él. Sirvió una cantidad prudente a cada uno.

—Bueno, este sitio parece muy... —La detective dejó su opinión en el aire mientras ponía cara de no querer tocar nada. Después miró a Wolf, con la camisa arrugada y el pelo despeinado, con una expresión parecida.

—Acabo de levantarme —mintió—. Apesto y necesito una ducha.

Los dos probaron el vino.

—¿Te has enterado? —preguntó ella.

—Me he enterado.

—Sé que no eras su mayor admirador, pero él significaba mucho para mí, ¿sabes?

Wolf asintió con los ojos pegados al suelo. Nunca hablaban así.

—Hoy me he echado a llorar entre los brazos de mi novato —confesó, completamente avergonzada de sí misma—. No se me va a olvidar nunca.

—Simmons dice que has sido tú quien lo ha averiguado.

—Aun así... ¡Mi novato! No habría pasado nada si hubieras sido tú.

Se produjo una pausa tensa, que se alargó aún más cuando fueron conscientes de que los dos estaban imaginando los brazos de él alrededor de ella.

—Ojalá hubieras estado allí —murmuró Baxter, reforzando la inoportuna imagen, observándole con sus enormes ojos ahumados para calibrar su reacción.

Wolf se agitó incómodo sobre su caja, aplastando parte del contenido, mientras ella rellenaba las dos copas con generosidad y se inclinaba hacia él.

—No soporto la idea de que puedas morir.

Al advertir que se le trababa un poco la lengua, Wolf se preguntó cuánto habría tenido que beber para presentarse en su casa. Ella estiró el brazo y lo tomó de la mano.

—¿Te puedes creer que ella pensaba que había algo entre nosotros?

Wolf necesitó unos segundos para descifrar la incongruencia.

—¿Andrea?

—¡Lo sé! Es de locos, ¿verdad? Quiero decir, si te paras a pensarlo, se puede decir que sufrimos todo lo negativo de tener un lío sin llegar a disfrutar de nada de lo... positivo.

Volvió a escrutarlo con sus ojos inmensos. Wolf le soltó la mano y se puso de pie. Ella se enderezó y tomó un sorbo de vino.

—Salgamos a comer algo —sugirió él con entusiasmo.

—En realidad yo no tengo...

—¡Claro que sí! En esta calle hay un puesto de fideos. Deja que me dé una ducha. Cinco minutos y bajamos.

Wolf casi corrió hasta el cuarto de baño. Puso una toalla a modo de cuña bajo la puerta mal encajada para que no se abriese y se desvistió tan rápido como pudo.

Baxter se mareó un poco al levantarse. Se tambaleó hasta la cocina, apuró la copa y la llenó con agua del grifo. La rellenó y tomó otras tres copas de agua mientras contemplaba el apartamento vacío de enfrente, donde el cerebro que había causado tanto sufrimiento y tantas muertes decidió exhibir con orgullo su monstruo.

Pensó en cómo se sentiría Chambers al telefonear a Eve, tal vez bajo presión, en un intento desesperado de protegerla.

El murmullo amortiguado del chorro de agua traspasaba la pared del cuarto de baño, fina como el papel.

Visualizó a Elizabeth Tate tirada en el suelo bajo la lluvia, la fotografía en blanco y negro en la que Wolf le sostenía la mano.

El detective tarareaba al azar bajo el eco de la ducha.

Pensó en Wolf; sabía que no conseguiría salvarlo.

Dejó la copa en el fregadero, miró su reflejo en el microondas y se acercó a la puerta del cuarto de baño. Era la segunda vez ese día que se le aceleraba el corazón. La grieta luminosa entre la puerta y el marco le decía que Wolf no había podido o no había querido bloquearla. Cerró la mano sobre el picaporte oxidado, respiró hondo…

Llamaron a la puerta.

Baxter se quedó helada, todavía con el tirador metálico aflojado en la mano. Wolf seguía tarareando en la ducha, ajeno a todo. Se oyó otro golpeteo en la puerta, más urgente esta vez. Baxter maldijo entre dientes, se dirigió aprisa a la puerta principal y la abrió.

—¡Emily!

—¡Andrea!

Se estudiaron la una a la otra en medio de un silencio incómodo, sin que ninguna de ellas supiera muy bien qué decir a continuación. Wolf salió del cuarto de baño con una toalla enrollada a la cintura. Iba camino del dormitorio cuando se dio cuenta de que las dos lo miraban con ojos acusadores. Se detuvo, observó la escena nada agradable que se gestaba en la entrada, negó con la cabeza y se encerró en el dormitorio.

—Todo esto tiene una pinta muy íntima —observó Andrea, cargando el comentario tanto de gozo por haber estado en lo cierto desde el principio como de indignación.

—Supongo que será mejor que pases —respondió Baxter, que se hizo a un lado y cruzó los brazos en actitud defensiva—. ¿Caja?

—Me quedaré de pie.

Baxter observó a Andrea, que inspeccionaba el desvencijado piso de su exmarido. Tenía el aburrido aspecto inmaculado de siempre y sus zapatos de tacón de diseño producían un tamborileo irritante mientras daba vueltas.

—Este lugar es… —comenzó Andrea.

—Sí, ¿verdad? —atajó la detective para dejar claro a la acaudalada periodista que su apartamento de clase media no se parecía en nada a ese cuchitril.

—¿Por qué vive aquí? —susurró Andrea.

—No sé, quizá porque lo desplumaste con el divorcio —le espetó Baxter, enfadada.

—No es que sea de tu incumbencia —repuso Andrea en voz baja—, pero vamos a repartir la casa a partes iguales.

Ambas pasearon la mirada por el pequeño salón mientras se extendía otro silencio molesto.

—Y para tu información —añadió la reportera—, Geoffrey

y yo ayudamos a Will económicamente cuando salió del hospital.

Baxter cogió la botella medio vacía.

—¿Vino? —le ofreció con amabilidad.

—Depende, ¿de qué tipo es?

—Tinto.

—Eso ya lo veo. Quiero decir, ¿de dónde es?

—Del súper.

—No, me refiero a… No, gracias.

Baxter se encogió de hombros y regresó a su caja.

Hacía bastante más de cinco minutos que Wolf había terminado de vestirse, pero seguía en el deprimente dormitorio esperando a que el griterío de la habitación contigua amainase. Baxter acusó a Andrea de aprovecharse de las desgracias ajenas, lo que provocó la indignación de su exmujer, aunque no había duda de que era la verdad. En respuesta, Andrea acusó a Baxter de estar borracha, lo que provocó la indignación de la detective, aunque no había duda de que era la verdad.

Cuando la disputa se desvió hacia la relación que existía entre Baxter y Wolf, este decidió salir de su escondrijo.

—Y entonces ¿cuánto lleváis juntos? —escupió Andrea.

—¿Baxter y yo? —preguntó Wolf como si no supiera de qué hablaba—. No digas tonterías.

—¿«Tonterías»? —exclamó Baxter ofendida, lo que agravó la situación—. ¿Por qué sería una tontería que se diera el caso de que, es un suponer, te gustase?

Wolf hizo una mueca, consciente de que dijera lo que dijese sería la respuesta equivocada.

—Por nada, no quería decir eso. Sabes que pienso que eres preciosa, inteligente y extraordinaria.

Baxter sonrió con altivez mirando a Andrea.

—¿«Extraordinaria»? —voceó Andrea—. ¿Y de verdad sigues empeñado en negarlo? —Miró a Baxter—. ¿Vives aquí con él?

—Yo no viviría en esta pocilga aunque me fuese la vida en ello —negó Baxter, bastante ebria.

—¡Eh! —protestó Wolf—. Vale, quizá necesite una reforma.

—¿Una reforma? ¡Querrás decir una demolición! —se rio Andrea, que acababa de pisar algo pegajoso—. Lo único que os pido es que seáis sinceros. ¿Qué más os da ya?

Se acercó a Wolf para hablarle cara a cara.

—Will...

—Andie...

—¿Teníais una aventura? —le preguntó con calma.

—¡No! —bramó frustrado—. ¡Echaste por tierra nuestro matrimonio por nada!

—Pasasteis meses prácticamente viviendo juntos. ¿En serio esperas que crea que no os acostabais?

—¡Te aseguro que los dos lo llevábamos muy bien! —le gritó en la cara.

Wolf cogió el abrigo y salió del piso dando un portazo, dejando a Andrea a solas con Baxter. Un largo silencio se instaló de nuevo entre ellas antes de que siguieran hablando.

—Andrea —empezó Baxter en un tono más sosegado—, sabes que nada me gustaría más en esta vida que darte una mala noticia, pero nunca ocurrió nada.

La discusión había terminado. Años de sospechas y acusaciones acababan de verse arrasados por una única declaración honesta. Andrea se sentó en una caja, conmocionada por que aquello de lo que estaba totalmente convencida en realidad no hubiera sucedido nunca.

—Wolf y yo somos amigos, nada más —murmuró Baxter, más para sí misma que para ella.

Había hecho el ridículo a causa de la confusión por la relación que mantenían, innegablemente complicada, la necesidad de aliento y consuelo que la acuciaba tras la muerte de Chambers y el pánico que le producía la idea de perder a su mejor amigo.

Se encogió de hombros. Tendría que echar la culpa a la bebida.

—¿Quién era la mujer que aparecía con Will en la fotografía? —preguntó Andrea.

Baxter puso los ojos en blanco.

—No me digas el nombre —añadió la periodista a la defensiva—. Solo... ¿La conocía bien?

—Lo bastante bien. No se merecía... —Baxter tuvo que medir las palabras para no revelar ningún detalle relativo al asesinato de Vijay Rana—. No se merecía eso.

—¿Cómo está él?

—¿La verdad? Me recuerda a lo que pasó la otra vez.

Andrea asintió al comprender, recordando el acto final de su matrimonio como si hubiera ocurrido ayer.

—Es demasiado personal, soporta demasiada presión. Lo está consumiendo de nuevo —confesó Baxter, a la que le costaba verbalizar el cambio que se había operado en Wolf y que solo ella había observado.

—Cabe preguntarse si no será ese el objetivo —señaló Andrea—. Llevarlo al límite, hacer que se obsesione con detener al responsable hasta el punto de que renuncie a salvar su propia vida.

—¿Detener al asesino y salvar su vida no es lo mismo?

—No necesariamente. Podría huir... pero no lo hará.

Baxter bosquejó una sonrisa.

—No, no lo hará.

—¿Sabes? Ya habíamos mantenido una conversación muy parecida con anterioridad —recordó Andrea.

Baxter la miró con recelo.

—No te preocupes, nunca se lo he dicho a nadie, y nunca lo haré. Lo que quiero decir es que ya hemos decidido qué hacer.

—Si Simmons supiera una sola palabra, lo apartarían del caso, pero no puedo hacerle algo así —dijo Baxter—. Prefiero verlo ahí fuera jugándose la vida que aquí sentado, esperando a morir.

—Está decidido, entonces. Sé discreta. Ayúdalo todo lo que puedas.

—Si pudiéramos salvar a una sola de esas personas, si demostrásemos que el asesino no es infalible, ya no parecería que trabajamos en balde.

—¿Qué puedo hacer para ayudar? —preguntó Andrea con una preocupación sincera.

Baxter tenía una idea; sin embargo, corría un gran riesgo al hablar de algo tan importante con una mujer que ya había sido arrestada por facilitar información confidencial a los medios del mundo entero. Tampoco tenía la menor intención de considerar la estúpida propuesta de Garland y permitirle fingir su muerte, pero si, aunque solo fuese por una vez, encontrara en la prensa un aliado en lugar de un obstáculo, tal vez conseguiría que la suerte cambiara de manos.

Andrea parecía hablar con franqueza y saltaba a la vista que estaba muy preocupada por Wolf. Además, era la persona más indicada para ayudar a Baxter a ejecutar su plan.

—Necesito que me ayudes a salvar a Jarred Garland.

—¿Quieres que me implique? —preguntó Andrea.

—Tú y tu cámara.

—Entiendo.

Andrea leyó entre las líneas de la insólita petición de la detective. Imaginó el gesto triunfal de Elijah al destapar las preocupantes cotas de desesperación de la Policía Metropolitana.

Tal vez le pediría que se prestara al juego durante un tiempo para después revelar la historia la tarde anterior al asesinato.

Engañar al público a propósito sería el fin de su carrera como periodista, por muy honrados que fuesen sus motivos; ¿cómo podrían volver a confiar en ella?

Recordó los rostros sonrientes que tenían sus entusiasmados compañeros en la sala de conferencias, agradecidos a Elizabeth Tate por haber sufrido una muerte tan violenta, como si se hubiera arrojado a las ruedas del autobús para hacerles un favor a ellos. Apretó los puños al imaginarlos relamiéndose con las imágenes del cuerpo inerte de Wolf, esperando que ella añadiera «un poco de teatralidad» al que ya de por sí sería el peor día de su vida.

Que no contasen con ella para eso. Todos le daban asco.

—Lo haré.

16

Jueves, 3 de julio de 2014
8.25 h

Wolf pasó por la oficina de camino a su cita de las nueve con la doctora Preston-Hall. Se sentó en su escritorio y blasfemó al volcar con el pie la papelera, llena hasta arriba. Cuando miró con disimulo alrededor de la sala en busca de un cubo vacío y desprotegido, observó que la carga de trabajo del servicio de limpieza no se había incrementado en la misma proporción que la del departamento.

Hizo un esfuerzo simbólico por poner un poco de orden él mismo, pero le conmovió darse cuenta de que Finlay se había tomado la molestia de rellenar el laborioso formulario de seguimiento en su día libre. El pósit adherido a la cubierta indicaba:

> ¡Menudo montón de materia fecal! Nos vemos en la reunión. Fin.

Despegó la nota, pues sospechaba que la doctora no sabría apreciar la franqueza de Finlay, y contempló el escritorio vacío de Chambers durante unos instantes mientras imaginaba la inaudita crisis nerviosa que Baxter había sufrido el día anterior. Odiaba que le estuviera afectando tanto. Desde que se conocían, solo la había visto así de angustiada en una ocasión, y fue lo que más lo había entristecido aquel día traumático y surrealista.

En el juzgado de Old Bailey no había sitio para Baxter, pero de todas maneras ella se empeñó en acompañar a Wolf a oír el veredicto del juicio de Khalid. Para entonces a él ya lo habían suspendido en el trabajo y estaban sometiendo a todos los miembros del equipo a una investigación formal para determinar cómo se estaba llevando el caso. Wolf no quería que Baxter fuese. Las desavenencias entre Andrea y él habían alcanzado cotas espectaculares durante esa semana, hasta el punto de que alguien terminó por llamar a la policía para que se presentase en el chalet adosado de Stoke Newington en el que vivían, lo que añadió aún más leña a los rumores sobre violencia doméstica. Pese a todo, Baxter movió un par de hilos y consiguió que le permitiesen esperar fuera, en el suntuoso Gran Salón, durante horas.

Wolf todavía se acordaba con claridad del presidente del jurado (era igual que Gandalf) y también del secretario judicial cuando solicitó el veredicto. A partir de ahí, todo se difuminaba: gritos de pánico, el olor del suelo encerado, una mano ensangrentada apretada contra un vestido blanco.

Lo único que recordaba perfectamente era el intenso dolor que sintió cuando el guardia de seguridad del banquillo le fracturó la muñeca izquierda con un único y brutal porrazo, y el metal desplazó el hueso. Eso y a Baxter quieta en medio del caos, con las mejillas surcadas de lágrimas, mientras le preguntaba una y otra vez: «¿Qué has hecho?».

Cuando cesó de forcejear y dejó que la horda de policías lo redujera, la vio tomar del brazo a la jurado salpicada de sangre y ponerla a salvo. Y cuando Baxter desapareció al otro lado de la gruesa puerta doble, él creyó que nunca volvería a verla.

Un pitido molesto y el coro de crujidos y golpeteos que siempre brotaban del fax estropeado le sacaron de su ensimisma-

miento. Vio a Baxter, enfrascada en una conversación con Simmons en su despacho. No habían vuelto a hablar desde que él
se marchara del piso; las dos se habían ido cuando regresó abatido. Se sentía un poco culpable, pero tenía demasiadas cosas
en la cabeza para ponerse en medio del enfrentamiento que
mantenían las dos mujeres. No le daba tiempo a hacer nada de
provecho, así que cogió el formulario de seguimiento y se marchó de la oficina.

Su sesión con la doctora Preston-Hall no había ido nada bien,
y se sintió muy aliviado al alejarse del aire viciado de la consulta y dejarse acariciar de nuevo por la confiable llovizna del
verano británico. A pesar de la temperatura amable, se puso
una chaqueta sobre la camisa blanca. Aún tenía en la esquina
de su escritorio el pequeño trofeo que Finlay le había regalado
después de que una granizada le sorprendiera cuando llevaba
esa misma prenda barata: Miss Camiseta Mojada 2013. Desde
entonces, siempre era muy precavido al respecto.

Reflexionó acerca del encuentro mientras paseaba de regreso
a New Scotland Yard. La doctora Preston-Hall le había expresa-
do su preocupación tanto por la presión a la que se encontraba
sometido como por los posibles efectos de haber visto morir ante
sus ojos a otras dos personas desde su reunión del lunes. Por suerte, nadie la había puesto al corriente de la muerte de Chambers.

Aunque las sesiones solo debían basarse en las observacio-
nes recogidas en los informes de Finlay y en las conversaciones
confidenciales mantenidas entre Wolf y la doctora, había sido
imposible eludir el tema de la fotografía que había abierto todos los informativos el día anterior.

La doctora le dijo que esa foto era la información más sincera que le había facilitado, aunque de forma involuntaria, y que

cualquiera podía ver que el hombre que le sostenía la mano a la mujer fallecida se estaba desmoronando. Le dijo también que llamaría a Simmons para recomendar que Wolf «desempeñase un papel menos determinante durante el resto de la investigación», significara lo que significase, tras lo que se apresuró a despedirse de él hasta el lunes por la mañana.

La oficina estaba medio vacía cuando regresó. Dos adolescentes habían muerto durante una pelea de bandas que había tenido lugar en Edmonton por la noche, y un tercero se encontraba hospitalizado tras haber resultado herido de gravedad. El incidente no era más que otro recordatorio de que en Londres la vida seguía su curso habitual y de que los asesinatos del Ragdoll, el destino de los sentenciados a muerte y la lucha de Wolf por su propia supervivencia no eran más que un interesante tema de conversación para los millones de personas que no guardaban relación alguna con el caso.

Un mensaje lo esperaba cuando volvió a su escritorio. Andrew Ford, el guardia de seguridad y cuarto miembro de la lista, llevaba pidiendo hablar en persona con Wolf desde la mañana anterior. El paso de las horas le hacía mostrarse cada vez más agresivo con los agentes que le habían asignado. Al parecer, Baxter se había ofrecido a atenderlo en ausencia de Wolf, aunque el guardia de seguridad no tardó en exigirle de malos modos que lo dejase en paz.

Cuando los llamaron a la sala de reuniones, Wolf ocupó el asiento libre que había junto a Baxter, quien volvía a mostrar la misma actitud hermética de siempre, complementada con maquillaje oscuro y expresión de aburrimiento.

—Buenos días —la saludó él con naturalidad.

—Buenos días —respondió ella secamente, sin mirarlo a los ojos.

Wolf desistió y se volvió para hablar con Finlay.

1. CABEZA: Naguib Khalid, el Asesino Incinerador
2. TORSO: ¿?
3. BRAZO IZQUIERDO: anillo de platino, ¿bufete?
4. BRAZO DERECHO: ¿esmalte de uñas?
5. PIERNA IZQUIERDA: ¿?
6. PIERNA DERECHA: detective Benjamin Chambers

A. ~~Raymond Turnble~~ (alcalde)
B. ~~Vijay Rana / Khalid~~ (hermano / contable)
C. Jarred Garland (periodista)
D. Andrew Ford (guardia de seguridad / alcohólico / insoportable)
E. Ashley Lochlan (camarera) o (niña de nueve años)
F. Wolf

Todos leyeron la lista en silencio, con la esperanza de tener un golpe de inspiración y ver de pronto alguna relación evidente. Se habían pasado los primeros veinte minutos de la reunión debatiendo entre ellos sin llegar a ninguna conclusión clara, lo que había llevado a Simmons a detallar sus progresos en el papelógrafo con su letra casi ilegible. Al verlos resumidos de esa manera, podía decirse que apenas habían hecho algún avance.

—Los asesinatos del Incinerador deben de ser la clave —conjeturó Finlay—. Khalid, su hermano, Will...

—Su hermano no tenía nada que ver con el juicio —dijo Simmons, que añadió una nota a la lista—. Ni siquiera asistió.

—Tal vez cuando Alex nos traiga un nombre le veamos más sentido —aventuró Finlay encogiendo los hombros.

—No lo creo —intervino Baxter—. Edmunds tiene a veintidós personas con un anillo igual. Ni una sola estaba implicada en el juicio de Khalid.

—Pero Ben sí, ¿no? —preguntó Finlay.

La mención del nombre provocó un silencio incómodo. El sargento se sintió culpable por recordar a un compañero fallecido, como si no fuese más que otra pieza del rompecabezas.

—Chambers estaba implicado, pero no más que cualquiera de los que estamos en esta sala —repuso Baxter impasible—. Y aunque guardase una relación más estrecha, ¿qué tenía que ver con los otros de la lista?

—¿Cómo de hondo hemos cavado en las vidas de cada una de estas personas? —preguntó Simmons.

—Hacemos cuanto podemos, pero no nos vendría mal un poco más de ayuda —sugirió Baxter.

—Pues no va a ser posible —le espetó el inspector jefe airado—. Ya tengo a un tercio del departamento echando una mano con esto. No puedo meter a nadie más.

La detective cedió, consciente de la presión que su superior tenía que soportar.

—Fawkes, hoy estás muy callado, ¿alguna idea? —le preguntó Simmons.

—Si el juicio de Khalid era la clave, ¿por qué iba a estar yo en la misma lista que él? No tiene sentido. ¿Quiere muerto al Asesino Incinerador y a quien intentó detenerlo?

Se produjo un silencio desconcertado.

—Podría deberse a la popularidad del caso —teorizó Finlay—. Quizá Ben también estuviera trabajando en un caso importante que le llamó la atención.

—Es una posibilidad —dijo Simmons—. Estudiadla.

En ese momento Edmunds irrumpió en la sala, sudoroso y desaliñado.

—El anillo pertenecía a Michael Gable-Collins —anunció con aire triunfal—. Socio mayoritario de Collins y Hunter.

—¿Collins y Hunter? ¿De qué me suena eso? —preguntó Finlay.

Wolf se encogió de hombros.

—Cuarenta y siete años, divorciado, sin hijos. Es interesante destacar que asistió a una reunión de socios el pasado viernes a la hora del almuerzo —continuó Edmunds.

—Eso nos da un lapso de unas doce horas entre esa reunión y el hallazgo del Ragdoll —calculó Simmons, que añadió el aristocrático nombre a la lista.

—¿Y seguro que no asistió al juicio? —preguntó Finlay, ignorando el suspiro de exasperación de Baxter.

—Lo tengo que comprobar, pero no, en principio, no —contestó Edmunds.

—Así que seguimos sin encontrar nada que los relacione —concluyó Finlay.

—Ah, lo que los relaciona es el juicio —dijo Edmunds con sencillez.

—Pero acabas de decir que ese tipo no tenía nada que ver con eso.

—Sin embargo, sí. Todos tenían algo que ver. Lo que ocurre es que no terminamos de entenderlo. Khalid es la clave.

—Pero... —comenzó Finlay.

—Continuemos —los interrumpió Simmons, mirando de reojo su reloj—. Jarred Garland ha solicitado que la detective Baxter se responsabilice de su protección. Lo he discutido en profundidad con ella y espero que todos la ayudéis con cualquier cosa que necesite.

—¡Espera, espera, espera! —intervino Wolf.

—Estará fuera de la oficina durante el resto del día y también mañana por esta razón. Por supuesto, en su ausencia, Fawkes estará encantado de seguir trabajando en las investigaciones de la detective —resolvió Simmons con firmeza.

—Necesito ver a Garland —protestó Wolf.

—Necesitas considerarte afortunado por el mero hecho de

estar aquí después de la llamada que esta mañana me ha hecho «ya sabes quién guion para qué».

—Señor, en relación con eso, debo darle la razón a Wolf —interrumpió Edmunds, que sorprendió a todo el mundo con su tono imperativo. Baxter lo miró como si quisiera tirarle algo a la cabeza—. El asesino le ha arrojado el guante a Wolf. Si alteramos esa dinámica, no hay forma de saber cómo podría reaccionar. Se lo tomaría como un insulto.

—Bien. Ojalá sea así. La decisión está tomada.

Edmunds negó con la cabeza.

—En mi opinión, es un error.

—Puede que, al contrario que tú, Edmunds, yo no tenga un flamante doctorado en Policías y Ladrones, pero, lo creas o no, en mis tiempos también tuve que vérmelas con unos cuantos asesinos.

—Como este no —replicó Edmunds.

Finlay y Baxter se agitaron incómodos en sus asientos al ver que Edmunds se negaba a dar la discusión por zanjada.

—¡Ya basta! —gritó Simmons—. Todavía estás en período de prueba. Harías bien en recordarlo. El asesino intentará matar a Jarred Garland el sábado, sin importarle a quién tenga de niñera. Garland, sin embargo, no permitirá que nos inmiscuyamos a menos que esa niñera sea Baxter. Y tú —añadió el inspector jefe dirigiéndose a la sargento—, pon a Wolf al corriente de tu trabajo. Gracias a todos por el dolor de cabeza. Ahora fuera de aquí.

Levantada la sesión, Edmunds se acercó a hablar con su mentora.

—Serás gilipollas —siseó ella—. ¿Qué mosca te ha picado?

—He...

—Me estoy jugando mucho con esto, y ya es bastante complicado como para que ahora vengas tú a cuestionar mi competencia y a dejarme en ridículo delante del jefe.

Baxter se dio cuenta de que Wolf se había quedado rezagado en la salida, esperando la oportunidad de hablar con ella en privado.

—¿Ya sabes lo que vas a hacer durante el resto del día? —le preguntó al novato.

—Sí.

—Entonces se lo puedes explicar.

Se levantó y salió de la sala con paso furibundo sin decirle nada a Wolf. Edmunds lo miró con una débil sonrisa.

—¿Cómo vas con los esmaltes de uñas? —le preguntó.

Wolf había llamado a los forenses para preguntar si tenían alguna novedad referente a las tres partes corporales que seguían sin identificar. Le dijeron que todavía estaban realizando algunas pruebas y que no podían darle nada para que siguiera investigando. Necesitaba pasar por Peckham en algún momento para encontrarse con Andrew Ford, pero estaba haciendo tiempo para hablar con Baxter antes de que esta saliera de la oficina.

Por alguna razón, Edmunds había aparecido de pronto al otro lado de su escritorio y ya no había vuelto a irse, pese a que su mentora llevaba treinta y cinco minutos en el despacho de Simmons y su mesa estaba libre. El joven agente había intentado darle conversación, pero Wolf estaba demasiado distraído observándolos para cruzar con él algo más que unas pocas palabras.

—He estado pensando —anunció Edmunds—. Nuestro asesino es metódico, ingenioso y astuto. Todavía no ha cometido ningún desliz. Lo que me lleva a sospechar que ya lo ha hecho antes. Piénsalo. Ha perfeccionado su arte...

—¿Arte? —repitió Wolf poco convencido.

—Así es como él lo ve, y no puede negarse que, por muy abominables que nos parezcan los asesinatos, no dejan de ser, sin embargo, si lo consideramos con objetividad, impresionantes.

—¿«Impresionantes»? —Wolf resopló—. Edmunds, ¿no serás tú el asesino? —preguntó con gesto serio.

—Quiero consultar los expedientes de algunos casos antiguos. —Esto sí llamó la atención de Wolf—. Me gustaría buscar ejemplos de *modus operandi* inusuales, de asesinos de víctimas que en principio parecían inaccesibles, de amputaciones y mutilaciones. En algún sitio tiene que haber dejado un rastro.

Edmunds confiaba en que Wolf apoyase la idea, tal vez incluso en que quedase impresionado con sus teorías. Pero solo consiguió provocar su enfado.

—Cuatro de nosotros trabajamos en este caso a tiempo completo, ¡cuatro! Eso es todo. ¿De verdad crees que podemos permitirnos tenerte buscando una aguja en un pajar cuando hay gente muriendo ahí fuera?

—Solo... Solo intentaba ayudar —balbuceó Edmunds.

—Limítate a hacer tu trabajo —le espetó Wolf mientras se levantaba y cruzaba la oficina a toda prisa para abordar a Baxter, que acababa de salir del despacho de Simmons—. Eh —la llamó.

—Ahora no.

Baxter llevaba un expediente en las manos cuando pasó junto a él en dirección a su mesa.

—Si es por lo de anoche...

—No es por eso.

Cuando llegaron a la altura de la sala de reuniones, Wolf la sujetó por la muñeca y la llevó adentro, atrayendo las miradas de extrañeza de los compañeros que ocupaban las mesas cercanas.

—¡Eh! —protestó ella.

Wolf cerró la puerta.

—Siento haberme ido anoche. Aún no habíamos terminado de hablar. Pero es que me sacó de mis casillas... No debería haberte dejado con ella. Te pido disculpas.

Baxter parecía impaciente.

—¿Recuerdas cuando te dije que me parecías preciosa, inteligente y...?

—Extraordinaria —lo ayudó ella con gesto de satisfacción.

—Extraordinaria —asintió Wolf—. No le gustó, ¿verdad?

Baxter se permitió una sonrisa amplia.

—No. No le gustó.

—Pues déjame ayudarte con lo de Garland. No soporto la idea de seguir sentado con Edmunds. ¡Hace un minuto quería pintarme las uñas!

Baxter se rio.

—Gracias, pero no.

—Vamos, tú eres la jefa. Haré lo que me digas.

—No. Tienes que dejar de controlarlo todo. Ya has oído a Simmons; está a nada de apartarte del caso por completo. Así que no insistas.

Wolf empezaba a desesperarse.

—Si me disculpas —dijo Baxter al tiempo que intentaba salir de la sala.

Wolf no se apartó de la puerta.

—No lo entiendes. Necesito ayudar.

—Si me disculpas —repitió Baxter en un tono más enérgico.

Wolf intentó quitarle el expediente de las manos. La carpeta de plástico se retorció y crujió al formar un puente tenso entre ambos. Baxter ya lo había visto así con anterioridad, durante la investigación del Asesino Incinerador, cuando su obsesión lo devoró por completo, cuando ya no sabía diferenciar a los amigos de los enemigos.

—Suéltalo... Will.

Baxter nunca lo llamaba por su nombre de pila. Volvió a tirar del expediente de Garland para que Wolf desistiera, pero no lo consiguió. No tenía más que dar un grito para pedir ayuda. Una decena de agentes entrarían corriendo por la puerta y Wolf sería apartado del caso. Se preguntó si se habría equivocado al dejar que la situación se prolongara durante tanto tiempo, al haber ignorado todas las señales de advertencia. Ella únicamente pretendía ayudarlo, aunque todo tenía un límite.

—Lo siento —susurró.

Levantó la mano libre para golpear el cristal esmerilado, pero, en ese preciso momento, Edmunds irrumpió en la sala, empujando con la puerta la espalda de Wolf sin pretenderlo.

Wolf soltó la carpeta.

—Lo siento —se disculpó—. Tengo a un tal agente Castagna al teléfono, quiere hablar contigo sobre Andrew Ford.

—Ya lo llamaré luego —dijo Wolf.

—Al parecer amenaza con saltar por la ventana.

—¿El agente Castagna o Ford?

—Ford.

—¿Para escaparse o para suicidarse?

—Es una cuarta planta, así que un poco de cada.

Wolf sonrió al oír su respuesta y Baxter lo vio transformarse de nuevo en el hombre normal e irreverente de siempre.

—Bien, dile que voy de camino.

Sonrió a Baxter con calidez y salió de la sala tras Edmunds. Baxter esperó oculta tras el cristal esmerilado. Exhaló un suspiro profundo y se agachó para no caerse. Se sentía mareada y vacía de toda emoción tras haber tomado una decisión tan crucial, de modo que volvía a estar tan indecisa como siempre. Se levantó antes de que entrase alguien en la sala, tomó aire para serenarse y volvió a salir a la oficina.

17

Wolf tuvo que coger un tren con destino a la estación de Peckham Rye, lo que le suponía un esfuerzo enorme. Para pasar el mal trago, pidió un cortado largo muy caliente con leche desnatada y una gota de sirope sin azúcar, aunque después se sintió desmoralizado cuando el camarero resumió la comanda con un simple «Café. Solo».

Caminó sin prisa por la carretera principal hacia tres bloques de pisos de protección oficial que se levantaban orgullosos sobre los edificios circundantes, dichosamente ajenos o quizá impasibles ante el hecho de que el resto de la población los consideraba un insulto a la vista y exigiría su demolición si se presentaba la oportunidad. Al menos los arquitectos de esas monstruosidades en concreto habían optado por pintarlas de un perfecto gris triste, lluvioso y nublado que hacía juego con el cielo londinense, con lo cual pasaban casi desapercibidos durante prácticamente todo el año.

Se dirigió a la llamada torre Shakespeare, no demasiado convencido de que para el dramaturgo hubiera sido un honor ver su nombre en la placa de la entrada, y suspiró al encontrarse con el escenario y los sonidos habituales. Unas cuantas banderas de la cruz de San Jorge colgaban de las ventanas como muestra de lealtad para con este gran país, o al menos con once futbolistas infaliblemente decepcionantes. Un perro (Wolf imaginó que sería un bullterrier de Staffordshire o un pastor alemán) ladraba con insistencia desde el balcón a metro y medio de altura en el que lo habían encerrado, y habían puesto a secar bajo la lluvia toda una colección de ropa interior mugrienta, como una grotesca obra de arte moderno.

Algunos lo acusarían de intolerante, incluso de clasista, pero esas personas no habían pasado la mitad de su vida laboral en otros muchos edificios de la ciudad idénticos a ese. Estaba convencido de que se había ganado el derecho a odiarlos.

A medida que se acercaba al portal, oyó unos gritos procedentes de la parte de atrás del edificio. Recorrió el costado de la torre y se sorprendió al encontrarse con un hombre de aspecto desaseado, cubierto tan solo con una camiseta interior de tirantes y unos calzoncillos, colgado del balcón que sobresalía por encima de él. Dos agentes de policía intentaban en vano que volviera adentro, y varios vecinos habían salido a sus respectivos balcones, con la cámara del móvil preparada por si tenían la suerte de grabar la caída. Wolf observó regocijado la escena esperpéntica hasta que lo reconoció una vecina en pijama.

—¿No eres tú el detective ese de la tele? —le gritó con voz ronca.

Wolf ignoró a la entrometida mujer. El hombre colgado del balcón puso fin a su vocerío de inmediato y observó como se tomaba el café tranquilamente.

—Andrew Ford, supongo —dijo Wolf.

—¿Detective Fawkes? —preguntó Ford con acento irlandés.

—Ajá.

—Tengo que hablar contigo.

—De acuerdo.

—Aquí no. Sube.

—De acuerdo.

Wolf encogió los hombros con indiferencia y se dirigió hacia el portal mientras Ford escalaba la barandilla sin elegancia. Cuando llegó al piso, se encontró con una atractiva policía asiática vigilando la puerta.

—Nos alegramos mucho de verte —lo saludó ella.

En ese momento, Wolf reparó en la ancha mella de su sonrisa y notó que empezaba a hervirle la sangre.

—¿Te lo ha hecho él? —le preguntó a la vez que se señalaba los dientes.

—No a propósito. Se había puesto a romperlo todo, y yo debería haberlo dejado en paz. Ha sido culpa mía, por tonta.

—Parece un poco inestable para ser guardia de seguridad, ¿no?

—Lleva un año de baja. Ahora solo se dedica a beber y despotricar.

—¿Dónde trabajaba?

—En unos grandes almacenes, creo.

—¿Para qué quiere verme?

—Dice que te conoce.

Wolf pareció sorprenderse.

—Puede que lo haya arrestado en alguna ocasión.

—Puede.

La agente entró con Wolf en el piso cochambroso. Un montón de DVD y revistas alfombraba el recibidor, y el dormitorio no se diferenciaba mucho de un vertedero. Pasaron al minúsculo salón, donde las botellas de vodka barato y las cajas de cerveza extrafuerte cubrían todas las superficies. El sofá quedaba oculto bajo un edredón moteado de quemaduras de cigarrillo, y toda la vivienda emanaba un sutil tufo a sudor, vómito, ceniza y basura desbordada.

Andrew Ford era casi diez años más joven que Wolf, aunque parecía mucho mayor. El pelo desgreñado brotaba de forma irregular de su cabeza medio calva. Tenía un aspecto mal proporcionado, con las mejillas chupadas y la barriga cervecera pequeña pero definida, y en su piel se apreciaba la coloración amarillenta de la ictericia. Wolf agitó la mano a modo de saludo. No tenía ninguna intención de tocar a aquel hombre repugnante.

—Agente de la Policía Metropolitana e investigador jefe de los asesinatos del Ragdoll… Sargento detective William Oliver Layton-Fawkes —recitó Ford emocionado, recibiéndolo con un breve aplauso breve—. Pero es Wolf, ¿verdad? Un nombre genial. Un lobo entre las ovejas, ¿no?

—O entre los cerdos —aportó Wolf sin tacto mientras miraba alrededor de la repulsiva estancia.

Ford lo miró como si deseara saltar sobre él, pero después se echó a reír.

—Porque eres poli. Lo pillo —razonó, sin intuir ni por asomo a qué se refería en realidad.

—¿Querías hablar? —le preguntó Wolf, con la esperanza de que Baxter también solicitara encargarse de lidiar con este.

—No con todos estos… —comenzó antes de gritar—: ¡cerdos alrededor!

Wolf asintió hacia los dos agentes, que salieron del salón.

—Tú y yo somos como camaradas en el campo de batalla, ¿verdad? —planteó Ford—. Dos honrados caballeros defensores de la ley.

A Wolf le pareció un atrevimiento que un guardia de seguridad de unos grandes almacenes se considerase a sí mismo un «caballero defensor de la ley», aunque lo dejó correr. Sin embargo, empezaba a impacientarse.

—¿De qué querías hablar?

—Quiero ayudarte, Wolf. —Ford inclinó la cabeza hacia atrás y profirió un potente aullido.

—Bueno, pues no va a poder ser.

—Hay algo en lo que no has caído —añadió el hombre con engreimiento—. Algo muy importante.

Wolf esperó a que prosiguiera.

—Sé algo que tú no sabes —canturreó Ford burlonamente, disfrutando de una posición de poder poco habitual.

—La agente guapa a la que le saltaste el diente...

—¿La india? —preguntó con desdén.

—... dice que me conoces.

—Ah, sí que te conozco, Wolf, pero tú no te acuerdas de mí para nada, ¿verdad?

—Pues dame una pista.

—Pasamos cuarenta y seis días en la misma sala, aunque nunca hablamos.

—Bien. —Wolf no terminaba de entenderlo, y confiaba en que la pareja de agentes no se hubiera alejado demasiado.

—No siempre he trabajado en unos grandes almacenes. Antes era alguien.

Wolf lo miró inexpresivo.

—Y veo que sigues llevando algo que te di.

Wolf, confundido, bajó la vista hasta su camisa y sus pantalones. Se palpó los bolsillos y miró su reloj.

—¡Caliente, caliente!

Wolf se enrolló la manga, dejando a la vista las marcadas quemaduras del brazo izquierdo y el reloj de pulsera digital, un modelo barato que le había regalado su madre las Navidades anteriores.

—¡Te estás quemando!

Wolf se quitó el reloj para descubrir el resto de la fina cicatriz blanca que le atravesaba la muñeca.

—¿El guardia de seguridad del banquillo? —preguntó Wolf con los dientes apretados.

Ford no le respondió. Se frotó la cara nerviosamente y se acercó a la cocina para coger una botella de vodka.

—No me subestimes —dijo, haciéndose el ofendido—. Soy Andrew Ford, ¡el hombre que le salvó la vida al Asesino Incinerador!

Bebió con rabia de la botella, dejando que parte del aguardiente se escurriese por su barbilla.

—Si yo no hubiera cometido la heroicidad de apartarte de él, no habría vivido para matar a esa última niña. ¡San Andrew! Ese es el epitafio que quiero en mi tumba. «San Andrew, auxiliar de asesinos de niños.»

Ford rompió a llorar. Se dejó caer en el sofá y se echó por encima el edredón repugnante, tirando al suelo un cenicero mal apoyado.

—Bien, eso es todo. Diles a esos cerdos que se marchen. No quiero que me protejan. Solo quería que lo supieras… para ayudarte.

Wolf miró a aquel ser miserable mientras tomaba otro trago de la botella y encendía el televisor. La melodía de un programa infantil empezó a sonar a todo volumen, acompañando a Wolf hacia la salida.

Andrea observó con muda estupefacción como Rory, su cámara, vestido de capitán de una nave espacial, decapitaba a un alienígena (que guardaba un sospechoso parecido con su amigo Sam) con un bō pulsátil (un palo forrado de papel de aluminio). Una mucosidad verde brotó a chorros del corte resultante mientras el cuerpo dejaba de moverse tras sobreactuar.

Rory apretó el botón de pausa.

—Bueno, ¿qué te parece?

El cámara tenía más de treinta años, pero vestía como un adolescente desaliñado. Padecía un ligero sobrepeso, y una densa barba pelirroja le cubría el rostro afable.

—La sangre era verde —señaló Andrea, todavía un poco impresionada por el repugnante vídeo. Era de bajo presupuesto, pero muy eficaz.

—Era un kruutar... un alienígena.

—Ya. Lo entiendo, aunque Emily tendrá que ver sangre roja si queremos convencerla para que haga esto.

Andrea había quedado con Baxter y Garland en el estudio de cine de Rory, StarElf Pictures, que no era más que un garaje ubicado en la parte posterior de la estación de Brockley. Aunque no guardase relación alguna con el plan del que habían hablado la noche anterior, Andrea, Garland, Rory y el mejor amigo de este, Sam, quien también participaba como coproductor y actor, estaban discutiendo cuál era la mejor manera de fingir la muerte de una persona mientras esperaban a Baxter.

Después de visionar más de una decena de las escenas de muerte que recogía el catálogo de StarElf, concluyeron que las evisceraciones eran problemáticas, que las decapitaciones resultaban realistas, aunque tal vez un tanto excesivas, y que las explosiones no siempre salían bien (el dedo gordo del pie de Sam presidía las instalaciones desde el bote de encurtidos que reposaba por encima de la mesa de trabajo). Se decidió que un simple balazo en el pecho sería lo más adecuado.

Baxter, aturdida, llegó con cuarenta minutos de retraso, y no se llevó una impresión demasiado buena al encontrar a Rory y a Sam perdiendo el tiempo tras haber accedido a la petición de Garland de ensayar el tiroteo. Después de quince minutos de discusión y de que Garland amenazara varias veces con actuar sin la ayuda de nadie, Baxter accedió con renuencia a dejar de gritar y a escuchar lo que tenían que decir. La detective miró con recelo a su alrededor, y Garland comprendió que dudase de la profesionalidad del equipo de StarElf. Por suerte, aún no había reparado en el bote y el dedo que quedaba por encima de su cabeza.

—Sé que no estás muy convencida, pero podemos hacerlo —le aseguró un emocionado Rory mientras preparaba la presentación.

Se habían conocido de pasada cinco días antes, cuando, por accidente, Baxter hizo que su amada cámara conociese la acera de Kentish Town. Afortunadamente, Rory no era rencoroso y parecía estar ilusionado de verdad con el encargo clandestino.

Sam y él explicaron con entusiasmo que el efecto, que era de un realismo increíble y se empleaba en las producciones cinematográficas y teatrales del mundo entero, se lograba ocultando una bolsa fina (en ocasiones un preservativo) llena de sangre falsa bajo la ropa del actor. Un pequeño explosivo conocido como estopín, parecido de forma inquietante a un cartucho de dinamita, se adhería a la parte trasera de la bolsa a fin de proyectar la sangre hacia fuera. Utilizarían una pila de reloj que aportaría la corriente necesaria para provocar la explosión controlada, la cual se activaría por medio de un transmisor fabricado por el propio Rory. Por último, había que poner un grueso cinturón forrado de goma entre la piel y el explosivo para proteger el cuerpo de las quemaduras y los proyectiles.

Cuando Andrea salió para llamar por teléfono, Rory se acercó empuñando la Glock 22 con la que pretendía disparar a Garland y le ofreció a este la pesada arma con la misma despreocupación que si le hubiera entregado una bolsa de patatas fritas. Garland pareció inquieto mientras examinaba la pistola con impericia, y Baxter hizo una mueca cuando el periodista miró confiado por la boca del cañón.

—Parece real —dijo Garland encogiéndose de hombros.

—Lo es —reveló Rory con jovialidad—. Lo que es de mentira es la munición.

Echó un puñado de cartuchos de fogueo en la mano de Garland.

—Cápsulas de pólvora para producir el fogonazo y la explosión del disparo, aunque desprovistas de la bala exterior.

—Pero a las armas de atrezo les quitan el percutor, ¿no? —preguntó Baxter, que se agachó de forma instintiva al ver que Garland orientaba el arma en su dirección.

—Por lo general, sí —reconoció Rory, eludiendo la pregunta obvia.

—¿Y en este caso? —lo presionó Baxter.

—No, en este caso no.

La detective se cogió la cabeza entre las manos.

—Es perfectamente legal —se defendió el cámara—. Tengo licencia. Sabemos lo que hacemos. No hay ningún peligro. Mira…

Se volvió hacia Sam, que estaba ajustando una de las videocámaras.

—¿Estás grabando? —le preguntó.

—¿Sí? —dijo Sam, que parecía preocupado.

Sin previo aviso, Rory retiró el seguro y apretó el gatillo. Se oyó un bang ensordecedor en el instante en que una rociada de sangre carmesí saltaba del pecho de Sam. Andrea entró corriendo. Baxter y Garland miraron horrorizados el charco de sangre, que se extendía rápidamente. Sam dejó caer el destornillador y miró a Rory con el ceño fruncido.

—Iba a cambiarme la camiseta primero, mamón —protestó antes de seguir manipulando la cámara.

—¡Ha sido increíble! —exclamó Garland.

Todos miraron expectantes a Baxter, que se mantuvo perfectamente impasible.

Miró a Garland.

—¿Podríamos hablar fuera un minuto?

Baxter abrió las puertas del coche para que pudieran conversar en privado. Tiró al suelo del habitáculo la porquería que ocupaba el asiento del pasajero.

—Solo para que quede del todo claro —empezó—. No vamos a fingir tu muerte. Es probablemente lo más estúpido que he oído en toda mi vida.

—Pero...

—Te dije que tenía un plan.

—Pero ¿no habías...?

—Ya hemos depositado demasiada confianza en toda esta gente. Imagínate las consecuencias si corriera la voz de que la Policía Metropolitana tiene que recurrir a una muerte fingida para proteger a la población.

—«Para proteger a la población», eso es lo importante —remarcó Garland, que empezaba a ponerse nervioso—. ¡Piensas como una policía!

—¡Es que soy policía!

—Es mi vida; es mi decisión.

—No pienso hacerlo —se opuso Baxter—. Fin de la historia. Si no quieres que te ayude, perfecto. Pero tengo un plan, y te pido que confíes en mí.

Hizo una mueca, horrorizada por las palabras que acababan de salir de su boca. Garland la miró igual de sorprendido. No estaba dispuesto a dejar escapar la oportunidad de utilizar la inminencia de su asesinato para conseguir una cita, e intentó coger la mano de Baxter.

—Está bien... Confío en ti —le aseguró antes de emitir un gemido lastimero cuando ella le retorció la muñeca—. ¡Vale, vale, vale! —dijo entre jadeos, hasta que Baxter le soltó.

—¿Cenamos? —preguntó seguidamente, impertérrito.

—Ya te lo he dicho, no eres mi tipo.

—¿Exitoso? ¿Decidido? ¿Apuesto?

—Condenado —replicó ella con una sonrisa de satisfacción mientras veía desmoronarse el gesto engreído de Garland.

En otras circunstancias, Baxter nunca habría tolerado sus repulsivas insinuaciones, pero, tras fracasar estrepitosamente al intentar seducir a Wolf la noche anterior, agradecía que alguien le hiciera caso.

—Soy un buen segundo plato, si el primero te decepciona —murmuró Garland, que no tardó en recuperar la confianza en sí mismo.

—Supongo que sí. —Baxter sonrió.

—Entonces ¿eso es un sí? —dedujo esperanzado.

—No —negó ella manteniendo la sonrisa.

—Pero tampoco es un no, ¿no?

Baxter lo pensó por un momento.

—No.

Un foco elevado proyectaba su falsa luz de luna sobre la infinidad de archivos subterráneos, derramando sombras alargadas entre las hileras sucesivas de estanterías metálicas y acariciando los estrechos pasillos como un manojo de dedos que se extendieran por la oscuridad. Edmunds había perdido por completo la noción del tiempo mientras leía sentado, con las piernas cruzadas, en el duro suelo del almacén. Desparramado a su alrededor yacía el contenido de la decimoséptima caja de pruebas que figuraba en su lista, un batiburrillo de fotografías, muestras de ADN y declaraciones de testigos.

Con Baxter y Wolf ocupados en otros asuntos, había aprovechado la oportunidad de visitar el almacén central, ubicado en unas instalaciones seguras de las afueras de Watford. Tras cinco agotadores años, habían completado la inconcebible proeza de escanear, catalogar y fotografiar todos y cada uno de los registros que obraban en poder de la Policía Metropolitana; no obstante, seguía siendo preciso conservar las pruebas físicas.

Aunque los objetos relacionados con los crímenes menores podían ser devueltos a las familias o destruidos tras un plazo establecido por el tribunal, las pruebas que tuvieran que ver con un homicidio o un crimen grave debían guardarse de forma indefinida. Primero se almacenaban en la comisaría pertinente durante un tiempo que variaba en función del espacio y los recursos disponibles, y después se transferían a los seguros archivos de temperatura controlada. Con mucha frecuencia los casos se reabrían cuando aparecían pruebas adicionales, cuando se presentaba una apelación o cuando los avances de la tecnología revelaban algo nuevo, por lo que ese surtido de recuerdos de la muerte debía atesorarse para que sobreviviera por mucho tiempo a todos los implicados.

Edmunds estiró los brazos y bostezó. Dos horas antes había oído a alguien empujando un carrito, pero volvía a estar solo en el colosal almacén. Guardó las pruebas en la caja con cautela, sin haber encontrado ningún indicio de que existiera relación alguna entre la víctima decapitada y el Asesino del Ragdoll. Colocó la caja en su estante y la tachó de la lista. Hasta ese momento no se dio cuenta de la hora que era: las 19.47. Blasfemó en voz alta y corrió hacia la salida, lejana.

Recuperó el teléfono al pasar por el control de seguridad y subió las escaleras que llevaban a la planta exterior, donde descubrió que tenía cinco llamadas perdidas de Tia. Debía devolver el coche del parque móvil en New Scotland Yard y pasar por la oficina antes de pensar siquiera en marcharse a casa. Marcó el número de Tia y se preparó para afrontar su reacción.

Wolf estaba terminando la segunda pinta de Estrella sentado frente al Dog & Fox, en la calle mayor de Wimbledon. Era el único que se había atrevido a enfrentarse al frío en las mesas de la terraza, pues una amenazadora nube de lluvia encapotaba el cielo, pero quería encontrarse con Baxter cuando regresase al moderno apartamento que ocupaba al otro lado de la calle.

A las ocho y diez la vio aparecer en su Audi negro, con el que estuvo a punto de atropellar a un peatón que doblaba la esquina, y aparcar encima de un carril secundario. Wolf abandonó lo que le quedaba de la cerveza tibia para ir a hablar con ella. Estaba a diez metros de distancia cuando Baxter se apeó riendo del coche. Se abrió también la puerta del pasajero, por la que desmontó un hombre al que no reconoció.

—Por aquí tiene que haber algún restaurante donde sirvan caracoles, y pienso pedirlos —dijo él.

—No creo que la idea sea vomitar lo último que comas —contestó Baxter con una sonrisa burlona.

—Me niego a marcharme sin antes haberme metido un molusco repugnante, baboso e infecto en la boca.

Baxter abrió el maletero, sacó sus bolsas y bloqueó las cerraduras del coche. Wolf, al presentir que se fraguaba una situación embarazosa, se puso nervioso y se agachó detrás de un buzón en el momento en que Baxter y su acompañante se encaminaban hacia él. Ya habían pasado de largo cuando descubrieron a un hombre corpulento agazapado en la acera.

—¿Wolf? —preguntó Baxter, extrañada.

El aludido se levantó con naturalidad y le sonrió, como si siempre se saludasen del mismo modo.

—Hola —dijo, antes de tenderle la mano al hombre bien vestido—. Wolf... o Will.

—Jarred —se presentó Garland, que le estrechó la mano. Wolf lo miró con sorpresa.

—Ah, eres...

Dejó el comentario en el aire al fijarse en la expresión impaciente de Baxter.

—¿Qué demonios haces aquí? ¿Por qué estabas escondido?

—No quería provocar un encuentro incómodo —masculló Wolf, señalando a Garland.

—¿Y no es lo que has hecho? —preguntó ella, con las mejillas cada vez más coloradas—. ¿Nos perdonas un momento? —le pidió a Garland, que se retiró hacia la calle principal.

—Quería verte para disculparme por lo de anoche, por lo de esta mañana y, en fin, por todo, en realidad —explicó Wolf—. Había pensado que podíamos dar una vuelta y comer algo, pero parece que ya tienes... planes.

—No es lo que parece.

—No parece nada.

—Bien, porque no es así.

—Me alegro.

—¿Te alegras?

La conversación se estaba volviendo imposible con todo lo que no se estaban diciendo.

—Me voy —resolvió Wolf.

—Sí, mejor —respondió Baxter.

Wolf giró sobre sus talones y se alejó en la dirección opuesta, camino de la estación, con el único propósito de marcharse de allí. Baxter blasfemó entre dientes, furiosa consigo misma, antes de volver con Garland, que la esperaba al final de la calle.

18

Baxter apenas había conseguido dormir. Garland y ella cenaron en el cercano Café Rouge, donde, por suerte, ya no quedaban caracoles. Con fingida desilusión, él pidió un bistec en su lugar antes de que el camarero, de cuestionable nacionalidad francesa, les sugiriera algún otro manjar intragable. Distraída por la visita inesperada de Wolf, ella no había sido una buena compañía y, pese a la obstinada oposición del periodista, solicitó que la escolta de Garland lo recogiera en el restaurante a las diez.

Le había costado subir las bolsas a su apartamento por las estrechas escaleras ella sola, pero sabía que Garland se habría imaginado lo que no era si hubiese aceptado su ayuda. Sacó la llave para abrir la puerta y entró dando tumbos en el impecable piso de un dormitorio. Su gato, Eco, trotó por el suelo de madera para recibirla en la entrada. La temperatura era agradable gracias a la suave brisa que entraba por el tragaluz abierto. Tras dejar caer los zapatos en el felpudo, llevó sus cosas al dormitorio y las depositó sobre la gruesa alfombra blanca. Dio de comer a Eco, se sirvió una generosa copa de vino tinto, fue a buscar el portátil al salón y se sentó en la cama.

Dedicó casi una hora a navegar por internet sin buscar

nada en concreto, a revisar el correo electrónico y a ponerse al día con las novedades del último mes en Facebook. Otra de sus amigas estaba embarazada, y había recibido una invitación a una despedida de soltera en Edimburgo. Le encantaba Escocia, pero se esforzó por escribir un mensaje con el clásico tono de jovencita exultante para disculparse por no poder asistir sin molestarse siquiera en consultar su agenda.

No paraba de pensar en Wolf. Él había dejado muy claro la noche anterior lo que sentía o, más bien, lo que no sentía. Pero esa noche se había presentado para llevarla a cenar, cuando esa misma mañana le había hecho un moratón en la muñeca al agarrarla con fuerza del brazo. ¿Se debía tan solo a que se sentía culpable? ¿Se arrepentía de haberla rechazado? ¿Estaba segura de que la había rechazado? Cansada de dar vueltas al tema, se sirvió otra copa de vino y encendió el televisor.

Puesto que la ejecución de Garland estaba programada para el sábado, los asesinatos del Ragdoll habían quedado relegados a un segundo plano en los informativos nocturnos, más preocupados por un petrolero hundido frente a la costa de Argentina que vertía más de mil litros de crudo cada hora y que las corrientes llevaban hacia las islas Malvinas. Se había divertido durante la cena con Garland, pero debía admitir que, incluso de haber sido sábado, el periodista habría quedado eclipsado por los pobres pingüinitos que huían del alquitrán invasor.

Hasta que agotaron todos los temas de conversación referentes al vertido de petróleo, como los precios de las acciones, el ecosistema de las Malvinas, la infundada posibilidad de que se tratase de un atentado terrorista, las probabilidades de que el crudo recorriese el Atlántico y contaminase las costas británicas (ninguna en absoluto), no retomaron el tema de los asesinatos, para discutir el motivo por el que Garland había optado por afrontar en público la amenaza que pendía sobre él. Desquiciada, Baxter apagó el televisor y se dedicó a leer un libro hasta la madrugada.

A las seis en punto abrió el portátil y entró en el sitio web del periódico. Debido al éxito sin precedentes que había tenido la columna de Garland, «El muerto parlante», el diario subía la última edición todas las mañanas a la misma hora, lo que había convertido la página en una codiciada parcela cibernética. Un vídeo exasperante que pretendía vender un perfume, un cosmético o una película de Charlize Theron se había abierto en medio de la pantalla y se negaba a cerrarse. Cuando por fin se desvaneció por iniciativa propia, apareció el breve anuncio que Andrea y ella habían preparado juntas. Ya acumulaba más de cien mil visitas.

> Entrevista de una hora en exclusiva para el mejor postor
> (9.30 h de las islas Británicas), que se celebrará la mañana
> del sábado en un hotel de Londres no revelado.
> 0845 954600.

Pese a la franqueza que había mostrado Garland en los artículos de esa semana, Andrea confiaba en que el cebo de una exclusiva mundial con el hombre condenado a muerte resultara irresistible. El plan de Baxter no era más que una simple maniobra de despiste. Con la colaboración de Andrea, grabarían de antemano una entrevista de media hora con Garland, que se emitiría «en directo» el sábado por la mañana. Cuando los medios del mundo entero se arremolinasen como de costumbre en el hotel de la capital elegido, con lo que anunciarían de forma equivocada el paradero de Garland a su asesino, el periodista ya estaría a salvo con el equipo de Personas Protegidas en la otra punta del país.

La eficacia del plan radicaba en su mera verosimilitud; la codicia del periodista aprovechado que se vendía a sí mismo, la subsiguiente pelea de perros entre los omnipotentes medios informativos y el falso anonimato del punto de encuentro «secreto». Habían preparado un mensaje grabado en el que solicitaban que los postores presentaran su oferta junto con los datos de contacto. Esto carecía de utilidad, por supuesto, pero justificaría la presencia de Andrea, cámara de televisión en mano, en el hotel. Para escenificar la farsa, Garland se había decantado por el vestíbulo del ME London, en Covent Garden. Cuando Baxter le preguntó por qué, él se limitó a decir que porque quedaría «de fábula» en cámara.

Baxter miró la hora, cerró el portátil y se puso la ropa de deporte. El sol acababa de alzarse lo suficiente sobre la ciudad para entrar por las ventanas del salón cuando se montó en la cinta de correr. Con los ojos cerrados para protegerse del resplandor, se puso los auriculares y subió el volumen hasta que dejó de oír el golpeteo rítmico de sus pies.

Sam estaba ya preparando a Garland cuando Andrea entró por las puertas de StarElf Pictures, recién señalizadas con una capa de grafitis. Garland la había llamado a altas horas de la noche anterior para rogarle que lo ayudase.

—Sabes que es factible —le dijo él.

—Estoy segura de que Emily tiene sus motivos para negarse —razonó Andrea.

—Ella tiene las manos atadas por la policía, tú no… Por favor.

—Podría volver a hablar con Emily.

—Se opondría. —Garland parecía desesperado—. Una vez que esté hecho, no le quedará más remedio que seguirnos el juego. Ella sabe tan bien como nosotros que es mi mejor opción.

Se produjo una larga pausa hasta que Andrea respondió.

—Preséntate en StarElf a las ocho. —Suspiró, rezando por que estuviera haciendo lo correcto.

—Gracias.

Andrea entró. Garland estaba desabotonándose la camisa mientras Sam manipulaba el transmisor.

—Buenos días. Toda una obra de arte la de la puerta —felicitó a Sam.

—Esos dichosos críos y sus monopatines —masculló él mientras se acercaba a Garland—. Le tengo dicho a Rory que no les deje entrar aquí. Pásanos el relleno, si no te importa —pidió, señalando el grueso cinturón protector que había en el escritorio situado detrás de ella y que absorbería la fuerza de la pequeña explosión.

Andrea lo cogió, palpando el duro forro de goma que reforzaba el delgado accesorio, y se lo tendió. Garland se había quitado la camisa, de modo que podía apreciarse su sorprendente delgadez, así como los feos lunares que le moteaban todo el costado izquierdo. Se había hecho tatuar en la espalda una copia del famoso ángel de la guarda de David Beckham, dibujo que quedaba ridículo en un lienzo tan escuchimizado.

—Coge aire —le indicó Sam. Enrolló el material en torno a la caja torácica de Garland y se lo ató a la espalda.

A continuación, añadió el preservativo lleno de sangre falsa, uno de los estopines de la caja y el receptor con la pila de reloj. Mientras Garland volvía a vestirse, Andrea le pidió a Sam que revisara y volviera a revisar tanto la pistola como la munición de fogueo. Ya que se sentía mal por actuar así a espaldas de Baxter, supuso que lo menos que podía hacer era cerciorarse de que no descuidaban ningún detalle.

Sam dio unos consejos de última hora a Garland sobre cómo interpretar una muerte de forma convincente. Andrea esperaba que él no le prestase demasiada atención, tras haberlo visto hacer de ogro que no dejaba de desvariar una vez destripado y de agente de policía novato que estornudaba en su propio funeral.

Veinte minutos antes de que Baxter llegase, Sam se marchó con un pasamontañas, el transmisor y la pistola cargada con la munición de fogueo ocultos bajo la ropa.

—¿Nervioso? —preguntó Andrea al oír que el coche de Baxter aplastaba los guijarros de la entrada.

—Por lo de mañana, sí —admitió Garland.

—Bueno, si hoy todo sale como hemos planeado...

—Eso es lo que me preocupa. No tenemos ningún modo de saberlo, ¿no? Solo sabremos si el asesino se lo ha tragado o no cuando veamos si intenta matarme... o no.

—Motivo por el cual esta noche Emily te va a llevar lo más lejos posible de Londres, si no nos mata ella antes, claro —bromeó una angustiada Andrea.

Baxter entró por la puerta y consultó su reloj.

—Hora de irse.

Baxter no sabía qué esperar, pero desde luego no se imaginaba eso. Cuando Garland y ella llegaron al hotel, los habían llevado a un ascensor negro, en el que subieron hasta el vestíbulo. Las puertas se abrieron, aunque Baxter solo llegó a dar unos pasos por el reluciente suelo negro antes de detenerse para admirar boquiabierta la surrealista zona de recepción.

Se encontraban en la base de una enorme pirámide de mármol, ambientada con una iluminación agradable. Un libro de llamativas dimensiones descansaba abierto en un soporte frente a ellos, y unos sofás blancos se reflejaban en el suelo oscuro, como si flotasen sobre una lámina de agua. Las dispersas mesitas negras y el voluminoso mostrador de recepción, que semejaban bloques intactos de obsidiana, parecían haber brotado del suelo de forma natural. Decenas de medusas se deslizaban por las paredes de mármol pulido por medio de un proyector, nadando contra la gravedad al ascender por el interior de la pirámide y deshaciéndose en el olvido al alcanzar el triángulo de luz natural por donde entraba el sol, a más de treinta metros de altura.

—Vamos —dijo Garland, satisfecho por haber impresionado al fin a la poco impresionable Baxter.

Una empleada del hotel les ofreció una copa de prosecco y los condujo hasta uno de los sofás de cuero cuando Garland le dijo que habían quedado con alguien. Si la empleada los había reconocido, no lo demostró en modo alguno.

—Anoche me divertí en la cena —comentó Garland mientras observaba las fascinantes medusas que luchaban por escapar de la pirámide.

—Sí, comer siempre está bien. —Baxter respondió con evasivas.

—Lo decía por la compañía.

—¿El Café Rouge?

Garland sonrió y captó la invitación a dejar el tema por el momento.

—¿Adónde iremos después? Ya sabes, después de la entrevista —susurró.

Baxter negó con la cabeza e ignoró la pregunta.

—Nadie puede oírnos —siseó Garland.

—Personas Protegidas ya tiene lista la casa de...

—La última persona a la que no pudisteis salvar —completó el periodista con amargura.

Baxter no vio a Sam cuando este cruzó la zona de recepción en dirección a los aseos, pero sí que notó un cambio repentino en Garland.

—Están aquí —dijo nervioso.

Andrea continuaba hablando por teléfono con Elijah cuando entró seguida por Rory en el ME London. En el momento en que las puertas del ascensor se cerraron, la señal se cortó y Elijah no pudo terminar de enumerar las preguntas que debía formularle a Garland. El redactor jefe quería que Andrea orientara la entrevista de forma que Garland pareciese retar al asesino, desafiante hasta el final.

—A nadie le gustan las masacres —le había dicho él momentos antes—. La gente quiere un enfrentamiento.

Andrea no se molestó en reanudar la llamada cuando salieron al suntuoso vestíbulo. Rory la había dejado para filmar algunas tomas de relleno del inmenso libro y de la pirámide, aunque todos pensaban que seguramente no utilizaría esas capturas hasta que rodase su siguiente película. La empleada, que no sabía quiénes eran Baxter ni Garland, sí reconoció en cambio a Andrea, lo que hizo que mirase emocionada al grupo, cuyos miembros fingían estar presentándose. La noticia de que Garland estaba subastando su última entrevista había sido muy comentada durante la mañana. Andrea se acercó a la mujer antes de que tuviera ocasión de escabullirse.

—Este es un hotel muy distinguido —le dijo—. Puede que ahora estemos haciendo un ensayo, pero no estamos obligados a volver mañana para la entrevista en directo. Por lo tanto, espero la máxima discreción, por su parte y por la de sus compañeros. Asegúrese de que también ellos estén al corriente de mis expectativas.

—Por supuesto —le aseguró la empleada con una sonrisa, como si en ningún momento se le hubiera pasado por la cabeza hacerse un selfi rápido con la siguiente víctima del Asesino del Ragdoll. Se dirigió hacia el mostrador de recepción para reprender a los compañeros que los observaban con curiosidad.

—¿Crees que se lo habrá tragado? —preguntó Andrea.

—Puede —respondió Baxter, que parecía preocupada—. Hagamos la entrevista y larguémonos de aquí.

Edmunds había pasado otra noche en el sofá. Cuando llegó a casa, pasadas las diez, Tia ya se había acostado, no sin antes bloquear la puerta del dormitorio. Él permaneció levantado hasta la madrugada, buscando en Google más información sobre casos de asesinato.

Dedicó la mañana a recabar datos sobre Michael Gable-Collins. Era obvio que si el asesino había dejado el anillo de platino en la mano del Ragdoll era porque quería que lo identificaran, aunque no estaba claro por qué. Convencido de que Khalid era la clave de todo, Edmunds siguió trabajando incansable, hasta que halló el vínculo que los unía.

El bufete, Collins y Hunter, había representado a Khalid en el tribunal; sin embargo, Michael Gable-Collins no guardaba ninguna otra relación con el caso. No había asistido a ninguna jornada del juicio y, como socio y especialista en derecho familiar, no se había implicado en el trabajo de preparación, de cuya supervisión parecía haberse encargado Charlotte Hunter.

Pese a que el bufete se ocupaba de centenares de casos cada año, Edmunds estaba seguro de que no se trataba de una simple coincidencia. Llegó pronto al trabajo para seguir buscando algo que los relacionase a todos. Había elaborado una nutrida lista de nombres vinculados con el juicio de Khalid, desde abogados hasta testigos, pasando por los funcionarios y los ocupantes de la galería del público. Los investigaría uno a uno si era necesario.

Andrea realizó la presentación ante la cámara, un tanto intranquila al pensar en los millones de espectadores que pronto criticarían su actuación, apenas ensayada.

—... en compañía esta mañana del periodista Jarred Garland, la tercera víctima señalada por el Asesino del Ragdoll. Buenos días, Jarred.

Rory modificó su posición para encuadrar tanto a Andrea como a Garland en el plano. Se hallaban sentados frente a frente en los sofás de cuero blanco.

—Gracias por hablar con nosotros en el que debe de ser un momento en extremo complicado para usted. Comencemos con la pregunta más evidente: ¿por qué? ¿Por qué esta persona, este asesino en serie, lo ha elegido a usted?

Baxter estaba absorta en la entrevista. Podía ver que Garland tenía los nervios de punta. Se le notaba asustado; algo iba mal. La puerta de los aseos de caballeros chirrió al abrirse cuando Sam accedió al vestíbulo intentando pasar desapercibido, vestido todo de negro y con la cara cubierta por el pasamontañas. Llevaba la pistola en la mano derecha.

—Ojalá lo supiera —contestó Garland—. Estoy seguro de que habrá tenido ocasión de comprobar, señora Hall, que un periodista nunca agrada a todo el mundo.

Ambos forzaron una risa nerviosa.

En ese momento una de las recepcionistas profirió un chillido y Rory orientó la cámara para filmar al pistolero que corría hacia ellos. Baxter se abalanzó de forma instintiva contra el hombre enmascarado, sin frenarse siquiera cuando creyó reconocer su voz e intuyó lo que estaba pasando.

—Maldito seas, Jarred Garland, ¡hijo de la gran puta! —improvisó.

Rory se apartó del camino del pistolero y volvió a enfocar a Garland, que parecía estar aterrorizado cuando se puso de pie. El disparo ensordecedor resonó en las superficies pulidas y Andrea gritó en sincronía con la sangre que saltaba del centro del pecho de Garland. Baxter cayó con pesadez sobre Sam al tiempo que Garland se desplomaba en el sofá como estaba previsto, instante en el que una cegadora luz blanca comenzó a brotar de la herida entre una profusión de chispas que lamían el suelo negro. El periodista empezó a lanzar alaridos, lo que enmudeció el siseo pirotécnico, mientras agitaba los brazos y las piernas en todas las direcciones e intentaba quitarse el cinturón que le rodeaba el pecho.

Rory dejó caer la cámara y corrió en su auxilio. Oyó resquebrajarse las lentes y sintió el intenso calor que las chispas generaban al orbitar en torno al cuerpo de Garland. Impulsado por el pánico, intentó aflojar desesperadamente el cinturón, hasta que entendió, repugnado, que sus dedos se habían hundido en la cavidad torácica de Garland.

Probó a sacarle el cinturón por la fuerza, pero el forro de goma ya se había fundido con la piel. Se oyó otro ruido, como el de un cristal al romperse, y Rory cayó al suelo de espaldas cuando una especie de líquido empezó a corroerle la piel de las manos.

Baxter se acercó aprisa.

—¡No! —gritó Rory agónicamente—. ¡Es ácido!

—¡Llamen a una ambulancia! —ordenó Baxter a los recepcionistas.

De pronto, una vez completado el círculo, las chispas blancas se extinguieron. Tan solo se oía el borboteo de la respiración trabajosa de Garland. Baxter regresó al sofá y le cogió la mano.

—Te vas a poner bien —le prometió—. Andrea... ¡Andrea!

La periodista estaba sentada, observándolo todo incapaz de reaccionar. Poco a poco, se volvió hacia Baxter.

—En recepción debe de haber un botiquín de primeros auxilios con apósitos para quemaduras. Ve a buscarlo —ordenó Baxter, sin estar segura de si las quemaduras se debían a algún ácido, al calor o a algo completamente distinto.

Una multitud de sirenas se oían cada vez más cerca cuando Andrea volvió al sofá con el botiquín básico. Cada inhalación suponía una nueva tortura para Garland. Había apoyado la nuca contra el sofá, desde donde podía ver las medusas que ascendían por las paredes hacia la luz del final del túnel.

Baxter miró a Andrea a los ojos al coger el botiquín.

—¿Qué habéis hecho? —preguntó con espanto antes de volverse hacia Garland—. Te vas a poner bien —le aseguró de nuevo en tono tranquilizador, aun sabiendo que estaba mintiendo. Parte de la camisa quemada se había desprendido, dejando a la vista una sección del pulmón abrasado que luchaba por dilatarse entre dos costillas. Prefería no imaginar los daños que no alcanzaba a ver—. Te vas a poner bien.

Una unidad de policías armados inundó el vestíbulo y rodeó a Sam, que al menos había tenido la sensatez de tirar la pistola al suelo antes de que aparecieran. Cuando estuvieron seguros de que el peligro había pasado, los sanitarios entraron y subieron a Garland con cuidado a una camilla. Baxter los vio intercambiar miradas elocuentes antes de alejarse deprisa con él hacia los ascensores. Otro equipo estaba aplicando apósitos para quemaduras en torno a las manos desfiguradas de Rory.

En el asiento que había ocupado Garland ya solo quedaba

un manto de esquirlas de cristal que destellaban bajo la luz relajante. El fragmento más grande parecía una vara delgada que se hubiera roto por el extremo superior. Vio varias zonas del sofá en las que el cuero se había descompuesto por completo. Se levantó y siguió a los sanitarios en dirección a los ascensores, decidida a permanecer junto a Garland durante el tiempo que le quedase en este mundo.

Edmunds miró confundido en torno a la oficina. Estaba tan enfrascado en su trabajo que no se había dado cuenta de que sus compañeros se habían levantado de sus respectivos escritorios para congregarse frente al televisor grande. Un silencio perplejo se había apoderado del departamento, salvo por los teléfonos, que nunca dejaban de sonar, y por la voz de Simmons, que escapaba amortiguada de su despacho, seguramente al habla con el comisario.

Se levantó y se acercó a las últimas filas del tumulto, desde donde distinguió a Andrea en la pantalla durante un instante. Aunque era una habitual de la pequeña pantalla, saltaba a la vista que esa no era una de las intervenciones a las que él y el país entero estaban acostumbrados. En lugar de estar sentada detrás de una mesa, corría junto a un equipo de sanitarios mientras el autor de aquella grabación, realizada con un teléfono móvil, se esforzaba por mantenerla dentro del plano. Vio a Baxter al fondo de la imagen, inclinada sobre alguien a quien llevaban en una camilla. Solo podía tratarse de Jarred Garland.

Después la señal regresó a la redacción de noticias. Los compañeros de Edmunds empezaron a volver a sus escritorios y, poco a poco, las conversaciones se reanudaron. Todos sabían que Baxter había tomado el mando de la protección de Garland, y muchos criticaban su decisión de permitir que el periodista, que tanta bilis había vertido en público contra la policía, apareciese en directo por televisión.

Surgieron entonces varias preguntas más: ¿por qué Baxter había tenido que mostrar a Garland en público? ¿Era la persona que le había disparado el Asesino del Ragdoll? ¿Qué era lo que de verdad le había ocurrido? Unos informes recogían que había recibido un balazo, mientras que en otros figuraba que había sufrido quemaduras graves.

Solo un interrogante, sin embargo, inquietaba a Edmunds: ¿por qué había actuado el asesino con un día de antelación?

19

Viernes, 4 de julio de 2014
14.45 h

Debido a la gravedad y a la etiología desconocida de las heridas de Garland, la ambulancia lo llevó directamente al servicio de urgencias del hospital Chelsea and Westminster, donde los esperaba un especialista de la unidad de quemados. Baxter le sostuvo la mano todo el trayecto y no se la soltó hasta que una enfermera prepotente le exigió que abandonase la sala.

Andrea y Rory llegaron en una segunda ambulancia minutos más tarde. Por lo que Baxter pudo ver bajo los pegajosos apósitos para quemaduras, la mano izquierda del cámara seguía licuándose y ulcerándose como en el hotel, aunque ya le faltaba además un considerable trozo de carne de la palma derecha, de modo que en lugar de una quemadura parecía haber sufrido una mordedura. Cuando terminó de hablar con la enfermera, el sanitario regresó y condujo a Rory a ver al especialista.

Baxter y Andrea aguardaban sentadas, en silencio, a la entrada de un Starbucks que había en la misma calle. Garland había entrado en quirófano hacía más de dos horas, y aún no sabían nada de Rory. Baxter dedicó el tiempo a averiguar adónde habían llevado a Sam, a fin de corroborar la estrafalaria historia que seguramente nadie se había creído.

—No entiendo qué ha podido suceder —masculló Andrea mientras le daba vueltas a un agitador para el café roto.

Baxter la ignoró. Ya le había dejado claro que pedirle ayuda había sido uno de los mayores errores que había cometido nunca y se preguntaba muy en serio si padecería algún tipo de perturbación.

—No se puede confiar en ti para nada, literalmente —le había dicho—. ¿No te da que pensar que todo lo que tocas se convierte en mierda?

Le tentaba la idea de reavivar la riña, pero decidió que sería inútil, y además Andrea ya se sentía tan culpable y abatida como ella.

—Creía que así lo ayudaría —argumentó Andrea para sí—. Es como tú dijiste: si consiguiéramos salvar a uno solo de ellos, aún quedaría esperanza para Will.

Baxter titubeó, debatiéndose entre contar u ocultar a Andrea que Wolf la había encerrado en la sala de reuniones la mañana anterior. Decidió guardárselo para sí.

—Creo que lo estamos perdiendo —susurró Andrea.

—¿A Garland?

—A Will.

Baxter negó con la cabeza.

—No lo estamos perdiendo.

—Tendríais que... Si ambos queréis... Se os ve... Debería ser feliz.

De alguna manera Baxter descifró lo que Andrea no acertaba a decir, pero ignoró la pregunta implícita.

—No lo estamos perdiendo —repitió con firmeza.

Lo siento. Haré cna para los2. T qiero bss

Edmunds estaba sentado en su mitad de la mesa de Baxter, intentando escribir a Tia sin que Simmons lo viera. Ella había ignorado sus tres disculpas anteriores.

—¡Edmunds! —ladró Simmons, que acababa de aparecer justo a su espalda—. Si tienes tiempo para escribir mensajitos, también lo tienes para ir a hablar con los forenses y averiguar qué demonios ha pasado hoy.

—¿Yo?

—Sí, tú —espetó el jefe, que miró con odio hacia su despacho cuando el teléfono empezó a sonar de nuevo—. Fawkes y Finlay están en la otra punta del país y Baxter sigue en el hospital. Así que no me queda nadie más que tú.

—Sí, señor.

Edmunds dejó lo que tenía entre manos, recogió deprisa el escritorio para que Baxter no le gritase y salió de la oficina.

—¿Cómo está Baxter? —preguntó Joe, con su sempiterno aspecto monacal, mientras se lavaba las manos en el laboratorio de Medicina Forense—. He visto las noticias.

—Creo que las ha visto todo el país —respondió Edmunds—. Yo no he hablado con ella, pero Simmons, sí. Todavía está en el hospital, con Garland.

—Es muy considerado por su parte, aunque innecesario, me temo.

—Lo están operando, así que deben de pensar que tiene alguna posibilidad.

—No la tiene. He hablado con el especialista en quemaduras para ponerlo al tanto de a qué se enfrentan.

—¿A qué?

Joe le hizo una seña a Edmunds para que se acercase a una mesa de trabajo, donde algunas esquirlas de cristal recogidas del sofá del hotel descansaban bajo un microscopio. Unas gotas de una sustancia residual se habían acumulado lastimeramente en el fondo de una probeta. Del líquido sobresalía una varilla metálica que unos cables se encargaban de unir a un aparato. Los restos del cinturón protector ocupaban una bandeja, con los jirones de la piel de Garland todavía adheridos a la goma de forma nauseabunda.

—Supongo que ya sabes que pretendían simular un disparo para fingir la muerte de Garland.

Edmunds asintió.

—Simmons nos lo ha dicho.

—Un buen plan. Valiente —opinó Joe con franqueza—. Entonces ¿cómo se asesina a alguien cuando el disparo es de mentira? ¿Se modifica la pistola? ¿Se cambia la munición de fogueo? Se sustituye el explosivo inocuo de detrás de la bolsa de sangre, ¿no?

—Me imagino.

—¡Pues no! Todas estas cosas siempre se comprueban mil veces. Por eso, nuestro asesino optó por manipular el cinturón protector que debía colocarse en torno al pecho de Garland. No es más que una tira de goma que actúa de relleno, un elemento inofensivo.

Edmunds se acercó a las trizas del cinturón y se tapó la nariz para protegerse del hedor a carne quemada. Varias hebras de metal abrasado sobresalían sin orden ni concierto de la goma.

—Hilos de magnesio enrollados alrededor del forro de goma —indicó Joe, al parecer inmune al tufo— y envueltos en torno al pecho del pobre infeliz para freírlo a varios miles de grados.

—Así que cuando activaron la bolsa de sangre...

—Encendieron la bobina de magnesio. He encontrado restos del acelerador empleado para cubrir las secciones delanteras a fin de garantizar la ignición.

—¿Cómo encaja el cristal en todo esto? —preguntó Edmunds.

—Es una forma de garantizarse el éxito, si me permites la expresión. El asesino no quería que Garland sobreviviera. Por lo tanto, para asegurarse, añadió varios frascos de ácido al interior del cinturón, que explotaron directamente contra la piel a causa del calor extremo. Ah, y no nos olvidemos de los espasmos fatales y del edema causados por la inhalación de los vapores tóxicos.

—Cielo santo. —Edmunds no dejaba de tomar notas frenéticamente en su libreta—. ¿Qué clase de ácido?

—En realidad, no hago bien al llamarlo ácido. Esa cosa es peor, muchísimo peor. Es lo que se llama un superácido, tal vez tríflico, unas mil veces más corrosivo que el ácido sulfúrico normal y corriente.

El agente dio un paso atrás para apartarse de la aparentemente inofensiva probeta.

—¿Y esta cosa le royó las entrañas a Garland? —se espantó Edmunds.

—¿Comprendes ahora a qué me refiero? No hay esperanza para él.

—Tiene que ser difícil conseguir esta sustancia.

—Sí y no —respondió Joe, lo cual no ayudaba demasiado—. Se usa con frecuencia en distintas industrias como catalizador, y en el mercado negro existe una demanda preocupante debido a su capacidad letal.

Edmunds suspiró con fuerza.

—No temas, tienes pistas mucho más prometedoras que investigar —le dijo un jovial Joe—. He encontrado algo en el Ragdoll.

Baxter se apartó de la mesa para atender una llamada del hospital. En su ausencia, Andrea sacó de su bolso el móvil del trabajo y lo encendió sin entusiasmo. Once llamadas perdidas, nueve de Elijah y dos de Geoffrey, recibidas antes de que se acordara de decirle que se encontraba bien. Tenía un nuevo mensaje en el buzón de voz. Se serenó y se llevó el teléfono al oído.

—¿Dónde estás? ¿En el hospital? Llevo horas intentando que me respondas —comenzó Elijah, molesto—. He hablado con una empleada del hotel. Me ha dicho que estabais grabando algo cuando ha sucedido. Necesito las imágenes aquí, ahora. He enviado al hotel a Paul, uno de los técnicos, con otra llave de la furgoneta. Cargará la filmación desde allí. Llámame cuando oigas esto.

Cuando Baxter regresó a la mesa, Andrea parecía conmocionada.

—¿Qué? —preguntó.

Andrea se cogió la cabeza entre las manos.

—Ay, Dios.

—¿Qué?

Andrea miró resignada a Baxter.

—Tienen la grabación —dijo—. Lo siento.

Estaba comprobado que todo lo que tocaba se convertía en mierda.

Cuando las llamaron para que volvieran al hospital, tuvieron que abrirse paso a empujones entre la marea de cámaras de televisión y de reporteros que asediaban la entrada principal. Andrea observó que Elijah había enviado a Isobel y su cámara para que informaran de este último incidente escalofriante del que también ella había pasado a ser protagonista.

—La vida te paga con la misma moneda —la aleccionó

Baxter después de que un policía les franqueara el paso y accedieran a la seguridad de los ascensores.

Una enfermera las llevó a una habitación privada. Por su ademán, Baxter dedujo al instante lo que estaba a punto de comunicarles; habían hecho cuanto estaba en su mano, pero las heridas eran demasiado graves y el corazón de Garland se había detenido sobre la mesa de operaciones.

Aunque se lo esperaba y conocía a Garland desde hacía tan solo tres días, no pudo evitar echarse a llorar. Estaba segura de que jamás se desprendería de semejante sentimiento de culpa. Casi podía sentir una opresión física en el pecho. Tenía la responsabilidad de proteger su vida. Tal vez si Garland no hubiera decidido planearlo todo a sus espaldas... Tal vez si ella...

La enfermera les dijo que habían avisado a la hermana de Garland y que aguardaba a solas en otra sala del pasillo por si querían hablar con ella, pero Baxter no se veía capaz de afrontar el encuentro. Le pidió a Andrea que deseara a Rory una pronta recuperación y abandonó el hospital tan rápido como le fue posible.

Joe sacó del congelador el infame cadáver del Ragdoll y lo empujó sobre un carrito hasta el centro del laboratorio. Edmunds confiaba en no tener que volver a ver aquella abominación. A modo de vejación final contra la pobre mujer cuyo torso habían cosido con tosquedad a otras cinco partes de otras tantas personas, una nueva franja de puntadas le atravesaba el pecho, bifurcándose entre sus senos menudos y desembocando en los hombros. Aunque en la escena del crimen ya habían determinado que las amputaciones y mutilaciones se realizaron tras la muerte, tuvo la impresión de que la pálida mujer anónima era la víctima que más había sufrido.

—¿Ha encontrado algo durante la autopsia? —preguntó, injustamente molesto con Joe por la puntada torcida que había descubierto.

—¿Eh? No, nada.

—¿Entonces?

—Fíjate bien y dime si ves algo extraño en este cuerpo.

Edmunds lo miró con desesperación.

—Aparte de lo obvio, claro está —añadió Joe.

Edmunds estudió el cadáver grotesco, aunque en realidad no lo necesitaba. Dudaba que llegara a sacarse aquella imagen de la cabeza alguna vez. Odiaba estar en la misma sala que esa cosa. Aunque era algo por completo irracional, seguía habiendo algo macabro en ello. Miró a Joe sin entender.

—¿No? Mira las piernas. Teniendo en cuenta que difieren en el color de la piel y en el tamaño, puede decirse que han sido cortadas y cosidas casi con perfecta simetría. Con los brazos, sin embargo, ocurre todo lo contrario; un brazo completo de mujer en un lado...

—Tampoco era que necesitásemos el brazo entero para identificar el esmalte de uñas —intervino Edmunds.

—... y solo una mano con un anillo en el otro.

—De modo que el brazo perteneciente al torso debe de entrañar algún significado —dedujo Edmunds, que empezaba a seguirlo.

—Y así es.

Joe sacó varias imágenes de una carpeta y se las entregó a Edmunds, quien las hojeó confundido.

—Es un tatuaje.

—Es un tatuaje que la mujer se había borrado. Con bastante eficacia, debo decir. Las partículas metálicas de la tinta se siguen apreciando en una radiografía, pero la imagen obtenida por infrarrojos es todavía más clara.

—¿Qué es? —preguntó Edmunds mientras volteaba la captura.

—Ese ya es tu trabajo. —Joe sonrió.

Simmons llevaba más de una hora sentado en su opresivo despacho con la comandante, escuchándola mientras lanzaba su amenaza habitual y le recordaba aquello de que ella se limitaba a comunicarle lo que se decidía «arriba». Le reiteró en varias ocasiones que estaba de su parte para después criticar a sus detectives, al conjunto del departamento y remarcar su incapacidad de gestionarlo todo. Simmons apenas podía respirar en aquel cuarto sin ventanas y sentía cómo su rabia aumentaba al mismo ritmo que la temperatura se disparaba.

—Quiero que suspendas a la sargento detective Baxter, Terrence.

—¿Por qué motivo, exactamente?

—¿De verdad necesitas que te lo explique? Puede decirse que ha sido ella quien ha asesinado a Jarred Garland con ese plan, bastante absurdo, por otro lado.

Simmons estaba harto del torrente de veneno que parecía emanar en todo momento de esa mujer. Notó que una gota de sudor se le escurría por la sien y se abanicó con un fajo de papeles de crucial relevancia.

—Jura que no estaba al tanto —adujo Simmons—. Y yo la creo.

—En ese caso, como mucho, solo es incompetente —replicó Vanita.

—Baxter es una de mis mejores detectives y su entrega y conocimiento de este caso superan a los de cualquier otro, sin contar a Fawkes.

—Otra de las catástrofes que se ciernen sobre ti. ¿Crees

que no sé que la psiquiatra recomienda que se le aparte del caso?

—Bueno, tengo un asesino en serie que, al poner un cadáver horroroso señalando por una ventana, ha manifestado su deseo de que Fawkes se implique —le espetó Simmons, con algo más de brusquedad de la que pretendía.

—Terrence, hazte un favor. Necesitas demostrar que condenas el comportamiento imprudente de Baxter.

—¡Que ella no lo sabía! ¿Cómo habrías actuado tú en su lugar? —Empezaba a perder los estribos. Ya solo quería salir de la diminuta sauna atestada.

—Para empezar, yo...

—Déjalo, me importa un bledo —gruñó—, porque no tienes ni idea de a qué se enfrenta mi equipo ahí fuera. ¿Cómo ibas a tenerla? Tú no eres agente de policía.

Vanita sonrió satisfecha ante aquella reacción impropia de él.

—¿Y tú sí, Terrence? ¿En serio? Sentado aquí en tu oficinita. La decisión de convertirte en supervisor fue tuya. Más te vale empezar a actuar como tal.

El comentario incisivo descolocó a Simmons por un momento. Nunca se había visto a sí mismo como una figura ajena a su equipo.

—No pienso suspender a Baxter, asignarle otro caso ni amonestarla siquiera por hacer su trabajo y por haber puesto su vida en peligro hoy.

Vanita se levantó, revelando la verdadera estridencia de su atuendo.

—Veremos lo que el comisario tiene que decir al respecto. He organizado una rueda de prensa para las cinco en punto. Necesitamos dar una versión oficial de lo que ha sucedido esta mañana.

—Puedes dar la maldita versión oficial tú misma —le espetó Simmons, que también se puso de pie.

—¿Cómo dices?

—No estoy dispuesto a dar más ruedas de prensa, ni a que me sigas diciendo cómo cubrirnos las espaldas, ni a quedarme aquí sentado atendiendo el teléfono mientras mis compañeros están ahí fuera jugándose el pellejo.

—Piensa muy bien lo que vas a decir ahora.

—Oh, no pretendo presentar mi dimisión. Es solo que tengo cosas mucho más útiles que hacer en este momento. Ya conoces el camino a la salida.

Simmons dio un portazo al abandonar el despacho. Despejó el escritorio desocupado de Chambers y encendió el ordenador.

Baxter estaba en su mesa cuando Edmunds regresó a la oficina. Tuvo que mirar dos veces para cerciorarse de que era Simmons quien navegaba por internet, consultando los artículos más controvertidos de Garland. Corrió hacia ella para darle un abrazo que, asombrosamente, ella no rechazó.

—Estaba preocupado por ti —le dijo mientras tomaba asiento.

—He tenido que quedarme allí hasta que... por Garland.

—A decir verdad, no tenía ninguna posibilidad —lamentó Edmunds. La puso al corriente de la conversación que había mantenido con Joe y del hallazgo del tatuaje.

—Tenemos que empezar por...

—Tienes que empezar por —lo corrigió Baxter—. Estoy fuera del caso.

—¿Qué?

—Simmons me ha dicho que la comandante está intentando que me suspendan. Calculo que el lunes ya estaré ocupada en otro caso. Simmons me sustituirá y Finlay ha aceptado ser tu nuevo canguro.

Edmunds nunca había visto a Baxter tan hundida. Iba a proponerle que salieran de la oficina para mostrarle las imágenes de infrarrojos en varios estudios de tatuaje, cuando se les acercó el desaliñado repartidor interno.

—¿Sargento detective Emily Baxter? —preguntó, al tiempo que le tendía un sobre delgado con las señas escritas a mano y cubierto por varios adhesivos de la empresa de mensajería.

—Soy yo.

Tomó el sobre y se disponía a abrirlo cuando reparó en que el repartidor seguía allí plantado.

—¿Sí?

—Antes os traía flores, ¿no? ¿Qué habéis hecho con ellas?

—Las guardamos como prueba, las sometimos a un análisis forense y las quemamos cuando provocaron la muerte de un hombre —le aclaró ella sin inmutarse—. Pero gracias por subirlas hasta aquí.

Edmunds esbozó una sonrisa cuando el atónito repartidor se dio media vuelta y se alejó sin decir una palabra más. Baxter abrió el sobre. Un fino hilo de magnesio cayó en la mesa. Intercambiaron una mirada de inquietud y él le pasó un par de guantes desechables. Dentro había una fotografía suya subiendo a la ambulancia detrás de la camilla de Garland. Por la perspectiva, la habían sacado al amparo de la multitud que se había congregado para presenciar el caos formado frente al hotel. El reverso de la fotografía incluía un mensaje.

Si vosotros no respetáis las reglas, yo tampoco.

—Se está acercando, tal como anticipaste —murmuró Baxter.

—No puede resistirse —Edmunds examinó la fotografía con atención.

—La ortografía es correcta.

—No es de extrañar. Está claro que se trata de alguien culto —determinó Edmunds.

—«Si vosotros no respetáis las reglas, yo tampoco» —leyó Baxter en voz alta.

—No me lo trago.

—¿No crees que sea él?

—Oh, sí, creo que es él. Pero no me lo trago. No quería comentártelo hoy, con todo lo que estás pasando, pero...

—Estoy bien —insistió Baxter.

—Algo no encaja. ¿Por qué iba a matar a Garland un día antes de lo que había dicho?

—Para castigarnos. Para castigar a Wolf por no estar ahí.

—Eso es lo que quiere que pensemos. Pero ha tenido que faltar a su palabra a costa de un tachón en su inmaculado historial. Lo habría considerado un fallo por su parte.

—¿Tienes una teoría?

—Por algún motivo se asustó y decidió adelantar el asesinato de Garland. Se puso nervioso. O bien nos acercamos demasiado o bien estaba seguro de que le sería imposible ejecutar a Garland mañana.

—Iba a entrar en el programa de protección de testigos.

—También Rana, antes de que Elizabeth Tate llegara a él. Además, salvo tú, nadie sabía que se le iba a dar ese tratamiento. Así que ¿qué había cambiado?

—¿Yo? Era yo quien estaba al mando. Ni el equipo ni Wolf han participado en esto.

—Exacto.

—¿Qué quieres decir?

—Quiero decir que o aceptamos la posibilidad de que el asesino nos tiene vigilados a todos y creía que esta mañana sería su última oportunidad de eliminar a Garland antes de que este desapareciera...

—Poco probable.

—... o alguien que conoce el caso a fondo le está pasando información.

Baxter soltó una carcajada y negó con la cabeza.

—Vaya, tú sí que sabes hacer amigos, ¿eh?

—Espero estar equivocado —aseguró Edmunds.

—Lo estás. De entre nosotros, ¿quién querría ver muerto a Wolf?

—Ni idea.

Baxter lo consideró un momento.

—Entonces ¿qué hacemos? —preguntó unos minutos después.

—Mantenemos la hipótesis en secreto.

—Naturalmente.

—Y tendemos una trampa.

20

Cuando se despertó, Wolf ya estaba de vuelta en Londres. Finlay y él habían cruzado el país a lo ancho y regresado a continuación después de entregar a Andrew Ford al equipo de Personas Protegidas. Ninguno de los dos conocía el destino final de Ford, aunque tras haberse reunido con los agentes en el aparcamiento del embalse de Pontsticill, en el seno de las Brecon Beacons, daban por sentado que lo llevarían a algún lugar recóndito de Gales del Sur.

Ford había sido una compañía insufrible durante el trayecto de cuatro horas, sobre todo después de que las principales emisoras de radio se hiciesen eco del fallecimiento prematuro de Garland. Wolf intentó telefonear a Baxter cuando se detuvieron en una estación de servicio, pero no logró pasar del buzón de voz. Finlay se resignó y compró a su pasajero una botella de vodka para el resto del viaje, con la esperanza de que lo mantuviera callado aunque solo fuera un rato.

—Aquí tienes, Andrew —le dijo cuando volvió al coche. Ford lo ignoró y Finlay exhaló un suspiro pesado—. Está bien. Aquí tienes, san Andrew, auxiliar de asesinos de niños.

Ford le había contado a Finlay la historia de cuando salvó al

Asesino Incinerador de un lobo feroz pero honorable, y que desde entonces no respondía si no se le daba el tratamiento completo. Ya les había trastocado gravemente el horario aquella mañana al negarse a abandonar su mugriento piso de Peckham, por lo que habían llegado tarde a la entrega y regresaban a la capital en hora punta.

Al menos el embalse había sido toda una sorpresa. El estruendo de una corriente turbulenta les recibió al apearse del coche. La escena ya resultaba bastante impresionante de por sí, con el sol resplandeciendo sobre kilómetros y kilómetros de aguas azules rodeadas de bosque, pero además una liviana pasarela metálica partía de la orilla hacia lo que parecía ser la planta más elevada de una torre medio hundida. Unas ventanas arqueadas destacaban en las delgadas paredes de piedra y una veleta de hierro coronaba el chapitel azul de cobre, como si pretendiera escapar de una inundación que ya se había tragado el resto del castillo imaginario.

Bajo la precaria pasarela, un vacío inmenso horadaba la lámina de agua, atrayéndola incesante hacia sus negras fauces, como si un enchufe descomunal hubiera sido desconectado de la Tierra y amenazara con arrastrar hacia el abismo la última parte de la torre. Se entretuvieron un rato con las vistas antes de emprender el viaje de regreso.

Wolf dejó escapar un sonoro bostezo y se incorporó en el asiento para comprobar dónde estaban.

—¿Una mala noche? —supuso Finlay, empeñado en respetar la promesa de no blasfemar cuando un Audi se le coló con arrogancia al llegar a un semáforo.

—Nunca duermo demasiado bien, a decir verdad.

Finlay lo miró.

—No sé qué haces aquí todavía, muchacho —le dijo—. Márchate. Coge un avión y márchate.

—¿Adónde? Mi cara aparece en todos los malditos periódicos del mundo.

—Qué sé yo... A la selva amazónica, al desierto australiano. Podrías esperar a que todo pasara.

—No lo soportaría, tendría que vigilar mis espaldas el resto de mi vida.

—Que sería bastante más larga.

—Si lo cogemos, se acabó.

—¿Y si no?

Wolf se encogió de hombros. No tenía una respuesta para esa pregunta. El semáforo se puso en verde y Finlay reanudó la marcha.

Los compañeros de Andrea se pusieron de pie para ovacionarla cuando regresó a la sala de redacción. Le dieron palmadas en la espalda y la felicitaron entre susurros mientras serpenteaba de camino a su escritorio. Sabía que aún tenía la blusa manchada con la sangre falsa del finado, pese a que había intentado limpiarla en los aseos del hospital.

Estaba muy preocupada por Rory, que había tenido que quedarse en el hospital para someterse a una irrigación periódica de las heridas a fin de contrarrestar los efectos del ácido, que seguía devorándole la carne casi ocho horas después del incidente. El especialista había avisado a Andrea de que lo más probable era que perdiese el pulgar de la mano derecha y, si el tejido nervioso seguía degradándose, también el uso del índice.

Cuando el aplauso espontáneo se extinguió con una incómoda descoordinación, Andrea se sentó. Las imágenes de Garland abrasándose vivo se reprodujeron a cámara lenta en las pantallas del techo cuando el canal las emitió por enésima vez ese día. La cámara de Rory lo había capturado todo desde el suelo, con la grieta del objetivo realzando el dramatismo del plano. Andrea apartó la vista asqueada y vio la nota que Elijah le había dejado.

Mis disculpas. He tenido que salir. Imágenes reales del asesinato, ¡genial! Reunión el lunes por la mañana para hablar de tu futuro, ¡te lo has ganado! Elijah

El ambiguo mensaje solo podía significar que el redactor jefe planeaba ofrecerle un puesto fijo de presentadora, el trabajo de sus sueños, y aun así, en lugar de eufórica, se sentía vacía. Absorta en sus pensamientos, cogió el sobre marrón que había en la bandeja del correo y lo abrió. Algo cayó del interior a la mesa. Andrea examinó el hilo metálico enrollado antes de extraer una foto de ella y de Rory saliendo del ME London.

Sacó el móvil y envió un mensaje a Baxter. Aunque ese segundo comunicado del asesino era una noticia bomba y la reafirmaba como autora de la historia, volvió a meter el contenido en el sobre y lo guardó en el cajón bajo llave.

No seguiría jugando a ese juego.

El racimo inestable de velas que ocupaba el centro de la mesa de madera de Ikea parecía tanto un detalle romántico como una posible causa de incendio. Tia se había quedado a cerrar el salón de belleza, así que Edmunds había llegado a casa antes que ella y había empezado a preparar la cena de inmediato. A ella le hizo mucha ilusión verlo tan ocupado cuando llegó a casa y guardó en el congelador el menú individual que había comprado por el camino. Disfrutaron de la velada juntos, animados por el vino blanco y el postre del supermercado, como hacían siempre antes hasta que trasladaron a Edmunds.

Antes de salir de la oficina, había impreso un fajo de expedientes de casos antiguos que pensaba revisar cuando Tia se acostase. Los había escondido encima de los armarios superiores de la cocina, donde su mujer, con su metro y medio de estatura, nunca los encontraría, aunque se olvidó de ellos por completo con el paso de las horas, hasta que la conversación se desvió hacia el apasionante tema de su trabajo.

—¿Estabas allí? —le preguntó Tia, que se frotó la abultada barriga de forma inconsciente—. Cuando ese pobre hombre...

—No.

—Pero tu jefa sí. He oído a la comandante india pronunciar su nombre.

—¿Baxter? En realidad, no es mi jefa. Es... Aunque supongo que podría serlo.

—Entonces ¿qué estabas haciendo tú cuando ha ocurrido todo eso?

Se notaba que Tia intentaba mostrar un poco de interés por su trabajo. Aunque se trataba de información confidencial, Edmunds no se sentía capaz de ignorarla. Optó por compartir con ella los aspectos menos relevantes de la investigación, lo que además le serviría para tranquilizarla pues le haría ver lo insignificante que era su papel dentro del equipo.

—¿Has visto las imágenes del Ragdoll en las noticias? Bueno, pues el brazo derecho era de una mujer.

—¿De qué mujer?

—Es lo que estoy intentando averiguar. Llevaba dos tipos de esmalte de uñas, lo que creemos que puede aportar una pista sobre su identidad.

—¿Dos tipos de esmalte en la misma mano?

—Llevaba el pulgar y otros tres dedos de color rosa chicle, pero el tono del último es algo distinto.

—¿En serio crees que un esmalte de uñas te puede decir quién era esa señora?

—Es lo único de lo que disponemos para investigar —confesó Edmunds encogiéndose de hombros.

—Tendría que ser de un tipo muy especial, ¿no? —supuso Tia—. Para que resultara de ayuda, quiero decir.

—¿Especial?

—Sí. Por ejemplo, hay una vieja bruja engreída que viene al salón una vez por semana para hacerse las uñas y Sheri tiene que encargar el material en exclusiva para ella porque lleva escamas de oro de verdad o alguna mierda de esas.

Edmunds la escuchaba con atención.

—No lo venden en casi ninguna tienda porque se desconcha con la mirada y cuesta como cien libras el frasco.

Emocionado, Edmunds la cogió de la mano.

—¡T, eres una genio!

Llevaba apenas media hora buscando en internet esmaltes de uñas exclusivos y estratosféricamente caros cuando creyó haber dado con el esquivo tono perdido: Chanel Edición Limitada Feu de Russie 347.

—¡En la Semana de la Moda de Moscú de 2007 se vendía a diez mil dólares el frasco! —leyó Tia mientras Edmunds llenaba las copas.

—¿Un esmalte de uñas?

—Sería un evento benéfico —supuso ella con los hombros encogidos—. Aun así, apuesto a que no hay muchas mujeres que se paseen por ahí con un frasco de esos en el bolso.

A la mañana siguiente, Baxter recibió un mensaje de texto de Edmunds citándola en la Chanel Boutique de Sloane Street a las diez en punto. Cuando ella le recordó que para el lunes ya estaría fuera del caso, él le recordó que todavía era sábado.

Llegaba con retraso después de haber ignorado el despertador y llevaba casi dos minutos atrapada detrás de una silla de ruedas. La espantosa muerte de Garland la había llevado a no querer hacer nada salvo vegetar y sentirse a salvo, de modo que se había pasado la noche del viernes hecha un ovillo en el sofá viendo la televisión, aunque también se había animado a dar buena cuenta de dos botellas de vino ella sola.

Cuando la silla de ruedas se atascó en la tapa de una alcantarilla, Baxter aprovechó la oportunidad para adelantarla. Encontró a Edmunds esperándola un poco más adelante. Había dado muchas vueltas a la teoría del novato, según la cual un miembro del equipo estaba filtrando información. Cuanto más lo pensaba, más absurdo le parecía. Wolf, obviamente, no podía ser, y tenía depositada en Finlay una confianza ciega. Simmons se enfrentaba a una sanción disciplinaria por defenderla y, aunque nunca se lo diría a la cara, se fiaba de Edmunds tanto como de los demás.

El joven agente le tendió un café templado para llevar y le habló largo y tendido sobre el descubrimiento de Tia. Baxter agradecía que él volviera a verla como su superior malhumorada. No observó en él rastro alguno de la actitud compasiva y alentadora que tan desesperadamente necesitaba el día anterior, y la fe que el policía tenía en ella era como una inyección de confianza en sí misma.

Una encargada de la tienda de Oxford Street había acudido a atenderlos. La mujer, de grata eficiencia, se pasó una hora haciendo llamadas telefónicas y revisando cuentas para ellos. Al final elaboró una lista de dieciocho transacciones, siete de las cuales llevaban asociados el nombre y los datos de entrega correspondientes.

—Hay algunos —les comentó la encargada con su acento

culto— que fueron subastados, entregados a modo de premio o regalados en eventos benéficos. Por supuesto, las personas cuya información de contacto conservamos son nuestros mejores clientes...

La encargada se interrumpió al leer la copia impresa.

—¿Algún problema? —le preguntó Baxter.

—El señor Markusson. Es uno de los clientes habituales de Oxford Street.

Baxter tomó la lista de las manos de la mujer y leyó los datos de contacto.

—Aquí dice que reside en Estocolmo —dijo Baxter.

—Vive a caballo entre Estocolmo y Londres. Su familia y él tienen una propiedad en Mayfair. Juraría que disponemos de una dirección de entrega. Si me disculpan un momento...

La mujer volvió a marcar el número de la sede principal.

—¿Qué posibilidades hay de que el señor Markusson se esté despelotando en una sauna sueca en este momento? —murmuró Baxter para Edmunds.

—Ah, ninguna, querida —respondió la encargada mientras alejaba el teléfono de su cara con teatralidad—. Vino ayer.

Simmons había decidido ocupar de nuevo el escritorio de Chambers. Varios agentes se habían acercado a él para exponerle diversos problemas triviales, como cambios de turno o solicitudes de vacaciones, pero él estaba decidido a posponer todas esas cuestiones y concentrarse en la labor que tenía entre manos.

Su esposa no se había tomado bien la noticia de su posible degradación, por lo que él se había pasado la noche intentando convencerla de que seguirían pudiendo permitirse pagar la hipoteca e irse de vacaciones en verano. Saldrían adelante. Siempre lo hacían.

Debía despachar la tediosa tarea de cotejar uno a uno la lista de nombres que Edmunds había confeccionado a partir del juicio de Khalid con la base de datos de Personas Desaparecidas. Él no estaba tan convencido como Edmunds de que Khalid fuera la clave de todos los asesinatos, pero, por otro lado, tampoco disponía de ninguna pista más prometedora.

Empezaba a perder la concentración cuando, al llegar al nombre número cincuenta y siete, detectó una coincidencia. Hizo doble clic sobre el informe para desplegar todos los detalles. Estaba fechado el domingo 29 de junio, un día después de que se descubriera el Ragdoll, y lo había generado la Policía Metropolitana. Tenía que tratarse de una de las tres víctimas que quedaban por identificar.

—Qué hijo de puta —murmuró.

Baxter y Edmunds subieron las empinadas escaleras que conducían a la puerta principal de la casa adosada de cuatro plantas, ubicada en una calle residencial pero concurrida de Mayfair. Necesitaron llamar dos veces hasta que oyeron los pasos de alguien que se acercaba a la entrada. Abrió la puerta un hombre fibroso, con un café en la mano y el teléfono apretado entre la oreja y el hombro. Llevaba el cabello, rubio claro, largo pero arreglado; lucía unos músculos obviamente bien trabajados y conjuntaba una camisa cara con unos pantalones vaqueros. Un intenso olor a loción de afeitado los envolvió mientras los miraba con impaciencia.

—¿Sí?

—¿Señor Stefan Markusson?

—El mismo.

—Policía. Necesitamos hacerle unas preguntas.

A pesar de la primera impresión que les había causado, Markusson se mostró amigable y hospitalario. Los guio por la increíble casa, que parecía sacada de una novela de ciencia ficción georgiana, hasta que llegaron al salón, donde habían replegado una pared de cristal para comunicarlo con la terraza del jardín. Baxter sabía que a Rory le habría fascinado y decidió que tomaría algunas fotografías para él si en algún momento su anfitrión los dejaba a solas.

Markusson envió arriba de nuevo a su adorable hija cuando la niña bajó a ver quién había llegado, y Edmunds se preguntó si estarían perdiendo el tiempo cuando su bella esposa se retiró con sus dos brazos para prepararles un té helado. Baxter sabía por experiencia, sin embargo, que los hombres rara vez obsequiaban a sus mujeres con regalos tan extravagantes y que tendrían muchas más probabilidades de obtener respuestas sinceras si ella abandonaba el salón.

—Bien, ¿en qué puedo ayudarlos? —preguntó Markusson, con un acento más marcado.

—Creemos que estuvo en Moscú en abril de 2007 —empezó Baxter.

—¿En abril de 2007? —Markusson desvió la mirada por un instante—. Sí, la Semana de la Moda. Mi esposa nos arrastra a todos esos eventos.

—Necesitamos hacerle unas preguntas sobre una compra que hizo mientras estaba allí... —Baxter hizo una pausa, dándole tiempo para que recordara la adquisición en la que se gastó diez mil dólares. No parecía retenerla en la memoria—. ¿Un frasco de esmalte de uñas de Chanel?

En ese momento la señora Markusson regresó con las bebidas; a Baxter no se le escapó el gesto de incomodidad de su marido.

—¿Por qué no subes a hacer compañía a Livia? —le pidió

a su esposa mientras le apretaba la mano con cariño desde la silla—. Saldremos pronto.

Baxter puso los ojos en blanco cuando la preciosa rubia se quitó de en medio obediente y Edmunds observó un cambio drástico en la actitud de la sargento.

—Estábamos en lo del esmalte de diez mil dólares —repitió Baxter cuando se cerró la puerta.

—Era para una mujer a la que conocí cuando estaba aquí, en Londres. Por aquel entonces viajaba mucho, y uno puede llegar a sentirse muy solo...

—Sinceramente, me importa un comino —lo interrumpió Baxter—. ¿Cómo se llama esa mujer?

—Michelle.

—¿Apellido?

—Gailey, creo. Solíamos salir a cenar cuando yo visitaba la ciudad. Le encantaba todo esto del mundo de la moda, así que le compré un regalo.

—¿Cómo se conocieron?

Markusson carraspeó.

—Un sitio web de citas.

—¿Ricos de mierda punto com?

Markusson encajó el insulto, al parecer creyéndose merecedor del mismo.

—Michelle no era una mujer acaudalada; por eso le hice ese regalo —explicó—. Para evitar complicaciones, me pareció sensato salir con alguien de una posición social diferente.

—Claro.

—¿Cuándo la vio por última vez? —preguntó Edmunds mientras tomaba notas en su libreta, como siempre. Bebió un sorbo de té helado distraídamente y se atragantó. Baxter no le hizo caso.

—Corté con ella cuando nació mi hija, en 2010.

—Muy considerado por su parte.

—No he vuelto a verla desde entonces. Es curioso...

—¿Qué es curioso? —le apremió la detective.

—La semana pasada pensé mucho en ella, tal vez por todo esto que está saliendo en las noticias.

Baxter y Edmunds se miraron.

—¿El qué? —inquirieron al unísono.

—Lo de que el Asesino Incinerador apareciese muerto. Naguib Khalid, ¿no se llamaba así? Es que Michelle y yo hablamos mucho sobre él la última vez que nos vimos. Fue un gran paso para ella.

—¿El qué? —volvieron a preguntar Baxter y Edmunds al mismo tiempo.

—El que se lo asignaran —contestó Markusson pensativo—. Michelle era su supervisora de libertad condicional.

21

Wolf ignoró la llamada de la asistente de la doctora Preston-Hall cuando entró en el departamento de Homicidios y Crímenes Graves. De forma extraoficial, se había eximido a sí mismo de seguir acudiendo a su consulta. Dado que la psiquiatra ya lo había declarado no apto para el trabajo, no veía ningún motivo para perder ni un segundo más de su precioso tiempo en compañía de la vieja bruja.

El único argumento que Simmons pudo aducir para ignorar la recomendación de la doctora fue la muerte prematura y pública de Jarred Garland. Con tan poco tiempo y con todo en su contra, no podía arriesgarse a seguir provocando al asesino, y el comunicado que Baxter había recibido tras la ejecución dejaba muy claro que Wolf continuaría en el caso.

A juicio de Simmons, el riesgo de tener en la calle a un detective desequilibrado quedaba más que compensado por las amenazas insinuadas de un asesino en serie: ¿más víctimas? ¿Volver a ignorar las fechas estipuladas? ¿Seguir facilitando información confidencial a la prensa?

Bastantes problemas tenían ya.

Por extraño que pareciera, Wolf no podía evitar estar en cierto modo agradecido al despiadado monstruo, que se había propuesto asesinarlo en el plazo de una semana, por permitirle mantener su trabajo. No pretendía convertirse en su amigo del alma, pero todo tenía un lado positivo.

De improviso, Wolf decidió pasar el fin de semana en Bath. Aunque no había dado demasiadas vueltas a la idea de su propia muerte, una parte de él añoraba el salón caluroso de la casa donde se había criado, el solomillo Wellington demasiado hecho de su madre y tomar una pinta de cerveza en algún pub del pueblo en compañía de su amigo más antiguo, que parecía estar destinado a vivir, trabajar y morir a menos de tres kilómetros del instituto en el que los dos habían estudiado.

Dedicó un tiempo a escuchar las historias que su padre llevaba contando toda la vida y entendió, después de tantos años, por qué merecía la pena rememorarlas tan a menudo. Solo una vez, aprovechando el silencio que se produjo durante una conversación, sus padres sacaron brevemente el tema de los asesinatos y de la muerte inminente de su hijo; su padre nunca había sido demasiado sentimental. Al parecer lo habían discutido «en profundidad» mientras Wolf se daba una ducha (sutil indirecta con la que hicieron constar su excesivo consumo de agua caliente), tras lo que llegaron a la misma conclusión con la que resolvían casi todos los problemas de la vida: que se instalara en su cuarto de toda la vida, escaleras arriba.

—Dudo que a ese tipo le apetezca darse un paseíto hasta aquí —concluyó su padre con seguridad.

Antes Wolf habría encontrado exasperantes tanto el candor de sus padres como la manera en que lo banalizaban todo, pero su actitud había pasado a parecerle entrañablemente cómica. Su padre se enfadó con él por reírse de su opinión.

—Puede que yo no sea uno de esos sabelotodos de la gran ciudad, pero eso no me convierte en un imbécil —le espetó. Por alguna razón, nunca había visto la capital con buenos ojos, y trataba a su hijo de otro modo desde que se marchara de su «triste pueblo» en busca de algo mejor—. La dichosa M4 es un peligro. ¡Hay obras y limitaciones de velocidad a lo largo de todo el trayecto!

Por desgracia, esto solo sirvió para volver a hacer reír a Wolf, lo que irritó aún más a su padre.

—¡William-Oliver! —lo reprendió su madre cuando William padre se levantó airado para ir a hacerse un té.

Wolf odiaba la forma en que encadenaba siempre su nombre. Como si no tuviera bastante con su pretencioso apellido. Su madre parecía haber hallado en los guiones una manera de camuflar su condición humilde, del mismo modo que el jardín impecable y el coche financiado que tenían aparcado delante de la casa no se correspondían en absoluto con el mejorable estado de las habitaciones.

Wolf realizó diversos arreglos por toda la casa; aun así, no tocó la dichosa valla rota de Ethel, la vecina de al lado, aunque estuvo a punto de lesionarse cuando se agazapó tras el muro del jardín al verla salir de pronto de su porche con intención de abordarlo.

Se sentía descansado y con fuerzas para afrontar la semana que tenía por delante; sin embargo, nada más poner el pie en la ajetreada oficina, entendió que todo había cambiado.

La comandante parecía haberse instalado en el despacho de Simmons. El inspector jefe, por su parte, se había trasladado al antiguo escritorio de Chambers y heredado de paso a Edmunds, sentado junto a él con unas marcadas ojeras. Baxter estaba enfrascada en la conversación que mantenía con un detective llamado Blake, a quien todos sabían que ella no aguantaba y que no tenía absolutamente nada que ver con el caso del Ragdoll.

En el papelógrafo de la sala de reuniones figuraban otros

dos nombres en la lista de fallecidos, y Wolf tenía en su escritorio una nota en la que Finlay le indicaba que se reuniera con él en la embajada irlandesa de Belgravia cuando saliese «de ver a la loquera». Se encargarían de proteger a Andrew Ford allí, lo que no dejaba de parecerle un fastidio, ya que se acordaba perfectamente de que habían llevado a Ford a Gales del Sur y que después se habían marchado en coche.

Desconcertado, se dirigió a la mesa de Simmons y Edmunds; al acercarse se dio cuenta de que el novato tenía la nariz rota.

—Buenos días —los saludó con naturalidad—. ¿Qué me he perdido?

Madeline Ayers había trabajado para Collins y Hunter durante cuatro años y fue la abogada defensora de Naguib Khalid durante el complicado juicio. Simmons reconoció el nombre en el informe de Personas Desaparecidas en cuanto lo vio. Ayers había encabezado el asalto despectivo y a menudo propagandista contra Wolf y la Policía Metropolitana. Se hizo popular con sus comentarios frívolos y las citas controvertidas que acostumbraba pronunciar en el tribunal, como la famosa sugerencia de que Wolf ocupara el asiento de su cliente en el banquillo.

La aparición del nombre de Ayers no venía sino a confirmar que Edmunds estaba en lo cierto desde el principio; todo giraba, como siempre, en torno a Khalid. El hecho de enviar una unidad de policías a la casa de Chelsea en la que residía no había sido más que una formalidad para ratificar de manera oficial que el torso pálido y frágil que daba sostén al incoherente Ragdoll era el de ella. A pesar de este avance trágico pero esperanzador en la investigación, el equipo seguía sin imaginar qué relación guardaba Michael Gable-Collins con el caso.

Apenas tres horas más tarde, Baxter y Edmunds habían vuelto a la oficina con la confirmación de que la supervisora de la libertad condicional de Khalid, Michelle Gailey, era la quinta víctima sin identificar, gracias a un esmalte de uñas de diez mil dólares y a un extravagante sueco hipócrita. Aunque en su momento el hecho quedó eclipsado por otros asuntos más urgentes, resultaba que Khalid había sido declarado culpable de conducir un vehículo después de que le hubieran retirado el carnet y se encontraba bajo la supervisión de Michelle Gailey cuando quitó la vida a su última víctima.

De las seis partes corporales que componían el Ragdoll, solo quedaba una por identificar. Aunque no se había denunciado la desaparición de ninguna de las otras personas relacionadas con el juicio, Simmons ya estaba convencido de que el nombre de la última víctima lo miraba desde el papel que tenía delante. Se puso a trabajar desde el principio de la lista, decidido a no tachar los sucesivos nombres hasta que estableciera un contacto directo o lo convencieran de que se había visto a esas personas con vida después de la aparición del puzle humano.

La madrugada del domingo, Rachel Cox estaba a punto de terminar el turno de noche en una coqueta cabaña cercana a la pintoresca aldea galesa de Tintern. Llevaba poco más de un año trabajando para Personas Protegidas, pero esa había sido con diferencia la ubicación más agradable a la que la habían destinado. Por desgracia, también había sido la misión más dura.

Andrew Ford se pasaba el día gritando obscenidades a Rachel y a su compañera o tirando cosas alrededor de la delicada casita. El viernes por la noche había estado a punto de quemar la cabaña, cubierta por un techo de paja, tras un infructuoso intento de encender la lumbre, y el sábado por la tarde habían tenido que reducirlo entre las dos para que no se escapase de la casa.

Finlay le había dado un consejo cuando se encontraron en el embalse. Entonces ella no lo tuvo en cuenta, pero, tras un par de horas de sueño, estaba considerando muy en serio la idea de acercarse al pueblo e introducir algo de alcohol de contrabando en la casa. Tendría que ocultárselo a su supervisora, aunque no cabía duda de que las noches que les quedaban por compartir con su invitado irlandés serían mucho más soportables.

Por suerte, Ford cayó exhausto en torno a las tres de la mañana y se quedó dormido. Rachel se sentó en la nudosa mesa de madera de la cálida cocina bajo el resplandor reconfortante que entraba por el recibidor. Escuchaba los ronquidos y contenía la respiración cada vez que se producía una pausa en ellos, rezando por que no se hubiera despertado. Cuando su protegido volvió a dormirse, siguió la recomendación de su supervisora y salió a hacer la ronda.

Cruzó de puntillas las tablas chirriantes, desbloqueó la cerradura de la pesada puerta trasera con todo el sigilo que pudo y se encontró con la mañana helada. Se calzó las botas, cruzó el húmedo prado crecido bajo la luz crepuscular y sintió que empezaba a espabilarse. El aire frío se le clavaba en los ojos y lamentó no haberse puesto la chaqueta antes de salir.

Cuando dobló la esquina en dirección al jardín delantero, se sorprendió al toparse con una silueta espectral detenida a cincuenta metros, junto a la verja.

Rachel estaba justo debajo del dormitorio de su compañera, que tenía un arma. Estaría abajo en menos de veinte segundos si Rachel la llamaba, pero no quería despertarla sin necesidad, ni revelar el hecho de que se había dejado la radio en la mesa de la cocina, de modo que decidió investigar por sí misma.

Sacó con cuidado el espray de pimienta y se aproximó a la silueta informe, recortada contra las colinas resplandecientes que se alzaban tras ella. La temperatura parecía descender un poco más con cada paso que se alejaba de la seguridad de la casa, mientras su respiración lenta y forzada añadía una niebla funesta a una escena ya de por sí inquietante.

En cuestión de minutos el sol se habría elevado sobre el trémulo horizonte. De alguna forma, Rachel consiguió llegar silenciosamente a menos de diez metros de la silueta, pero ni desde ahí pudo distinguir sus rasgos, más allá de que se trataba de una persona alta que estaba fijando algo en la verja. La silueta no pareció percatarse de su presencia hasta que Rachel se vio obligada a salir al camino de grava. Cuando las piedras frías chirriaron con estridencia bajo sus botas, la sombra dejó de inmediato lo que estaba haciendo y miró en su dirección.

—¿Necesita ayuda? —preguntó Rachel con toda la serenidad de la que pudo hacer acopio. Le habían enseñado a identificarse como policía solo en última instancia. Dio otro paso hacia la sombra—. Digo que si necesita ayuda.

Rachel se maldijo a sí misma por haberse dejado la radio en la cocina. Estaba a casi cincuenta metros de la cabaña y tendría que gritar a pleno pulmón si quería despertar a su compañera. Deseó haberlo hecho antes. La silueta se mantuvo inmóvil. Aunque no respondió, Rachel se encontraba lo bastante cerca para oír su respiración áspera y ver las volutas de vaho que se desvanecían rítmicamente entre ellos, como un humo que avisara del incendio que se avecinaba.

Los nervios acabaron apoderándose de ella. Inhaló una profunda bocanada de aire frío y lanzó un grito de auxilio que hizo que la silueta saliera disparada.

—¡Coombes! —voceó mientras cruzaba la verja corriendo

para perseguir a la sombra colina abajo por el sendero embarrado que bordeaba el bosque.

Rachel tenía veinticinco años y había sido la corredora estrella de su universidad. Recortaba con rapidez la ventaja que le llevaba la silueta, que bajaba dando tumbos por la pendiente, cada vez más escarpada e irregular. Imperaba un silencio surrealista; el único ruido que se percibía en las colinas mudas era el de los jadeos pesados y los pasos contundentes de la persecución.

—¡Policía! ¡Alto! —boqueó Rachel.

El sol porfiaba en su ascenso paulatino, y las copas de los árboles oscuros descollaban bañadas por su resplandor dorado. Rachel pudo ver entonces que perseguía a un hombre corpulento con la cabeza afeitada y una profunda cicatriz que le atravesaba en diagonal el cuero cabelludo. Calzaba botas gruesas y vestía un abrigo negro o azul oscuro que ondeaba tras él como una estela.

De pronto el intruso se apartó del sendero y saltó con dificultad el cerco de alambre de espino que rodeaba la arboleda.

Rachel le oyó gritar de dolor antes de ponerse en pie a duras penas y desaparecer en la espesura. Al llegar al punto donde el hombre había sorteado el cerco, abandonó la persecución. A veces costaba recordar el adiestramiento una vez que la adrenalina entraba en juego, pero su única arma era un espray de pimienta. Ya había determinado el tamaño imponente del hombre, por lo que sospechaba que el frondoso bosque jugaría más en favor de él que en el de ella. Además, tenía lo que necesitaba.

Se arrodilló para mirar el hilo de sangre grana que empezaba a formar un pequeño charco en torno a una de las espiras de la estaca metálica. Puesto que no tenía con qué cortar el alambre y no podía dejar la prueba sin vigilancia, se sacó del bolsillo un pañuelo limpio y lo empapó todo lo que pudo. Sin apartar la vista de la arboleda, emprendió el largo y escarpado ascenso por la colina.

Baxter, el primer miembro del equipo que llegó a la oficina el domingo por la mañana, fue quien recogió el mensaje que los instaba a ponerse en contacto de inmediato con Personas Protegidas. Tuvo que pasar por un arduo proceso de veinte minutos de duración que le exigió someterse a varias comprobaciones de identidad y facilitar diversos códigos de seguridad antes de poder comunicarse con Rachel, quien le informó del incidente y del sobre marrón que encontró atado a la verja de la cabaña a su regreso. En él se incluía una foto, tomada la tarde anterior, de Rachel y su compañera forcejeando con Ford en el jardín delantero.

Por fortuna, Rachel y su supervisora demostraron ser competentes y meticulosas. Ordenaron que la policía local peinara el bosque, acordonara el sendero embarrado para proteger las huellas y guardara en una bolsa tanto el pañuelo empapado de sangre que la agente había recogido como la sección del cerco con la que el intruso se había herido, pruebas que viajaban ya de camino al laboratorio forense de la Policía Metropolitana.

Si ese había sido el primer error del asesino, pensaban aprovecharlo al máximo.

Era evidente que Andrew Ford ya no estaba a salvo en la cabaña vigilada. Dado que Simmons no podía recurrir a Wolf, envió a Baxter y a Edmunds a recoger a Ford mientras él trabajaba en otras soluciones. Después de hacer algunas llamadas personales a diversos contactos que había conocido a través del alcalde Turnble, consiguió que le pasaran con el embajador de Irlanda.

La embajada parecía una opción lógica, ya que estaba vigilada por los agentes armados de Protección Diplomática y contaba con diferentes medidas de seguridad incorporadas en el edificio. Simmons se mostró tan franco como pudo con el embajador, por lo que no le ocultó los problemas con la bebida de Ford ni la volatilidad de su comportamiento.

—En ese caso, no necesitaremos comprobar su pasaporte —bromeó el embajador.

Invitó a Ford y a la Policía Metropolitana a que ocupasen la última planta de la embajada hasta que se resolviera la situación y, cuando lo echaron a suertes, a Finlay le tocó pasar allí la noche del domingo.

Edmunds volvió a casa el domingo por la tarde, agotado tras haberse pasado el día de viaje. Después de dejar a Ford al cuidado de Finlay, Baxter ni siquiera había tenido la amabilidad de acercarlo a casa.

—¡Que no se escape el gato! —gritó Tia en cuanto entró en el recibidor.

—¿El qué?

Edmunds estuvo a punto de pisar al gatito atigrado cuando este pasó correteando junto a él y chocó con la puerta de la entrada.

—¿T? ¿Qué es esto? —preguntó él.

—Se llama Bernard y me hará compañía mientras tú estás fuera trabajando —respondió Tia desafiante.

—¿Como si fuera el bebé?

—Solo que el bebé todavía no ha llegado, ¿no?

Edmunds se dirigió a la cocina dando tumbos mientras el cariñoso felino se frotaba contra sus piernas. Tia, sin embargo, estaba encantada, tanto que ni siquiera se había quejado de que

Edmunds hubiera llegado tarde, de modo que él prefirió no oponerse ni recordarle que padecía una grave alergia a los gatos.

El lunes por la mañana, Vanita pasó a desempeñar el papel de Simmons y a responsabilizarse del caso. Por su parte, Simmons, de nuevo en el escritorio de Chambers, aspiraba a convertirse en un componente más integrado en la unidad, aunque prefería no pensar demasiado en las acciones disciplinarias que emprenderían contra él cuando las cosas se calmaran. A Baxter, mientras tanto, se le asignaron otras tareas cotidianas.

Su primer caso fue el de una mujer que había apuñalado a su marido hasta matarlo tras descubrir que la engañaba. La mujer se había confesado culpable, lo que restaba interés al asunto y Baxter tendría que pasarse varias horas rellenando formularios tediosos con los que complementar un trabajo de investigación de cinco segundos. Además, debía trabajar junto a Blake, uno de los miembros del odioso grupito de Saunders, que siempre había estado un poco por ella. Por suerte, las admirables dotes interpretativas de Baxter disimulaban el hecho de que ella no podía ni verlo.

Simmons había anotado las novedades del fin de semana en el papelógrafo de la sala de reuniones.

1. CABEZA: Naguib Khalid, el Asesino Incinerador
2. TORSO: ¿? Madeline Ayers (abogada defensora de Khalid)
3. BRAZO IZQUIERDO: anillo de platino, ¿bufete? Michael Gable-Collins. ¿Por qué?
4. BRAZO DERECHO: ¿esmalte de uñas? Michelle Gailey (supervisora de la libertad condicional de Khalid)
5. PIERNA IZQUIERDA: ¿?

6. PIERNA DERECHA: detective Benjamin Chambers.
   ¿Por qué?

A. ~~Raymond Turnble~~ (alcalde)
B. ~~Vijay Rana / Khalid~~ (hermano / contable). Ausente
   en juicio
C. ~~Jarred Garland~~ (periodista)
D. Andrew Ford (guardia de seguridad / alcohólico /
   insoportable). Guardia de seguridad del banquillo
E. Ashley Lochlan (camarera) o (niña de nueve años)
F. Wolf

Aquella mañana, mientras se preparaba para salir a trabajar,
Edmunds ya se había olvidado por completo del nuevo miembro de la familia, aunque lo recordó por las malas cuando pisó
por accidente la bola de pelo que dormía en el recibidor y se
estampó de bruces contra la puerta de la entrada.

Tia, por supuesto, se posicionó del lado de Bernard y exigió
a Edmunds que dejara de asustarlo con toda aquella sangre
que estaba derramando.

22

Nada más apagarse el letrero de «En el aire», Andrea se quitó el micrófono, salió deprisa del estudio y regresó a la sala de redacción. Elijah había programado la reunión para las doce menos veinticinco, pero, mientras subía las escaleras que llevaban a la oficina del redactor jefe, todavía no tenía ni idea de qué respondería si le ofrecía lo que siempre había soñado.

Cuando había decidido ayudar a Baxter, estaba decidida a dejar atrás su feroz profesión; sin embargo, el imprudente intento de redención no podía haber tenido un resultado más desastroso, aunque su fama y su influencia como periodista se hubieran disparado hasta cotas antes inimaginables. De alguna manera, en su lucha por salir del fango, solo había conseguido hundirse aún más en él.

El redactor jefe la vio llegar y, por primera vez, le abrió la puerta para que no tuviera que detenerse a llamar, lo que le robó unos segundos adicionales que tanta falta le hacían para terminar de decidirse. Elijah olía a sudor y en torno a sus axilas habían aflorado sendos cercos oscuros. Vestía una camisa azul celeste entallada que daba la sensación de que se rasgaría en cuanto tensara el cuerpo y unos pantalones negros ceñidos que enfatizaban su ridícula figura desproporcionada.

Le ofreció uno de sus repugnantes cafés expresos, que ella rehusó, e inició un discurso monótono para decirle que, aunque tampoco le había sorprendido, debía admitir que Andrea había demostrado poseer un instinto asesino del que no la creía capaz. Pulsó un botón para proyectar un gráfico a sus espaldas y empezó a recitar números sin molestarse siquiera en mirarlo. Andrea tuvo que contener una risita porque la mitad del gráfico torcido al que se refería había desaparecido por la ventana de la oficina, de lo cual Elijah se habría dado cuenta de no haber sido tan vanidoso como para no dignarse volver la cabeza.

Se abstrajo de las felicitaciones por su excelente trabajo sobre la muerte de Garland, que para el redactor jefe parecía tratarse de un evento televisado en directo que ella hubiera coreografiado a la perfección, lo que, por mucho que se le revolviera el estómago, de alguna forma era cierto. Mientras el recuerdo de Garland sacudiéndose en el suelo volvía a su memoria, por fin Elijah llegó a donde quería.

—… ¡nuestra nueva locutora del *prime time*!

Se desinfló al ver que Andrea no respondía.

—¿Has oído lo que te he dicho? —le preguntó.

—Sí. Lo he oído —contestó ella a media voz.

El redactor jefe se reclinó en la silla, se metió un chicle en la boca y asintió con astucia. Al proseguir, dirigió el índice de forma inconsciente hacia ella con ademán condescendiente.

Andrea sintió deseos de arrancárselo.

—Ya sé por qué estás así —aseguró, masticando con la boca abierta—. Es por Wolf. Estás pensando: «No esperará que me ponga delante de una cámara para comunicar al mundo la muerte de mi exmarido, ¿no?».

Andrea odiaba que Elijah pusiera palabras en su boca; aunque, en esa ocasión, había dado en el clavo. Asintió.

—Bueno, es un marrón, cariño —espetó él—. Y eso mismo es lo que lo hace tan interesante. ¿Quién va a poner la soporífera BBC cuando puede presenciar cómo la amada de Wolf se entera del fallecimiento del detective en el momento en que lo lee en directo? ¡Hay que verlo sí o sí!

Andrea rio con amargura y se levantó para marcharse.

—Eres increíble.

—Soy realista. Vas a pasar el mal trago de todas formas. ¿Por qué no pasarlo delante de la cámara y así al menos convertirte en una estrella? ¡Ah! Podrías convencerlo para hacerle una entrevista la noche previa. ¿A que sería desgarrador? Podríamos sacaros dándoos el último adiós.

Andrea salió de la oficina hecha una furia y dando un portazo.

—¡Piénsatelo! —gritó Elijah—. ¡Dame una respuesta con lo que sea para el fin de semana!

Andrea tenía que volver a ponerse delante de la cámara en veinte minutos. Entró con calma en los aseos de señoras, comprobó que no hubiera nadie en ninguno de los compartimentos, echó el pestillo y rompió a llorar.

Edmunds bostezó ruidosamente mientras esperaba a Joe en el laboratorio forense vacío. Se había colocado en un rincón apretado, entre un contenedor de residuos patogénicos y un frigorífico. Daba la casualidad de que también era la esquina más alejada del inmenso congelador de cadáveres, al que no dejaba de mirar cada pocos segundos mientras tomaba notas en su libreta.

Había estado en vela hasta bien pasadas las tres de la mañana, revisando los expedientes que había escondido encima de los módulos de la cocina. Aunque Tia nunca los habría encontrado, su nueva mascota, empleando las cortinas a modo de escala, no tardó en descubrirlos. Tras lo cual había vomitado sobre la declaración crucial de un testigo. Le preocupaba estar tan extenuado cuando ni siquiera era la hora del almuerzo. Al menos el agotamiento merecía la pena; había dado con un expediente digno de una investigación en profundidad.

—¡Madre mía! Pero ¿qué demonios te ha pasado? —le preguntó Joe cuando entró en el laboratorio.

—No es nada —contestó Edmunds, que salió del rincón frotándose la nariz rota con timidez.

—Bueno, está claro que es él —anunció Joe—. Las tres fotografías fueron tomadas con la misma cámara.

—Por favor, dígame que ha averiguado algo a partir de la sangre.

—Te lo diría, pero te mentiría. No figura en nuestra base de datos.

—Lo que significa que nunca lo hemos arrestado —corroboró Edmunds, más para sí que para el forense. Ya podía descartar un buen porcentaje de los expedientes archivados.

—Grupo sanguíneo: cero positivo.

—¿El raro? —inquirió Edmunds esperanzado.

—Más común que el betún —respondió Joe—. No se aprecian indicios de mutación ni de enfermedad, tampoco nada de alcohol ni drogas. Color de ojos: grises o azules. ¿Sabes? Para tratarse del asesino en serie más retorcido de la historia reciente, su sangre es de lo más sosa.

—Entonces ¿no ha encontrado nada?

—Yo no he dicho eso. Las huellas del calzado revelan un número cuarenta y seis, y el patrón de la suela apunta a unas botas del ejército, así que puede que estemos hablando de un militar.

Edmunds volvió a sacar la libreta.

—El equipo forense de la escena del crimen ha encontrado

rastros de asbesto, de brea y de laca en las huellas, además de unos niveles de cobre, níquel y plomo más elevados que los del terreno circundante. ¿Un almacén, tal vez?

—Lo investigaré. Gracias —dijo Edmunds, que cerró el cuaderno.

—Ah, he oído que han identificado nuestro torso. ¿Llegaste a averiguar qué llevaba tatuado? —le preguntó Joe.

—Un canario que escapaba de una jaula.

Joe lo miró confundido.

—Qué raro que se lo borrase.

Edmunds se encogió de hombros.

—Quizá llegó a la conclusión de que una jaula es el mejor sitio para algunos canarios.

La embajada de Irlanda se hallaba ubicada en un edificio imponente de cinco plantas que se elevaba sobre los jardines del palacio de Buckingham desde la esquina que ocupaba en Belgravia. Ese día, soleado y sin brisa, Wolf accedió al suntuoso pórtico bajo las sombras de las banderas marchitas que asomaban sobre la bulliciosa acera. La majestuosa entrada conformaba también un puente que salvaba el área de evacuación alfombrada de basura desde la que se accedía a la escalera de incendios del sótano.

Wolf había visitado numerosas embajadas con anterioridad, nunca por voluntad propia, y en todos los casos se había llevado la misma impresión; los techos altos, los cuadros antiguos, los espejos recargados y los sofás de aspecto cómodo que hacían pensar que nadie se había atrevido a sentarse jamás en ellos; era como ir a ver a un pariente acomodado que quisiese transmitirte su hospitalidad al tiempo que te infundía el deseo de que te marcharas antes de que rompieras nada. Esa no era la excepción.

Pasó los controles de seguridad de las zonas públicas y llegó a unas ostentosas escaleras flanqueadas por unas paredes de color aguamarina embellecidas con minuciosidad. Durante el ascenso tuvo que someterse a tres controles más, lo que le pareció buena señal, tras lo cual llegó a la última planta, donde los gritos habituales de Andrew Ford resonaban por el pasillo apacible.

Wolf llevó la vista hacia el palacio que se erigía en el horizonte intentando serenarse antes de encontrarse de nuevo con el belicoso protegido. Saludó con una sonrisa al agente armado de la puerta, que no le devolvió el gesto, y pasó a la opulenta habitación, donde Finlay veía tranquilamente la televisión mientras Ford pataleaba en el suelo como un párvulo caprichoso.

Era evidente que, en circunstancias normales, la sala se utilizaba como oficina. Los ordenadores, los escritorios y los archivadores habían sido retirados o arrimados a la pared del fondo, con el fin de dar cabida al descortés invitado. Alguien incluso se había tomado la molestia de equipar la estancia con una cama plegable, un hervidor, unos sofás y un televisor a pesar de la escasa antelación.

Animal de costumbres, saltaba a la vista que Ford había dormido frente al televisor en el prístino sofá de cuero, ya que el edredón hediondo y mugriento que tenía en su cuchitril estaba extendido sobre el mismo. Llamaba la atención que este desaseado despojo humano subsistiera en un entorno tan decadente, y a Wolf le costaba creer que, de todas sus pertenencias, anduviera paseándose por el país con ese cobertor infecto.

—¡Wolf! —gritó Ford, como si fueran viejos amigos. Emitió un aullido emocionado.

Finlay lo saludó jovialmente con la mano desde el otro sofá, desprovisto de edredón.

—¿Qué ruido hace cuando te ve a ti? —le preguntó Wolf a su compañero.

—Me temo que no puedo repetirlo, pero no suena muy amigable.

Cuando Ford se levantó del suelo, Wolf se dio cuenta de que las manos le temblaban de forma incontrolable. El irlandés corrió a la ventana para asomarse a la calle.

—Viene a por mí, Wolf. ¡Viene a matarme! —exclamó Ford.

—¿El asesino? Bueno… sí —afirmó el detective, desconcertado—. Pero no va a conseguirlo.

—Sí va a conseguirlo. Sí va a conseguirlo. Sí va a conseguirlo. Sabe cosas, ¿no? Sabía dónde estaba. También lo sabrá ahora.

—Lo sabrá si no te apartas de la ventana. Siéntate.

Finlay vio con resentimiento cómo el antojadizo hombre, que había convertido las últimas diecisiete horas de su vida en un infierno, obedecía sin rechistar. Wolf se sentó junto a su amigo.

—¿Ha ido bien la noche? —le preguntó con ironía.

—Lo mataré con mis propias manos si sigue así —masculló Finlay.

—¿Cuándo ha bebido por última vez?

—De madrugada.

Wolf sabía por experiencia que el síndrome de abstinencia podía costarle muy caro a una persona que llevara tiempo alcoholizada. La elevada ansiedad de Ford y la amenaza del *delirium tremens* no auguraban nada bueno.

—Necesita un trago —concluyó Wolf.

—Créeme, lo he pedido. El embajador se niega.

—¿Por qué no te tomas un descanso? —le recomendó a Finlay—. Seguro que te mueres de ganas por echar un pitillo.

—¡Aquí el que se va a morir soy yo! —gritó Ford desde el fondo de la habitación.

Ambos lo ignoraron.

—Y ya que sales, sube un par de botellas de... «limonada» —sugirió Wolf con una mirada elocuente.

Simmons pasó por delante de la puerta de Vanita con un café en la mano.

—*Chaachaa chod* —masculló la comandante, recurriendo a su insulto preferido en hindi.

Por culpa de Simmons, había tenido que pasarse la mañana lidiando con la montaña de documentos y correo que él había desatendido. La comandante abrió el siguiente correo electrónico; otra actualización, enviada a todos los que estaban trabajando en la investigación del Ragdoll. Suspiró al ver el nombre de Chambers entre los destinatarios. Simmons había cancelado su tarjeta de acceso al edificio en cuanto se había enterado de su muerte, tal como indicaba el protocolo, pero la farragosa labor de borrar de las bases de datos al veterano agente y de recoger sus pertenencias ocupaba una de las últimas posiciones de la lista de sus tareas pendientes.

Supuso que no estaría bien visto hacer circular el nombre de un compañero fallecido con todas y cada una de las constantes actualizaciones, así que se apresuró a redactar una solicitud para que se suprimiera su nombre y pasó al siguiente punto de la lista.

Simmons y Edmunds llevaban más de una hora trabajando en silencio, a pesar del escaso medio metro que los separaba. Por alguna razón incomprensible, Edmunds se sentía relajado en compañía de su irritable superior. Tal vez los tres meses que había pasado con Baxter lo habían curtido, pero esa quietud le agradaba, ya que les convertía en dos profesionales enfrascados en sus quehaceres, dos hombres eficientes e intelectuales que se profesaban mutuo respe...

Simmons miró a Edmunds, poniendo fin a su abstracción.

—Recuérdame que te pida un escritorio, ¿de acuerdo?

—Por supuesto, señor.

A partir de ese momento, el silencio dejó de parecerle tan cómodo.

Simmons seguía ocupado en la ardua tarea de ponerse en contacto con las ochenta y siete personas que quedaban en la lista. Durante la primera tanda solo había logrado tachar veinticuatro nombres. Le dio la vuelta a la hoja y volvió a empezar por el primero, convencido de que, una vez que identificaran a la última víctima, el rompecabezas quedaría esclarecido.

Edmunds, quien había tenido la idea de elaborar la lista, no sabía cómo ni cuándo Simmons se había adjudicado su labor, pero tampoco iba a preguntárselo. De todas formas, ya estaba saturado con la búsqueda de todos los vínculos posibles entre las víctimas del Ragdoll y Naguib Khalid.

Pese a que no había encontrado ninguna relación con Chambers ni con Jarred Garland, imaginaba que tanto los agentes de policía como los periodistas terminaban por granjearse una nutrida legión de enemigos con el paso de los años. Aun así, optó por centrarse en Michael Gable-Collins, en el alcalde Turnble y en la camarera, Ashley Lochlan.

Empezaba a desesperarse. Existía un elemento común a todas aquellas personas tan dispares, pero, aunque supieran que Khalid era la clave, algo les impedía ver la imagen completa.

Baxter estaba en la escena de una violación que había tenido lugar en un pasadizo a tan solo dos calles del apartamento de Wolf. A decir verdad, sí que era un vecindario de mierda. A Blake le había molestado que se hubiera negado a meterse en un contenedor de basura para ayudarlo a buscar pruebas, y se suponía que tendría que estar buscando posibles testigos, pero se había distraído pensando en cómo les estaría yendo a Wolf y a Finlay en la embajada irlandesa; solo quedaba un día y medio para que atentasen contra la vida de Andrew Ford. También echaba de menos a Edmunds. Estaba tan acostumbrada a que la siguiera de acá para allá como un cachorrito que aquella mañana se había descubierto gritando órdenes al aire.

Se aburría. Le mortificaba admitirlo cuando estaban investigando uno de los episodios más espantosos por los que podía pasar una joven, pero así era. Recordó la sensación de desesperanza que había experimentado al ver a Garland sacudiéndose entre espasmos a escasos metros de ella. Recordó cuando lo cogió de la mano, cuando le dijo que todo saldría bien y cuando la enfermera les comunicó la noticia de su muerte.

Echaba de menos la adrenalina. Había sido uno de los peores días de su vida, pero, si le dieran la oportunidad de volver a pasar por todo aquello, lo haría sin pensárselo dos veces. ¿Estaría trastornada? ¿Era mejor tener recuerdos inquietantes que no tener ninguno? ¿Era mejor sentirse atemorizada y en guardia que no sentir nada? ¿Sería ese el tipo de preguntas que se hacía el asesino para justificar sus atrocidades?

Estremecida, decidió ponerse a trabajar.

Wolf y Finlay estaban viendo una reposición de *Top Gear* a un volumen apenas audible mientras Ford roncaba ruidosamente debajo del edredón en el otro sofá. Se había quedado dormido después de tomarse una botella y media de «limonada», lo que había dado a los detectives una bendita hora de paz.

—Thomas Page —susurró Finlay tan bajo como pudo.

—¿Qué? —preguntó Wolf.

—Thomas Page.

—Un cabrón. Me saltó...

—... dos dientes en una escena del crimen durante tu adiestramiento. Lo sé.

—Siempre tuvo mal genio.

—Y tú siempre has sido un listillo —replicó Finlay encogiéndose de hombros.

—¿Y ahora a santo de qué...?

—Hugh Cotrill —lo interrumpió Finlay.

—Un gilipollas —renegó Wolf, que casi despertó a Ford—. Cuando hice mi primera detención por robo, él fue el picapleitos que lo libró de la trena.

—Estaba haciendo su trabajo —arguyó Finlay con una sonrisa. Obviamente, estaba provocando a Wolf a propósito.

—Después su cliente le birló el reloj, al muy imbécil. ¿A qué viene todo esto?

—Viene a que tú puedes ser muchas cosas, Will, pero indulgente no es una de ellas. Eres rencoroso. Seguro que me odias por algo que te dije o que te hice años atrás.

—Por algo que me dijiste —admitió Wolf con una media sonrisa.

—Ese desecho de ahí no le cae bien a nadie, ni siquiera cuando tiene un buen día, pero apuesto a que tú lo odias con toda tu alma. Te fracturó la muñeca por ¿tres...?

Wolf asintió.

—... sitios y probablemente le salvara la vida a Khalid.

—Te lo vuelvo a preguntar —dijo Wolf—. ¿A qué viene todo esto?

—No viene a nada en concreto. Pero es curioso las vueltas que da la vida, ¿no crees? Tú a cargo de un hombre cuya existencia estoy seguro de que no podría importarte menos.

—Llevas razón en una cosa —le susurró Wolf después de que la televisión les distrajera durante un momento—. Es curioso las vueltas que da la vida. De alguna manera, ahora lo que más me gustaría es salvar a este pedazo de mier...

Wolf dejó el improperio a medio pronunciar, y Finlay asintió para agradecerle el acto de autocontrol.

—... a este hombre, porque si logramos salvarlo a él, tal vez, solo tal vez, consigamos salvarme a mí también.

Finlay asintió comprensivo con la cabeza y le dio una palmada dolorosamente afectuosa en la espalda antes de seguir viendo el programa.

23

Martes, 8 de julio de 2014
6.54 h

—¡Soltadme! —gritó Ford mientras Wolf, Finlay y un agente de la embajada arrastraban al delirante protegido de regreso a la habitación—. ¡Me queréis matar! ¡Me queréis matar!

El demacrado e ictérico invitado demostró tener más fuerza de la que nadie esperaba, por lo que a duras penas lograron hacerlo retroceder hasta el recibidor durante aquellos tres minutos de pánico. Se había agarrado con fuerza al sólido marco de la puerta, sin dejar de lanzarles patadas furiosas. De fondo, Andrea se dirigía al mundo a través de la televisión, con el Reloj de la Muerte suspendido sobre su cabeza para mostrar la cuenta atrás de las horas finales de Ford. Cuando dio paso a un reportero de calle, Wolf se sobrecogió al ver que en la pantalla aparecían sus compañeros y él mismo peleando con Ford.

Estuvo a punto de soltar al enloquecido irlandés al volverse en busca de la cámara, empuñada por un lunático precariamente colgado de una ventana del edificio de enfrente. Por suerte, el agente del GPD había solicitado refuerzos, y en ese momento otros dos hombres armados entraron raudos en su auxilio.

—¡Bajad las persianas! —gritó Wolf desesperado.

Los dos agentes miraron el televisor y comprendieron la

situación de inmediato. Uno de ellos corrió hacia las ventanas mientras el otro inmovilizaba las piernas del poseído Ford. Al verse en una desalentadora inferioridad numérica, se quedó quieto y comenzó a gemir.

—Me queréis matar —repetía entre sollozos.

—Tenemos que sacar a los reporteros de ese edificio —indicó Wolf a los recién llegados, que asintieron y salieron a toda prisa de la habitación.

—¡Me queréis matar!

—¡Cállate! —bramó Wolf.

Necesitaba hablar con Simmons. No tenía ni idea de hasta qué punto era legal retener a Ford en contra de su voluntad, y bastaba un cámara ingenioso para que técnicamente pudieran denunciarlos a todos por agresión. Sabía que ese tipo de cuestiones debía consultarlas con Vanita, pero también tenía claro que su respuesta estaría condicionada por el equipo de relaciones públicas y que su preocupación no iría más allá de cubrirse las espaldas. Simmons, sin embargo, entendía cómo funcionaba el mundo real.

Por suerte, Simmons había llegado muy temprano a trabajar, por lo que media hora después Wolf ya había comentado la situación con él. Estaban de acuerdo en que, al contrario de lo que sucedía con Garland cuando amenazó con rechazar su intervención, no podía decirse que Ford estuviera en su sano juicio, así que, por el bien del irlandés, la policía debía revocar de forma temporal su derecho a la libertad.

Se hallaban, en el mejor de los casos, en un terreno difuso donde, a decir verdad, tenían que agarrarse a un clavo ardiendo. El protocolo dictaba que un médico cualificado debía someter al paciente a un examen concienzudo y aprobarlo de forma oficial; no obstante, tras el incidente de Elizabeth Tate, Wolf no permitiría de ninguna manera que nadie se acercara a Ford.

El embajador regresó después de ver las noticias. Wolf lamentaba la insolencia con la que había tratado al influyente diplomático, que había hecho lo imposible por que estuvieran cómodos. Wolf había acusado al equipo del embajador de vender información a la prensa y a él le había exigido (como si tuviera derecho) que investigara en profundidad el origen de la filtración. Tendría que disculparse.

Estaba agotado e irascible después de haber pasado una noche infernal con Ford y había descargado su rabia con la persona equivocada. Una vez más, habría hecho mejor en dirigir su frustración contra Andrea, que había vuelto a poner en peligro la vida de una persona con absoluta despreocupación en su egoísta afán de acumular audiencia. Esa vez no permitiría que se desentendiera de las consecuencias de sus intromisiones continuas. Se cercioraría de que respondiera por sus actos si algo le pasaba a Ford.

Simmons había propuesto que buscasen otro lugar donde esconder al protegido, pero Wolf disentía. Los medios de comunicación de la ciudad se habían agolpado en la calle. El murmullo de su actividad frenética se colaba por las ventanas mal selladas mientras ellos hablaban por teléfono. Era imposible trasladar a Ford sin exhibirlo ante la creciente multitud o sin que los siguieran. Estaban en un edificio seguro y les resultaría más fácil protegerlo aquí.

Cuando Wolf volvió a la habitación, Ford estaba charlando tranquilo con Finlay. Parecía resignado e inusitadamente digno, teniendo en cuenta la escena que había protagonizado hacía treinta minutos escasos.

—Estabas haciendo tu trabajo —le dijo Finlay—. ¿Por qué

ibas a permitir que alguien a quien acababan de declarar inocente recibiera una paliza de muerte delante de ti?

—¿De verdad me vas a decir ahora que crees que hice lo
correcto? —Se rio Ford con amargura.

—No. Te estoy diciendo que hiciste lo único que podías
hacer.

Wolf cerró la puerta con discreción para no interrumpir el
inquietante diálogo.

—Si tú no hubieras intervenido y Khalid hubiera muerto,
probablemente nunca se habría averiguado que era el Asesino
Incinerador y aquí Will —dijo Finlay señalando hacia la entrada, donde se había quedado Wolf— se habría pasado veinticinco años de su vida en prisión.

—Murió una niña —le recordó Ford con lágrimas en los
ojos.

—Sí. Pero se salvó un hombre honrado —apuntó Finlay—.
No digo que el hecho de que Khalid sobreviviera fuese algo bueno. Solo que... las cosas ocurren sin más.

El veterano detective sacó la manida baraja que siempre
llevaba consigo y formó tres montones. La conversación parecía haber calmado al impredecible Ford, pero también había
afectado a Wolf, que se sentó en el sofá. Había vivido obsesionado con las repercusiones negativas de aquel día traumático;
nunca se había parado a considerar ni por un segundo la parte
positiva.

Cogió sus decepcionantes naipes y observó a Finlay con
atención. Tras años jugando con él, conocía de sobra sus dotes
de tahúr. Ford se deshizo en lágrimas cuando miró sus cartas,
olvidándose de poner cara de póquer.

—¿Tienes treses? —preguntó Finlay.

—Pesca.

Blake tenía una vejiga débil y cierta predilección por el té Earl Grey. Edmunds había llegado a esa conclusión después de haberlo visto ir y venir durante todo el día. Esperó a que pasase por delante del escritorio que compartía con Simmons para levantarse y escabullirse hasta la mesa de Baxter, al fondo de la oficina. Disponía de dos minutos.

—¡Edmunds! ¿Qué demonios haces? —le preguntó la sargento cuando él se agachó para no llamar la atención.

—Alguien ha avisado a la prensa, y por tanto también al asesino, de lo de la embajada —susurró.

—No se me permite hablar del caso contigo.

—Eres la única persona en la que confío.

Baxter se animó un poco. Tras el desastroso final de Garland, todos la trataban como a una apestada. Le reconfortaba saber que al menos una persona seguía valorando su opinión.

—Puedes confiar en todos. Lo de la embajada se le podría haber escapado a cualquiera; al GPD, al personal, a quienquiera que haya en el edificio de enfrente. Tienes que olvidarte de esto. Ahora esfúmate, antes de que me metas en un lío.

Edmunds regresó deprisa a su escritorio. Momentos después, Blake volvió a pasar con una taza en la mano.

Por la tarde, Simmons había tachado cuarenta y siete de los ochenta y ocho nombres de la lista mientras Edmunds seguía buscando vínculos entre las víctimas. Al ver que las comprobaciones y protocolos habituales no daban fruto, recordó el adiestramiento que había recibido en Anticorrupción y tomó prestada la contraseña de un compañero para acceder al software especializado de su anterior departamento.

Le dio a Simmons un susto de muerte cuando, unos quince minutos después, se levantó de un brinco para anunciarle que había encontrado algo. Se retiraron a la sala de reuniones para poder hablar en privado.

—Ashley Lochlan —dijo un triunfal Edmunds.

—¿La siguiente víctima? —se extrañó Simmons—. ¿Qué pasa con ella?

—En 2010 estaba casada y respondía al nombre de Ashley Hudson.

—¿Eso no lo sabíamos ya?

—Sí, pero los ordenadores no buscaban una segunda cuenta bancaria en la que figuraba otro titular y que solo estuvo operativa durante diez meses. El 5 de abril de 2010 ingresó dos mil quinientas libras en efectivo en la cuenta identificada con el apellido de Hudson —reveló Edmunds, que le tendió un comprobante a Simmons.

—Más o menos cuando comenzó el juicio de Khalid.

—Lo he investigado. Por aquel entonces trabajaba en un pub por el salario mínimo. Quince días después, realizó un segundo ingreso por una cantidad similar.

—Interesante.

—Sospechoso —lo corrigió Edmunds—. Por eso he revisado los movimientos bancarios que hicieron las otras víctimas por aquellas fechas y he detectado dos retiradas coincidentes efectuadas por un tal Vijay Rana.

—¿Por qué el hermano de Khalid iba a transferirle cinco mil libras a una camarera?

—Eso es lo que pienso preguntarle.

—Hazlo. Excelente trabajo, Edmunds.

A las cuatro de la tarde, Wolf oyó al otro lado de la puerta los ruidos amortiguados de los agentes durante el cambio de turno. Habían apagado el televisor después del incidente de la mañana, aunque el gesto solo tenía un valor simbólico, ya que por lo que podían oír, faltaba mucho para que la marea de curiosos, coches patrulla y reporteros que inundaba la calle se aburriera y se retirase.

Salvo por un par de episodios breves, Ford logró mantener la serenidad y dejó que Wolf y Finlay entrevieran al hombre que una vez había sido. Si acaso, la turba morbosa que aguardaba fuera lo llevó a mostrarse desafiante, resuelto y enérgico.

—Ya dejé que un asesino en serie me arruinase la vida. No voy a permitir que ahora otro me la arrebate.

—Así me gusta —lo alentó Finlay.

—Pienso recuperar el control —aseguró Ford—. Y este parece un buen momento para hacerlo.

Cerraron las ventanas y bajaron las persianas como medida preventiva. Aunque habían cogido un ventilador de otra habitación del pasillo, el calor seguía siendo agobiante. Wolf se desabotonó los puños de la camisa y se recogió las mangas, dejando a la vista la quemadura cicatrizada que recorría su brazo izquierdo.

—Nunca te lo he preguntado —dijo Ford, señalando la herida—. ¿Cómo te hiciste eso?

—No es nada —eludió Wolf.

—Sufrió un percance cuando el alcalde Turnble... —Finlay se interrumpió.

—Entonces los dos corréis un grave peligro por el mero hecho de estar cerca de mí, ¿verdad? Sabéis que ese tipo es capaz de lanzar un misil contra esta habitación.

Finlay, que obviamente no había considerado esa posibilidad, miró angustiado a su compañero.

—De todas formas, no me queda mucho tiempo —bromeó Wolf mientras echaba un vistazo al exterior por una rendija de la persiana.

—No quiero que hagan daño a nadie por mi culpa —dijo Ford.

Wolf llevaba más de cinco minutos observando a un grupo de tres personas que había en la calle. Le habían llamado la atención porque se encontraban separadas del resto de los curiosos y parecían esperar algo. Dos de ellas habían llevado una gran bolsa de lona que descansaba en medio de la carretera cortada. Wolf observó cómo se tapaban la cara con máscaras de animales diferentes. Enseguida se les unieron otras seis personas.

—¡Finlay! —llamó Wolf sin apartarse de la ventana—. ¿Puedes localizar a los agentes que hay en la calle?

—Sí. ¿Qué ocurre?

—Hay un problema.

Dos miembros del grupo de enmascarados, un mono y un águila de dibujos animados, se acuclillaron y abrieron la bolsa. Sacaron lo que necesitaban, se abrieron paso a empujones entre la muchedumbre y se agacharon para sortear la cinta policial.

—¡Asesino de niños! —gritó uno de ellos, cuya voz les llegó un tanto amortiguada.

—¡El salvador del Asesino Incinerador! —clamó su compañera.

Los agentes de policía que controlaban a la multitud se apresuraron a apartar a las dos personas que habían atravesado el cordón, pero las otras siete, que permanecían atrás, habían captado ya la atención de la prensa después de sacar las pancartas, los carteles y el megáfono que guardaban en la bolsa. Una mujer con la máscara de tiburón empezó a vociferar hacia la ya ruidosa calle.

—¡Andrew Ford se merece la suerte que le espera! —bramó—. ¡Si no le hubiera salvado la vida al Asesino Incinerador, hoy Annabelle Adams seguiría viva!

Wolf miró a Ford y esperó su reacción, temiendo que sufriera un nuevo arrebato de ira. Le sorprendió comprobar que no se había movido. Se quedó sentado, escuchando los insultos que llegaban distorsionados al cuarto. Sin saber muy bien qué decir, Finlay volvió a encender el televisor, buscó un programa infantil y subió el volumen en un intento por acallar el tumulto de la calle. De pronto, Wolf tuvo la impresión de que la penumbrosa estancia elegante se parecía al piso minúsculo y decadente de Ford.

—¡Quien salva al diablo sufrirá el castigo de Dios!

Los manifestantes habían empezado a corear una y otra vez el lema pseudorreligioso. Uno de ellos hablaba animadamente con un periodista mientras el cabecilla sugería que Ford había colaborado con Khalid desde el principio.

—¿Ya había ocurrido antes algo así? —le preguntó Wolf sin apartar la vista de los disturbios.

—Como esto no —contestó Ford distraído. Articuló un susurro casi inaudible para unirse al coro—. He salvado al diablo y sufriré el castigo de Dios.

Algunos de los policías apostados en la calle rodearon a los manifestantes; sin embargo, mientras estos no emprendieran ningún tipo de ataque, no tenían motivo para dispersarlos. Wolf hizo señas a su compañero para que se acercase a la ventana.

—¿Crees que es obra suya? —murmuró Finlay, que le había leído el pensamiento.

—No lo sé. Pero me da mala espina.

—¿Quieres que baje y haga algunas preguntas? —se ofreció Finlay.

—No. Tú te entiendes con Ford mejor que yo. Yo me encargo.

Miró por última vez a los enmascarados antes de encaminarse hacia la puerta.

—Wolf —le dijo Ford cuando salía—, recupera el control.

Aceptó la extraña orden con una sonrisa cortés, miró a Finlay encogiendo los hombros y abandonó la habitación. Estaba en la planta baja cuando recibió una llamada de Edmunds, quien le puso al tanto de lo que había averiguado acerca de Ashley Lochlan.

—No quiere hablar con nadie salvo contigo —le dijo.

—Estoy ocupado —rehusó Wolf.

Apenas había puesto un pie fuera de la embajada cuando un enjambre de periodistas se lanzó hacia él. Se preguntó si no habría hecho mejor en enviar a Finlay. Ignoró el vocerío que coreaba su nombre, pasó por debajo de la cinta y se abrió paso a través de la aglomeración, guiándose por el origen del clamor.

—Es importante —insistió Edmunds—. Quizá nos diga por fin qué es lo que os relaciona a todos. Será entonces cuando de verdad podamos determinar quién os está haciendo esto.

—Vale. Envíame un mensaje con el número. La llamaré cuando pueda.

Colgó. Se había formado una amplia zona vacía en torno a los siete manifestantes alborotadores. De cerca, las máscaras caricaturescas resultaban mucho más siniestras; las voces emponzoñadas brotaban de detrás de las sonrisas inmóviles y unos ojos coléricos ardían en los orificios oscuros del plástico. El miembro más intimidante del grupo, por estatura y por actitud, se ocultaba detrás de la máscara de un lobo con la mandíbula descolgada. Blandía dos carteles en alto mientras daba vueltas con paso resuelto en torno a los otros, sin dejar de vocear con rabia. Wolf observó que cojeaba ligeramente, tal vez como consecuencia de una bala de goma que le hubiera acertado tiempo atrás en el trasero.

En lugar de dirigirse al belicoso agitador, Wolf se acercó a la mujer de la máscara del tiburón, que aún mantenía el megáfono frente a la boca. Se lo quitó de las manos en mitad de la consigna y lo estampó contra la pared del edificio que se levantaba a sus espaldas, donde se hizo añicos con un quejido eléctrico. Las delatoras cámaras de televisión seguían hasta el último de sus movimientos con avidez.

—¡Eh! ¡No puedes...! Espere, ¿no es usted el detective ese? —preguntó la mujer, que pasó a emplear un tono mucho más femenino y civilizado.

—¿Qué estáis haciendo aquí?

—Protestando —contestó ella con los hombros encogidos.

Wolf intuyó su sonrisa engreída tras la máscara y la miró con gesto grave.

—Cielos. Relájese. —La mujer se levantó la careta—. Lo cierto es que no lo sé. Ninguno lo sabe. Es por el sitio web ese donde la gente queda para organizarse en plan *flash mob* o para congregar a jovencitas alrededor de los hoteles y que así las bandas de chicos parezcan más populares. El evento de hoy consistía en montar una protesta.

—¿Qué sitio web?

La mujer le tendió una octavilla que recogía los detalles.

—Andaban repartiéndolas por la facultad.

—¿Os pagan por esto? —le preguntó.

—Claro. ¿Por qué íbamos a hacerlo si no?

—Antes se te veía muy apasionada.

—Se llama actuar. Estaba leyendo una tarjeta.

Wolf tenía muy presente a la multitud que los escuchaba. En circunstancias normales, no le habría hecho preguntas ante una cámara de televisión.

—¿De qué manera os pagan?

—En metálico, está dentro de la bolsa. Cincuenta libras por cabeza. —El interrogatorio parecía aburrirla—. Y, antes de que me lo pregunte, nos reunimos todos en una tumba del cementerio de Brompton. Ya habían dejado la bolsa allí para nosotros.

—¿De quién era?

—¿La bolsa?

—La tumba.

—Es el nombre que he leído antes... Annabelle Adams.

Wolf intentó ocultar la sorpresa que le produjo su respuesta.

—La bolsa y su contenido quedan incautados como prueba asociada a la investigación de un crimen —dijo, y lanzó el saco vacío ante el grupo de una patada.

Los manifestantes rezongaron y blasfemaron, aunque acataron la indicación explícita y formaron un montón desordenado con los carteles, las pancartas y las tarjetas escritas con el texto que corear.

—Y las máscaras —los exhortó Wolf con impaciencia.

Uno tras otro, entregaron con renuencia seis de las coloridas máscaras. Dos de ellos se taparon la cara con la capucha para ocultar su identidad, aunque en principio no hubieran hecho nada malo.

Wolf se dio media vuelta para dirigirse al último alborotador, el de la máscara de lobo, que se negaba a obedecer. El hombre de complexión imponente seguía clamando entre jadeos mientras daba vueltas pesadamente en torno al círculo que había abierto en medio de la muchedumbre, como si pretendiera delimitar su territorio. Wolf se colocó frente a él. El lobo de irónico gesto amigable había sido dibujado relamiéndose y salivando. Apartó al detective de un empujón e inició una nueva vuelta.

—Los necesito —gritó Wolf, señalando los dos carteles que portaba en alto con el ya familiar lema.

Volvió a interponerse en el camino del manifestante y se

preparó para lo peor. Era el tipo de personas que Wolf imaginaba que responderían a una advertencia como esa, oculto tras una máscara, crecido gracias al anonimato, sabedor de que al amparo de la muchedumbre y de unas fuerzas de seguridad abrumadas podría aprovecharse y cometer flagrantes actos de violencia, vandalismo y robo.

No le suponía ningún problema detener a aquel matón, que se paró a escasos centímetros de su cara. No estaba acostumbrado a tener que erguirse para igualar en estatura a quien tenía enfrente, pero se echó un poco hacia atrás al percibir el tufo medicinal y rancio que emanaba de detrás del plástico. Por alguna inquietante razón, daba la impresión de que los demenciales ojos azul claro que lo miraban con fijeza pertenecieran de hecho a la criatura.

—Los carteles. Ya —exigió Wolf en un tono que habría hecho temblar a cualquiera que conociese su controvertido pasado.

Se negó a apartar la mirada. El matón ladeó la cabeza, como un animal curioso que sopesase a su oponente. Wolf sentía a sus espaldas la proximidad de las cámaras, que se nutrían de la tensión del duelo y rezaban por que este terminase de la peor manera. De repente, el hombre dejó caer los carteles al suelo.

—Y la máscara —lo instó Wolf.

El lobo no parecía en absoluto dispuesto a complacerlo.

—La máscara —repitió.

Esta vez fue Wolf quien se inclinó hacia él con ademán agresivo. Sintió que la punta de la nariz de plástico rozaba la suya, el tufo nauseabundo, mientras el uno respiraba el aliento caliente del otro. Permanecieron así durante diez insoportables segundos, hasta que, para sorpresa de Wolf, los ojos claros del manifestante se desviaron de súbito hacia las ventanas de la última planta de la embajada, a espaldas del detective. Se oyeron jadeos y chillidos entre los curiosos que los rodeaban cuando también ellos vieron lo que había llamado la atención del lobo.

Se dio media vuelta y descubrió a Ford encaramado peligrosamente al tejado de dos aguas y a Finlay asomado a un ventanuco, llamándolo. La multitud tomó aire sobrecogida cuando Ford se alejó de él para que no pudiera retenerlo y comenzó a andar con paso vacilante por las tejas en dirección a una chimenea, como un funámbulo que hubiera perdido el equilibrio.

—¡No, no, no! —siseó Wolf.

Apartó a un lado al manifestante belicoso y se abrió paso a empujones entre el gentío. Varios agentes de la embajada aparecieron en las ventanas próximas a Ford y al pie del edificio.

—¡No lo hagas, Andrew! —gritó Finlay, que se había subido al alféizar de la ventana y tenía medio cuerpo tendido sobre el tejado inestable.

Un fragmento de teja se desprendió y pareció caer durante una eternidad hasta que alcanzó y resquebrajó el parabrisas de uno de los coches patrulla.

—¡No te muevas, Finlay! —voceó Wolf cuando dejó atrás la marea de gente—. ¡No te muevas!

—¡Wolf! —gritó Ford.

El detective se detuvo en seco para mirar al hombre cuyo pelo desgreñado se agitaba a merced de una brisa que él ni siquiera sentía desde la acera. Oyó la sirena del coche de bomberos que atravesaba embalado la ciudad en su auxilio.

—¡Tienes que recuperar el control! —volvió a decirle Ford, pero en esta ocasión Wolf sí entendió lo que le quería decir.

—¡Si lo haces...! ¡Si mueres, gana él! —le recordó Finlay. Agachado en la pendiente del tejado, se había agarrado con desesperación al marco de la ventana mientras seguían lloviendo esquirlas sobre la calle.

—No. Si lo hago, gano yo.

Ford se soltó del fuste de la chimenea y levantó despacio los brazos temblorosos para estabilizarse. El tráfico de la calle mayor se había detenido y los conductores habían desmontado de los vehículos para ver de primera mano cómo se desarrollaba esa noticia de alcance mundial. Abajo, la multitud guardaba silencio, salvo por los partes susurrados de los atentos reporteros. Por la fuerza con que sonaba la sirena, el coche de bomberos debía de estar a solo un par de calles de distancia.

Poco a poco, Finlay se había situado a medio camino entre la seguridad de la ventana y el tubo de la chimenea. Algunos de los curiosos lanzaron gritos de espanto cuando Ford estuvo a punto de perder el equilibrio. Cerró los ojos, extendió los brazos y se tambaleó al filo del tejado.

—Las cosas ocurren sin más —dijo, tan bajo que solo Finlay lo oyó.

Acto seguido se dejó caer hacia delante.

Finlay gateó hasta donde estaba Ford, pero no consiguió alcanzarlo. Wolf no pudo hacer otra cosa que ver con impotencia, junto con las otras doscientas personas que había en la carretera, como caía en silencio por delante de las ventanas hasta perderse de vista en el área de servicio del sótano con un golpe seco.

Por un instante, el mundo se paralizó, pero un segundo después el ejército de periodistas cargó en tropel, avasallando al puñado de policías en su desesperada competición por emitir las primeras crudas imágenes de la segunda parte. Wolf corrió hacia las escaleras de metal negro de la salida de incendios y salvó de un salto los seis últimos escalones para llegar cuanto antes hasta donde yacía Ford. Se situó junto al cuerpo, retorcido de forma antinatural a causa del impacto, y reparó en que estaba pisando la sangre que manaba con profusión de su nuca.

Antes de que pudiera comprobar si tenía pulso, el sol que incidía en el cadáver se vio eclipsado por las sombras de los curiosos que lo observaban desde arriba. Demasiado conmocionado para preocuparse de que, a buen seguro, estaría posando para una nueva fotografía icónica, se sentó contra la pared, rodeado por el creciente charco de sangre, y esperó a que llegase la ayuda.

Al cabo de tres minutos, el área de servicio se había llenado de policías y sanitarios. Wolf se levantó para subir a la acera y ver cómo los bomberos bajaban a Finlay del tejado; el veterano detective se había aferrado al fuste de la chimenea como si le fuera la vida en ello. Wolf dejó tras de sí un rastro de huellas rojas de camino a las escaleras metálicas, donde tuvo que esperar a que un obeso juez de instrucción concluyese su pausado descenso.

Wolf se llevó las manos a los bolsillos y frunció el ceño, confundido. Sacó un papel cuyo origen desconocía y lo desdobló con cuidado; en medio de la hoja arrugada encontró una huella dactilar teñida de sangre. La sombra de unas letras oscuras asomaba desde el otro lado. Dio la vuelta a la hoja y leyó el breve mensaje escrito con la peculiar letra del asesino:

Bienvenido

Wolf, desconcertado, no dejaba de mirar el papel, preguntándose desde cuándo lo llevaría encima y cómo habría conseguido el asesino…

¡La máscara de lobo!

—¡Quítese de en medio! —rugió Wolf, empujando a un lado al hombre corpulento que ocupaba las escaleras.

Apareció de nuevo en la carretera caótica y empezó a escrutar a la multitud desesperadamente en busca de alguno de los manifestantes. Zigzagueando entre los periodistas que recogían ya sus equipos y los curiosos que se marchaban de la escena una vez que el espectáculo había terminado, llegó hasta el montón de carteles y pancartas incautados.

—¡Apártense! —gritó a los peatones ociosos mientras se subía a un banco para ampliar su campo de visión.

Vio algo tirado en medio de la carretera; se abrió paso entre la gente y comprobó que se trataba de la máscara del lobo, con el plástico del que estaba hecha roto y sucio tras haber sido pisoteada por la multitud.

Se agachó para recogerla, consciente de que el asesino seguía allí, observándolo, riéndose de él, deleitándose con el innegable poder que había ejercido sobre Ford, que seguía ejerciendo sobre los medios y, por mucho que Wolf odiase admitirlo, sobre él.

Hospital de Saint Ann

Miércoles, 6 de octubre de 2010
10.08 h

Wolf contemplaba los jardines soleados que rodeaban el edificio antiguo y ostentoso. Los escasos rayos de luz que conseguían abrirse paso entre las hojas secas de los árboles danzaban por el cuidado césped al son de una brisa amable.

Incluso la concentración que se necesitaba para disfrutar de la apacible escena exigía un precio demasiado alto para su mente fatigada. La medicación que le obligaban a tomar dos veces al día lo mantenía sumido en un estado de sopor permanente, no como el de la embriaguez cálida que provocaba el alcohol, sino más bien como una somnolencia que lo llevaba a sentirse indiferente, apático, vencido.

Entendía la necesidad del tratamiento. Las zonas comunes estaban llenas de pacientes que sufrían un amplio abanico de trastornos mentales, de modo que los que habían intentado suicidarse compartían mesa con los que habían matado a otras personas, y los que se ahogaban en el pozo de la depresión bajo un pesado sentimiento de futilidad conversaban con otros que padecían delirios de grandeza. Si la convivencia no desembocaba en un desastre era gracias a una medicación que, a juicio de Wolf, estaba concebida más para controlar que para curar.

Empezaba a perder la cuenta de los días y las semanas, confinado como estaba en la burbuja surrealista y rutinaria del hospital, donde él y los demás residentes deambulaban por los pasillos cubiertos con las batas que vestían a modo de pijama, les decían cuándo comer, cuándo asearse y cuándo dormir.

Wolf no estaba seguro de si su estado se debía más a los medicamentos o al agotamiento letárgico. Pese a la especie de catatonia que pesaba sobre él, seguía temiendo el anochecer, la calma que precedía a la tormenta, cuando los empleados ojerosos del turno de noche acompañaban a los pacientes de regreso a sus respectivas habitaciones, donde revivirían el encierro que hacía rebrotar la verdadera psicosis que anidaba entre los muros del precioso y antiguo hospital. Cada noche se preguntaba contra qué luchaban esas personas, aterrorizadas ante la idea de quedarse solas, lanzando sus patéticos gritos en la oscuridad.

—Abre —le ordenó la impaciente enfermera de pie frente a él.

Wolf abrió la boca y sacó la lengua para demostrar que había ingerido el puñado de píldoras multicolores.

—Entiendes por qué te hemos trasladado al pabellón seguro, ¿verdad? —le preguntó, como si le hablase a un niño.

No contestó.

—Si puedo decirle a la doctora Sym que ahora sí tomas tu medicación, estoy segura de que te permitirá volver.

Cuando de nuevo Wolf desvió su atención hacia la ventana, la enfermera resopló ofendida y se fue a molestar a otro.

Estaba sentado en un rincón tranquilo de la sala de ocio, una réplica casi perfecta del aula donde estudiara primaria, complementada con una colección de sillas escolares apilables de color naranja chillón. El Hombre del Ping-pong empezaba a enfurecerse, como sucedía todos los días a esta hora, cuando de alguna manera perdía la partida que jugaba consigo mismo.

Las dos Damas Rosas, como Wolf las llamaba por el color de sus batas, moldeaban figuras sencillas de plastilina, y un grupo se había apropiado de los sofás raídos que rodeaban el gran televisor; apenas se había dado cuenta de que acababan de mencionar su nombre cuando un empleado del hospital se apresuró a sustituir al alcalde de Londres por un episodio de Bob Esponja.

Wolf negó con la cabeza con incredulidad ante la escena que estaba viendo, más propia de una guardería, tras la que había sido una noche particularmente perturbadora y violenta en el ala residencial. Una de las Damas Rosas amasaba su sangre con júbilo en la flor de plastilina que estaba perfilando. Wolf no pudo reprimir una mueca al verla trabajar, ajena al dolor de las uñas, que debía de haberse destrozado mientras intentaba abrir, desesperada, alguna puerta inamovible.

Se preguntó si él compartiría ese rasgo con aquellas personas, la capacidad de llegar a tales extremos. En su fuero interno sabía que habría matado a Khalid en público, sin importarle las consecuencias, suprimido todo instinto de supervivencia.

Le habría arrancado las entrañas.

Quizá la gente normal tenía un mayor control sobre sus emociones. Quizá lo que él consideraba normal no lo fuese en realidad.

Su reflexión se interrumpió cuando un hombre negro de veintitantos años y considerable estatura se levantó del sofá en el que estaba viendo la televisión y se acercó a la mesa que Wolf ocupaba junto a la ventana. A excepción de las contadas ocasiones en que no le había quedado más remedio, Wolf había preferido no relacionarse con nadie desde su ingreso. Esa decisión afectaba también a Andrea, que terminó por dejar de llamar al hospital, adonde también hizo un viaje en vano, ya que se negó a salir de su habitación.

Ya había visto a ese hombre por allí en alguna ocasión. Siempre vestía una bata de un rojo brillante e iba descalzo. Tenía la impresión de que, en general, se trataba de un paciente reservado y meditabundo, por lo que le sorprendió mucho que señalara una de las sillas de plástico y esperase pacientemente una respuesta.

Wolf asintió.

El hombre retiró la silla de la mesa con cuidado y se sentó. Un leve olor a herida infectada se levantó en torno a él cuando extendió hacia Wolf ambas manos, unidas por las esposas metálicas que los empleados le ponían siempre que entraba en las zonas comunes.

—Joel —se presentó el hombre con un marcado acento del sur de Londres.

Wolf empleó la muñeca vendada como excusa para no estrecharle la mano. A pesar de la actitud sosegada del hombre, parecía incapaz de estarse quieto en la silla, y podía oírlo tamborilear nerviosamente en el suelo con el pie por debajo de la mesa.

—Me ha parecido que te conocía. —Sonrió Joel, señalándolo con ambas manos—. En cuanto te vi entrar por esa puerta, me dije: «Lo conozco».

Wolf aguardó con paciencia.

—Cuando vi lo que hiciste, pensé: «Este tipo no solo cree que ese es el Asesino Incinerador, sino que está seguro». ¿Verdad? Ese era el monstruo que asesinó a las crías esas. ¿Verdad? Y lo dejaron libre sin más.

Wolf asintió.

Joel blasfemó y negó con la cabeza.

—Lo intentaste. Hiciste lo correcto al abalanzarte sobre él.

—¿Sabes? —comenzó Wolf, rompiendo el silencio que guardaba desde hacía semanas. Le pareció que su voz no sonaba como la recordaba—. Te agradezco el apoyo, pero tal vez me importaría más si no llevase toda la mañana viéndote susurrarle a un cuenco de cereales.

Joel pareció sentirse insultado.

—Cualquiera que crea en algún dios sabe que no es lo mismo susurrar que rezar —repuso en tono acusador.

—Y cualquiera que esté en su sano juicio sabe que no es lo mismo su cuenco de Choco Krispies que su dios —bromeó Wolf con una involuntaria sonrisa burlona. De pronto cayó en la cuenta de lo mucho que echaba de menos intercambiar pullas con sus compañeros.

—Está bien, está bien. Como quieras —cedió Joel mientras se levantaba—. Nos vemos por aquí, detective.

Se disponía a salir cuando se detuvo y se volvió hacia Wolf.

—Mi abuelo decía que un hombre sin enemigos es un hombre sin principios.

—Sabias palabras —convino. Aunque breve, la conversación lo había agotado—. Pero intuyo que ese tipo de consejos también son la razón de que estés aquí.

—Nah. Yo estoy aquí porque quiero, ¿sabes?

—Ah, ¿sí?

—Mientras esté aquí, seguiré vivo.

—«Un hombre sin enemigos...» —recitó Wolf pensativo.

—A mí ya no me quedan enemigos, detective... —le dijo Joel antes de darle la espalda y alejarse—, ese es el problema.

24

Miércoles, 9 de julio de 2014
2.59 h

La alarma del reloj de Edmunds sonó a las tres en punto. Estaba sentado en medio del charco de luz que se proyectaba desde la lámpara ruidosa que pendía del techo alto del almacén central. Era la cuarta vez que visitaba los archivos y debía admitir que esperaba con ganas esas noches de soledad.

La oscuridad perpetua se le antojaba apacible, y la temperatura regulada, agradable (lo bastante cálida para quitarse la chaqueta y lo bastante fresca para mantenerse despierto y alerta). Mientras inhalaba el aire polvoriento de la nave que acogía el almacén y observaba como las partículas se arremolinaban en torno a él, se sintió abrumado por el enorme fragmento de historia que se conservaba allí.

Parecía un juego sin fin. Cada una de las decenas de miles de cajas de cartón idénticas contenía un rompecabezas que esperaba ser revisado, tal vez incluso resuelto. Era más fácil centrarse en el desafío que suponían para él que en el hecho de que todas y cada una de las cajas uniformes representaban una muerte, una vida arruinada, alineadas todas ellas en una hilera perfecta, disfrutando de un silencio respetuoso, como los nichos de una catacumba.

Los sucesos de aquel día habían confirmado sus sospechas

sin dejar lugar a dudas. Una vez más, el asesino sabía dónde encontraría a su víctima, aunque se suponía que estaba escondida.

Baxter era una ingenua.

Era cierto que algún empleado de la embajada podía haber filtrado el paradero de Andrew Ford; sin embargo, no se trataba de un incidente aislado. Ya era la cuarta ocasión en que los traicionaban y, peor aún, solo él parecía darse cuenta.

Había vuelto a mentir a Tia: le había dicho que, tras echarlo a suertes con sus compañeros, le había tocado participar en una operación de vigilancia, ganando así otra valiosa noche para investigar el pasado del asesino. Edmunds estaba convencido de que allí, en algún rincón de la inmensa nave, hallaría las huellas de los primeros y tímidos pasos de un monstruo que se abalanzaba contra ellos a toda máquina.

La noche del lunes se había topado con un caso no resuelto de 2008 en el que un fundamentalista islámico autóctono había muerto dentro de una celda de seguridad. Nadie había entrado ni salido del edificio durante la hora aproximada de la muerte, algo que quedaba corroborado por las grabaciones de las cámaras de vigilancia. El cadáver del preso, de veintitrés años, que no padecía ningún problema de salud, mostraba señales de asfixia; sin embargo, a falta de pruebas suficientes, finalmente el deceso se atribuyó a causas naturales.

Al mismo tiempo, sus búsquedas por internet le habían llevado a toparse con la sospechosa muerte de un marine en una base militar. Después de que Joe identificara la esperanzadora huella de la bota, Edmunds envió una petición formal por escrito a la policía militar solicitando que desclasificase todo el expediente, aunque todavía no había recibido ninguna respuesta.

Había dedicado la última hora a examinar las pruebas de

un asesinato cometido en 2009. El heredero de una multinacional de la electrónica había desaparecido de forma misteriosa de la suite de un hotel a pesar de que tenía dos guardaespaldas sentados a cinco metros, en la habitación contigua. La cantidad de sangre que se halló en la escena les hizo dar al joven por muerto, aunque nunca apareció ningún cadáver. No se encontraron huellas dactilares relevantes, restos de ADN ni grabaciones procedentes de las cámaras de vigilancia con las que la policía pudiera empezar a buscar a un asesino, de modo que Edmunds no tenía motivos para vincular el caso a los asesinatos del Ragdoll. Anotó la fecha y volvió a guardar el contenido en la caja.

El aire fresco lo animaba a seguir adelante. No se sentía cansado en absoluto, pero se había propuesto parar a las tres en punto como muy tarde y regresar a casa para dormir un par de horas antes de volver al trabajo. Miró de nuevo la lista de los otros cinco casos que esperaba estudiar y suspiró. Se puso de pie, depositó la caja en el estante y empezó a alejarse por el pasillo largo y sombrío.

Conforme se acercaba al final de las altas estanterías, reparó en que las fechas de las etiquetas habían llegado a diciembre de 2009, el mes del crimen siguiente de su lista. Consultó su reloj: las 3.07 de la madrugada.

—Una más —dijo para sí mientras localizaba la caja en cuestión y la retiraba del estante.

A las 8.27 de la mañana, Wolf llegó a un inhóspito bloque de pisos en un barrio deprimido aledaño a la calle mayor de Plumstead. Una vez más había renunciado a dormir, principalmente porque ya podía añadir el inquietante recuerdo de la máscara del lobo a la lista de razones por las que no quería cerrar los ojos durante mucho tiempo. El exceso de confianza del asesino lo desconcertaba. Había asumido un gran riesgo al acercarse tanto a la embajada, había cometido una temeridad al unirse a las protestas que había organizado y había hecho gala de una actitud narcisista y autodestructiva al enfrentarse a Wolf como lo había hecho.

El detective se acordó de cuando Edmunds les había asegurado que el asesino no podría resistirse a acercarse a ellos cada vez más a medida que pasasen los días, atraído por el deseo irrefrenable de que lo atraparan. Se preguntó si el incidente de la embajada habría sido su forma de suplicar ayuda, si la desesperación, más que la arrogancia, sería lo que guiaba sus pasos.

Subió las escaleras embarradas, intentando recordar si había llovido desde las tormentas de la semana anterior. Al llegar a la tercera planta, abrió la puerta desconchada de una salida de incendios y accedió al pasillo amarillento. No vio ni rastro de los dos policías que deberían estar vigilando la puerta de Ashley Lochlan.

Se dirigió al piso dieciséis, el único de todo el edificio cuya puerta principal parecía recién pintada, y se disponía a llamar cuando la pareja de policías salió al pasillo con las manos ocupadas con unos sándwiches tostados y sendas tazas de café. Ambos se sorprendieron al toparse con el imponente detective.

—Buenos días —lo saludó la agente mientras masticaba un bocado de pan tostado y beicon.

A Wolf le rugieron las tripas.

La agente le ofreció la mitad de su desayuno, que él rehusó con cortesía.

—¿Se sabe cuándo la trasladaréis? —le preguntó su compañero, de aspecto juvenil.

—Todavía no —respondió Wolf con sequedad.

—Ah, no quería decir eso —se apresuró a aclarar el agente—. Todo lo contrario, de hecho. Esta mujer es un verdadero encanto. La echaremos de menos.

Su compañera asintió, dando su conformidad. Wolf estaba sorprendido. Fiel a los estereotipos que tanto lo habían ayudado siempre, imaginaba que al otro lado de la puerta encontraría una especie de refugio para gatos lleno de humo en el que la propietaria se pasaría el día en pijama, aunque era obvio que los dos policías no tenían ninguna prisa por marcharse.

—Acaba de meterse a la ducha. Te enseñaré la casa.

La agente sacó la llave, abrió la puerta principal y lo guio por el piso inmaculado, que olía a café recién hecho y a beicon. Una brisa cálida agitaba los visillos al otro lado de las flores coloridas que adornaban la mesa del salón. La amplia estancia estaba decorada con gusto, en tonos pastel, y equipada con suelos de madera auténtica y superficies de trabajo a juego. Un surtido de fotografías cubría toda una pared y un juego de moldes de cocción se secaba junto al fregadero de la cocina. Se oía correr el agua en el cuarto contiguo.

—¡Ashley! —gritó la agente.

El chorro de agua se detuvo.

—El sargento detective Fawkes ha venido a verte.

—¿Es tan guapo como en la tele? —contestó la protegida con un sutil acento de Edimburgo.

La agente pareció incómoda, pero, para su espanto, Ashley prosiguió.

—Tiene pinta de que habría que darle un buen baño antes de llevarlo a alguna parte, pero…

—Más bien tiene pinta de estar cayéndose de sueño —la acalló la policía.

—Dile que hay café en la cocina cuando le hagas pasar.

—Ashley…

—¿Sí?

—Ya ha entrado.

—¡Ay! ¿Me ha oído?

—Sí.

—Mierda.

La agente eludió la violenta situación en cuanto pudo y corrió afuera con su compañero. Tras el delgado tabique, Wolf la oyó deslizar, rociar y cerrar cosas y se olisqueó a sí mismo mientras esperaba frente a la pared de las fotos. Eran capturas sencillas y naturales; la misma bella mujer en la playa con sus amigos, sentada en un parque con un hombre mayor, de visita en Legoland con el que parecía su hijo. Se le cayó el alma a los pies cuando se fijó en sus caras de felicidad, prueba de que habían pasado un día perfecto.

—Se llama Jordan. Ahora tiene seis años —oyó decir tras él con un agradable acento que sonaba mil veces mejor que la voz áspera de Finlay.

Se volvió para encontrarse con la mujer impresionante de las fotografías de pie en la puerta del baño con una toalla en torno al cabello, dorado. Acababa de ponerse unos minúsculos pantalones vaqueros cortos y una camiseta de tirantes gris claro. La mirada de Wolf se entretuvo un instante en las largas piernas relucientes antes de regresar avergonzada a la fotografía.

—No seas depravado —susurró para sí.

—¿Perdón?

—El niño, si se ha marchado.

—Estoy segura de que ha dicho «No seas depravado».

—No. —Wolf negó con la cabeza con cara de inocente.

Ashley lo miró con extrañeza.

—Lo envié con mi madre cuando… En fin, cuando ese asesino en serie amenazó con matarnos a todos, hablando claro.

Wolf puso todo su empeño en no mirarle las piernas.

—Ashley —se presentó ella, tendiéndole la mano.

Se vio obligado a acercarse, a oler el aroma del champú de fresas con el que acababa de lavarse el pelo, a fijarse en sus destellantes ojos avellana y a reparar en los cercos que ensombrecían su camiseta allí donde la fina tela había absorbido la humedad de su piel.

—Fawkes —respondió él cuando casi le hubo aplastado su delicada mano. Se apartó tan deprisa como pudo.

—¿No William?

—No William.

—Entonces puede llamarme Lochlan —reaccionó ella con una sonrisa burlona antes de mirarlo de arriba abajo.

—¿Qué?

—Nada. Es que… en persona parece otro.

—Bueno, la prensa solo me hace fotos si me pilla al lado de un cadáver, es decir… con cara triste.

—¿Me está diciendo que hoy tiene una cara alegre? —le preguntó Ashley entre risas.

—¿Hoy? —dijo Wolf—. No. Hoy tengo cara de héroe incomprendido que lleva una semana sin dormir y que tal vez sea la única persona lo bastante audaz e inteligente para atrapar a un asesino en serie brillante.

Ashley volvió a reírse.

—Ah, ¿sí?

Wolf se encogió de hombros mientras ella lo escrutaba, intrigada.

—¿Ha desayunado? —propuso Ashley.

—¿Qué tiene?

—La mejor cafetería del mundo está en esta calle.

—Primero: la mejor cafetería del mundo es Sid's, a la vuelta de la esquina de la calle donde vivo yo. Y segundo: se encuentra usted bajo protección domiciliaria. No puede salir de casa.

—Usted me protegerá —rebatió mientras empezaba a cerrar las ventanas.

Wolf estaba indeciso. Sabía que no debía complacerla, y sin embargo la conversación le agradaba y no quería hacer nada que la estropease.

—Deje que me calce —dijo Ashley de camino al dormitorio.

—Tal vez también debería ponerse otros pantalones —le sugirió él.

Ashley se detuvo y lo miró haciéndose la ofendida. Lo sorprendió mirándole las piernas y apartando la vista de nuevo.

—¿Por qué? ¿Lo pongo nervioso?

—Al contrario —negó Wolf con indiferencia—. Está usted horrible. ¡Uf! No puedo llevarla conmigo con esas pintas.

Ashley se rio de nuevo al oír su poco convincente insulto. Se acercó al tendedero plegable, se sacó los tirantes de la camiseta, que cayó sobre sus muslos, y se quitó los pantalones vaqueros cortos. Wolf estaba demasiado atónito para intentar apartar la vista siquiera. Ella se embutió en unos ajustadísimos vaqueros desgarrados y descoloridos y se recogió el pelo sin esfuerzo alguno en una coleta informal que la hacía aún más atractiva.

—¿Mejor? —le preguntó.

—En absoluto —respondió Wolf con sinceridad.

Ashley adoptó una mueca pícara. Nunca se comportaba así, pero, ya que probablemente solo le quedaban tres días de vida, le divertía coquetear con un hombre al que solo le quedaban cinco. Se calzó unas Converse All Stars desgastadas y cogió sus llaves de la mesa de la cocina.

—¿Qué impresión le producen las alturas? —le preguntó a media voz.

—No me gusta caerme —contestó Wolf, confundido.

Ashley sonrió. Pasó de puntillas por delante de la puerta principal, salió al balcón y miró a Wolf.

—¿Vamos?

Wolf tuvo la impresión de que Ashley había sobrevalorado aquella cafetería pequeña y deprimente. La fritura parecía gozar de vida propia mientras se deslizaba por el plato sobre una capa de aceite. Ella ni siquiera logró terminar su tostada. Wolf sospechaba que solo buscaba una excusa para salir del piso y que en realidad nunca había visitado aquel local hasta entonces, pues dudaba de que nadie quisiera tropezar dos veces con semejante piedra.

—No se ofenda, Lochlan, pero esta cafetería es...

—Trabajo aquí.

—... está bien. Está muy bien.

Habían atraído numerosas miradas durante el breve paseo por la calle mayor, aunque Wolf no estaba seguro de si se debía a que la gente los había reconocido o si solo se quedaban mirando a Ashley. Eligieron una mesa junto a la ventana, lo más lejos posible de los otros clientes dotados de un estómago de acero, y conversaron con naturalidad sin centrarse en ningún tema en concreto durante más de veinte minutos.

—Estaba preocupada por usted —le confesó Ashley cuando Wolf creía que seguían debatiendo sobre sus discos preferidos de Bon Jovi.

—¿Perdón?

—¿Cómo está... llevando todo esto?

—A ver si lo he entendido. ¿Está sentenciada a morir dentro de tres días y se preocupa por mí? —preguntó Wolf, que aprovechó la ocasión para dejar los cubiertos en la mesa.

—Usted está sentenciado a morir dentro de cinco días —repuso ella.

El comentario lo cogió desprevenido. Estaba tan enfrascado en la investigación que se había olvidado de lo rápido que se acercaba su hora.

—No he dejado de ver las noticias —explicó Ashley—. No hay mucho que hacer cuando estás encerrada entre cuatro paredes. Es como ver jugar a un gato con un ratón: cuanto más acabado pareces estar, más le divierte castigarte a quien sea que te está haciendo esto.

—No sabía que pareciera estar acabado —bromeó Wolf.

—Pues lo parece —le confirmó Ashley con objetividad—. Lo que les ha pasado a esas personas, lo que me pase a mí, no es culpa suya.

Wolf soltó un resoplido involuntario. Ashley perdía el tiempo intentando que se sintiera mejor.

—Parece tener muy asumido todo este asunto —observó él.

—Soy una firme defensora del destino.

—No pretendo reventar su burbuja, pero, por lo que he visto hasta ahora, si existe algún dios tenemos un problema muy grave, porque no está de nuestra parte.

—En ese caso, me alegro de no estar hablando de Dios. Es solo que... me parece curioso cómo salen las cosas.

—¿Por ejemplo?

—Por ejemplo, que la vida lo haya traído a mi casa esta mañana; dos personas que nunca se habrían conocido de otra forma, para que por fin tenga la oportunidad de expiar el pecado que cometí años atrás.

Wolf estaba intrigado. De forma instintiva, miró a su alrededor para cerciorarse de que nadie los estuviera escuchando. Ashley lo tenía tan obnubilado que casi se había olvidado de dónde estaban. Por alguna razón absurda, aquella mujer perfecta parecía fuera de lugar en medio de la adusta cafetería. La impresión era el polo opuesto de la que producía ver a Andrew Ford hecho un ovillo en la lujosa embajada.

—Prométame que me permitirá contárselo todo antes de... Prométamelo.

Wolf cruzó los brazos en actitud defensiva y se reclinó en la silla. Los dos sabían que Edmunds había encontrado las cinco mil libras procedentes de la cuenta de Vijay Rana.

—Hace cuatro años trabajaba en un pub de Woolwich. Fue una época dura para nosotros. Jordan solo tenía un año y yo me estaba separando de su padre, que no era precisamente un buen hombre. Solo podía trabajar a media jornada, mientras mi madre cuidaba de Jordan.

»Vijay era un cliente habitual. Se pasaba casi todos los días a la hora del almuerzo y nos llevábamos bastante bien. En más de una ocasión me vio llorando, agobiada por mis problemas con el dinero y el divorcio. Era muy amable. A menudo me dejaba propinas de diez libras, que yo intentaba devolverle, pero él insistía en ayudarme. Para mí significaban mucho.

—Tal vez pretendía algo más que ayudar —teorizó Wolf, resentido. No sentía el menor aprecio por el hermano de Khalid.

—Vijay no era así. Tenía familia. Pero un día me propuso algo. Me dijo que un amigo suyo se había metido en un problema con la policía, pero que él sabía que era inocente. Me ofreció cinco mil libras solo por declarar que había visto a alguien cuando regresaba a casa a una hora determinada. Nada más.

—¿Dio falso testimonio? —le preguntó Wolf con gravedad.

—Estaba desesperada... y me avergüenza admitir que acepté. No pensé que fuese a cambiar nada, y por aquel entonces solo me quedaban quince libras para sacar adelante a mi hijo.

—Eso lo cambió todo.

Wolf perdió todo atisbo de simpatía por Ashley y la miró con ojos furibundos.

—Ese es el problema. En cuanto supe que era una mentira relacionada con el caso del Asesino Incinerador, me angustié. —Se le humedecieron los ojos mientras se explicaba—. Ni por todo el oro del mundo quería ayudar a alguien acusado de todas aquellas cosas. Me presenté en la casa de Vijay, tiene que creerme, y le dije que no podía hacerlo. No hablaría ni de su implicación ni del dinero. Me limitaría a decir que me había equivocado.

—¿Y qué dijo él?

—Intentó disuadirme, pero creo que lo entendió. De camino a casa, llamé al bufete que había estado presente cuando declaré como testigo.

—Collins y Hunter.

—Y me pasaron con uno de los abogados.

—¿Michael Gable-Collins?

—¡Sí! —afirmó Ashley sorprendida.

Su muerte todavía no se había hecho pública.

—Cuando le dije que necesitaba corregir mi declaración, me amenazó. Me recitó todos los cargos de los que era culpable: desacato al tribunal, obstrucción a la justicia, ¡tal vez incluso complicidad con el asesino! Me preguntó si quería ir a prisión, y cuando le hablé de Jordan, me dijo que sería necesaria la intervención de los servicios sociales, y que incluso podrían retirarme la custodia.

El simple recuerdo de la espantosa conversación estremeció a Ashley. Renuente, Wolf le tendió una servilleta.

—Era un caso muy importante y su bufete pensaba ganarlo a toda costa —masculló el detective.

—Me dijo que cerrara «la bocaza» y que haría cuanto estuviera en su mano para que yo no pisase el tribunal. Aquello fue lo último que supe directamente sobre ese asunto, pero estuve al tanto de cómo se desarrolló todo y vi lo que usted hizo para intentar detener al hombre al que yo había contribuido a liberar, y ahora… lo siento, lo siento mucho.

Wolf se levantó de la mesa en silencio, sacó la cartera y dejó caer un billete de diez libras junto al plato que había dejado a medio terminar.

—No es a mí a quien debe una disculpa —le dijo.

Ashley rompió a llorar.

Wolf salió de la cafetería, dejando a la mujer amenazada, de cuya integridad era responsable, sentada a solas en el rincón.

25

Edmunds tenía la sensación de estar borracho, pero solo era agotamiento. Había salido de los archivos a las seis de la mañana y menos de una hora después ya estaba sentado en el escritorio compartido de la oficina. La esperanza que albergaba de dar una cabezada antes de que llegasen los que tenían la suerte de trabajar durante los turnos más llevaderos se esfumó cuando Simmons se dejó caer en la silla de al lado a las siete y cinco. Haciendo gala de una ética profesional y de una vena obsesiva solo sobrepasadas por las de Edmunds, había decidido comenzar la jornada un poco antes para completar las indagaciones referentes a las siete personas restantes de la lista.

Edmunds envió un mensaje a Tia para decirle que la echaba de menos y que haría cuanto pudiera para volver a tiempo por la tarde. Incluso le sugirió que salieran a comer algo. Titubeó antes de pulsar el botón de enviar. La idea de prolongar el cansancio unas horas más lo desmoralizaba, pero pensaba que debía hacer el esfuerzo y, además, se sentía culpable por la mentira de la operación de vigilancia, lo que, aunque inocente, no dejaba de ser reprobable.

Tras demostrar sus conocimientos sobre comunicados criminales durante la primera reunión del equipo, se había convertido de forma extraoficial en el experto en conducta delictiva del departamento, función para la que no estaba cualificado y por la que no le pagaban lo suficiente. La comandante le pidió que redactase un informe acerca de la nota que el asesino se había atrevido a dejar en el bolsillo de Wolf.

Joe no había tardado en determinar que la huella dactilar teñida de sangre hallada en la nota coincidía con la muestra tomada del cerco de alambre de espino. Por lo tanto, Edmunds pudo concluir con absoluta certeza que el mensaje no era más que otra burla. El asesino quería demostrar la insignificancia del traspié que había cometido en Gales y les había entregado, literalmente, una muestra de ADN para restregarles su incapacidad para detenerlo. El hecho de que hubiera optado por facilitarles la nota en persona daba una idea del grado al que estaba llegando su creciente complejo de Dios, lo que hacía sospechar a Edmunds que el asesino ansiaba culminar su plan de forma espectacular en cuestión de cinco días.

Se despertó sobresaltado. El informe esperaba a medio redactar en la pantalla que tenía delante, donde el cursor parpadeaba impaciente al final de la última palabra. El salvapantallas no había llegado a activarse. Debía de haberse quedado dormido durante solo un momento, lo que de alguna manera hacía que se sintiese todavía peor. Se ofreció a prepararle algo de beber a Simmons y se retiró a la cocina. Mientras aguardaba a que el hervidor silbase, se mojó la cara con agua fría encima del fregadero, lleno de tazas.

—¿Te has dado otro golpe?

Al terminar de secarse, vio a Baxter afanándole el agua caliente. Las pesadas bolsas que le rodeaban los ojos enfatizaban los moratones que le había dejado la fractura de la nariz.

—¿No te estará pegando Tia? —le preguntó con fingida preocupación.

—Ya te lo dije, me tropecé con el gato.

—Muy bien, ¿y has vuelto a «tropezarte con el gato»?

—No. Es solo que no he dormido.

—¿Por qué no?

Hasta entonces había conseguido mantener en secreto sus incursiones en los archivos. Por un momento, consideró la idea de confiárselo a Baxter, pero después la descartó.

—El sofá —resumió él, sabiendo que ella estaría encantada de aceptar sus problemas de pareja como excusa—. ¿En qué estás trabajando hoy?

—Un tipo ha saltado del puente de Waterloo y se ha ahogado. Dejó una nota y todo eso. Un suicidio de libro, aunque sin motivo aparente, a algún agente aficionado a *CSI* le ha dado por decir que es un caso sospechoso. Después tenemos que ir a Bloomsbury para examinar un charco de sangre. El tío se habrá ido al hospital por su propio pie. Misterio resuelto.

Pese al suspiro pesado de la sargento, Edmunds creía que la agenda de Baxter era mucho más interesante que la suya.

—¿Has visto a Wolf? —le preguntó.

—No ha estado aquí.

Blake apareció en la entrada de la cocina. Desde que trabajaba con ella había empezado a vestir traje y a peinarse.

—¿Lista? —preguntó.

—Tengo que irme —se despidió la detective, que tiró el café y añadió la taza a la ya de por sí inestable pila del fregadero.

Andrea acababa de colgar el teléfono tras hablar con Wolf cuando se apeó del taxi. Había sido una conversación infructuosa, por culpa del ruido del coche en el que ella viajaba y de los murmullos de fondo procedentes de la bulliciosa calle por donde él estuviera caminando en ese momento.

Ella quería saber cómo se encontraba. El equipo de producción de la redacción se estaba preparando para la jornada final de la saga del Ragdoll, que se aproximaba a toda velocidad. Por desgracia, Wolf no estaba de humor para charlas.

Los criticó tanto a ella como a su equipo por revelar la ubicación exacta de Andrew Ford en la embajada y, tal vez injustamente, la acusó de ayudar al asesino a manipular a una persona ya de por sí paranoica y perturbada al televisar la protesta. Andrea soportó la reprimenda sin objetar nada pese a su falta de lógica, ya que todas las cadenas de noticias del mundo habían hecho lo mismo.

Cuando le propuso que cenaran juntos, que ella invitaba, él le pidió que lo dejase en paz y colgó sin despedirse. Aunque nunca lo reconocería, estaba enfadada con él por haberse mostrado tan mezquino y censurador durante la que podría haber sido una de sus últimas conversaciones. Por su forma de hablar, estaba claro que la idea de no llegar al siguiente martes ni siquiera se le había pasado por la cabeza, lo que la llevaba a preguntarse si Wolf no habría traspasado ya la difusa frontera que separaba el optimismo de la negación.

Elijah la estaba presionando para que le diera una respuesta sobre la cuestión de su ascenso, un tema que monopolizaba sus pensamientos desde que se habían reunido. Su indecisión la frustraba. En un momento estaba decidida a presentar su dimisión y salir por la puerta con la escasa integridad moral que le quedase, y al instante siguiente se decantaba por aceptar el puesto alegando que, si no lo ocupaba ella, otra persona lo haría.

Geoffrey y ella lo habían discutido el día anterior, sentados bajo el sol del atardecer en el patio de su jardín, pequeño pero precioso. Al igual que con todos los aspectos de su relación, él no había intentado imponer su punto de vista. Por eso se entendían tan bien. Él respetaba la independencia de Andrea, a la que ella se había acostumbrado durante su matrimonio con Wolf. Aunque habían decidido estar juntos, no era algo que necesitasen.

Geoffrey había estado siguiendo la historia del Ragdoll como cualquier otro espectador y nunca había puesto ninguna objeción al enfoque sensacionalista que Andrea imprimía a las noticias ni a sus conjeturas sin base, ni siquiera al Reloj de la Muerte, un recurso grotesco del que incluso ella se avergonzaba. Solo le había pedido que tuviera cuidado.

Los libros de guerra que atestaban sus estanterías le habían enseñado que, a lo largo de la historia, se seleccionaba a los mensajeros en función de sus habilidades para comunicar, de la velocidad a la que podían llegar a su destino y, lo más preocupante de todo, de lo prescindibles que fuesen.

Geoffrey la escuchó pacientemente mientras la temperatura descendía y las luces del jardín, colocadas en rincones estratégicos, se activaban una tras otra para despedir el crepúsculo. Arguyó que, si aceptaba el ascenso, lo haría por mera ambición. No necesitaban el dinero y además ella ya había demostrado su credibilidad y su talento como periodista. Perspicaz como siempre, le había sugerido que hablase con Wolf, consciente de que la opinión del detective era la única que de verdad le importaba en ese asunto.

La desagradable conversación que mantuvieron por la mañana le dejó muy claro cuál era la postura de Wolf.

Finlay miraba de reojo el despacho de la comandante mientras cruzaba la oficina hacia el escritorio de Simmons y Edmunds. Dedujo que la menuda pero temible mujer estaba exaltada por la vehemencia de sus gestos al hablar por teléfono. Se sentó en la esquina de la mesa, justo encima del informe de Edmunds.

—No está nada contenta —les dijo Finlay.

—¿Y eso? —preguntó Simmons.

Se le hacía extraño pedir que otros le pusieran al tanto de los chismorreos de la oficina cuando siempre había sido el primero en enterarse de todo.

—Por lo de Will —respondió Finlay—. ¿Por qué si no? Parece que ha sacado a Ashley Lochlan del piso protegido.

—¿Para qué?

—Para bajar a desayunar. Después se ha marchado hecho una furia de la cafetería y la ha dejado sola. El equipo encargado de su protección ha presentado una queja formal. La comandante quiere suspenderlo.

—Allá ella —se desentendió Simmons—. ¿A qué juega Wolf?

Finlay se encogió de hombros.

—Es Will, así que vete tú a saber. Hoy no se asomará por la oficina. Yo he quedado con él ahora.

Simmons se lo estaba pasando en grande con la situación clandestina e infantil que se fraguaba delante de las narices de la jefa.

—Si pregunta, estoy ocupado con los preparativos del piso franco de Ashley Lochlan, lo que además es cierto —indicó Finlay.

—Nosotros también vamos a salir —anunció Simmons.

—¿Sí? —preguntó Edmunds—. ¿Adónde?

—Todavía me quedan cuatro personas que investigar en la lista. Una de ellas está muerta. Vamos a averiguar de quién se trata.

Simmons y Edmunds se habían recompensado a sí mismos con un par de salchichas hojaldradas de Greggs', como evidenciaba el rastro de migas que iban dejando por la acera de camino a la tercera vivienda de la lista. Ya habían visitado la casa de la taquígrafa del tribunal y habían descubierto que había fallecido de cáncer en 2012. Después supieron que el juez Timothy Harrogate y su esposa habían emigrado a Nueva Zelanda. Por suerte, un vecino conservaba los datos de contacto de su hijo, quien los despertó en plena noche para confirmar que estaban vivos y que se encontraban sanos y salvos.

El sol salió de detrás de una nube mientras recorrían los jardines de Brunswick Square en dirección a las casas adosadas de ladrillo que se levantaban idénticas en Lansdowne Terrace. Buscaron la puerta negra correcta y la encontraron entreabierta. Edmunds llamó con contundencia antes de acceder a un vestíbulo de intrincadas baldosas. Una placa grabada indicaba el camino a EL ÁTICO, detalle que a los dos les pareció bastante pretencioso para tratarse de un edificio de cuatro plantas.

Subieron por la resonante escalera hasta el pasillo que conducía al apartamento de la última planta. Una serie de fotografías descoloridas adornaban la pared, en su mayor parte escenas en las que un caballero ya entrado en años aparecía en diversos lugares exóticos acompañado de varias mujeres mucho más jóvenes y bastante más atractivas. La rubia a la que el hombre rodeaba con el brazo a bordo de un yate no parecía haber llegado con él a tierra, donde la siguiente foto mostraba a una pelirroja en biquini tendida a su lado en la playa.

Oyeron un golpe violento procedente de la vivienda, cuya puerta, como comprobaron al acercarse, también estaba entornada. Intercambiaron una mirada de preocupación y la empujaron con delicadeza para terminar de abrirla. El suelo del sombrío recibidor lucía el mismo entramado de baldosas del vestíbulo. Pasaron con sigilo por delante de varias puertas cerradas, guiándose por el resplandor del fondo del pasillo y el ruido de los pasos de alguien que caminaba por un suelo duro.

—¡Gilipollas! Te he dicho que no lo tocases.

Edmunds se detuvo. Tanto él como Simmons reconocieron al instante ese tono despectivo y condescendiente.

—¿Baxter? —murmuró Edmunds.

Se irguió y entró en el salón, donde encontró a Blake a gatas, recogiendo los trozos del jarrón, seguramente muy caro, que acababa de tirar.

Los dos miraron atónitos a Edmunds y a Simmons cuando se reunieron con ellos.

—¿Qué demonios hacéis vosotros aquí? —les preguntó ella.

—Ronald Everett, jurado del juicio de Khalid, desaparecido —aclaró Edmunds.

—Ah.

—¿Y vosotros?

—Te lo he dicho antes: un charco de sangre, ningún cadáver.

—¿Dónde? —preguntó Simmons.

—Por todas partes.

Baxter señaló el suelo de detrás del amplio sofá. Un cerco de sangre granate y seca cubría las baldosas blancas que rodeaban la alfombra, empapada.

—Cielos —dijo Edmunds.

—Me atrevería a decir que el señor Everett ya no está en este mundo —dedujo una insensible Baxter.

Al ver la laguna rojiza a sus pies, Edmunds recordó uno de los casos archivados que había revisado durante la noche; la aparición de un charco de sangre, sin que se encontrara nunca el cadáver. No podía tratarse de una simple coincidencia.

—¿Qué ocurre? —le preguntó Baxter.

No podía hablar a nadie acerca de su investigación secreta hasta que tuviera la certeza de haber hallado algo concreto.

—Nada.

Consultó su reloj. Había prometido que llevaría a Tia a cenar, pero aún podía visitar los archivos, pasar una hora allí y regresar a tiempo si salía ya.

—Lo cierto es que este desastre no encaja con la conducta meticulosa y calculada de nuestro asesino —observó Simmons—. En las casas de las otras víctimas no se encontró ni una sola gota de sangre.

—Quizá no sea tan infalible como creemos —apostilló Edmunds, que se agachó para examinar las salpicaduras que moteaban el lateral del sofá—. Quizá esta sea la única víctima a la que asesinó y trinchó en su casa, y todavía haya más charcos repartidos por la ciudad que nos sirvan de prueba.

En ese momento llegó el equipo forense y Edmunds aprovechó la oportunidad para escabullirse. Se disculpó con Simmons, diciéndole que necesitaba terminar el papeleo de la oficina, bajó las escaleras corriendo y trotó hacia la estación de metro.

El teléfono de Wolf emitió un pitido. Leyó el breve mensaje de texto.

Me lo merecía. Cena? Bss

—¿Por qué sonríes? —le preguntó Finlay cuando regresaban a New Scotland Yard.

Wolf lo ignoró y marcó el número del que procedía el mensaje.

—Hola, detective Fawkes.

—Hola, señora Lochlan.

Finlay lo miró sorprendido.

—¿Cómo ha conseguido este número?

—¿Se acuerda de Jodie, a la que he conocido esta mañana?

—¿La que ha puesto una queja sobre mí?

—La misma. Ha llamado a alguien que ha llamado a alguien que lo conoce.

—Me sorprende que quiera cenar —reconoció Wolf.

Finlay volvió a escrutarlo con extrañeza.

—Bueno, Dios sabe que ninguno de los dos ha comido demasiado durante el desayuno. —Rio ella.

—Lo que quiero decir es que creo que le debo una disculpa.

—No se lo tendré en cuenta; no le queda demasiado tiempo. ¿A las siete?

—En su casa, supongo.

—Eso me temo. Se diría que me tienen castigada.

—Procuraré darme un buen baño antes.

Esta vez Finlay no se molestó en hacer ni una mueca.

—Eso estaría bien. Hasta luego, Fawkes.

Ashley colgó sin darle tiempo a responder. Wolf se detuvo.

—Supongo que me toca cubrirte, como siempre —dedujo Finlay.

—Tengo que ir a un sitio.

—Ponte esa loción de afeitado que te regalamos por tu cumpleaños, la que huele tan bien, pero no lleves la horrible camisa azul que te pones siempre.

—Me encanta esa camisa.

—Te hace barriga de embarazado. Palabras de Maggie, no mías.

—¿Algo más?

—Pásatelo bien —le recomendó Finlay con una sonrisa aviesa.

—Siempre sé si estás mintiendo, viejo zorro —dijo Baxter.

Se había topado con Finlay en la cocina y le había preguntado por Wolf como quien no quiere la cosa. Un simple titubeo
del veterano detective en su respuesta supuso que la sargento
lo sometiera a cinco largos minutos de interrogatorio. Empezaba a venirse abajo y Baxter lo sabía.

—No se encontraba bien.

—¿Por el dolor de cabeza?

—Sí.

—Antes habías dicho que era un dolor de estómago.

—A eso me refería, al dolor de estómago.

—No, a ver. Has dicho dolor de cabeza.

Se lo estaba pasando en grande torturando a su amigo.

—Vale. Tú ganas. Ha vuelto a la casa de Ashley Lochlan.

—Simmons ha dicho que habían discutido.

—Han hecho las paces.

—¿Y por qué no has ido tú también?

Estaba claro que Finlay no quería contestar a esa pregunta,
pero sabía que Baxter no le daría tregua.

—No estaba invitado.

—¿Invitado?

—A la cena.

—¿A la cena?

El buen humor de Baxter se esfumó de repente y se quedó
muy callada. Finlay, que no sabía muy bien qué decir a continuación, comenzó a preparar el café. Cuando se volvió para
ofrecerle uno, Baxter ya se había marchado.

26

Wolf confiaba en que el chaparrón que le había caído encima mientras recorría la calle mayor de Plumstead hubiera diluido la intensidad de su nueva loción de afeitado. Tras embadurnarse con el cosmético que con tan buena intención le habían regalado, esparció parte del mismo por las paredes del piso con la esperanza de que mantuviera a raya lo que fuera que oía arañar el otro lado de las placas de yeso. Después, algo raro en él, había dedicado media hora a elegir la indumentaria perfecta y a peinarse, hecho un manojo de nervios, para asistir a la primera cita que tenía en una década, proceso tras el cual terminó con exactamente el mismo aspecto que cualquier otro día.

Por el camino se detuvo en una licorería, donde escogió las dos únicas botellas de vino tinto y blanco que reconoció (las preferidas de Baxter) antes de comprar el último ramo que quedaba en la gasolinera contigua. Daba tanta pena ver aquellas flores lacias que se preguntó muy en serio si habría pagado demasiado por algo que había brotado de forma natural del cubo viejo del que las habían arrancado.

Subió por la columna vertebral del deteriorado bloque de pisos y saludó a los dos policías que montaban guardia en la entrada. Ninguno de ellos pareció alegrarse de verlo.

—Hemos presentado una queja contra ti —lo desafió la agente.

—Os sentiréis mal por eso si estoy muerto dentro de una semana —dijo Wolf.

Él sonrió; ella, no. Se escurrió entre ambos y llamó a la puerta de Ashley.

—Intenta no dejarla llorando esta vez, compañero —le pidió el agente, obviamente celoso de Wolf por haber quedado con la protegida para cenar.

Wolf ignoró el comentario, pero deseó haberle respondido, aunque solo fuera para llenar el incómodo silencio que se extendió durante veinte largos segundos tras los que Ashley seguía sin abrir la puerta. Cuando al final desatrancó los nuevos seguros añadidos a la puerta principal, estaba impresionante. Le pareció que el agente jadeaba detrás de él. Ashley llevaba un vestido de encaje rosa pálido y se había recogido el pelo en una cascada de rizos. Demasiado arreglada para una sencilla cena en casa.

—Llega tarde —le saludó con brusquedad antes de regresar al interior del piso.

Wolf entró indeciso y se despidió con un portazo en la cara de las mezquinas gárgolas que vigilaban la vivienda.

—Está deslumbrante —la halagó, a la vez que lamentaba no llevar, no tener en realidad, corbata.

Le entregó el vino y las flores, que ella tuvo la cortesía de introducir en un jarrón con agua en un intento simbólico de resucitarlas.

—Sé que es un poco excesivo, pero quizá no tenga más ocasiones de arreglarme, así que decidí entregarme a fondo.

Ashley abrió el vino tinto para ella y el blanco para Wolf. Conversaron en la cocina mientras ella removía la comida de vez en cuando. Tocaron todos los temas típicos de las primeras citas (la familia, las aficiones, las aspiraciones...), recurriendo a los métodos más inverosímiles para encadenar cada uno de los asuntos con sus anécdotas más divertidas y solventes. De pronto Wolf recordó a su padre. Y por primera vez desde que todo empezara, ambos se sintieron normales, como si un futuro indefinido se abriese ante ellos, como si de esa primera velada juntos pudiera surgir algo especial.

Ashley había preparado una cena deliciosa. Aun así, no dejaba de disculparse por las partes quemadas, aunque Wolf no encontró ninguna. Vació las botellas en las copas mientras servía el postre. La conversación se tornó entonces más melancólica, pero no por ello menos cautivadora.

Ashley le había avisado de que la temperatura del piso siempre se disparaba después de cocinar. Cuando él, un poco cohibido, se recogió las mangas de la camisa, ella no mostró asco, sino curiosidad por la quemadura que le cubría el brazo izquierdo. Acercó su silla a la de él para examinarla de cerca y deslizó con fascinación las yemas de los dedos por la piel sensible y cicatrizada.

Wolf aspiró el olor que el champú de fresas había dejado en su cabello y el aroma dulce del vino en su aliento cuando Ashley se volvió para mirarlo, a escasos centímetros de su rostro, respirando ambos del mismo aire...

La máscara del lobo.

Wolf se estremeció y Ashley se echó hacia atrás. La imagen se disipó al instante, pero era demasiado tarde. Había echado a perder el momento y podía ver una sombra de rechazo en los ojos de ella. Se devanó los sesos pensando cómo salvar una de las noches más agradables que recordaba.

—Lo siento —dijo.

—No, soy yo quien lo siente.

—¿Lo intentamos otra vez? Ya sabes, tu mano en mi brazo, tú mirándome a los ojos y todo eso.

—¿Por qué te has apartado de mí?

—Me he apartado, pero no de ti. La última persona que se acercó tanto a mí fue el hombre que quiere matarnos... Ayer.

—¿Lo viste? —Ashley lo miró con los ojos muy abiertos.

—Llevaba una máscara.

Wolf le contó lo que había ocurrido delante de la embajada. El relato del enfrentamiento que mantuvo con el hombre enmascarado, con el lobo, del duelo de miradas sostenido, despertó algo dentro de Ashley, que volvió a acercarse poco a poco. Su mano se posó de nuevo en el brazo de él. Wolf volvió a oler el sutil aroma del vino en su aliento. Ella respiró hondo y separó los labios...

El teléfono de Wolf empezó a sonar.

—¡Joder! —Miró la pantalla y estuvo a punto de rechazar la llamada, pero en el último momento sonrió a modo de disculpa y se levantó para descolgar—. ¿Baxter? ¿Quién?... No, no hagas eso... ¿Dónde?... Estaré ahí en una hora.

Ashley, que no ocultaba su enfado, empezó a recoger la mesa.

—¿Te vas?

Wolf, enamorado de su acento, estuvo a punto de cambiar de parecer al oír su tono de decepción.

—Alguien a quien conozco tiene un problema.

—¿Esa persona no debería haber llamado a la policía?

—No es ese tipo de problema. Créeme, si fuera otra persona, le habría dicho adónde podía irse.

—Debe de ser alguien muy especial para ti.

—Para mi desgracia... sí.

Cuando Edmunds abrió los ojos, tardó unos segundos en recordar dónde estaba. Se había babeado el brazo y se encontraba tendido sobre un colchón de papeles, desde donde podía contemplar la fila infinita de estanterías de almacenamiento que se extendía a derecha e izquierda. El agotamiento y la alianza de la penumbra y el silencio lo habían vencido. Se incorporó y miró el reloj: las nueve y veinte de la noche.

—¡Mierda!

Volvió a tirar dentro de la caja de pruebas todo lo que estaba desparramado por el suelo, la colocó en un estante y echó a correr hacia la salida.

Wolf llevaba el dinero justo para pagar la desorbitada tarifa del taxi antes de apearse frente a Hemmingway's, en la calle mayor de Wimbledon. Se abrió paso entre los clientes que atestaban la terraza y mostró su identificación al llegar a la barra.

—Se ha desmayado en el aseo —le dijo la chica que servía las cervezas—. Hay alguien con ella. Íbamos a llamar a una ambulancia, pero ha insistido en que lo avisásemos primero a usted. Espere, usted es el detective ese... Wolf. ¡El Lobo!

Ya estaba llegando al aseo cuando la chica se llevó la mano al bolsillo para sacarle una foto con el móvil. Dio las gracias a la camarera que había tenido la amabilidad de quedarse con Baxter hasta que él llegara y le pidió que saliese. Se arrodilló a su lado. Baxter no había perdido el conocimiento del todo, pero solo respondía si la pellizcaba o gritaba su nombre.

—Como en los viejos tiempos —masculló Wolf.

Le cubrió la cabeza y la cara con la chaqueta, pues intuía que la chica de la barra habría avisado a todos los fotógrafos aficionados que pululaban por allí de que el tipo de las noticias estaba en el aseo de señoras, la tomó en brazos y la llevó afuera.

El portero le había abierto un pasillo entre la multitud. Wolf sospechaba que su objetivo principal era sacar del local a la mujer borracha antes de que vomitara y que en realidad no estaba preocupado por su salud, pero agradeció su ayuda de todas formas. Cargó con ella calle adelante y estuvo a punto de caérsele al subir por las estrechas escaleras que conducían a su apartamento. Tras forcejear con la cerradura de la puerta principal, fue recibido por el estruendo de la radio. Se dirigió al dormitorio dando tumbos y la tendió en la cama.

Le quitó las botas y le recogió el pelo en una coleta, como había hecho tantas veces en el pasado, aunque no durante demasiado tiempo. Llevó el barreño de la cocina y apagó la música antes de dar de comer a Eco. Vio dos botellas de vino vacías en el fregadero y se maldijo por no haber preguntado a los empleados del bar cuántas copas de más le habían servido.

Llenó dos vasos de agua, se bebió el suyo y regresó al dormitorio; colocó el barreño junto a la cama y el vaso de agua sobre la mesita, se quitó los zapatos y se tendió junto a ella. Baxter ya estaba roncando.

Apagó la luz y fijó la mirada en el techo sombrío mientras oía como la lluvia empezaba a tamborilear contra la ventana. Confiaba en que las recientes recaídas de Baxter se debieran solo a la tensión que los ahogaba a todos, y en que todavía conservase cierto control sobre aquel vicio que nunca había conseguido dejar por completo. Él la había ayudado a mantenerlo oculto durante mucho tiempo, demasiado. Mientras se mentalizaba para afrontar otra noche en vela, comprobando a cada rato que Baxter seguía respirando y limpiando lo que ensuciara, se preguntó si de verdad la estaba ayudando.

Edmunds estaba calado hasta los huesos cuando llegó a casa, donde encontró todas las luces apagadas. Pasó a trompicones por el recibidor oscuro, con todo el sigilo que pudo, ya que suponía que Tia ya estaría dormida; sin embargo, cuando llegó a la puerta abierta del dormitorio vio que la cama seguía hecha.

—¿T? —llamó.

Fue de habitación en habitación, encendiendo todas las luces y tomando nota de las cosas que faltaban: la bolsa del trabajo de Tia, sus vaqueros preferidos, el gato con el que se arriesgaba a tropezar. No le había dejado ninguna nota; no era necesario. Estaba en casa de su madre. Ya la había decepcionado demasiadas veces, no solo desde que comenzó a trabajar en el caso del Ragdoll, sino desde que cambió de departamento.

Se desplomó en el sofá, en el que había imaginado que dormiría esa noche, y se frotó los ojos cansados. Le mortificaba hacerla pasar por aquel calvario, pero solo tenían que aguantar cinco días más hasta que todo terminase, de un modo u otro. Tia tenía que entender que las cosas volverían pronto a la normalidad.

Sopesó la idea de llamarla, pero sabía que tendría el teléfono apagado. Miró la hora: las 22.27 de la noche. La que pronto se convertiría en su suegra debía de haber ido a recogerla, porque el coche estaba aparcado fuera. Tomó las llaves del gancho, apagó las luces y, a pesar del agotamiento, salió otra vez a la calle.

Apenas había tráfico y recorrió la ciudad en un tiempo récord. Dio marcha atrás para acceder a un aparcamiento que había justo frente al edificio y se dirigió raudo hacia el guardia de seguridad. Este lo reconoció de inmediato y le dio conversación mientras Edmunds le mostraba su identificación y le entregaba sus pertenencias para acceder de nuevo a los archivos.

El vino ayudó a Wolf a dormirse, pero menos de una hora después lo despertaron las arcadas que estremecían a Baxter en el aseo de al lado. Se quedó tendido en la oscuridad, con el resplandor de la luz del pequeño cuarto asomando por la rendija de la puerta, escuchando el ruido de la cisterna, el de los armarios al abrirse y cerrarse, y las gárgaras que Baxter hacía con el colutorio antes de escupirlo en el lavabo.

Iba a levantarse para marcharse a casa, satisfecho al ver que su compañera se encontraba lo bastante bien para pasar sola el resto de la noche, pero entonces ella volvió al dormitorio con paso inestable, se metió en la cama y dejó caer un brazo laxo sobre su pecho.

—¿Qué tal tu cita? —le preguntó.

—Breve —respondió Wolf, molesto con Finlay, incapaz de guardar un secreto aunque le fuese la vida en ello, y con la sospecha de que la inoportuna llamada de Baxter había sido en realidad una treta urdida al detalle.

—Lo siento mucho. Gracias por venir a buscarme —susurró ella, ya casi dormida de nuevo.

—He estado a punto de no venir.

—Pero has venido —murmuró mientras se sumía en un sueño profundo—. Sabía que vendrías.

La corazonada de Edmunds resultó estar bien sustentada. Localizó la caja que había revisado antes y que, con las prisas por volver a casa, había abandonado en un estante muy lejano al que le correspondía. Retomó el caso de 2009, el del heredero de una poderosa multinacional que había desaparecido de la suite vigilada de un hotel, donde se encontró un charco de sangre pero no apareció ningún cadáver. Examinó una por una las fotografías de la escena del crimen, hasta que al fin dio con una que confirmó sus sospechas.

En una pared próxima al charco de sangre se apreciaba una

salpicadura compuesta por ocho gotitas que habían etiquetado como MÁS SANGRE y, por tanto, comprensiblemente, habían descartado; sin embargo, el escenario guardaba un misterioso parecido con el de la habitación que había visitado ese día. Con todo lo que sabían en ese momento, saltaba a la vista que esas salpicaduras en apariencia insignificantes se habían producido en realidad mientras el asesino descuartizaba a la víctima fallecida a fin de hacer desaparecer el cuerpo y evitar una situación de la que, de no obrar así, no podría escapar.

Era su asesino. Estaba seguro.

Emocionado, comenzó a guardar las pruebas en la caja. Sentía que por fin había dado con algo lo bastante significativo para compartirlo con el equipo. Al levantarse, un papel se deslizó de la tapa y cayó al suelo. Era el formulario oficial que se incluía en todas las cajas del almacén, con espacio para una lista de nombres, fechas de entrada y de salida, y una breve descripción del motivo por el que se sacaba de los archivos. Estaba a punto de volver a colocarlo en la tapa cuando reparó en un nombre conocido que figuraba al pie de la hoja, el de la última persona que había revisado las pruebas.

Sargento detective William Fawkes:
5.2.2013. Análisis de salpicaduras de sangre
Sargento detective William Fawkes:
10.2.2013. Devolución al almacén

Edmunds estaba confuso. Wolf no había proporcionado documentación y tampoco se había elaborado ningún informe forense desde el original de 2009. Lo más probable era que el detective hubiese llegado a ese caso mientras investigaba otro. Quizá se hubiera topado por casualidad con esa víctima anterior del Asesino del Ragdoll, con lo que había llamado su atención sin pretenderlo. Eso explicaría el carácter personal del desafío y también el evidente grado de admiración; era el único agente de policía al que el asesino consideraba digno de él.

Las piezas comenzaban a encajar.

Edmunds estaba eufórico. Por la mañana lo comentaría con Wolf, que quizá podría señalarle otros ejemplos de los primeros trabajos del asesino. Animado por el descubrimiento, cambió de pasillo y empezó a buscar el siguiente caso de la lista.

Al fin podrían dar caza al cazador.

27

Jueves, 10 de julio de 2014
7.07 h

El fulgor del sol entraba por la puerta abierta, proyectando sombras difusas sobre la cama. Wolf abrió los ojos. Estaba solo en el dormitorio de Baxter, tendido sobre la colcha con la ropa puesta. El golpeteo rítmico de unos pasos en la cinta de correr procedente de la habitación contigua lo había despertado.

Tuvo que hacer un gran esfuerzo para levantarse y coger sus zapatos de donde los había dejado caer, a los pies de la cama. Pasó al salón luminoso y saludó con una mano lánguida a Baxter, que se había vestido con ropa de deporte y todavía llevaba la coleta torcida que él le había hecho la noche anterior. De no ser porque la conocía bien, habría pensado que estaba descansada y en plena forma. Siempre se recuperaba enseguida. Esa era una de las razones por las que había logrado ocultar su debilitante problema a tanta gente durante tanto tiempo.

Baxter lo ignoró cuando entró en la cocina abierta y se puso a hacer café.

—¿Todavía tienes...? —comenzó Wolf.

La piel de Baxter relucía bajo una película de sudor mientras mantenía el exigente ritmo. Pareció molestarle tener que quitarse los auriculares para poder oírlo.

—¿Todavía tienes un cepillo de dientes de sobra por ahí? —terminó él.

Mantenían desde hacía tiempo un acuerdo tácito según el cual Baxter debía tener a mano un juego de artículos de aseo de emergencia para el caso de que Wolf tuviera que pasar la noche con ella de improviso. Hubo un momento en que llegó a convertirse en una costumbre. Por inocentes que fuesen sus intenciones, no era de extrañar que Andrea sospechase tanto de su relación.

—En el baño, cajón de abajo —le indicó ella con sequedad antes de volver a ponerse los auriculares.

Wolf presintió que ella intentaba iniciar una discusión, pero estaba decidido a no morder el anzuelo. Era típico de Baxter. Se avergonzaba de su comportamiento y lo expresaba mostrándose todo lo desagradable que podía.

Cuando el agua empezó a hervir, Wolf levantó una taza para preguntarle sin palabras si le apetecía. Baxter resopló exasperada y de nuevo se sacó los auriculares.

—¿Qué?

—Solo quería preguntarte si ibas a tomar café.

—Ay, yo no bebo café. Lo sabes mejor que nadie. Solo bebo vino y cócteles de aspecto ridículo.

—¿Eso es un no?

—Eso es lo que piensas que soy, ¿verdad? Una pobre borracha fracasada que ni siquiera puede cuidar de sí misma. Admítelo.

La determinación de Wolf comenzaba a resquebrajarse.

—Yo no pienso eso —replicó él—. Volviendo a lo del café…

—No necesitaba que vinieras a rescatarme, ¿sabes? Pero ya puedes irte por donde has venido, dándotelas de ser noble y superior. Hazme un favor: la próxima vez no te molestes.

La diatriba la estaba dejando sin aliento.

—¡Ojalá no me hubiera molestado esta vez! —gritó él—. Tendría que haberte dejado tirada en ese retrete en lugar de echar a perder mi cita.

—Ah, claro, tu cita con Ashley Lochlan. Qué monos. Me da muy buenas vibraciones vuestra relación. Seguro que duráis mucho, ¡siempre que no os asesinen brutalmente a ninguno de los dos durante los próximos cuatro días!

—Me voy a trabajar —zanjó Wolf de camino a la puerta—. De nada, por cierto.

—No sé por qué te castigas así —bufó Baxter a su espalda—. ¡Es como poner nombre a una vaca que vas a llevar al matadero!

Wolf cerró de golpe la puerta principal, haciendo caer al suelo el cuadro del paisaje neoyorquino que adornaba la pared del salón. Espoleada por la adrenalina, Baxter incrementó la velocidad de la cinta de correr, se ajustó otra vez los auriculares y subió el volumen.

Wolf estaba de un humor de perros cuando llegó a la oficina; se dirigió al escritorio de Finlay, donde este lo esperaba ansioso por conocer los detalles de su cena con Ashley.

—¿Por qué demonios tuviste que hacerlo? —le recriminó Wolf.

—¿Disculpa?

—Decirle a Baxter que iba a cenar con Lochlan.

—No quería contárselo, pero se dio cuenta de que le ocultaba algo.

—¡Pues haberte inventado cualquier cosa!

—¿Es lo que tendría que hacer ahora?

Wolf observó a Finlay, el inagotable manantial de jovialidad y optimismo del departamento, transformado en el pendenciero poli de Glasgow que había sido en sus tiempos. Sacó las manos de los bolsillos por si necesitaba reaccionar con rapidez (el gancho izquierdo de Finlay era legendario).

—Es lo que habría hecho un amigo —masculló Wolf.

—También soy amigo de Emily.

—Razón de más. Ahora has herido sus sentimientos.

—Ah, ¿soy yo quien ha herido sus sentimientos? ¿En serio? —Finlay le hablaba con voz queda, lo que nunca era buena señal—. Llevo años viéndote dar falsas esperanzas a esa pobre chica. Haya lo que haya entre vosotros dos, te ha costado tu matrimonio, pero sigues insistiendo, lo que significa que o bien la amas, pero te faltan agallas para dar el paso, o no la amas, pero te faltan agallas para dejárselo claro. En cualquier caso, te quedan cuatro días para madurar.

Wolf se quedó sin palabras. Finlay siempre había estado de su parte.

—Tengo una pista que investigar. Voy a salir —zanjó Finlay, levantándose.

—Te acompaño.

—No, tú te quedas.

—Tenemos una reunión a las diez para analizar los progresos del caso —le recordó Wolf.

—Cúbreme —resolvió Finlay con una sonrisa amarga.

Le dio una palmada seca en la espalda y se marchó.

A las nueve y cinco Wolf desatendió otra llamada de la doctora Preston-Hall e imaginó que el teléfono de la comandante sonaría de un momento a otro. Finlay se había ido de mal humor y ya había oído a Baxter gritando a alguien en la oficina.

Edmunds trabajaba ajeno a todo esto. Llevaba diez minutos preparando los documentos de los que quería hablar con

Wolf y estaba ansioso por ver su reacción. Recogió los papeles y repasó la introducción que había estado ensayando mentalmente mientras se acercaba a su escritorio.

—Gabriel Poole junior, 2009 —anunció Edmunds.

Por un momento le pareció que había dado en la diana, pero Wolf se limitó a exhalar un suspiro pesado y a mirarlo con impaciencia.

—¿Debería decirme algo ese nombre?

La indiferencia del detective le cayó como un jarro de agua fría, aun así prosiguió con entusiasmo.

—Confiaba en que sí —admitió—. Heredó un imperio de la electrónica, desapareció de la suite de un hotel, el cadáver no se encontró nunca. ¿No te suena de nada?

—Mira, no quiero parecer descortés, pero ¿no tienes a nadie más con quien hablar de esto? Hoy no soy buena compañía.

El desinterés de Wolf socavó el convencimiento del novato, consciente de que no se había explicado demasiado bien.

—Lo siento, déjame empezar otra vez. He estado revisando algunos casos archivados...

—Creía haberte dicho que no lo hicieras.

—Me lo dijiste, pero te aseguro que solo lo he hecho en mi tiempo libre. En fin, he encontrado algo que...

—No. Nada de «en fin». ¡Cuando un superior te prohíbe hacer algo, obedeces! —bramó Wolf, lo que atrajo la atención de toda la oficina hacia el rapapolvo que le estaba echando a Edmunds. Wolf se levantó.

—Dé... Déjame que te lo explique —tartamudeó Edmunds. No entendía cómo una conversación inocente se había vuelto tan violenta, pero tampoco estaba preparado para dejarla ahí. Tenía varias preguntas importantes que necesitaban respuesta—. He dado con algo muy revelador.

Wolf se colocó ante el escritorio. Edmunds lo interpretó

como una señal de que estaba dispuesto a escucharlo y le tendió el primer documento. Wolf dio un manotazo al fajo de hojas que sostenía entre las manos y lo tiró al suelo. Se oyeron burlas y risas infantiles entre los compañeros que presenciaron el gesto de desprecio. Baxter empezó a acercarse a la mesa y Simmons, que retomó su papel de jefe, se puso de pie.

—Necesito saber por qué sacaste las pruebas de Poole —inquirió Edmunds. Aunque había levantado la voz, el temblor delataba su nerviosismo.

—Creo que no me gusta tu tono —masculló Wolf, que se cuadró ante el joven desgarbado.

—¡Creo que no me gusta tu respuesta! —replicó Edmunds, lo cual sorprendió a todo el mundo, incluido él mismo—. ¿Por qué las estabas investigando?

Wolf agarró a Edmunds por la garganta y lo estampó contra la pared de la sala de reuniones. Una red de grietas negras se extendió por el cristal tintado.

—¡Eh! —gritó Simmons.

—¡Wolf! —lo llamó Baxter, que ya corría hacia ellos.

Wolf soltó a Edmunds, por cuyo cuello se escurría un hilo de sangre oscura. Baxter se interpuso entre ambos.

—¿Qué demonios haces? —le rugió en la cara.

—¡Dile a tu perrito faldero que no se acerque a mí! —voceó él.

Baxter apenas reconocía al hombre de mirada demencial que tenía ante sí.

—Ya no está conmigo. Estás perdiendo la cabeza, Wolf —le advirtió.

—¿Yo estoy perdiendo la cabeza? —tronó él, cada vez más colorado e iracundo.

Baxter entendió la amenaza tácita. Wolf no dudaría en revelar ante todos el secreto que ella llevaba años guardando.

Baxter se preparó, aliviada en realidad por la idea de poder dejar de fingir.

Wolf, sin embargo, titubeó.

—Dile que será mejor que tenga algo sólido si pretende ponerse a lanzar acusaciones —gruñó.

—¿Acusaciones acerca de qué? —preguntó Baxter.

—No te he acusado de nada —protestó Edmunds—. Solo quería que me ayudases.

Vanita, que se había perdido el comienzo de la disputa, salió de su despacho.

—¿A qué? —demandó Baxter de ambos.

—¡Ha estado perdiendo el tiempo con los expedientes de mis antiguos casos en lugar de hacer su trabajo!

—¡Bah, vete a la mierda! —renegó Edmunds con un furor impropio de él. La sangre se escurría entre los dedos que tenía apretados contra la cabeza.

Wolf se abalanzó contra él, pero Simmons lo placó. Baxter se inclinó para hablar a Edmunds al oído.

—¿Es eso cierto? —le preguntó.

—He encontrado algo.

—Te dije que no siguieras por ahí —le reprochó.

—¡He encontrado algo! —repitió él.

—No puedo creer que te pongas de su lado —se indignó Wolf.

—¡No estoy de su lado! ¡Creo que los dos sois unos gilipollas! —rabió ella.

—¡Ya basta!

Un silencio sepulcral se impuso en la oficina. Lívida, Vanita se acercó al grupo de contendientes.

—Edmunds, ve a que te vean la cabeza. Baxter, vuelve con tu equipo. Fawkes, desde este momento quedas suspendido.

—No puedes suspenderme —la contradijo él con desdén.

—Ponme a prueba. ¡Fuera de aquí!

—Comandante, debo darle la razón a Wolf —opuso Edmunds, saltando en defensa de su atacante—. No puede suspenderlo. Lo necesitamos.

—No permitiré que eches abajo mi departamento desde dentro —continuó la jefa mirando a Wolf—. Vete de aquí. Has terminado.

Se produjo un momento tenso en que todos contuvieron la respiración a la espera de la respuesta del detective. Para decepción de la oficina, este se limitó a articular una risa amarga, apartó el brazo para que Simmons le quitara la mano de encima y empujó a Edmunds con el hombro para abrirse paso hacia la salida.

Solo Simmons y Vanita asistieron a la reunión de análisis de progresos programada para las diez en punto. Los doce nombres ocupaban el papelógrafo, levantado orgulloso en medio de la sala como un rompecabezas resuelto. Por desgracia, la identificación de la última víctima, Ronald Everett, no había supuesto la revelación que Simmons esperaba. Seguía faltándoles algo.

—Parece que solo quedamos nosotros. —Simmons sonrió.

—¿Dónde está el sargento detective Shaw? —preguntó ella.

—Ni idea. No responde al teléfono. A Edmunds lo han llevado a urgencias para que le den puntos y acabas de suspender a Fawkes.

—No te cortes y dilo si crees que he tomado una mala decisión, Terrence.

—Mala no —respondió Simmons—, pero sí arriesgada.

—Wolf es un peligro. No puedes culparlo, dadas las circunstancias, pero hemos llegado a un punto en el que nos perjudica en lugar de beneficiarnos.

—Estoy de acuerdo, pero no puedo coordinar todo esto yo solo —arguyó Simmons—. Déjame traer a Baxter de nuevo.

—No puedo. No después del desastre de Garland. Ya te asignaré a otro.

—No tenemos tiempo para eso. Ashley Lochlan morirá dentro de dos días, y Fawkes, dos días después. Baxter conoce el caso. Mantenerla apartada sí que sería una mala decisión.

Vanita negó con la cabeza y masculló algo.

—Está bien, pero pienso documentar mis objeciones al respecto. Ahora Baxter es responsabilidad tuya.

—«La preciosa jurado ensangrentada» —murmuró Samantha Boyd mientras miraba la tristemente famosa foto en que aparecía paralizada frente a los juzgados de Old Bailey—. Así me llamaban. No es algo que incluya en mis tarjetas de visita.

A Finlay le costaba creer que la mujer que ocupaba el otro lado de la mesa fuese la misma de la foto. No podía negarse que conservaba su atractivo, aunque en ese momento llevaba la larga melena rubio platino corta como un chico y teñida de castaño oscuro. Una importante cantidad de maquillaje robaba el protagonismo a unos ojos azul celeste que destacaban incluso en las versiones en blanco y negro de la foto, y la ropa, a todas luces cara, le sentaba bien, pero sin llegar a llamar la atención.

La tercera persona más famosa del juicio más famoso de la historia reciente había accedido a recibirlo en una cafetería de moda de Kensington. Cuando llegó, Finlay creyó que estaba cerrada por obras, pero ni a los clientes cargados con bolsas de todo tipo de tiendas ni a los camareros tatuados parecían preocuparles en absoluto las cañerías descubiertas, las bombillas colgantes ni las paredes sin enlucir.

Finlay no se había ido de la oficina porque hubiera discutido con Wolf. Ese encuentro estaba organizado desde el día anterior. Por muy útil que fuese rastrear los movimientos bancarios, examinar las huellas del calzado y analizar las salpicaduras de sangre, estaba convencido de que la manera más eficaz de obtener información consistía sencillamente en hacer las preguntas correctas a las personas indicadas. Sabía que sus compañeros pensaban que estaba chapado a la antigua, que era un dinosaurio. Él siempre admitía sin reparos que era un hombre de costumbres y que no tenía la menor intención de que eso cambiase cuando le quedaban menos de dos años para jubilarse.

—He intentado mantenerme al margen de todo esto —dijo Samantha.

—No todo habrá sido malo. Imagino que al negocio le iría bien.

Estuvo a punto de atragantarse con el sorbo que dio a su café. Sabía como los brebajes que pedía Wolf.

—Desde luego. No dábamos abasto con los pedidos, sobre todo con los del vestido blanco. Al final hubo clientes a los que no pudimos atender.

—¿Y sin embargo? —preguntó Finlay.

Samantha sopesó su respuesta con detenimiento antes de proseguir.

—Aquel día mi intención no era posar para una foto. Estaba buscando ayuda. Nunca quise hacerme famosa, sobre todo en esas circunstancias tan… horribles. Pero de pronto me había convertido en «la preciosa jurado ensangrentada», y desde entonces es lo único que la gente ha visto en mí.

—Lo entiendo.

—Con el debido respeto, no creo que pueda entenderlo. Lo cierto es que me avergüenzo del papel que desempeñé aquel día. Estábamos tan influenciados por la indiscreción del detective

Fawkes y por las acusaciones que se estaban vertiendo contra la policía que les dimos un peso excesivo a la hora de tomar una decisión. Al menos la mayoría de nosotros. Diez de doce cometimos un error irreparable, y no pasa un solo día sin que reflexione sobre las consecuencias que acarreó.

En su voz no se apreciaba traza alguna de autocompasión, tan solo la aceptación de su responsabilidad. Finlay sacó una fotografía reciente de Ronald Everett y la colocó encima de la mesa.

—¿Reconoce a este hombre?

—¿Cómo no reconocerlo? Pasé cuarenta y seis días sentada al lado de ese repugnante viejo pervertido. No puedo declararme admiradora suya.

—¿Se le ocurre alguna razón por la que alguien pudiera querer hacer daño al señor Everett?

—Está claro que no lo conoce. Mi primera conjetura es que podría haber metido mano a la esposa del hombre equivocado. ¿Por qué? ¿Ocurre algo con él?

—Es confidencial.

—No contaré nada.

—Yo tampoco. —Finlay zanjó el tema y pensó bien la siguiente pregunta antes de formularla—. ¿Había algo que distinguiera al señor Everett de usted y el resto de los jurados?

—¿Que lo distinguiera? —repitió ella. Su rostro inexpresivo hizo que Finlay temiera haber hecho el viaje en balde—. Bueno, solo… Pero nunca lo demostramos.

—Nunca demostraron ¿el qué?

—Algunos periodistas nos propusieron a varios jurados que les pasáramos información a cambio de una absurda suma de dinero. Querían saber sobre qué estábamos debatiendo a puerta cerrada, quién iba a votar qué.

—¿Y sospecha que Everett aceptó la oferta?

—No lo sospecho. Me consta que lo hizo. Algunas de las cosas que estaban publicando habían salido directamente del jurado, hasta el punto de que una mañana el pobre Stanley, que llevaba luchando desde el principio por el veredicto de culpabilidad, se encontró con su cara en las portadas de todos los periódicos, que decían haber destapado sus firmes convicciones islamófobas y sus vínculos familiares con diversos científicos nazis o algún disparate parecido.

—¿No se supone que no podían leer la prensa durante el proceso?

—Ya sabe cómo fue ese juicio. Habría sido más fácil dejar de respirar.

De pronto a Finlay se le ocurrió algo. Rebuscó en su carpeta y puso otra fotografía en la mesa.

—¿Por casualidad fue este uno de los periodistas que les propusieron el negocio?

Samantha examinó el retrato con atención.

—¡Sí! —jadeó. Finlay se enderezó en la silla para escucharla—. Su muerte salió en los informativos, ¿no? Jarred Garland. Cielo santo. No lo había reconocido hasta ahora. Cuando lo conocí tenía el pelo largo y grasiento, y llevaba barba.

—¿Está segura de que se trata del mismo hombre? —le preguntó Finlay—. Fíjese bien.

—Sin ninguna duda. Reconocería esa sonrisa ladina entre un millón. De todas formas, no le costará comprobarlo si no me cree. Una noche tuve que llamar a la policía para que viniera a echarlo de mi propiedad porque me había seguido hasta casa y se negaba a marcharse.

Edmunds no podía dejar de tocarse el chichón que le había salido donde la enfermera había tenido que pegarle la piel desgarrada. Había pasado varias horas en la sala de espera repasando mentalmente la conversación con Wolf y la había transcrito casi palabra por palabra en su libreta. No entendía por qué Wolf lo había malinterpretado todo.

Estaba cansado. Tal vez, sin pretenderlo, había parecido que le estaba faltando al respeto o que lo estaba acusando de algo. Pero acusándolo ¿de qué? Se preguntó si en realidad Wolf sí que había reconocido el caso y sabía perfectamente que había olvidado incluir el informe forense actualizado. Habría reaccionado de una forma tan desmedida para protegerse.

Lo bueno de que hubiese acabado en el hospital era que Tia se había visto obligada a responder a sus mensajes de texto. Incluso se había ofrecido a salir antes del trabajo para acompañarlo, pero él le aseguró que se encontraba bien. Decidieron que ella se quedaría con su madre el resto de la semana, ya que él apenas pasaría tiempo en casa, y Edmunds le prometió que después la compensaría por todo.

Ya sin remordimientos, cruzó la ciudad de regreso a Watford y tomó un taxi para ir a los archivos. Se sometió mecánicamente al procedimiento rutinario de acceso al almacén, pero se detuvo frente a la pequeña oficina que había al pie de las escaleras. Por lo general, pasaba deprisa por delante de la puerta donde ponía ADMINISTRACIÓN, aunque en esa ocasión decidió llamar con delicadeza al cristal y entrar en el despacho.

La diminuta mujer de mediana edad que se encontraba tras el ordenador obsoleto tenía exactamente el aspecto que imaginaba: tez cadavérica, gafas inmensas y atuendo descuidado. Lo saludó con entusiasmo, como una anciana tía sedienta de conversación, y Edmunds se preguntó si sería la primera visita que recibía en mucho tiempo. Aceptó la invitación a sentarse, pero rehusó el té que le ofreció la oficinista al intuir que la infusión podría costarle al menos una hora de su precioso tiempo.

Cuando la mujer terminó de contárselo todo acerca de su difunto marido, Jim, y del simpático fantasma que ella juraba que habitaba en el mausoleo subterráneo, Edmunds recondujo la conversación con amabilidad.

—De modo que todo tiene que pasar por esta oficina —comentó.

—Todo. Escaneamos los códigos de barras para entrar y para salir. Si pasas por esa puerta con un código sin validar, ¡se disparan todas las alarmas del edificio!

—Lo que significa que usted puede decirme quién ha estado investigando qué —dedujo Edmunds.

—Desde luego.

—Entonces necesitaría comprobar todas las cajas que haya sacado el sargento detective William Fawkes.

—¿Todas? —repitió ella sorprendida—. ¿Estás seguro? Antes Will venía mucho por aquí.

—Hasta la última.

Hospital de Saint Ann

Wolf regresaba a su habitación arrastrando los pies con languidez; tenía que prepararse para la visita que el personal del turno de noche hacía a las diez en punto. El extenuante pasillo estaba inundado de luz artificial y del olor que emanaba del carrito del chocolate caliente, un nombre engañoso, ya que el tibio brebaje se enfriaba un poco más cada vez que un paciente tiraba una taza a la cara a alguno de los empleados.

Iba rodando entre los dedos una bolita de plastilina que había robado a las Damas Rosas la semana anterior y con la que cada noche improvisaba unos tapones para los oídos. Aunque nada podía acallar el griterío incesante, con esa solución al menos le daba la sensación de alejarse de aquel lugar espantoso.

Pasó por delante de las puertas abiertas de las habitaciones que permanecerían vacías hasta que sus ocupantes se despegaran de la televisión, con el toque de queda. Al doblar la esquina y enfilar otro pasillo desierto, oyó un murmullo que procedía de una de las habitaciones penumbrosas. Se apartó de la entrada al pasar, y oyó unas plegarias recitadas deprisa entre dientes.

—Detective —le susurró la voz antes de continuar con el resto de los versículos.

Wolf se detuvo. Se preguntaba si se lo habría imaginado, si la medicación le estaría jugando otra mala pasada. Escrutó la oscuridad. La puerta estaba entornada. La escasa luz que penetraba no mostraba más que el suelo duro y parte de un torso negro inclinado sobre una pierna desnuda, en posición de oración. Wolf se disponía a retomar su camino cuando el murmullo se interrumpió una vez más.

—Detective —insistió la voz, para después iniciar un nuevo versículo.

Wolf se acercó con cautela a la pesada puerta y la empujó. El armazón pivotó rígidamente sobre las bisagras viejas con un chirrido cansado. Desde la relativa seguridad de la entrada, palpó la pared a ciegas en busca del interruptor de la luz que sabía que encontraría a la derecha de la puerta. El fluorescente empotrado resucitó con un zumbido, pero estaba manchado, o bien de comida, o bien de sangre seca, de modo que su brillo, reducido hasta compararse con el de una vela de imitación, proyectaba sombras turbias sobre las paredes. La estancia hedía a úlceras infectadas y a aquello que se hubiera quemado tras adherirse a la envoltura de plástico.

Joel interrumpió su oración para protegerse de la luz sucia. Vestido tan solo con su raída ropa interior, quedaban a la vista las numerosas cicatrices que tenía por todo el cuerpo; no eran, sin embargo, el recuerdo de un accidente ni de un ataque que hubiera sufrido en el pasado, sino de las heridas que se había infligido él mismo. Muchas de las cruces de todos los tamaños que destacaban en el lienzo negro se habían blanqueado con el tiempo, aunque otras, aún en carne viva, estaban inflamadas.

El resto de la pequeña habitación parecía encajar con su

ocupante: las páginas de una Biblia diseminadas por la cama, trufada de manchas amarillentas; versículos arrancados de cualquier manera de los evangelios y pegados con saliva en todas las superficies posibles, solapándose allí donde la palabra de Dios saturaba el espacio insuficiente del cuarto.

Como si acabara de emerger de un trance, Joel enfocó la mirada poco a poco hacia Wolf y sonrió.

—Detective —dijo en voz baja antes de señalar la habitación—, quería enseñarte esto.

—Podías habértelo ahorrado —respondió Wolf, la voz reducida a un murmullo, mientras intentaba taparse la nariz de la forma más educada posible.

—He estado pensando mucho en ti... en tu situación. Te puedo ayudar —le aseguró Joel. Se pasó la mano por el pecho desfigurado—. Y esto... esto es lo que va a salvarte.

—¿Autolesionarme?

—Dios.

Wolf pensó que optar por la autolesión le granjearía resultados más tangibles.

—¿De qué me va a salvar? —preguntó con cansancio.

Joel se echó a reír. Wolf, que ya había tenido bastante, giró sobre los talones para marcharse.

—Hace tres años mataron a mi hermana pequeña... la asesinaron. Una deuda de drogas —le contó Joel—. Le debía ciento cincuenta libras a una gente muy chunga... así que le arrancaron la cara.

Wolf se dio media vuelta para mirar a Joel.

—Qu... Quiero decir, no hace falta que te lo cuente. Ya lo sabes. Ya sabes lo que yo quería hacerles. Lo habría hecho muy despacio. Les habría obligado a sentirlo. —El hombre desvió la mirada y adoptó una mueca cruel mientras se imaginaba llevando a cabo su venganza—. Me pertreché. Salí en su busca.

Pero no es fácil acercarse a esa gente. Me sentía impotente. ¿Entiendes a qué me refiero?

Wolf asintió.

—Estaba desesperado, ¿sabes? Así que elegí la única opción que tenía, la única forma de hacer bien las cosas. Hice un trato.

—¿Un trato? —se extrañó, cautivado por la historia.

—Mi alma a cambio de la de ellos.

—¿Tu alma?

Wolf miró los pasajes bíblicos con los que Joel tenía empapelada la habitación y suspiró. Se sintió estúpido por haberle prestado tanta atención. Oyó a uno de los empleados forcejear con algún paciente en el pasillo mientras lo llevaba de regreso a su cuarto.

—Buenas noches, Joel —se despidió.

—Al cabo de una semana, me encuentro una bolsa de basura en la puerta, una sencilla bolsa negra de basura. Había muchísima sangre. Quiero decir, la tenía en las manos, en la ropa...

—¿Qué contenía la bolsa?

Joel no oyó la pregunta. Podía ver sus manos manchadas, respirar el olor metálico de la sangre. Empezó a mascullar y gateó hacia donde guardaba sus escasas posesiones terrenales. Arrancó otra página de la diezmada Biblia y escribió algo en ella con un lápiz de cera.

Wolf se dio cuenta de que esa vez no estaba recitando un versículo, sino un número. Con cautela, tomó la página de la mano extendida de Joel.

—Es un número de teléfono —dijo Wolf.

—Viene a por mí, detective.

—¿De quién es este número?

—«Esta es la segunda muerte, el lago de fuego», citó Joel, leyendo el versículo pertinente de la pared del fondo.

—Joel, ¿de quién es…?

—La condena eterna. ¿Quién no tendría miedo? —Una lágrima se deslizó por su mejilla. Se tomó un momento para serenarse y clavó su mirada en la de Wolf—. Pero ¿sabes qué? —Miró la página arrugada que Wolf sostenía entre las manos y, con una sonrisa triste, dijo—: Valió la pena.

28

Viernes, 11 de julio de 2014
7.20 h

Baxter temía haber dañado el Audi, lo que resultaba frustrante porque lo trataba con todo el mimo del mundo y además sabía que era una conductora excelente. No le había quedado más remedio que aparcar detrás de la calle mayor, en un espacio abierto que había sido transformado milagrosamente, de zona de obras alfombrada de escombros, en un aparcamiento funcional mediante la simple instalación de un parquímetro en la esquina del fondo.

Se disponía a preparar a Ashley para el traslado, que se efectuaría ese mismo día. Por orden de Vanita, su intervención sería sencilla. Edmunds y ella la recogerían en su piso en un coche civil y se reunirían con Simmons en las afueras de la ciudad. Allí cambiarían de vehículo y la llevarían a la costa sur, donde Personas Protegidas estaría esperándolos con un barco. Al igual que en la ocasión anterior, ellos no conocían el destino final.

Baxter accedió al pasillo de la tercera planta. Los dos agentes somnolientos que estaban sentados junto a la puerta de Ashley se levantaron en cuanto la oyeron acercarse. Baxter les mostró su identificación y se presentó.

—Tal vez prefieras esperar unos minutos —dijo la agente con una sonrisa desdeñosa.

Su compañero parecía molesto. Baxter ignoró la recomendación y llamó de forma ruidosa a la puerta azul.

—No tengo todo el día —apremió.

Vio de soslayo que los policías intercambiaban una mirada de enojo.

—Ya te lo he dicho, no creo que se hayan levantado todavía.

—¿«Hayan»? —repitió Baxter.

En ese momento, la cerradura emitió un clac sonoro y la puerta se abrió. Wolf, que se estaba abotonando la camisa, se quedó helado al ver a Baxter en la entrada.

—Eh —dijo como un tonto.

La expresión de Baxter pasó de la confusión al dolor y después a la ira. Sin decir una palabra, cerró la mano, giró el hombro y proyectó el puño contra Wolf con todo su peso. La había instruido bien. El reconfortante golpe lastimó el ojo izquierdo del detective, que se tambaleó hacia atrás. Los policías se miraron atónitos, pero a ninguno de los dos se le pasó por la cabeza intervenir.

Baxter creía que se había roto un dedo e intentó tragarse el dolor. Giró sobre los talones y salió del piso hecha una furia.

—¡Baxter! ¿Quieres hacer el favor de escucharme? —Wolf la había seguido fuera del edificio y por la calle, hasta que llegaron al aparcamiento, lleno de baches—. Detesto tener que jugar la carta del muerto viviente, pero puede que no esté en este mundo dentro de tres días. Por favor.

De mala gana, Baxter se detuvo. Se volvió para mirarlo y cruzó los brazos con impaciencia.

—No somos pareja —le recordó Wolf—, nunca lo hemos sido.

Baxter puso los ojos en blanco y se volvió hacia el coche.

—Somos otra cosa —continuó él con franqueza—, algo confuso, exasperante, especial y enrevesado. Pero no somos pareja. No puedes enfadarte conmigo por esto.

—Por mí puedes seguir haciendo lo que te dé la gana, como siempre.

—Lo haré, y eso es lo que quiero decir. No sirvo como pareja. Andrea podrá confirmártelo.

Cuando Baxter intentó seguir adelante, Wolf le puso la mano en el brazo con delicadeza.

—¡No me toques! —le gritó.

Él la soltó de inmediato.

—Mira, solo necesito que sepas que... —le costaba encontrar las palabras exactas— que nada de lo que he hecho... que nunca he querido hacerte daño.

Baxter descruzó los brazos y lo escudriñó durante un largo momento.

—Que te jodan, Wolf —masculló antes de emprender el regreso al edificio de Ashley.

Wolf parecía ofendido, pero no la siguió.

—¡Baxter! —la llamó—. ¡Protege a la niña!

Ella siguió alejándose.

—¡Si el asesino no logra matar a Ashley, creo que irá a por ella!

Baxter tomó la calle principal y desapareció sin responder.

Tras la reunión frustrada del día anterior, Vanita había reprogramado el análisis del caso para las nueve y media. Baxter llegó corriendo a la oficina con apenas dos minutos de antelación. Gracias a Wolf, su glacial encuentro con Ashley se había prolongado de forma considerable, y además había tenido que lidiar con un tráfico denso de regreso a la ciudad.

Edmunds se le acercó raudo antes de que ella tuviese ocasión de poner su bolso en la mancha grasienta que encontró en su escritorio, un recuerdo de la cena del turno de noche. El joven agente parecía cansado e inusualmente desaliñado.

—Dios bendito —bufó Baxter, que bajó el bolso hasta el suelo—. Esto parece una pocilga.

—Necesito hablar contigo —la urgió Edmunds.

—Ahora no. Llevo una mañana de mierda.

—Creo que he encontrado algo, pero no termino de entenderlo.

Baxter vio que Vanita los observaba desde la sala de reuniones.

—Pues compártelo con todos. Vamos.

Intentó rodearlo.

—Esa es la cuestión. En serio, necesito hablarlo contigo primero.

—¡Virgen santa, Edmunds! Después —lo cortó.

Baxter corrió hasta la sala de reuniones y se disculpó por llegar tarde. Ansioso, Edmunds también entró. Le impresionó el resumen del papelógrafo, casi completo.

1. CABEZA: Naguib Khalid, el Asesino Incinerador
2. TORSO: ¿? Madeline Ayers (abogada defensora de Khalid)
3. BRAZO IZQUIERDO: anillo de platino, ¿bufete? Michael Gable-Collins. ¿Por qué? Habló con A.L.
4. BRAZO DERECHO: ¿esmalte de uñas? Michelle Gailey (supervisora de la libertad condicional de Khalid)
5. PIERNA IZQUIERDA: ¿? Ronald Everett (jurado). Pasaba información a J.G.
6. PIERNA DERECHA: detective Benjamin Chambers. ¿Por qué?

A. ~~Raymond Turnble~~ (alcalde)
B. ~~Vijay Rana / Khalid~~ (hermano / contable). Ausente en juicio. Sobornó a A. L.
C. ~~Jarred Garland~~ (periodista). Pagaba a R. E. a cambio de información
D. ~~Andrew Ford~~ (guardia de seguridad / alcohólico / insoportable). Guardia de seguridad del banquillo
E. Ashley Lochlan (camarera) o (niña de nueve años). Falso testimonio
F. Wolf

Vanita dio comienzo a la reunión recapitulando el plan para llevar a Ashley Lochlan con Personas Protegidas esa misma tarde. Cuando Baxter aludió a las anotaciones que se habían añadido al tablero, Finlay les habló de la conversación que había mantenido con Samantha Boyd y de la información que Ronald Everett vendía a Jarred Garland. Repartió entre ellos varios artículos que Garland había firmado por aquel entonces; en todos criticaba con dureza tanto a Wolf como a la Policía Metropolitana y al miembro del jurado neonazi e islamófobo.

Edmunds apenas prestaba atención. Salvo por las escasas horas de sueño involuntario a las que su cuerpo había sucumbido en la oscuridad de los archivos, podía decirse que llevaba cuatro días seguidos sin dormir. Su obsesión empezaba a pasarle factura. Le costaba centrar la atención en una misma cosa más allá de unos instantes, y a menudo se pasaba cinco minutos, cuando no diez, mirando al infinito. Padecía un tic nervioso en el ojo izquierdo, así como varias llagas dolorosas en la boca, síntomas de un agotamiento progresivo.

Tras revisar todas y cada una de las cajas de pruebas que Wolf había sacado a lo largo de los años, había descubierto algo muy preocupante en las investigaciones rutinarias. Durante el período de 2012 a 2013, Wolf había consultado siete expedientes archivados que guardaban un parecido llamativo con los singulares métodos del asesino. En una de las autopsias incluso se apuntaba al ácido tríflico como causa de las «terribles heridas internas».

No cabía duda de que Wolf andaba a la caza de un asesino en serie, y sin embargo no había ningún historial abierto que vinculara los asesinatos; además, en ninguna de las cajas se incluía un solo documento referente a sus investigaciones. Había estado siguiendo el rastro al asesino anónimo en secreto, pero ¿por qué?

Edmunds supuso que aquel período en cuestión tuvo que ser el inmediatamente posterior a la reincorporación de Wolf. Tal vez pretendía atrapar al asesino sin ayuda, obviando todos los protocolos y procedimientos, con el propósito de demostrar su valía después de todas las polémicas y acusaciones que habían dejado su reputación por los suelos. Quizá pretendía demostrársela a sí mismo.

En cualquier caso, eso no explicaba por qué no ha compartido con ellos esa información tan valiosa en cuanto comenzaron los asesinatos del Ragdoll. Era imposible que no hubiese reconocido los rasgos identificativos del asesino.

Estaba desesperado por hablar con Baxter de todo esto.

—Seguimos sin hacernos una idea de quién querría ver muertas a todas estas personas —dijo una frustrada Vanita. Por el modo en que se expresaba, parecía tachar a los demás de incompetentes—. Ninguno de los familiares de las víctimas de Khalid parece haberse atribuido el papel de justiciero.

Edmunds hojeó el fajo de artículos de Garland cuando Simmons se lo pasó.

—Todavía no hay nada que relacione a Chambers con Khalid —apuntó Baxter. Al fin podía pronunciar el nombre de su amigo sin ponerse furiosa ni sentirse incómoda.

Uno de los textos llamó la atención de Edmunds. Garland había entrevistado a Turnble y redactado el artículo más condenatorio y calumnioso que el periódico podía publicar sin terminar en los tribunales. El alcalde, entregado a la promoción de sus nuevas estrategias, había solicitado públicamente al «victimizado» Naguib Khalid que lo ayudase a terminar su nuevo informe sobre «La policía y la política criminal». Muy consciente de lo que hacía, Garland formuló una serie de preguntas capciosas con las que azuzar al político para que este atacase cada vez con mayor virulencia al detective más miserable de la Policía Metropolitana.

—Juraría que es la lista de objetivos de Will —bromeó Finlay—. Si no estuviera incluido él también, claro.

—Casi parece fáustica. —Sonrió Simmons.

Finlay soltó una risita.

Edmunds bajó poco a poco el artículo que estaba leyendo y miró al detective. Una posibilidad inconexa comenzó a gestarse en algún rincón remoto de su mente fatigada. Miró un momento el texto que descansaba sobre su regazo antes de llevar la vista hacia el papelógrafo que ocupaba el centro de la sala.

De pronto, algo encajó en su sitio.

Por fin todo tenía sentido.

—¡Es Wolf! —jadeó, tirando los artículos al suelo y apretándose las sienes con las manos, obligando a sus pensamientos descolocados a asentarse.

—No hablaba en serio —le aclaró Finlay, incómodo.

Los demás intercambiaron miradas de preocupación cuando Edmunds empezó a musitar nombres para sí. Se levantó de un brinco y soltó una risotada.

—Qué ciegos hemos estado —se lamentó. Comenzó a andar en círculos—. He estado equivocado desde el principio. La clave nunca ha sido Khalid; es Wolf. ¡Siempre ha sido Wolf!

—¿De qué demonios estás hablando? —le preguntó Baxter—. Wolf es de los nuestros.

Finlay hizo una mueca y la miró moviendo la cabeza en actitud tranquilizadora.

Edmunds arrancó del papelógrafo la lista completa de las víctimas y la dejó caer al suelo.

—¡Eh! —protestó Simmons, pero Vanita hizo una seña para dejar que Edmunds prosiguiera.

Poseído de emoción, Edmunds empezó a escribir.

1. El Asesino Incinerador: Wolf obsesionado. Ya intentó matarlo una vez.

2. La abogada defensora: desacreditó las pruebas de Wolf. Salvó a Khalid.

3. El jefe del bufete: sabía que el testimonio era falso.

4. La supervisora de la libertad condicional: inexperta. Permitió que Khalid volviera a matar.

5. El miembro del jurado: pasaba información confidencial a Garland.

6. Chambers:

7. El alcalde: utilizó a Wolf con descaro antes y después de que Khalid asesinase a la última niña.

8. El hermano de Khalid: pagó a Lochlan para que diera falso testimonio.

9. El periodista: publicó mentiras sobre Wolf. Empleó la información para influir en el público y en el jurado.

10. El guardia de seguridad: salvó la vida a Khalid. Le rompió la muñeca a Wolf.

11. La testigo: mintió por dinero. Contradijo las pruebas de Wolf.
12. Wolf: el engaño.

—Esto no tiene ningún sentido —masculló Baxter. Miró a sus compañeros en busca de apoyo—. Vamos a ver, ¿no os estaréis creyendo esta mierda?

—¿Y Chambers? —le preguntó Edmunds—. ¿Cuál es la relación que falta?

—Qué oportuno; ayer Wolf te da un meneíto y, de pronto, hoy se te ocurre acusarlo de... Ni siquiera sé de qué —objetó ella.

—¿Chambers? —repitió Edmunds.

—No existe ningún vínculo —lo desafió Baxter.

—¿Cuál es la relación? —le gritó Edmunds, imponiéndose a la sala.

—Ya te lo he dicho: ¡ninguna!

Finlay carraspeó y se giró hacia ella. Baxter lo miró con el ceño fruncido.

—Yo tampoco me creo una palabra, pero necesitamos discutirlo para aclararlo —arguyó.

La sargento prefirió guardar silencio.

—Will siempre creyó que la carta la había enviado Ben —apuntó Finlay.

—¿Qué carta?

—La que llegó a Asuntos Internos —prosiguió—, en la que se decía que estaba obsesionado y desequilibrado, y en la que se aconsejaba que lo trasladasen.

Finlay se volvió hacia Baxter, pero esta no se dignó mirarlo.

—Fue lo que le asestó el golpe de gracia cuando la leyeron en el tribunal —recordó Simmons, cuya pesadumbre parecía acrecentarse por momentos—. Aquella carta salvó a Khalid.

—Son acusaciones muy contundentes, detective subalterno Edmunds —le advirtió Vanita, verbalizando lo obvio—. Las acusaciones contundentes requieren pruebas contundentes.

Edmunds recordó algo. Pasó las páginas de su libreta y empezó a parafrasear:

—28 de junio, de guardia en la entrada de la sala de interrogatorios. Oigo conversación entre el alcalde Turnble y el sargento detective Fawkes. «Lo entiendo. Todos estaban haciendo su trabajo: la prensa, los abogados, el héroe que me fracturó la muñeca y me apartó de Khalid.»

—¿Fawkes dijo eso? —preguntó Simmons preocupado.

—Palabras textuales —afirmó Edmunds—. Nombró a tres de las víctimas antes incluso de que empezásemos a investigarlas.

—No es suficiente —insistió Vanita—. No basta para resguardarnos de la lluvia de mierda que nos caería encima si decidimos tomar ese camino.

Edmunds salió de la sala de reuniones y regresó con la primera de las cajas de pruebas archivadas. Entregó a sus compañeros los documentos referentes al caso, así como la hoja de salida incriminatoria.

—¿Recordáis cómo se puso Wolf conmigo ayer cuando le dije que había descubierto esto? —preguntó Edmunds—. Bien, pues tengo otras seis cajas debajo de mi escritorio... de nuestro escritorio.

—Esto lo explica todo —intervino Baxter—. Está claro que Wolf asustó a ese tarado, que ahora pretende protegerse de él.

—He considerado esa posibilidad, pero ¿alguna vez Wolf os ha hablado de esto a alguno de vosotros? —inquirió Edmunds—. ¿De estas cajas llenas de pruebas valiosísimas que podrían haber salvado la vida de esas personas? ¿Que podrían salvarle la vida a él?

Nadie respondió.

Edmunds se agachó y se tapó los ojos con las manos, meciéndose adelante y atrás levemente sobre los talones. Contrajo el rostro como si le doliese algo y empezó a mascullar para sí fragmentos de información incoherentes.

—Wolf lo identifica... Se pone en contacto con él... Filtra detalles del caso... No. No, pero no lo hace solo porque sean los enemigos de Wolf... Es que Wolf lo recluta.

—Ya he oído suficientes gilipolleces por hoy —dijo Baxter, en pie y lista para marcharse.

Edmunds miró a su incómodo público.

—Wolf quería venganza, justicia, llamadlo como queráis, para Annabelle Adams, para su familia, para sí mismo —comenzó, encajando las piezas a medida que hablaba—. La corrupción, la pasividad y el oportunismo de esas personas quedaron impunes, mientras que él estaba ingresado en un hospital psiquiátrico y otra niña yacía muerta.

»Así que, una vez reincorporado a su puesto, inicia una afanosa búsqueda de crímenes no resueltos. Al fin y al cabo, si hay un asesinato que no se resolvió, hay un asesino al que no se capturó. Investiga en secreto, da con estos siete casos antiguos y, de alguna manera, descubre la identidad del asesino. Ah, pero en lugar de detenerlo, lo utiliza para imponer su justo castigo a todos aquellos a quienes considera responsables.

»El detalle magistral fue incluir su nombre en la lista, para que todo se centrase en él. Wolf sabía que nadie sospecharía de él si su vida se veía amenazada. Quiero decir, pensadlo: si el nombre de Wolf no hubiera figurado ahí, se habría convertido en sospechoso desde el primer momento.

Alguien llamó a la puerta de cristal.

—¡Ahora no! —vocearon los cinco al unísono a la acobardada mujer, que se escabulló de regreso a su escritorio.

—Si, y repito, si en efecto Fawkes descubrió la identidad del asesino —teorizó Simmons, ignorando la mirada feroz de Baxter—, la respuesta debería estar dentro de alguna de estas siete cajas.

—Debería. —Edmunds asintió.

—Es absurdo —siseó Baxter.

—Si estás en lo cierto, debemos asumir que Fawkes ha estado pasando información al asesino todo este tiempo —intervino Vanita.

—Sin duda eso explicaría muchas cosas —reconoció Edmunds—. Hace días que considero la posibilidad de que estén produciéndose filtraciones.

Edmunds miró a Baxter a la espera de que esta lo confirmase, pero optó por ignorarlo. Vanita suspiró.

—En ese caso, no debería suponernos ningún problema salvar a Ashley Lochlan —dedujo—, ya que Wolf no participará en el dispositivo.

Finlay y Baxter se miraron.

—¿Me he perdido algo? —preguntó.

—Wolf estaba con ella esta mañana —informó Baxter sin inmutarse—. Al parecer, había pasado la noche en su casa.

—¿Queda alguna norma que este hombre no se haya saltado? —exclamó Vanita, que miró a Simmons con ojos acusadores—. Tendremos que poner a la señora Lochlan al tanto de la situación. Detective subalterno Edmunds, en el supuesto de que estés en lo cierto, ¿crees que el asesino es consciente de que Fawkes está detrás de todo esto?

—Es difícil asegurarlo.

—Inténtalo.

—Solo puedo especular.

—Pues especula.

—No. Está claro que Wolf se considera mucho más inteligente que cualquiera de nosotros, incluido el asesino. No veo qué interés tendría en dejar ningún cabo suelto. Además, no creo ni por asomo que el asesino esté dispuesto a perdonar la vida a ninguna de sus víctimas después de haber prometido al mundo entero que las ejecutaría. Para él es una cuestión de orgullo. Fracasar supondría una humillación.

—Lo que significa que Fawkes pretende acabar con él primero —dedujo la jefa.

Baxter arrojó un fajo de papeles contra la pared de cristal resquebrajada y volvió a levantarse.

—¡Menuda sarta de tonterías! ¡Estamos hablando de Wolf! —Se volvió hacia Finlay—. De un amigo tuyo, por si no te acuerdas.

—Sí, pero mira los hechos, Emily —respondió él, desolado.

Baxter se volvió hacia Edmunds.

—Hace días que vienes diciendo que hay un topo en el equipo, y ahora te sacas de la manga una historieta que te viene de perlas, ¿verdad? Si hay alguien aquí que se cree más listo que nadie, ¡eres tú! —Lanzó una mirada suplicante a sus compañeros—. ¿Y si le estuvieran tendiendo una trampa a Wolf? ¿A nadie se le ha ocurrido esa posibilidad? ¿Eh?

—Es posible —admitió Simmons en tono apaciguador—, pero de todas maneras tenemos que traerlo aquí.

—Estoy de acuerdo. —La comandante Vanita levantó el teléfono de la sala de reuniones y se identificó a quien respondió al otro lado de la línea—. Necesito que una Unidad de Respuesta Armada acuda de inmediato al domicilio de William Fawkes.

Baxter negó con la cabeza con incredulidad. Se sacó el móvil del bolsillo.

Finlay no le quitaba ojo.

—Emily —le advirtió con firmeza.

Ella guardó el teléfono a regañadientes.

—Extremen la precaución, el sospechoso podría responder con violencia —avisó Vanita—. Correcto, sospechoso... Afirmativo. Les estoy ordenando que detengan al sargento detective Fawkes.

29

Viernes, 11 de julio de 2014
12.52 h

Baxter miró por el retrovisor. Ashley viajaba nerviosa en el asiento de atrás, desde donde contemplaba las ajetreadas calles por las que circulaban con una lentitud desesperante.

Le había pedido a Finlay que condujese él, lo cual pareció asombrarlo más que todo lo que había oído aquel día, que, se mirara como se mirase, ya era bastante raro de por sí. Las había llevado por la ruta más absurda, pero Baxter se propuso no hacer ningún comentario al respecto al ver que el semáforo temporal que había más adelante permitía que otros dos coches rodearan el cráter que se había excavado en pleno centro de la ciudad.

Se había negado en redondo a dirigir la palabra a Edmunds, y más aún a compartir coche con él durante las dos horas que duraría el viaje de ida y vuelta. Se lo imaginó en la oficina, incapaz de reprimir una sonrisa bobalicona mientras husmeaba en los asuntos de Wolf, cotejando las pruebas para emplearlas en su contra.

Al parecer Wolf no estaba en casa cuando la Unidad de Respuesta Armada llegó al edificio y echó abajo la puerta de su mediocre apartamento. Mientras ellos perdían el tiempo en la cola en la que Finlay los había encerrado, sus compañeros estaban registrando el diminuto piso, sacando por fin el contenido de las cajas apiladas que llevaban acumulando polvo desde que Wolf se había mudado.

Le habían explicado a Ashley la situación a grandes rasgos. Aseguraba no tener ni idea del paradero actual de Wolf y tampoco sabía que lo habían suspendido. Dado que era la última persona que lo había visto, a Baxter no le había quedado más remedio que detallar la conversación con la que se habían despedido; no obstante, prefirió omitir lo del puñetazo en la cara, consciente de que ese detalle irrelevante solo serviría para que le hicieran más preguntas a las que no le apetecía responder.

Habían recogido a Ashley a las doce y cuarto, y debían reunirse con Simmons a la una y media en el aparcamiento del estadio de Wembley. Baxter ya lo había llamado para avisarle de que llegarían tarde. Ashley y ella no habían cruzado ni media palabra, y Finlay tuvo que hacer un gran esfuerzo por mantener su característica campechanía e impedir que un silencio perpetuo se instalase en el coche.

Baxter tenía la impresión de que estaban demasiado expuestos. Llevaban casi diez minutos esperando en la misma calle mientras los peatones pululaban entre los vehículos inmovilizados, de forma que algunos pasaban a escasos centímetros de la pasajera amenazada. Cuando tres coches dejaron atrás el semáforo (dos de ellos correctamente, y después un BMW), Baxter cayó en la cuenta de dónde estaban.

—¿Qué demonios hacemos en Soho? —preguntó.

—Me has pedido que condujera yo.

—Sí, pero creía que lo de «en la dirección correcta» iba implícito.

—¿Y por dónde habrías ido tú?

—Shoreditch, Pentonville, Regent's Park.

—Hay obras alrededor de todo King's Cross.

—Menos mal que no nos hemos quedado atascados en ellas.

Sonó en ese momento el pitido de un mensaje entrante y Ashley miró su móvil con disimulo.

—¿Qué coño haces? —renegó Baxter—. Se supone que te lo tenían que quitar.

Extendió la mano con impaciencia hacia Ashley mientras esta se apresuraba a teclear un mensaje.

—¡Ya! —bufó Baxter.

Ashley apagó el teléfono y se lo entregó. Baxter retiró la batería y la tarjeta SIM antes de guardarlo en la guantera.

—Dime, ¿por qué nos jugamos todos el cuello para que no te encuentren si después tú te dedicas a hacer el imbécil con el móvil?

—Ya lo pilla —intercedió Finlay.

—También podrías publicar en Facebook un selfi molón delante del piso franco cuando llegues allí.

—¡Que ya lo pilla, Emily! —insistió Finlay.

Cuando el coche que iba detrás tocó el claxon, el detective volvió la cabeza y vio que los dos coches que los precedían habían reanudado la marcha. Continuó hasta el semáforo en rojo, donde el majestuoso Palace Theatre dominaba el cruce.

—¿Eso es Shaftesbury Avenue? —preguntó Baxter consternada—. ¿En qué cabeza cabe que esta sería la ruta más rá...?

Se oyó un portazo.

Baxter y Finlay volvieron el cuerpo al instante para encontrarse con el asiento trasero vacío. Baxter abrió de un empujón la puerta del pasajero y se apeó del coche. Vio a Ashley abriéndose paso a empellones entre un grupo de turistas cargados con mochilas idénticas antes de desaparecer a la vuelta de la esquina en dirección a Shaftesbury Avenue. Corrió tras ella a pie. Finlay se saltó el semáforo en rojo, sin conseguir otra cosa que evitar por los pelos un choque frontal con un coche que circulaba en sentido contrario. Blasfemó por primera vez en años y se vio obligado a dar marcha atrás.

Ashley tomó la primera calle a la izquierda. Cuando Baxter llegó al recodo, ya había virado a la derecha y pasado bajo el ornamentado *paifang* que delimitaba el umbral de Chinatown. Baxter alcanzó el arco. Unos pilares pintados de rojo y dorado sucio sostenían un techo verde decorativo muy por encima de la calle. Había perdido de vista a Ashley, quien había pasado a caminar a un paso menos presuroso, consciente de que así se camuflaría a la perfección entre la multitud interminable que atestaba el estrecho pasaje flanqueado de tiendas y restaurantes.

—¡Policía! —anunció Baxter, que alzó su identificación ante sí.

Se zambulló en la corriente incesante de turistas distraídos que pasaban por debajo de las hileras sinuosas de farolillos rojos. Los propietarios de los comercios reían y se gritaban cosas ininteligibles entre ellos, la música fluía discordante por las ventanas abiertas de los locales que daban a la calle y un cúmulo de olores desconocidos saturaba el aire contaminado de Londres mientras ella serpenteaba entre los vendedores ambulantes. Sabía que podía dar a Ashley por perdida si no la localizaba en segundos.

Vio un cubo rojo estridente junto a una farola pintada a juego para complementar los arcos coloridos. Se encaramó a él, atrayendo las miradas de extrañeza de los viandantes más curiosos, y oteó el mar de cabezas. Ashley iba unos veinte metros por delante de ella, bordeando los escaparates según se aproximaba a otro *paifang* y al pub O'Neill's, que señalaba el regreso a la monótona realidad.

Bajó de un salto y corrió hacia la salida, empujando a la gente hacia los lados hasta conseguir que Ashley regresara a su campo de visión. Solo cinco metros las separaban cuando Ashley pasó por debajo del arco y un coche que Baxter no conocía derrapó hasta detenerse delante de ella. La mujer corrió hacia la calzada y montó en el asiento del pasajero. Cuando el conductor vio llegar a Baxter, dio un volantazo y pisó a fondo el acelerador. Baxter había llegado a poner una mano en la ventanilla del conductor cuando el coche viró con violencia y salió embalado hacia Shaftesbury Avenue.

—¡Wolf! —gritó Baxter, desesperada.

La había mirado a los ojos.

Repitió la matrícula una y otra vez para obligarse a memorizarla. Todavía respiraba agitadamente cuando sacó el móvil y marcó el número de Finlay.

Edmunds oyó la indecorosa reacción de Vanita al enterarse del secuestro voluntario de Ashley Lochlan desde el asiento que ocupaba en la oficina principal antes de que la comandante se los llevara de nuevo a Simmons y a él a la sala de reuniones para informarles de este último incidente. Edmunds había estado revisando las cajas archivadas una a una mientras Simmons investigaba los registros telefónicos de Wolf de los últimos dos años.

—¿Baxter está segura de que era Wolf? —preguntó Edmunds desconcertado.

—Segura —afirmó Vanita—. Hemos clasificado la matrícula como máxima prioridad.

—Tenemos que manejar esto de forma confidencial —recomendó Simmons.

—Estoy de acuerdo —convino la comandante.

—Pero los ciudadanos podrían ayudarnos a dar con ellos. No tenemos la menor idea de adónde piensa llevarla —discrepó Edmunds—. La vida de Ashley Lochlan corre peligro.

—Eso no lo sabemos con certeza —dijo Vanita.

—No —corrigió el joven agente—. Nos falta corroborarlo, pero sabemos que Wolf está detrás de todo esto.

—Despierta, Edmunds —le espetó Simmons—. ¿Te imaginas la que se montaría si anunciamos al mundo entero que ha sido el propio investigador jefe quien lo ha orquestado todo? ¿Y que para más inri lo hemos dejado escapar en compañía de su siguiente víctima?

Vanita asintió pensativa.

—Pero... —intentó protestar.

—Un poco de diplomacia nunca viene mal en este tipo de situaciones, y desde luego yo no tengo ninguna intención de perder mi trabajo por este asunto hasta que sepamos, sin ningún género de dudas, que Fawkes es culpable —aseguró Simmons—. E incluso entonces habrá que buscar el momento y el lugar adecuados para facilitar los detalles de lo ocurrido.

Edmunds estaba asqueado. Abandonó la sala de reuniones dando un portazo, lo que extendió un poco más la enorme grieta que había abierto con la cabeza en la pared de cristal la mañana anterior.

—Muy bien dicho. Me alegra ver que no has renunciado del todo a tu función de gestor —lo felicitó Vanita—. Puede que cuando termines de jugar a policías y ladrones todavía quede alguna esperanza para ti.

Edmunds abrió de golpe la puerta de los aseos de caballeros y descargó su frustración contra la papelera metálica, que volcó de una patada sobre los azulejos del suelo. Sentía deseos de reír y de llorar al mismo tiempo; le resultaba irónico que Wolf estuviera protegido por la burocracia egoísta, pomposa y cómplice que los había empujado a todos a esa situación. Si quería que sus superiores reaccionasen, debía mostrarles una prueba irrefutable de la culpabilidad de Wolf.

Debía introducirse en su cabeza antes de que empezase a borrar su rastro, antes de que pudiera pensar con claridad. Debía llevarlo al límite.

Baxter y Finlay aparcaron en el área de servicio de South Mimms, en las afueras de la ciudad. Encendieron de nuevo el móvil de Ashley y comprobaron que había estado enviando mensajes a Wolf para tenerlo al tanto de su ubicación durante todo el trayecto. La única respuesta que el policía envió decía:

Wardour Street. Corre

Regresaron al piso de Ashley en busca de pistas sobre su destino, pero tuvieron que marcharse con las manos vacías. Más tarde, de regreso en New Scotland Yard, recibieron una llamada de teléfono. La empresa que gestionaba el aparcamiento del área de servicio había avisado a la policía cuando la cámara que escaneaba las matrículas informó de una multa asociada al coche denunciado.

El desvencijado Ford Escort había sido abandonado con las puertas desbloqueadas y prácticamente sin combustible, lo que les hizo pensar que Wolf no tenía intención alguna de volver a por él. En la inservible grabación de las cámaras de vigilancia aparecían abandonando el coche y perdiéndose de vista, supuestamente para cambiar de vehículo. Wolf ya les llevaba cuatro horas de ventaja.

—¿Cómo encaja esto en la brillante teoría de Edmunds? —preguntó Baxter mientras salían de nuevo al aparcamiento.

—No lo sé —reconoció Finlay.

—Porque no encaja. Ashley se ha marchado con él por voluntad propia. Se ha cambiado de coche porque ha querido. ¡Wolf intenta salvarla, no matarla!

—Supongo que lo averiguaremos cuando lo encontremos.

Baxter se rio como si Finlay fuese un ingenuo.

—El problema es que no vamos a encontrarlo.

Edmunds leyó una y otra vez los carteles del Servicio Nacional de Salud que colgaban de cualquier manera del tablón de anuncios mientras esperaba frente a la ventanilla de recepción del hospital de Saint Ann. Levantaba la cabeza esperanzado cada vez que alguno de los empleados, vestidos con un atuendo informal, entraba o salía por la puerta de acceso restringido. Empezaba a temer que no hubiera sido buena idea, y en realidad no sabía muy bien qué esperaba averiguar después de haber hecho un viaje que le llevaría cinco horas entre la ida y la vuelta.

—¿Detective Edmunds? —le preguntó por fin una mujer que parecía sobrecargada de trabajo.

Desbloqueó la puerta para pasar con él y lo guio por el laberinto de pasillos desolados, deteniéndose solo para deslizar su tarjeta cada vez que encontraban una puerta cerrada.

—Soy la doctora Sym, una de las jefas especialistas certificadas en salud mental del centro —se presentó sin dar tiempo a Edmunds de anotar el título inacabable del cargo. Miró por encima el taco de papeles que llevaba entre las manos e introdujo algo en la casilla de un compañero—. Creo que deseaba preguntarme algo acerca de uno de nuestros...

La mujer vio a alguien con quien necesitaba hablar urgentemente.

—Disculpe.

Se alejó a paso ligero por el pasillo, dejándolo frente a la entrada de la sala de ocio. Caballeroso, abrió la puerta a una señora mayor, que salió despacio de la habitación sin reparar en su presencia mientras él echaba un vistazo al interior. Casi todos los ocupantes de la sala estaban sentados en torno al televisor, configurado a un volumen molesto. Un hombre tiró con rabia una pala de ping-pong al otro extremo de la sala y otro leía junto a las ventanas.

—¡Detective! —lo llamó la agobiada mujer desde el fondo del pasillo.

Edmunds dejó que la puerta se deslizara hasta cerrarse y se reunió con la doctora.

—Pasaremos por el ala residencial de camino a mi despacho —dijo—, y le buscaré el historial de Joel.

Edmunds se detuvo.

—¿Joel?

—Joel Shepard —especificó con impaciencia antes de caer en la cuenta de que en realidad Edmunds no le había dicho de qué paciente quería hablar con ella.

—¿Joel Shepard? —repitió para sí. El nombre le sonaba de uno de los casos archivados que Wolf había estado estudiando. Lo había descartado tras concluir que no tenía nada que ver con la investigación en curso.

—Lo siento —se disculpó aturdida la doctora, que se frotó los ojos cansados—. Daba por hecho que estaba aquí por su fallecimiento.

—No, no —se apresuró a decir Edmunds—. No estoy siendo nada claro, ¿verdad? Hábleme de Joel Shepard.

La doctora estaba demasiado agotada para reparar en el repentino cambio de parecer de Edmunds.

—El joven Joel padecía un trastorno muy agudo, aunque en general era bastante agradable.

El detective sacó la libreta.

—Padecía una paranoia severa, tendencia a la esquizofrenia y delirios realistas —explicó mientras desbloqueaba la puerta de la antigua habitación de Joel—. Pero, si tenemos en cuenta lo que había vivido, tampoco debería sorprendernos.

—Recuérdemelo, si no le importa.

La doctora suspiró de nuevo.

—La hermana de Joel falleció… fue asesinada, de forma brutal. En venganza, él descuartizó a los responsables. La maldad solo trae maldad.

La habitación permanecía desocupada. Pese a que las paredes habían sido blanqueadas, las inquietantes sombras de las cruces oscuras seguían ensuciando el lienzo prístino. El suelo estaba repleto de anotaciones grabadas y unos profundos arañazos adornaban la parte interior de la puerta.

—A veces no se pueden borrar las huellas que los pacientes más trastornados dejan a su paso —comentó la doctora con tristeza—. Estamos saturados, pero esta habitación está desocupada porque obviamente aquí no podemos alojar a nadie.

El cuarto transmitía cierta sensación de frío y el aire parecía estancado y sucio. Edmunds no quería pasar ni un segundo de más en el lado equivocado de la puerta.

—¿Cómo murió? —dijo.

—Suicidio. Sobredosis. No debería haber ocurrido. Como se imaginará, controlamos hasta la última de las píldoras que se dispensan. Seguimos sin entender cómo llegó a reunir las suficientes para… —Se interrumpió al darse cuenta de que estaba pensando en voz alta.

—¿Cómo justificaba los asesinatos? —preguntó Edmunds mientras deslizaba la mano por la cruz más grande y prominente.

—No los justificaba. No directamente. Estaba convencido

de que un demonio, tal vez el mismo diablo, se había «llevado sus almas» en su nombre.

—¿Un demonio?

—Usted ha preguntado —dijo la doctora encogiendo los hombros—. Los delirios lo cegaban por completo. No había quien le sacara de la cabeza que había hecho un pacto con el diablo y que era cuestión de tiempo que este le exigiera lo que le había prometido.

—¿Que era?

—Su alma, detective —respondió, consultando su reloj—. Fáustico, ¿verdad?

—¿Fáustico? —repitió Edmunds, intentando recordar dónde había oído antes esa expresión.

—Como cuenta la leyenda, Robert Johnson llega a un cruce polvoriento sin nada más que lo puesto y una vieja guitarra desvencijada...

Edmunds asintió al entender la referencia. Sabía que la mente le estaba jugando una mala pasada, pero varias de las cruces deslavadas se le antojaban más sombrías que cuando había entrado.

—¿Me permitiría visitar también la antigua habitación de William Fawkes? —preguntó con naturalidad, dirigiéndose ya hacia la puerta en su apremio por salir.

La petición sorprendió a la doctora.

—No entiendo qué...

—Será solo un minuto —insistió Edmunds.

—Muy bien —resolló airada antes de llevarlo pasillo adelante y abrir la puerta de otro cuarto blanqueado. Había ropa y pertenencias personales tiradas por todas partes—. Como le decía, estamos saturados.

Edmunds recorrió la habitación, fijándose bien en el suelo anodino, en el que se tumbó para mirar debajo de la cama de metal. Se acercó otra vez a la pared desnuda y empezó a pasar las manos de forma sistemática por la pintura blanca, recién aplicada.

La doctora pareció molestarse.

—¿Podría preguntarle qué está buscando?

—Las huellas que no se pueden borrar —masculló Edmunds. Se subió a la cama para examinar la pared de la cabecera.

—Realizamos un informe de daños muy detallado cada vez que una habitación queda libre. Si se produce algún desperfecto, siempre nos damos cuenta.

Edmunds arrastró la cama ruidosamente por el suelo y se agachó para mirar el hueco de detrás en busca de algún rastro invisible de Wolf. Detuvo los dedos sobre una serie de muescas ocultas tras el armazón de la cama.

—¿Tiene un bolígrafo? —pidió, sin atreverse a volver la cabeza por si las perdía de vista.

La doctora se acercó presta y le tendió el lápiz achaparrado que llevaba en el bolsillo de la camisa. Edmunds lo cogió y empezó a restregarlo frenéticamente sobre la zona.

—¡Disculpe, detective!

Unos contornos oscuros surgieron poco a poco de la nada, una sucesión de letras, de palabras. Por fin Edmunds dejó caer el lápiz, se sentó en el borde de la cama y sacó su móvil.

—¿Qué ocurre? —preguntó la doctora preocupada.

—Va a tener que buscarle otra habitación a este paciente.

—Ya le he dicho que...

Edmunds levantó su voz sobre la de ella.

—También necesito que bloquee el acceso al cuarto cuando salga y que se asegure de que no entre nadie, ni nada, hasta que llegue el equipo forense. ¿Lo ha entendido?

Wolf y Ashley estaban llegando al final de su viaje de más de seiscientos kilómetros. Solo habían parado en una ocasión desde que cambiaron el Ford Escort por la sencilla furgoneta que Wolf había dejado allí por la noche. Había sido una forma ruidosa e incómoda de trasladarse hacia el norte, pero por trescientas libras los había llevado a donde necesitaban y con veinte minutos de sobra. Aparcaron en una dársena de SOLO LLEGADAS que había fuera de la terminal y entraron a toda prisa por la puerta principal del aeropuerto de Glasgow.

En la radio, que había sonado de fondo durante siete horas seguidas, habían hablado largo y tendido sobre el inminente asesinato de Ashley, y una conocida casa de juego se había visto obligada a pedir disculpas tras descubrirse que habían tenido la desfachatez de aceptar apuestas por la hora en la que el corazón de la mujer dejaría de latir.

—Qué cabrones. —Se rio Ashley, asombrando a Wolf de nuevo con su actitud valerosa.

Los titulares sensacionalistas se repetían hasta la saciedad, y Wolf hacía una mueca de dolor cada vez que lo obligaban a revivir el momento en que Andrew Ford se había estampado contra el suelo. Ashley se sorprendió al escuchar una entrevista en exclusiva con «una de sus amigas íntimas», sobre todo porque no tenía ni idea de quién era la interpelada. Wolf estaba encantado de que a los noticiarios les costase rellenar el tiempo de emisión. Eso significaba que la policía aún no había anunciado que se había fugado con la siguiente víctima.

Con la esperanza de que sus compañeros no hubieran alertado todavía a los distintos puertos del país, Wolf había hablado hacía diez minutos con el jefe de seguridad del aeropuerto y, tal como le había solicitado, este ya los estaba esperando cuando entraron en la terminal, a las ocho y veinte de la tarde.

Era un atractivo hombre negro de cuarenta y pocos años

que vestía un uniforme favorecedor de cuyo bolsillo pendía un distintivo de seguridad a modo de complemento elegido a conciencia. Wolf observó que había tenido la prudencia de apostar a dos agentes de policía armados en las cercanías después de la inusual llamada.

—Ah, detective Fawkes, sí que era usted. No las tenía todas conmigo —lo recibió el guardia, que le estrechó la mano con firmeza—. Karlus DeCosta, jefe de seguridad.

Miró a Ashley y le tendió la mano.

—Y la señora Lochlan, por supuesto. —Le hizo un gesto de solidaridad ante la difícil situación que estaba viviendo—. ¿Cómo puedo ayudarlos?

—Hay un avión que sale hacia Dubái dentro de diecisiete minutos —explicó Wolf sin preámbulos—. Necesito que suba en él.

Si a DeCosta le extrañó la petición, no lo demostró en absoluto.

—¿Tiene pasaporte? —le preguntó a Ashley.

Ashley sacó el documento del bolso y se lo tendió. El guardia lo revisó con profesionalidad pese al escaso tiempo del que disponían.

—Acompáñenme —indicó.

Pasaron el control de seguridad y montaron en un carrito eléctrico para agilizar el desplazamiento hacia la puerta. Una voz robótica femenina emitió la última llamada del vuelo a través de la megafonía.

DeCosta, que parecía acostumbrado a ese tipo de solicitudes urgentes, viró de pronto a la derecha y llevó el carrito por una cinta transportadora vacía. A Wolf le pareció innecesario, dado que ya había avisado a la puerta por radio para ordenar que no la cerraran hasta que él llegase. Sin embargo, parecía estar disfrutando del paseo.

—Hay un avión que sale hacia Melbourne dos horas después de que aterrices en Dubái —le dijo Wolf a Ashley en voz baja.

—¿Melbourne? —dijo ella desconcertada—. ¿Ese es tu plan? ¿Que me coja unas vacaciones? No. No puedo. ¿Qué pasa con Jordan? ¿Y con mi madre? No me dejas llamarlos, y estarán oyendo todas esas barbaridades en las noticias y...

—Tienes que seguir moviéndote.

Ashley, angustiada, terminó por dar su brazo a torcer y asintió.

—¿No deberíamos decírselo a Karlus? —preguntó señalando al guardia, que conducía con el cuerpo por fuera del carrito, como los héroes de las películas, mientras rodaban por el suelo enmoquetado.

—No. Yo me encargaré de la llamada cuando estés a punto de aterrizar. No quiero que nadie salvo nosotros sepa adónde te diriges —opuso Wolf—. Cuando desembarques en Melbourne, serán las cinco y veinticinco de la mañana del domingo. Estarás a salvo.

—Gracias.

—Cuando llegues, ve derecha al Consulado General y diles quién eres. —Wolf tomó la delicada mano de Ashley en la suya y le escribió un número de móvil en el dorso—. Aquí podrás avisarme de que lo has conseguido.

Llegaron a la puerta minutos antes del despegue. DeCosta se dirigió a hablar con el personal mientras Wolf y Ashley se bajaban del carrito e intercambiaban una mirada.

—Ven conmigo —le pidió ella.

Wolf negó con la cabeza.

—No puedo.

Ashley imaginaba que esa sería la respuesta. Se acercó, se inclinó hacia él de puntillas y cerró los ojos.

—Señora Lochlan —la llamó DeCosta desde el mostrador de los billetes—, tiene que embarcar ya.

Ashley sonrió coqueta a Wolf y giró sobre los talones.

—Hasta luego, Fawkes —se despidió con naturalidad.

—Hasta luego, Lochlan.

DeCosta cerró la puerta cuando Ashley embarcó y solicitó a la torre de control que adjudicase un despegue prioritario al avión. Wolf le dio las gracias por la ayuda prestada y le pidió que lo dejara allí. Pasaría por la aduana por su cuenta. Notaba el pasaporte rígido en el bolsillo interior de la chaqueta. No estaba seguro de por qué lo había llevado. Solo le había servido para que le costase todavía más decirle que no a Ashley cuando esta le había pedido que se fugara con él, que escapase del embrollo que le esperaba en Londres cuando aún podía.

Observó con nostalgia como el avión de Ashley tomaba posición en la pista de despegue, iniciaba su atronadora carrera por el asfalto y ascendía hacia el colorido cielo del crepúsculo, lejos del peligro, lejos de él.

30

El agente subalterno Dean Harris estaba sentado en el incómodo sillón que había junto a la ventana del lujoso pero poco acogedor salón. Estaba leyendo a la luz de una lámpara de mesa de aspecto caro que había colocado de mala manera en el alféizar, sin prestar ninguna atención al televisor, cuyo volumen había apagado. Solo lo había encendido para que le hiciera un poco de compañía durante una solitaria noche más en aquella casa desconocida.

Los demás agentes de su unidad se murieron de envidia cuando supieron que iba a trabajar en el caso del Ragdoll. Seguían en esa fase de su carrera en la que llevaban la cuenta de los cadáveres que habían visto, y el joven galés estaba considerado todo un héroe, ya que era el único miembro del grupo que había llegado a utilizar la táser.

Dean fingía indiferencia ante el puesto que le habían asignado, aunque en el fondo no podía sentirse más orgulloso. Se lo había dicho a su familia, cómo no, consciente de que la noticia se propagaría como una plaga, adornando la importancia de su función e inventándose un título para su cargo del que ya no se acordaba. Lo que no había previsto era que tendría que pasarse dos semanas aislado para proteger a una niña que casualmente se llamaba igual que el verdadero objetivo del asesino.

La familia Lochlan lo trataba como una especie de molestia que procuraba ignorar para seguir adelante con su vida. Toleraban su presencia en la casa y, como cabía esperar, tenían los nervios de punta, hasta el punto de que no permitían que la pequeña Ashley fuese sola al baño, aunque sabían, igual que él, que la pequeña de nueve años no guardaba relación alguna con aquel asesino en serie ni con ninguno de los implicados en el caso. Pero al menos Dean no era el único. Debía de haber decenas de mujeres llamadas Ashley Danielle Lochlan por todo el país que estarían compartiendo su casa de mala gana con otros tantos agentes de policía igualmente resignados.

Se distrajo del libro cuando, procedente de arriba, oyó un crujido violento seguido de un zumbido. Intentó continuar con la lectura, pero ya no sabía dónde la había dejado. Durante la última quincena se había familiarizado con las peculiaridades del viejo caserón. Aquel ruido en concreto procedía de la caldera al activarse de forma automática después de que la temperatura hubiera bajado por la noche.

Dejó escapar un bostezo sonoro y consultó su reloj. Los turnos de noche siempre eran los más duros. Aunque ya había desarrollado una rutina y conseguía dormir siete horas durante el día, se notaba cada vez más cansado. Tenía la impresión de que nunca llegarían las seis de la mañana.

Se quitó las gafas y se frotó los ojos irritados. Cuando volvió a abrirlos, le pareció que había mucha más luz en el salón, hasta el punto de que ya solo quedaban las sombras funestas que parpadeaban y reptaban por la pared al compás del programa de televisión. Tardó unos instantes en darse cuenta de que algo había activado la potente luz de la alarma del jardín delantero.

Se levantó y miró por el ventanal. El sistema de regadío programado debía de haber accionado el sensor de movimiento después de que los aspersores giratorios iniciaran su danza diaria para un público de una sola persona. Puesto que el precioso y cuidado jardín estaba vacío, se sentó y se quedó mirando la pantalla muda, en la que las imágenes absurdas se sucedían con entusiasmo, como si a alguien le importase a esa hora de la madrugada.

Veinte segundos después de que los aspersores se apagaran, la potente luz se extinguió y el salón pareció más oscuro que nunca. Dean se acomodó en el sillón duro y descansó los ojos, que le picaron al cerrarlos. De pronto, sus párpados se tiñeron de un naranja rosáceo, y cuando abrió de nuevo los ojos le cegó la luz blanca que inundaba el salón desde fuera. Se acercó trastabillando a la ventana contigua y al asomarse vio que la luz de la alarma estaba orientada hacia la casa, sumiendo en la oscuridad el resto del jardín.

Se oyó un fuerte golpe en la puerta de atrás. Con el corazón palpitándole en el pecho, cogió el chaleco antibalas que había dejado en el respaldo del sillón. Salió despacio al recibidor, blanqueado por la luz espectral, y arrastró los pies hasta la puerta, distraído por las chiribitas que le nublaban los ojos, deslumbrados. Recordó demasiado tarde que se había quitado la impecable pistola táser horas antes para estar más cómodo y que la había dejado apoyada contra la pata del sillón. Se puso el chaleco mientras pasaba entre las hileras de retratos deprimentes, porra extensible en ristre, listo para descargarla.

La luz de la alarma se apagó.

Una oscuridad opaca engulló a Dean. Contuvo la respiración. Oyó que algo se acercaba por el pasillo y, presa del pánico, lanzó un porrazo sin golpear nada más que el aire y la pared de madera. Antes de que pudiera sacudir la porra de nuevo, algo sólido se estampó contra su frente, derribándolo en medio de la oscuridad.

No tenía ni idea de si había estado inconsciente o no cuando cogió la radio de seguridad y pulsó el botón de emergencia para transmitir por un canal abierto todo cuanto dijera. El resplandor verde de la pequeña pantalla se reflejaba en las paredes relucientes, lo que lo ayudó a ponerse de pie a duras penas y acercarse al interruptor de la luz.

—Control de Metropolitana, envíen más unidades —balbuceó antes de perder el equilibrio y dejar caer la radio al suelo.

Se apoyó contra el interruptor. El pequeño candelabro del techo se encendió, dejando a la vista un rastro de huellas de barro que partían del recibidor y ascendían hacia la habitación de Ashley. Cogió la porra del suelo y subió los escalones como pudo hasta el descansillo, donde las huellas de las botas, cada vez menos visibles, describían un giro pronunciado hacia la puerta multicolor de la niña.

Irrumpió en el cuarto, con la porra por encima de la cabeza, solo para encontrar vacía la habitación desordenada. Los últimos restos de barro que ensuciaban la moqueta crema se dirigían hacia las puertas abiertas del balcón. Escudriñó el jardín desierto y se sentó contra la barandilla metálica, consumida la adrenalina que le había impedido sucumbir al mareo. Sacó el teléfono y mientras esperaba a que llegasen los refuerzos, envió un mensaje al número que le habían dado el día anterior.

Edmunds se había quedado dormido debajo de su chaqueta. Durante las dos últimas semanas había pasado más noches en el sofá que en la cama. Baxter, sin embargo, estaba sentada en la mesa de la cocina, bien despierta, leyendo el mensaje que le acababa de llegar. Subió sigilosamente por las escaleras desnudas para comprobar como se encontraba la familia Lochlan, que dormía sana y salva en la habitación de Edmunds y Tia.

Wolf estaba en lo cierto. La había avisado de que el asesino iría a por la niña si no lograba ejecutar a Ashley. Ya había demostrado su disposición a matar al azar. Las tres personas que habían fallecido por su dieta especial, daños colaterales del envenenamiento de Khalid, eran la prueba. No era de extrañar que estuviera dispuesto a asesinar a una niña inocente para salvaguardar su ego.

Vanita había accedido con renuencia a que Baxter trasladase a la familia, convencida de que sería una pérdida de tiempo para todos los implicados. La detective se había ofrecido a acogerla en su apartamento. Al menos eso era lo que le había dicho al equipo.

Aún no había descartado la posibilidad de que le estuvieran tendiendo una trampa a Wolf. Al fin y al cabo, era la segunda Ashley Lochlan a la que intentaba salvar en un día. Había decidido llamar a la única persona en la que confiaba plenamente, aunque todavía estuviera furiosa con ella.

Dado que Tia estaba con su madre, Edmunds tuvo la cortesía de abrir las puertas de su casa tanto a Baxter como a los aristocráticos refugiados. Los invitó a pasar y, a pesar del agotamiento, se acercó corriendo al supermercado para comprar algunos artículos imprescindibles que apenas podía permitirse. Baxter dio gracias por que hubiera salido, ya que así se ahorró ver las caras de espanto que pusieron los ricos invitados cuando echaron una ojeada a su humilde hogar temporal.

«Debería despedir a la sirvienta», oyó Baxter murmurar a la señora Lochlan al oído de su altanero esposo cuando pisó las galletas para gatos que había desparramadas por el suelo de la cocina.

Edmunds cayó rendido en el sofá durante la cena, lo que significaba que no se había comido la tostada con judías en salsa de tomate ni había tenido ocasión de hablar con ella en privado. Tal vez fuese mejor así, pensó Baxter. Todo seguía igual. Él creía que Wolf era el culpable, y ella no tenía modo de hacerle cambiar de opinión. Él no lo conocía tan bien como ella.

Mientras elaboraba un argumento en defensa de Wolf para emplearlo contra Edmunds por la mañana, cogió su teléfono y redactó un mensaje breve.

Niña a salvo. Tenemos que hablar. Llámame. Bss

Sabía que Wolf se habría deshecho de su móvil para que no lo rastreasen, pero pulsó el botón de enviar de todas formas; necesitaba seguir sintiéndose conectada de alguna manera con la persona más importante de su vida, incapaz de admitir que lo más probable era que no volviese a verla nunca.

Andrea salió despacio de la cama para no despertar a Geoffrey. Se puso la bata y bajó a la cocina con sigilo. El sol empezaba a elevarse hacia el cielo azul marino a través del techo de cristal, el culpable de las pronunciadas fluctuaciones de temperatura que se producían en ese rincón de la casa. Incluso en invierno, era imposible permanecer en la diáfana estancia cuando el sol se deslizaba por encima en un día despejado y, sin embargo, en verano, antes de que amaneciera, los dedos de los pies se le entumecían si andaba descalza por las gélidas baldosas.

Cerró la puerta para disfrutar de cierta intimidad y se sentó en la barra del desayuno con un zumo de naranja delante y el móvil en el oído. Por alguna extraña razón, pese a que llevaran años distanciados, la reconfortaba poder telefonear a Wolf a las cinco de la madrugada. Era algo que no le ocurría con nadie más, ni siquiera con Geoffrey.

Con el tiempo se había acostumbrado tanto a los irregulares horarios laborales de su exmarido que sabía que podía estar tan despierto en plena noche como en pleno día. Pero, a decir verdad, no se trataba solo de eso. Sabía que él estaría ahí para ella, a una simple llamada de distancia, listo para escucharla siempre que necesitara contarle algo, estuviera acostado o no. Era algo que siempre había dado por hecho, hasta entonces.

Por sexta vez en doce horas, su llamada se desvió al buzón de voz, aunque en esa ocasión decidió colgar en lugar de dejarle otro mensaje incoherente. Lo intentaría de nuevo de camino al trabajo. Elijah esperaba una respuesta acerca de su ascenso al final de la jornada, pero había llegado a un punto en que ni siquiera pensaba en eso, con la esperanza de que, por arte de magia, supiera darle la contestación correcta llegado el momento.

Geoffrey, como de costumbre, se levantó a las seis en punto. Andrea se propuso no sacar el manido tema durante el desayuno. Geoffrey debía de estar tan harto de ese asunto como ella, y de todas maneras él no podía decirle nada que le sirviera de ayuda. Le deseó suerte antes de ir a ducharse, solo para que ella supiera que no se le había olvidado, y desapareció escaleras arriba.

Andrea salió de casa a las seis y veinte para afrontar con tiempo de sobra otro día que sin duda llegaría cargado de noticias dignas del Reloj de la Muerte. Cuando llegó a la sala de redacción comprendió por qué Wolf no le había cogido el teléfono. Encontró su bandeja de entrada repleta de mensajes y fotografías remitidos por gente que esperaba algún tipo de recompensa económica por haber avistado a Wolf y a Ashley

Lochlan. La poco fiable lista de ubicaciones inconexas le trajo a la memoria un suceso que había cubierto años atrás, protagonizado por un leopardo de las nieves que se había escapado; los habían visto en dos estaciones de servicio, en el aeropuerto de Glasgow, montados en la caja de un carrito... Y hacía tan solo unos minutos que había recibido una fotografía borrosa desde Dubái.

Sin saber muy bien qué pensar de todos esos envíos, le mandó un mensaje a Baxter para comprobar si todo iba bien y bajó a maquillaje con antelación a fin de no cruzarse con Elijah cuando este llegase. No necesitaba que le recordara que debía tomar una decisión crucial ni que la presionara para que le diese una respuesta.

Aún disponía de diez horas para organizar sus ideas.

Baxter seguía sentada a la mesa de la cocina cuando oyó que Edmunds empezaba a desperezarse. Se apresuró a guardar en el bolso la Glock 22 que había tomado prestada del depósito de pruebas. Quería contar con una protección tanto para ella como para la familia Lochlan y no le había supuesto ningún problema acceder a las pruebas de su propia investigación. Después solo necesitó dedicar un cuarto de hora a rebuscar en los cajones y en las demás cajas de pruebas para conseguir un puñado de las balas del calibre 40 de S&W que admitía el cargador.

Edmunds entró somnoliento en la cocina y gruñó al ver el caos que lo esperaba en el fregadero. Al parecer los Lochlan nunca habían tenido que molestarse en lavar los platos que ensuciaban y tampoco habían visto esa noche ningún motivo para aprender.

—Buenos días. —Bostezó.

Arrastró los pies hasta el hervidor.

—Gracias por acogernos —le dijo Baxter.

Edmunds, aún medio dormido, no sabía si hablaba en serio o no.

—El asesino ha ido a por ella, tal y como predijo Wolf —le informó Baxter.

Edmunds se olvidó del café y se sentó a la mesa.

—Ha escapado —añadió ella al ver que la miraba con esperanza—. Al muchacho encargado de vigilar la casa lo están tratando por una conmoción cerebral, pero se pondrá bien.

Hizo una pausa mientras se preparaba para exponer el razonamiento que tanto había ensayado.

—Mira, no te culpo por lo de ayer, ni por formular la posibilidad de que Wolf esté implicado. Teniendo en cuenta las pruebas que has encontrado, no estarías haciendo tu trabajo si no hubieras actuado así.

—Los técnicos han dicho que estuvo buscando información sobre Madeline Ayers en Google un día después de que encontráramos el Ragdoll —empezó Edmunds, pero Baxter impuso su voz a la de él.

—Tú no lo conoces como yo. Wolf se rige por un código. Probablemente sea la persona más recta que conozco, aunque a veces eso pueda llevarlo a hacer cosas ilegales y espantosas.

—¿No te parece que eso es un poco contradictorio? —le preguntó Edmunds con todo el tacto que pudo.

—Todos sabemos que en ocasiones la ley y lo correcto no van a la par, como nos gustaría. Wolf jamás haría esas cosas que has...

Baxter dejó el argumento a medias cuando Edmunds se levantó y sacó una carpeta de su cartera. La puso encima de la mesa, frente a ella.

—¿Qué es esto? —preguntó Baxter con reticencia.

No mostró intención alguna de cogerla.

—Ayer por la tarde hice un viaje a la costa, al hospital de Saint Ann.

La expresión de Baxter se oscureció. No cabía duda de que, en su opinión, Edmunds había rebasado todos los límites.

—¿Qué te hace pensar que tienes derecho a...?

—He encontrado algo —la interrumpió, alzando él la voz—. En la habitación de Wolf.

Baxter se puso furiosa. Cogió la carpeta de la mesa y la abrió. La primera fotografía mostraba una pequeña habitación pintada de blanco donde casi todos los muebles estaban descolocados. Lo miró con impaciencia.

—Sigue —la instó él.

La segunda captura recogía lo que parecía ser un borrón en medio de la pared del fondo.

—Fascinante —desdeñó Baxter, que deslizó la toma hacia el fondo de la pila antes de ver la tercera y última imagen. La observó en silencio durante más de un minuto, hasta que por fin contrajo el rostro y tuvo que volver la cabeza para ocultarle a Edmunds sus ojos llorosos.

En la fotografía que descansaba en su regazo aparecían grabados profundamente en la superficie áspera los nombres que tan bien conocían ya, los de aquellos a los que Wolf consideraba responsables, con letras sucias como siluetas envueltas de humo, negruzcas e incrustadas para siempre en la estructura del viejo edificio.

—Lo siento —se disculpó Edmunds con voz queda.

Baxter negó con la cabeza y dejó caer la carpeta en la mesa.

—Estás equivocado. ¡Wolf estaba enfermo entonces! Es imposible que... Wolf no...

Sabía que se mentía a sí misma. La asaltó la sensación de que todo cuanto creía era falso; al fin y al cabo, si había sido lo bastante ingenua para creer en Wolf, ¿de qué otras fantasías habría estado viviendo? El hombre a cuya altura siempre había querido ponerse, al que había intentado emular, con el que había querido estar, era en realidad el monstruo del que Edmunds la había prevenido.

Oyó los gritos de agonía de Garland. Olió el hedor de los restos abrasados del alcalde, recordó el abrazo que había dado a Chambers cuando nadie miraba, el momento en que le deseó unas felices vacaciones.

—Es él, Baxter. No hay lugar a dudas. Lo siento.

Poco a poco, Baxter miró a Edmunds a los ojos y asintió.

No había lugar a dudas.

31

Sábado, 12 de julio de 2014
8.36 h

—¿Has sido tú? —le preguntó Vanita a Finlay con un bufido cuando irrumpió en la sala de reuniones. Miró a Simmons—. ¿Tú?

Ninguno de los dos tenía ni idea de a qué se refería la comandante. Sus expresiones de extrañeza la encolerizaron aún más. Cogió el mando a distancia del soporte y fue cambiando de canal hasta que encontró a Andrea sentada tras la mesa del informativo con el Reloj de la Muerte superpuesto sobre su cabeza. Subió el volumen mientras una imagen desenfocada llenaba la pantalla.

—... muestra a Ashley Lochlan en el aeropuerto internacional de Dubái y escoltada por el jefe de seguridad, Fahad Al Murr —leyó Andrea.

Se reprodujo a cámara lenta un breve vídeo grabado con un móvil.

—Y aquí podemos ver claramente al sargento detective Fawkes y a Ashley Lochlan desplazándose por la terminal uno del aeropuerto de Glasgow.

—Esto ya lo sabíamos —dijo Finlay.

—Espera y verás —espetó Vanita.

Andrea reapareció en la pantalla.

—Una fuente cercana a la investigación nos ha revelado en exclusiva que la señora Lochlan participó como testigo en el juicio del Asesino Incinerador y que está relacionada con otras víctimas de los asesinatos del Ragdoll. Esta fuente ha confirmado asimismo que el detective Fawkes tomó parte en la operación y acompañó a la señora Lochlan en su huida del país.

—Chica lista. —Finlay sonrió.

—¿Disculpa? —rechinó Vanita.

—Emily. No ha revelado nada crucial, solo lo suficiente para que se sepa que esta es la Ashley Lochlan a por la que iba el asesino. Ya no tiene sentido que intente atacar de nuevo a la niña, ni a ninguna otra Ashley Lochlan. Lo único que ha hecho ha sido anunciar al mundo que el asesino va a fracasar.

—¡Lo único que ha hecho ha sido anunciar al mundo que la Policía Metropolitana es tan inútil que a esa chica le irá mejor sola que dejándose proteger por nosotros! —replicó Vanita.

—Está salvando vidas.

—Pero ¿a qué precio?

El teléfono del despacho de Vanita empezó a sonar. La comandante maldijo entre dientes y salió airada del cuarto, llamando a Simmons sobre la marcha como si fuera un perro. Simmons titubeó y cruzó una mirada con Finlay.

—¡Terrence! —voceó de nuevo.

Finlay, asqueado, lo vio corretear tras ella.

—La subordinación de los líderes —masculló para sí.

Edmunds se hizo a un lado para dejar pasar a Simmons y entró en la sala de reuniones. Vació su cartera en silencio, sin mostrar interés en el informativo, después de haber discutido la cuestión a fondo con Baxter.

—Entonces ¿es Will? —preguntó Finlay.

Edmunds asintió con gravedad y le tendió la carpeta que acababa de sacar de la cartera, pero Finlay la rechazó.

—Te creo —dijo, antes de centrar su atención en el televisor.

—Si me lo permites, no pareces demasiado sorprendido —observó Edmunds.

—Cuando llevas tantos años en el oficio como yo, ya nada te sorprende. Te entristece, pero nada más. Si algo he aprendido es que, si presionas lo suficiente a una persona, al final esta acaba por estallar.

—¿Estás justificando lo que ha hecho Wolf?

—Por supuesto que no. Pero a lo largo de los años he visto a muchas personas buenas hacerse daño entre ellas; maridos que estrangulaban a sus esposas infieles, hermanos que protegían a sus hermanas de las parejas que las maltrataban. Al final te das cuenta...

—¿De qué te das cuenta?

—De que no hay personas buenas. Solo hay gente que no se ha visto sometida todavía a un exceso de presión y gente que sí.

—Se diría que no quieres que detengan a Wolf.

—Tenemos que detenerlo. Algunas de esas personas no se merecían lo que les pasó.

—¿Y crees que algunas de ellas sí?

—Exacto, algunas, sí. No te preocupes, muchacho. Soy quien más interés tiene de todos en detenerlo porque soy quien menos quiere que le hagan daño.

Vanita y Simmons regresaron abatidos a la sala de reuniones y tomaron asiento. Edmunds les entregó a todos una copia del perfil con el que describía al asesino.

—El tiempo se agota —dijo—, por lo que he recopilado todo cuanto sabemos del asesino, así como diversas suposiciones razonadas con las que acotar la búsqueda. Varón caucásico, entre un metro ochenta y dos metros, calvo o con la cabeza afeitada, cicatrices en antebrazo derecho y en la nuca, botas del número cuarenta y seis, las reglamentarias del ejército hasta 2012; fue o es soldado. Alto nivel de inteligencia, que mide con regularidad para alimentar su ego. Disociación emocional, trivialización del valor de la vida humana, disfruta al sentirse desafiado y desea que se le ponga a prueba. Está aburrido, por lo que puede que ya no sea soldado. Las circunstancias sugieren que se deleita con la situación. Es posible que sea un hombre solitario, un inadaptado, que no esté casado y que resida en un piso sencillo. Si tenemos en cuenta los precios de Londres, apostaría a que vive en un estudio de alguna zona poco recomendable.

»La gente que se alista en el ejército solo porque le gusta matar suele descubrirse a sí misma y termina siendo expulsada de forma deshonrosa después de cometer alguna atrocidad o si se sospecha que la ha cometido. Puesto que sus huellas no figuran en nuestro sistema, no debió de ocurrir nada sospechoso; sin embargo, no podemos descartar que se deba a una lesión, teniendo en cuenta las cicatrices.

—Son muchas suposiciones —protestó Simmons.

—Suposiciones razonadas, y es algo con lo que empezar —se defendió Edmunds sin achantarse—. Tenemos que elaborar una lista de personas que encajen con esta descripción y que dejasen el ejército durante los años previos al primer caso archivado, de 2008.

—De nuevo, un trabajo excelente, Edmunds —lo felicitó Vanita.

—Con su permiso, me gustaría contar con Finlay para seguir trabajando en las pruebas. Sería de gran ayuda que el detective inspector jefe Simmons pudiera empezar a elaborar la lista por mí.

Simmons, en absoluto de acuerdo con que el fichaje más reciente delegase sus tareas en él, se disponía a protestar cuando Vanita se le adelantó.

—Lo que necesites —accedió—. Doy por hecho, entonces, que Baxter ha salido en busca de Fawkes.

—Baxter no se separará de la niña antes de la medianoche, y aunque se lo ordenemos, la amenacemos o se lo supliquemos, no cambiará de opinión. Yo que usted no perdería el tiempo —le recomendó Edmunds.

Finlay y Simmons se miraron atónitos. ¿Edmunds daba órdenes a la comandante?

—El asesino no ha dejado de acercarse a nosotros un poco más con cada crimen. Su intención es terminar esto cara a cara. Si lo encontramos, encontraremos a Wolf.

Dieron la reunión por terminada. Vanita y Simmons regresaron al despacho de la comandante, mientras que Edmunds se quedó atrás para hablar con Finlay en privado. Cerró la puerta de la sala de reuniones y titubeó, sin saber muy bien cómo sacar un tema tan inusual.

—Finlay… tengo una pregunta algo extraña.

—Tú dirás —repuso Finlay, echando un vistazo a la puerta cerrada.

—Ayer Simmons y tú estuvisteis hablando de algo.

—Vas a tener que especificar un poco más. —Finlay se rio.

—«Fáustica» —precisó Edmunds—. Me preguntaba a qué te referías con eso.

—Para serte sincero, casi ni me acuerdo de qué iba la reunión de hoy.

Edmunds sacó su libreta.

—Estábamos hablando de las víctimas cuando dijiste: «Juraría que es la lista de objetivos de Will, si no estuviera incluido él también», a lo que Simmons respondió: «Casi parece fáustica» o algo por el estilo.

Finlay asintió al recordar la conversación.

—No significaba nada. Una broma estúpida —aclaró.

—¿Te importaría explicármela, por favor?

Finlay se encogió de hombros y tomó asiento.

—Hace unos años detuvimos a unos tipos que juraban y perjuraban que eran inocentes, a pesar de la montaña de cadáveres sobre la que estaban sentados.

—¿Echaban la culpa a los demonios o al diablo? —preguntó Edmunds, fascinado.

—Exacto; la llamaron la «coartada fáustica» —explicó Finlay con una sonrisa irónica.

—¿Y cómo se urde algo así?

—¿Disculpa?

—En términos prácticos, quiero decir.

—¿«En términos prácticos»? —repitió Finlay confundido—. Es una leyenda urbana, muchacho.

—Me gustaría conocerla.

—¿A qué viene todo esto?

—Podría ser importante... Por favor.

Finlay consultó su reloj, consciente del poco tiempo que les quedaba.

—De acuerdo. Es la hora del cuento. Hay ciertos números por ahí, números de teléfono móvil corrientes y molientes. Nadie sabe a quién pertenecen, y nadie ha conseguido nunca rastrearlos. Solo sirven para hacer una llamada, después de lo cual se desactivan. Si una persona se hace con uno de esos números y lo estima oportuno, puede proponer un pacto.

—Un pacto con el diablo —dedujo Edmunds, encandilado por la historia.

—Exacto, un pacto con el diablo. —Finlay suspiró—. Pero, como siempre que interviene el diablo, hay trampa: una vez que ha satisfecho tu voluntad, esperará algo a cambio. —Finlay detuvo su relato e hizo una seña para que Edmunds se inclinara hacia él—. ¡Tu alma! —bramó.

Edmunds dio un respingo del susto.

Finlay tosió una rociada de saliva al carcajearse de su asustadizo compañero.

—¿Crees que podría haber algo de cierto en todo eso?

—¿En que si el diablo es de prepago? No. No, no lo creo —desestimó Finlay, poniéndose serio—. Hoy debes centrarte en cosas más importantes, ¿de acuerdo?

Edmunds asintió.

—De acuerdo, entonces —dijo Finlay.

El señor y la señora Lochlan estaban viendo la televisión en el cutre salón de Edmunds. Baxter oía a Ashley jugando en el dormitorio de arriba desde la mesa de la cocina, donde estaba sentada. Estaba a punto de levantarse para preparar algo de comer cuando de pronto Ashley se quedó callada.

Baxter se levantó, aguzando el oído pese al estruendo de la estancia contigua, pero se relajó al percibir los pasos estrepitosos de Ashley al echar a correr por el descansillo y saltar escaleras abajo. Entró embalada en la cocina con una colección de horquillas y flores enganchadas en el pelo de cualquier modo.

—Hola, Emily —la saludó con jovialidad.

—Hola, Ashley —respondió Baxter. Siempre se le había dado fatal comunicarse con los niños. Era como si pudieran oler el miedo que les tenía—. Estás muy guapa.

—Gracias. Tú también.

Baxter dudaba de que eso fuese cierto, pero le sonrió con cansancio.

—Solo quería saber si sigues queriendo que venga a avisarte si veo a alguien fuera.

—Sí, por favor —dijo Baxter con todo el entusiasmo del que pudo hacer acopio—. Estoy esperando a un amigo —mintió.

—¡Vale!

Baxter imaginaba que la niña regresaría arriba corriendo, pero en vez de eso se quedó en la cocina riéndose tontamente.

—¿Qué?

—¿Qué? —Ashley se rio.

—¿Qué haces? —La paciencia de Baxter comenzaba a menguar.

—¡Lo que me has pedido! ¡Te estoy diciendo que hay alguien en el jardín de atrás!

La sonrisa forzada de Baxter desapareció al instante. Cogió a Ashley y la llevó corriendo al salón mientras hacía señas a los alarmados padres.

—Vayan arriba y cierren la puerta con llave —les susurró mientras empujaba a la niña hacia sus brazos.

Oyó los pasos amortiguados de los padres y la pequeña en la planta de arriba, volvió rauda a la cocina y sacó la pistola de su bolso. Se quedó helada cuando oyó un arañazo procedente de un flanco de la vivienda. Se acercó con sigilo a las ventanas de atrás, pero no vio nada fuera.

Se produjo un fuerte golpe en la puerta principal.

Baxter salió aprisa al recibidor y entró en el cuarto de baño. Levantó la pistola al darse cuenta de que alguien intentaba introducir una pieza de metal en la cerradura. La puerta se abrió con un chirrido y una sombra inmensa se extendió por la entrada. Baxter contuvo la respiración y esperó a que el atacante dejase atrás la puerta del baño. Salió y pegó el cañón metálico de la pistola contra la cabeza encapuchada del intruso, que dejó caer al suelo una bolsa llena de cuchillas de afeitar, tijeras afiladas y guantes desechables.

—Policía —advirtió Baxter, mirando el montón de utensilios sospechosos que acababa de formarse a sus pies—. ¿Quién eres?

—Tia. La prometida de Alex. Vivo aquí.

Baxter estiró el cuerpo y vio la barriga prominente que le abombaba la blusa.

—¡Dios mío! Lo siento —se disculpó, bajando el arma—. Soy Emily, Emily Baxter. Me alegro de conocerte al fin.

El jefe de seguridad del aeropuerto internacional de Dubái ya había hablado con Wolf cuando Ashley desembarcó. Se trataba de un hombre temible que ladraba órdenes a todo el que tenía cerca, por lo que no era de extrañar que hubiera obligado a la aerolínea a reorganizar los asientos para que ella pudiera volar a Melbourne.

Ashley se sentía fatal. Veía a los demás pasajeros apretujados en el resto de las plazas de la cabina mientras ella viajaba rodeada de cuatro filas libres. El reloj del sistema audiovisual se había ajustado para reflejar los cambios de las distintas zonas horarias. Ya era, oficialmente, domingo por la mañana, pero aún no estaba a salvo. Consultó su reloj, todavía con la hora inglesa, consciente de que no debía bajar la guardia hasta que fuera medianoche en Gran Bretaña.

La idea de Wolf de que embarcara en un avión lleno de personas inocentes le había producido recelo desde el principio. El asesino, que parecía poseer el don de la ubicuidad, había demostrado no tener límites, lo que la empujaba a preguntarse si estrellar una nave de pasajeros sería también uno de sus múltiples recursos. Llevaba horas aferrada al reposabrazos, temiendo que el avión se precipitase en picado de un momento a otro. Por orden de Wolf, no había aceptado ningún tipo de refrigerio y observaba con desconfianza a todos los que se levantaban de su asiento y se acercaban a los aseos.

Cuando las luces atenuadas que la rodeaban parpadearon, Ashley levantó la cabeza alarmada. La tripulación de cabina iba y venía entre los pasajeros dormidos sin darle importancia. El reposabrazos vibró y empezó a sacudirse, y un pitido desacertadamente alegre complementó los avisos luminosos de los cinturones de seguridad.

El asesino la había encontrado.

Todo el fuselaje comenzó a temblar con violencia, arrancando a los viajeros de su sopor. Vio los rostros de preocupación de los tripulantes, que intentaban tranquilizar al pasaje mientras regresaban deprisa a sus asientos para abrocharse los cinturones. Las luces se apagaron. Ashley buscó la ventanilla a tientas, pero solo vio oscuridad. Tuvo la impresión de que ya estaba muerta.

La vibración cesó poco a poco y las luces volvieron a encenderse a la máxima potencia. Una risa nerviosa se propagó por la cabina y, momentos después, los avisos luminosos de los asientos se apagaron de nuevo. El capitán habló por el intercomunicador para disculparse por las turbulencias y para comentar en broma que en su aerolínea todos los viajeros, no solo los de primera clase, podían disfrutar de un sillón de masaje.

Los pasajeros volvieron a entregarse al sueño y Ashley empezó a contar los minutos y los segundos que faltaban para el aterrizaje.

Andrea se despidió con su saludo habitual. El Reloj de la Muerte indicaba +16.59.56 cuando el letrero que anunciaba que estaban en el aire se apagó. Había disfrutado de una jornada llena de optimismo, de los buenos deseos que el público albergaba para Ashley Lochlan y de los consejos que le daba en su intento de escapar del hasta entonces infalible asesino. La repugnante cuenta atrás marcaba ya, rebasada la medianoche, números positivos, y había sido rebautizada como el «Reloj de la vida» por un espectador que había llamado al programa por teléfono. Por primera vez simbolizaba la esperanza en lugar de la desesperación, convertido en un instrumento que contaba las horas que el asesino tardaría en fracasar.

Pero su buen humor no tardó en disiparse cuando entró en la redacción y vio a Elijah esperándola en la estrecha pasarela. La llamó con unas señas que rezumaban arrogancia y entró en su despacho con paso altivo.

Ella se negó a apresurarse. Se detuvo en su escritorio y se tomó un momento para serenarse, procurando no pensar en la trascendencia de la decisión que estaba a punto de tomar, que ya había tomado. Cruzó la sala caótica, respiró hondo y subió las escaleras de metal.

Wolf seguía el informativo en la habitación de una pensión barata que había pagado en metálico. Llevaba horas con los nervios de punta y cruzó la habitación mugrienta de un salto en cuanto oyó pitar su móvil de prepago poco después de la medianoche. Abrió el mensaje de texto enviado desde un número desconocido y se reclinó contra la cama aliviado cuando leyó:

Sigo aquí! Bss

Ashley estaba a salvo.

Extrajo la tarjeta SIM del móvil, la partió por la mitad y se acercó al televisor para apagarlo, pero se detuvo al reparar en que la cadena de Andrea ya había reiniciado el Reloj de la Muerte. Vio desaparecer tres minutos de su vida como si de segundos se tratara antes de pulsar el botón de apagado.

-23.54.23

32

Vanita se había quedado hasta las siete y media de la tarde, y Simmons, hasta las nueve de la noche, mientras Edmunds y Finlay se preparaban para pasar una larga noche en la oficina. Baxter se les había unido poco antes de la una, después de enviar a casa a la familia Lochlan a medianoche con una escolta policial.

Edmunds imaginaba que le caería encima un chaparrón de furiosos mensajes y llamadas de Tia por haber convertido su modesta casa en una pensión para unos completos desconocidos; sin embargo, la futura madre se había pasado el día jugando con la niña de nueve años y ya estaba profundamente dormida cuando Baxter salió del dúplex.

Cuando la sargento llegó a la oficina, Finlay ya había retomado la tarea colosal de comprobar la lista de militares retirados. Edmunds, por su parte, había vaciado las pruebas archivadas en el suelo de la sala de reuniones y estaba enfrascado en un examen minucioso del caos.

A Baxter siempre le había parecido que el ambiente nocturno de la oficina era un poco extraño. Aunque New Scotland Yard seguía llena de empleados que funcionaban a base de cafeína, los trabajadores del turno de noche parecían desempeñar sus funciones entre discretos murmullos. La iluminación opresiva resultaba un poco más cálida al propagarse por las salas vacías y los pasillos penumbrosos, y los teléfonos a los que durante el día tanto les costaba hacerse oír, estaban entonces configurados para no emitir más que un cívico zumbido.

A las seis y veinte de la mañana, Finlay, dormido en su silla, roncaba ligeramente junto a Baxter, que lo había relevado en su ardua tarea. Basándose en el perfil que había bosquejado Edmunds y en la cantidad ingente de militares retirados que descartaron por la gravedad de sus lesiones, habían elaborado una lista que hasta el momento contaba con veintiséis nombres a partir de las primeras mil personas que habían cotejado.

Alguien carraspeó.

Cuando levantó la vista, Baxter se encontró con un hombre de aspecto desaliñado que llevaba puesta una gorra.

—Tengo unas carpetas para Alex Edmunds —anunció, señalando el carrito que arrastraba y sobre el que había apiladas en orden otras siete cajas archivadas.

—Sí, ahora está en…

Baxter vio a Edmunds tirar furioso una caja de pruebas contra la pared de la sala de reuniones.

—¿Sabes qué? ¿Por qué no me las dejas a mí? —Sonrió.

Una lluvia de papeles la recibió al entrar y cerrar la puerta de cristal.

—¡No entiendo qué demonios es lo que vio Wolf! —gritó Edmunds frustrado—. ¿Qué es lo que encontró?

Recogió del suelo un puñado de documentos y se los lanzó a Baxter.

—No hay huellas ni testigos ni relación entre las víctimas… ¡No hay nada!

—Está bien, cálmate. Ni siquiera sabemos si lo que Wolf encontró sigue aquí.

—Y tampoco tenemos forma de comprobarlo, porque encargó el análisis forense a un laboratorio externo y, como da la maldita casualidad de que hoy es domingo, no hay nadie trabajando. —Edmunds se dejó caer al suelo. Parecía exhausto y tenía las ojeras más marcadas que nunca. Se dio una palmada en la sien—. No queda tiempo para que me atonte ahora.

Baxter empezó a comprender que la impresionante contribución que su compañero había hecho al caso no estaba motivada por un afán egocéntrico de aventajar a los demás ni por demostrarle su valía al equipo, sino por la presión irracional a la que se venía sometiendo y que empezaba a convertirse en una obsesión, y por su empeño en no ceder el control a nadie. Dadas las circunstancias, supuso que no era buen momento para comentar lo mucho que le recordaba a Wolf.

—Han llegado unas cajas para ti —se limitó a anunciarle.

Edmunds la miró confundido.

—Vaya, ¿y por qué no has dicho nada? —le recriminó mientras se levantaba y salía corriendo de la sala.

La llovizna le empapó poco a poco la ropa durante la hora que Wolf permaneció de pie en la parada de autobús de Coventry Street. No había apartado la mirada de la puerta del chabacano cibercafé que, al igual que las incontables tiendas de recuerdos que vendían morralla de motivos londinenses, sobrevivía de alguna manera acurrucado entre los establecimientos de las marcas más conocidas del mundo en una de las vías más bulliciosas y caras de la capital.

Lo había seguido hasta allí, guardando las distancias cuando montó en el tren, viendo como se escurría en medio de la muchedumbre que se arracimaba en torno a los artistas callejeros de Covent Garden y cuando después entró en la cafetería cochambrosa, a apenas unos cientos de metros de Piccadilly Circus.

La temperatura había descendido con el cambio de tiempo y su presa iba camuflada con el uniforme característico de Londres: abrigo negro, zapatos lustrados a la perfección y camisa y pantalón recién planchados, complementado todo ello con el paraguas negro reglamentario.

Le había costado seguir el ritmo las veces en que el imponente hombre aligeraba el paso entre la multitud serpenteante. Vio como algunas personas se acercaban a él, lo rozaban al cruzarse en su camino, le rogaban que les diera unas monedas, intentaban entregarle unos pasquines relucientes, sin hacerse siquiera una ligera idea del monstruo que se paseaba entre ellas, un lobo disfrazado de cordero.

Poco después de dejar atrás Covent Garden, el hombre tomó un atajo. Wolf lo siguió por la tranquila calle lateral y empezó a andar más rápido, disfrutando de un desacostumbrado momento de soledad en medio de la ciudad ajetreada. La caminata enérgica se transformó en un trote mientras perseguía a su confiado objetivo, pero, cuando un taxi dobló la esquina y se detuvo unos metros más adelante, Wolf relajó el paso con fastidio y siguió a su presa de regreso a la agitada calle mayor.

Cuando la llovizna se convirtió en lluvia, Wolf se subió el cuello del abrigo negro que también él llevaba y se encorvó para conservar el calor. Vio como los números coloridos del reloj de neón que había en la ventana de la cafetería se distorsionaban poco a poco tras el cristal mojado, recordatorio de que ese era su último día, su última oportunidad.

Estaba perdiendo el tiempo.

Isobel Platt estaba recibiendo un curso intensivo sobre cómo trabajar en el estudio. Al parecer hicieron falta cinco solícitos miembros del equipo técnico para explicar a la reportera de atractivo intimidante a qué cámara debía mirar y cuándo. Para disgusto de Elijah, se había puesto su traje más recatado para afrontar este inesperado tramo de su incipiente carrera, de modo que el redactor jefe dio la orden de que «perdiera» los tres primeros botones.

Aunque el formato con el que se estrenaría en estudio era bastante sencillo (una entrevista cara a cara con solo dos inserciones de vídeo intercaladas), se estimaba que decenas de millones de personas sintonizarían el canal alrededor del mundo para ver el programa, de media hora de duración. Isobel tenía miedo de marearse de nuevo.

Nunca había deseado eso. De hecho, ni siquiera quería el puesto de reportera, por lo que se sorprendió tanto como todos los demás cuando se lo ofrecieron a pesar de su absoluta falta de experiencia y de cualificación. Había hablado con su novio sobre la posibilidad de pasar a otro departamento, pero odiaba trabajar allí y estaba decidida a dejarlo.

En la redacción todos pensaban que era una zorra, una lerda o una zorra lerda. Sabía muy bien lo que se murmuraba a sus espaldas. Era la primera que admitía que no era ninguna genio, pero, mientras que a otras personas más formadas les perdonaban su mala pronunciación o su ingenuidad, ella era objeto de incesantes burlas.

Sonreía cuando un hombre demostraba su torpeza y se reía con los que contaban chistes malos. Fingía sentirse ilusionada por el honor que le habían concedido, pero en realidad habría preferido que Andrea estuviera en su lugar, adaptándose a los enrevesados movimientos de la cámara y al complejo ritmo del programa.

—Creo que podría acostumbrarme a esto. —Rio cuando uno de los técnicos la llevó a su sitio rodando sobre la silla.

—No te pongas demasiado cómoda —le recomendó Andrea mientras cruzaba el estudio de camino a maquillaje, a una hora mucho más temprana de lo habitual, a fin de prepararse para su primer día oficial en su nuevo puesto—. Si estás aquí es porque no puedo entrevistarme a mí misma, ¿entiendes?

—¡Tengo algo! —exclamó Edmunds en la sala de reuniones.

Finlay, Vanita y Simmons ya estaban dentro cuando Baxter llegó y cerró la puerta, pisando los papeles desparramados que alfombraban el suelo. Simmons parecía indeciso, sin duda sopesando si debía amonestar o no a Edmunds por aquel desorden.

El joven agente introdujo la mano en una de las cajas archivadas y repartió los documentos.

—Bien —comenzó sin aliento—. Os pido un poco de paciencia. Está algo desorganizado. Un momento, esos no.

Quitó a Simmons los documentos que tenía en la mano y los tiró al suelo, detrás de él.

—Tendréis que compartirlos. —Sonrió—. Es uno de los casos que Wolf sacó de los archivos, el de Stephen Shearman, cincuenta y nueve años, presidente de una compañía de componentes electrónicos venida a menos. Su hijo, que ocupaba un puesto directivo dentro de la corporación, se suicidó tras una fusión mal ejecutada o algo así... Carece de importancia.

—¿Y esto qué relevancia tiene? —preguntó Vanita.

—Es lo que pensé yo también —se entusiasmó Edmunds—. Pero adivinad quién tuvo la culpa de que la fusión se frustrase. Gabriel Poole junior.

—¿Quién? —preguntó Baxter en nombre de todo el grupo.

—Era el heredero de la compañía de electrónica que desapareció de la suite del hotel en el que se alojaba... Cuando apareció el charco de sangre, pero no se halló ningún cadáver.

—Ah —dijo Baxter con fingido interés.

Todos tenían cosas más importantes que hacer en ese momento.

—Este —indicó Edmunds mientras abría otra caja de cartón—. Su hija murió víctima de la explosión de la bomba... —explicó señalando otra caja— que colocó este hombre, quien apareció asfixiado en una celda de aislamiento.

Todos lo miraban inexpresivos.

—¿No os dais cuenta? —preguntó Edmunds—. ¡Son asesinatos fáusticos!

El semblante de los demás se volvió aún más inexpresivo.

—Es una leyenda urbana —gruñó Finlay.

—Están relacionados entre sí —insistió Edmunds—. ¡Todos ellos! Asesinatos por venganza seguidos de un sacrificio. No entendíamos por qué Wolf figuraba en la lista de sus enemigos. Ahora todo tiene sentido.

—Es absurdo —se opuso Simmons.

—Es un excelente paso adelante —aprobó Vanita.

Edmunds rebuscó en otra caja y sacó un informe.

—Joel Shepard —dijo—. Falleció hace seis meses. Suicidio dudoso. Cometió tres asesinatos por venganza, convencido de que el diablo iría a reclamar su alma. Ingresó en un hospital psiquiátrico.

—Bien, ahí tienes la respuesta —desdeñó Simmons.

—El hospital de Saint Ann —precisó Edmunds—. Estuvo ingresado allí a la vez que Wolf, quien por cierto sacó esta caja hace diez días y ahora falta una de las pruebas.

—¿Cuál? —preguntó Vanita.

—«Una página de la Biblia manchada de sangre» —leyó Edmunds del informe—. Creo que Wolf encontró algo.

—¿Quieres decir que el Asesino del Ragdoll es mucho más prolífico de lo que imaginábamos en un principio? —le interrumpió Vanita.

—Lo que quiero decir es que el Asesino Fáustico no es una simple leyenda. Lo que quiero decir es que los asesinatos del Ragdoll son asesinatos fáusticos. Lo que quiero decir es que creo que Wolf ha descubierto la identidad del asesino y que anda por ahí, en alguna parte, en busca de un tipo que de manera inequívoca está convencido de que es, como mínimo, un demonio.

La puerta de la cafetería se abrió y un hombre salió para mezclarse con la riada de gente que afluía en dirección a las brillantes luces de Piccadilly Circus. Wolf dio unos pasos hacia la derecha para verlo mejor, pero la multitud y el paraguas que acababa de abrir le tapaban la cara. Empezó a alejarse.

Debía tomar una decisión: ¿continuar o abandonar?

Era él, estaba casi seguro. Cruzó la calzada con rapidez, cubriéndose el rostro al pasar por delante de un coche patrulla estacionado, y comenzó a seguir a su objetivo por la calle concurrida. El tropel era más denso a cada paso que daba, hasta el punto de que le costaba seguirlo. Cuando la lluvia arreció, los que se habían aventurado a pasear bajo la llovizna corrieron a guarecerse en algún rincón o abrieron sus paraguas con urgencia. En cuestión de segundos, al menos otra decena de doseles negros idénticos llenaron la acera delante de él.

Desesperado por no perder de vista al hombre, Wolf salió a la calzada y esprintó diez metros antes de regresar a la acera y situarse detrás de él. Intentó ver el reflejo de su cara cuando pasaron por delante del siguiente escaparate. Tenía que cerciorarse de que era él antes de hacer nada.

Su comportamiento errático terminó por llamar la atención de varios transeúntes, algunos de los cuales sin duda reconocieron la versión empapada del tipo de las noticias. Se abrió paso a empujones para alejarse de ellos. Solo dos personas lo separaban de su presa cuando pasaron por el Trocadero. Empuñó el mango del cuchillo de caza de quince centímetros que ocultaba bajo el abrigo y adelantó a otro viandante.

No podía fallar.

No podía arriesgarse a que el asesino sobreviviera.

Había esperado a que se presentara la oportunidad perfecta, en un parque tranquilo, en un callejón desierto, pero se dio cuenta de que esa ocasión era mucho más propicia. Estaba oculto a la vista de todos, era un rostro entre una marejada de rostros, y solo sería un peatón más de los centenares que se apartarían del cadáver que aparecería en medio de la vía.

Observó su perfil un instante cuando se detuvieron en un semáforo. No cabía ninguna duda de que era él. Se colocó justo detrás, tan cerca que la lluvia le arañaba la cara al rebotar en el paraguas negro. Se concentró en la sección descubierta de la nuca donde le clavaría el cuchillo. Sacó la hoja, se la pegó al pecho y respiró hondo para relajar las manos. Solo tenía que apretarse contra él.

En ese instante algo lo distrajo al otro lado de la calzada; su nombre y el de Andrea se deslizaban por la pared curva de cristal que separaba las estatuas de los corceles de Helios, situados al pie de la fachada, de las de sus tres hijas doradas, que iniciaban una elegante zambullida desde el tejado. Tardó un momento en darse cuenta de que las letras invertidas eran un reflejo del letrero de LG que se levantaba sobre él. Alzó la vista para leer el rótulo informativo que se desplazaba por la franja inferior del anuncio.

... en una entrevista de exclusiva mundial (13 h de las islas Británicas). Andrea Hall-Fawkes lo contará todo en una entrevista de exclusiva mundial (13 h de las islas Británicas). Andrea Hall-Fawkes...

Wolf perdió el hilo de sus pensamientos cuando el rebaño humano que esperaba tras él empezó a empujarlo para que se apartase y poder cruzar la calle. El tráfico se había detenido y el asesino había vuelto a fundirse con el gentío. Se escondió el cuchillo en la manga y siguió andando, escrutando desesperadamente el mar de paraguas en busca de un rostro. De pronto, comenzó a diluviar. Los gritos de los turistas desprevenidos y el tamborileo sordo que producían los goterones al impactar contra su ropa llenaron la calle atestada.

Acababa de llegar a la famosa intersección cuando una nueva oleada de gente irrumpió en torno a él. Paralizado bajo el resplandor de las odiosas pantallas, más resplandecientes bajo el cielo encapotado, comprendió que había quedado al descubierto. La multitud anónima lo empujaba en todas las direcciones, aunque perdido en ella había alguien que no era lo que parecía.

Sucumbió al pánico.

Empezó a forcejear con la muchedumbre, a tirar a los transeúntes al suelo en su huida desesperada. El cuchillo que llevaba cayó a un charco y se perdió en el bosque de piernas y ruedas. Donde quiera que mirase veía un rostro hostil. Echó a correr por mitad de la calle, entre el tráfico denso, sin dejar de volver la vista atrás, hacia aquel ejército que lo perseguía.

La muerte acudía a buscarlo.

Hospital de Saint Ann

Joel estaba rezando de rodillas en el suelo frío de su habitación, como hacía todas las mañanas antes del desayuno. Uno de los cuidadores lo había despertado a la hora de siempre para desbloquear la puerta y ponerle las esposas que debía llevar cada vez que salía de su cuarto.

Quince días atrás había atacado sin motivo y con extrema violencia a una enfermera en un intento fructífero de prolongar su encierro. La joven siempre se había mostrado amable con él, y Joel esperaba de corazón no haberle provocado ninguna lesión grave, pero no quería marcharse. Sabía que era una cobardía por su parte esconderse de su destino.

Era un cobarde; hacía tiempo que lo había admitido.

Se oyó un grito procedente del pasillo. Joel interrumpió sus oraciones para escuchar. Ante su puerta sonaron dos pisadas contundentes de alguien que pasó corriendo, y a continuación un alarido espantoso procedente de algún rincón del edificio hizo que se le acelerase el corazón.

Se levantó y salió al pasillo, donde varios pacientes miraban angustiados hacia la sala de ocio.

—¡Volved a las habitaciones! —bramó un hombre fornido mientras corría entre ellos hacia donde se estaba produciendo el alboroto antes de que un nuevo grito escalofriante inundara los pasillos.

Joel se vio arrastrado por la riada de pacientes curiosos que, desatendiendo las órdenes del hombre, se lanzaron hacia la puerta doble de la habitación en la que pasaban la mayor parte del tiempo. Se oyó un alarido de dolor. Esa vez Joel reconoció la voz de Wolf. Se abrió paso a codazos en el muro de batas de colores estridentes y entró en la sala de ocio.

Los muebles yacían despedazados y astillados por todas partes, y al fondo de la habitación había un médico inconsciente al que los cuidadores estaban atendiendo. Tres enfermeros corpulentos forcejeaban con un hombre enloquecido mientras una enfermera hablaba con urgencia por teléfono.

—¡No! —rugió Wolf, lo que sobresaltó a Joel—. ¡Se lo dije! ¡Les dije que ocurriría esto!

Joel siguió la mirada salvaje de Wolf hasta el voluminoso televisor, que mostraba a una periodista parada en medio de una calle deprimida de Londres. Dos atónitos agentes de policía sostenían un biombo improvisado tras el cual ocultaban algo que seguía humeando al otro lado.

—¡Yo podría haberlo impedido! —soltó Wolf con las mejillas brillantes por las lágrimas.

Sacudió los brazos como una fiera en el momento en que otro médico irrumpió en la habitación con una larga jeringuilla en la mano, como un veterinario al que no le quedase más remedio que sacrificar al animal.

Todo quedó claro cuando la periodista repitió la escasa información que había recopilado.

—Para los telespectadores que acaben de unirse a nosotros, según las declaraciones de los testigos, la policía ha detenido a Naguib Khalid, el sospechoso que el pasado mes de mayo fue exculpado de los asesinatos del Incinerador. No se ha confirmado aún que haya aparecido ningún cadáver, pero, como pueden ver, a mis espaldas se levanta una columna de humo que...

Wolf profirió un grito furioso en el instante en que el médico le hundió la enorme jeringuilla en el brazo izquierdo. Cuando se adormeció, al magullado personal hospitalario le costó levantar su peso. Justo antes de desmayarse, miró a Joel, que lo observaba sin señal alguna de lástima ni de sorpresa. Se limitó a asentir en actitud comprensiva, y entonces Wolf perdió el conocimiento.

Cuando despertó, estaba de regreso en su habitación. La oscuridad se había impuesto en el jardín al que daba la ventana. Veía borroso y tardó más de un minuto en entender por qué no podía llevarse las manos a la cabeza, que parecía a punto de estallarle; lo habían atado a la cama. Luchó en vano contra las gruesas correas; las ascuas de la rabia que había estallado en él seguían abrasándole las entrañas.

Recordó las noticias de la televisión, el humo que ascendía arremolinado por detrás de la raída sábana blanca. Volvió la cabeza y vomitó en el suelo. No necesitaba verlo; sabía mejor que nadie qué era lo que las cámaras no habían podido filmar. Sabía muy bien cuánto había sufrido otra pobre niña cuando se podría haber evitado.

Cerró los ojos e intentó aplacar la ira, concentrarse. Lo estaba consumiendo, nublaba sus pensamientos. Dejó la mirada perdida en el techo y susurró los nombres de aquellos a quienes consideraba responsables, y en ese momento recordó algo, un desesperado último recurso, las murmuraciones incoherentes de un hombre desquiciado...

—¡Enfermera! —llamó a gritos—. ¡Enfermera!

Le llevó una hora convencer a los médicos de que le quitaran las correas y media hora más que le permitieran hacer una llamada de teléfono. Mientras esperaba la decisión de los facultativos, sacó el papel arrugado que escondía bajo el colchón. Ya casi ni se acordaba de que estaba allí.

Apenas capaz de mantenerse en pie; tuvieron que ayudarlo a salir al pasillo para que pudiera utilizar el teléfono del puesto de las enfermeras. Cuando se quedó a solas, desplegó la hoja doblada y por primera vez reparó en las palabras impresas que se entrecruzaban con los números escritos con lápiz de cera: «Dios. Diablo. Alma. Infierno».

Se apoyó contra la pared y marcó la secuencia de números con la mano libre.

Sonó el tono de la llamada.

Se oyó un chasquido amortiguado seguido de un silencio.

—¿Hola? —preguntó Wolf nervioso.

Silencio.

—¿Hola?

Por fin respondió una voz automatizada de mujer.

—Diga. Su. Nombre. Completo. Después. De. La. Señal.

Wolf esperó a oír la indicación.

—William Oliver Layton-Fawkes.

La pausa que se produjo a continuación pareció durar una eternidad. Wolf sabía que era irracional, pero había algo inquietante en la voz digitalizada, en su entonación, en su tono. Daba la impresión de que disfrutara con la desesperación de su interlocutor, de que se riese de él.

—¿A... cambio... de... qué? —preguntó al fin.

Wolf miró el pasillo vacío. Oyó el murmullo apacible de unas voces que escapaban de una de las habitaciones laterales. De forma instintiva, cubrió el micrófono con la palma de la mano para susurrar su respuesta.

Titubeó.

—¿A... cambio... de... qué? —solicitó la voz de nuevo.

—Naguib Khalid... El alcalde Raymond Turnble... Madeline Ayers... El guardia de seguridad del banquillo... El inspector detective Benjamin Chambers... y todos los que tengan las manos manchadas de la sangre de esa niña —jadeó Wolf.

Silencio.

Wolf iba a colgar el auricular, pero aguardó y permaneció a la escucha un momento más antes de finalizar la llamada. En su delirio, se rio de sí mismo. A pesar de la fuerte sedación, era consciente de lo ridículo que era todo; sin embargo, se sintió mejor después de haber recitado aquellos nombres en voz alta, después de haberlos enviado al mundo exterior, aunque hubieran terminado perdiéndose en las tripas de un contestador automático desatendido.

Había recorrido ya la mitad del pasillo silencioso cuando un timbrazo ensordecedor saturó el aire. Cayó de rodillas, tapándose los oídos con las manos, y se volvió para mirar el sencillo teléfono, preguntándose si de verdad era posible que sonase así de fuerte y si la medicación estaría afectando a sus sentidos.

Uno de los obesos enfermeros pasó corriendo junto a él, mascullando algo ininteligible mientras se acercaba al teléfono. Wolf contuvo la respiración cuando lo vio levantar el auricular y apretárselo contra el oído, sin ocultar el miedo que le producía quienquiera o lo que fuera que hubiese al otro extremo de la línea.

Una amplia sonrisa se asentó en el rostro del hombre.

—Hola. Lo sé, lo siento. Un paciente lo tenía ocupado —explicó a modo de disculpa.

Poco a poco, Wolf se levantó y regresó a su habitación dando tumbos, pensando que tal vez, solo tal vez, sí que hubiera perdido el juicio después de todo.

33

Finlay tachó otro nombre de la lista y se premió estirando el cuerpo durante diez segundos antes de seguir con la mitad que le había tocado de los cuatrocientos militares retirados que quedaban. Vio a Baxter en la mesa de la esquina, con la cabeza agachada, concentrada, y con los auriculares puestos para amortiguar los ruidos de la oficina.

Edmunds había salido de la sala de reuniones hecho una piltrafa, aunque volvió a sentarse al escritorio de Simmons para acceder a un programa informático que Finlay ni siquiera sabía que existía. Vanita y Simmons se habían encerrado en su minúscula oficina para ver la entrevista de Andrea Hall, aguardando con la respiración contenida a oír qué nueva bomba soltaba a continuación sobre el mundo entero la exesposa de Wolf e intentar después mitigar los daños. Aunque el Reloj de la Muerte no volvería a aparecer hasta el final de la entrevista, ninguno de los dos necesitaba que le recordaran el limitado tiempo con el que trabajaban.

Finlay leyó el siguiente nombre de la lista. Estaba utilizando una combinación de la escasa información a la que el Ministerio de Defensa les había permitido acceder, de los registros y bases de datos informáticos de la policía y de Google para minimizar el recuento de sospechosos. Habría preferido no apostarlo todo al mismo caballo; al fin y al cabo, seguía siendo perfectamente posible que el asesino no hubiera sido expulsado del ejército, e incluso que no se alistara jamás. Procuró no darle demasiadas vueltas. Esa era la mejor forma que tenían para dar con Wolf, de modo que Baxter y él continuarían pasando nombres a Edmunds a medida que los fuesen seleccionando.

Saunders se acercó pavoneándose a la mesa de Baxter, que no se quitó los auriculares y siguió con su tarea, confiando en que él captara el mensaje y se marchase, pero, cuando el detective agitó la mano delante de su cara, ella supuso que tendría que decírselo de manera explícita.

—Piérdete, Saunders —bufó.

—¡Eh! No hace falta ponerse así. Solo venía a ver cómo lo llevas. Ya sabes, eso de que Andrea Hall ande haciendo declaraciones escandalosas sobre Wolf y una compañera «anónima» —dejó caer con una sonrisa ladina—. Quiero decir, era algo que todos nos imaginábamos, pero...

Interrumpió el comentario y dio un paso atrás al ver la expresión de Baxter. Masculló algo inaudible y se alejó. La noticia la había sorprendido, y la avergonzaba admitir que en el fondo le dolía. Creía que Andrea y ella habían resuelto sus diferencias y que al fin la exmujer de Wolf había entendido que entre ellos dos nunca había pasado nada. Por otro lado, era Andrea quien estaba hablando en televisión para el mundo entero y aireando los trapos sucios de su exmarido horas antes de su ejecución.

Pese a todo, esas pequeñas traiciones palidecían en comparación con lo que Baxter sentía por Wolf.

Una hora después, Finlay introdujo torpemente en el ordenador el siguiente nombre de la lista. Al contrario que Baxter, tecleaba con una lentitud desesperante, pero quería despachar todos los expedientes que fuera antes de que ella completase su mitad y fuera a cogerle una nueva porción. La anotación del Ministerio de Defensa era tan escueta como de costumbre.

> Sargento Lethaniel Masse. F. de n.: 16/2/74. Inteligencia. Cuerpo de Inteligencia. Baja por motivos de salud (junio de 2007).

—Pero ¿de qué lado están? —murmuró, convencido de que ni queriendo habrían sido más ambiguos. Escribió «Inteligencia militar» en una servilleta que le había sobrado del almuerzo.

Una búsqueda rápida en Google arrojó múltiples resultados, en su mayor parte artículos periodísticos y publicaciones en foros de debate. Abrió el vínculo de la parte superior de la ventana.

> […] sargento Lethaniel Masse transferido al Real Regimiento Merciano […] único superviviente del ataque que causó la muerte de nueve miembros de su unidad […] el convoy accionó el DEI (Dispositivo Explosivo Improvisado) cuando bordeaba una carretera del sur de la aldea de Hyderabad, en la provincia de Helmand […] tratado por las heridas internas de extrema gravedad y por las quemaduras devastadoras que sufrió en el rostro y el pecho.

«Superviviente (¿complejo de Dios?)», escribió junto a una mancha marrón de salsa. Introdujo los detalles en la base de datos nacional de la policía y se llevó una grata sorpresa al encontrarse con una plétora de información, entre la que se incluía la estatura (metro noventa), el estado civil (soltero), la situación laboral (desempleado), la condición de minusválido (sí), los familiares más cercanos (ninguno) y las direcciones conocidas (ninguna en los últimos cinco años).

Alentado por las semejanzas con el perfil que había elaborado Edmunds, pasó a la segunda página, en la que averiguó por qué se conservaba tanta información sobre el sargento Masse. Había dos archivos adjuntos. El primero era el informe de un incidente, redactado por la Policía Metropolitana en junio de 2007.

2874 26/6/2007

Oficina de salud laboral, 3.ª Planta, 57. Portland Place, W1.

14.40: Se acude a dirección tras aviso de altercado. Un paciente, Lethaniel Masse, desafiante y agresivo con el personal.

Al llegar a las instalaciones, oímos gritos procedentes de arriba. Se encuentra al señor Masse (varón, 30 a 40 años, más de 1,80, blanco, británico, cicatriz en rostro) sentado en el suelo con las piernas cruzadas, mirada perdida y sangrando por la cara. Escritorio volcado, ventana rota.

Mientras el compañero atiende al señor Masse, se me informa de que la herida en la cabeza se la ha provocado él mismo y que nadie más ha sufrido daño. El doctor James Bariclough informa de que el paciente padece trastorno por estrés postraumático y que el arrebato ha estado desencadenado por la noticia de que no podía reincorporarse a filas por secuelas físicas y mentales.

Ni el doctor ni el personal desean llevar el asunto más lejos. No hay motivo de detención ni de nueva intervención policial. Se solicita una ambulancia por la herida en la cabeza y por riesgo de suicidio en condiciones actuales. Se esperará en escena hasta llegada.

15.30: Personal de ambulancia en escena.

15.40: Se acompaña a personal de ambulancia al Hospital del Colegio Universitario.

16.05: Se abandona escena.

Cuando se quiso dar cuenta, Finlay ya se había levantado, ansioso por compartir el hallazgo del investigado más sospechoso con el resto del equipo. Llevó el puntero del ratón hasta el segundo documento e hizo doble clic. Se desplegó la fotografía de un ordenador roto y tirado junto a una mesa volcada. Se desplazó hasta la siguiente imagen, la de un ventanal resquebrajado. Indiferente, abrió la última captura y tuvo un escalofrío.

La fotografía había sido tomada junto a una puerta abierta, con el personal atemorizado observándolo todo al fondo. Se apreciaba el profundo corte que Lethaniel Masse tenía en la cara repujada de cicatrices; sin embargo, no era la gravedad de sus espantosas heridas lo que había sobrecogido a Finlay. Eran sus ojos: pálidos, inertes, calculadores.

Había lidiado con más monstruos de los que podía recordar y había llegado a la conclusión de que los que cometían los crímenes más atroces tenían un rasgo en común: la mirada, la misma mirada ausente y fría que lo observaba fijamente desde la pantalla del ordenador.

—¡Emily! ¡Alex! —llamó desde el fondo de la oficina.

Lethaniel Masse era un asesino, de eso no le cabía la menor duda. Si se trataba del Asesino del Ragdoll, del Asesino Fáustico o de ambos era algo que le importaba muy poco. Ya se encargaría Edmunds de recopilar las pruebas.

De lo único que tenían que preocuparse Baxter y él era de encontrarlo.

Wolf tenía los nervios de punta. Llevaba horas viendo diluviar sobre la calle mayor, limpiando de vez en cuando el vaho que se condensaba en la única ventana del piso claustrofóbico, rezando para ver a Masse volver a casa de un momento a otro, consciente de que podría haber desperdiciado su única oportunidad de terminar lo que había empezado años atrás.

Tendría que adaptarse, improvisar. De todas formas, supuso que lo que había hecho ya no tenía remedio. Nunca imaginó que debería desempeñar su papel bajo el escrutinio incansable de los medios ni que Masse elegiría precisamente a Andrea como mensajera. Si las cosas hubieran salido de otro modo, el martes por la mañana lo habrían recibido en New Scotland Yard como a un héroe, como a un simple objetivo inocente más del exsoldado lunático al que habría tenido que matar en defensa propia. Todas las pruebas de su implicación habrían desaparecido con Masse. Todavía conservaba los recortes de periódico que con tanto esmero había escogido y que pretendía colocar en el piso del monstruo.

La mayor parte de los artículos trataban sobre el juicio del Asesino Incinerador, textos condenatorios con varios nombres subrayados acerca de las negligencias que desembocaron en la muerte innecesaria de la pequeña Annabelle Adams. En otros se relataba como los militares intentaron tapar las cifras de las bajas civiles afganas, sobre todo las referentes a los niños, resultantes de las escaramuzas con el antiguo regimiento de Masse. Wolf estaba seguro de que ese asunto podría considerarse un desencadenante razonable del desequilibrio mental de Masse, y de que el hecho de que se salvara de milagro cuando se produjo el ataque del DEI añadiría credibilidad a la historia.

En ese momento carecía de importancia. Al final, lo que Wolf había conseguido era soltar en medio de la ciudad a un depredador sádico, y si le quedaba alguna esperanza de volver a tener una vida normal, se había evaporado junto con su plan. Elizabeth Tate y su hija nunca deberían haberse visto implicadas. Cometió una imprudencia al fugarse con Ashley. A pesar de todo, la intervención de Edmunds había sido determinante.

El joven detective llevaba investigándolo desde el principio y había descubierto al menos uno de los primeros asesinatos de Masse, más chapuceros. Wolf tenía claro que solo era cuestión de tiempo que atase cabos. Si no hubiera cometido la gran estupidez de agredirlo, sabría con exactitud cuánto habían averiguado sus compañeros.

Pero nada de todo eso le preocupaba tanto como que Baxter descubriera lo que había hecho, lo que todavía le quedaba por hacer. Sabía que ella nunca lo entendería, por mucho que lo intentara. Pese a las evidencias, Baxter seguía creyendo en la ley, en la justicia, en un sistema que recompensaba a los mentirosos y a los corruptos que se aprovechaban con descaro de una sociedad apática. Vería en él a un enemigo, a alguien que no era mejor que Masse.

La simple idea le resultaba insoportable.

Oyó un fuerte golpe procedente de abajo, cuando se cerró la puerta principal del deteriorado edificio. Cogió el pesado martillo que había encontrado debajo del fregadero y pegó el oído a la endeble puerta. Momentos después se oyó un segundo golpe cuando alguien entró en el piso de abajo. Al momento, el ruido del televisor ascendió, reverberando por las paredes. Wolf se relajó, regresó al alféizar y siguió contemplando el paisaje monótono del mercado de Shepherd's Bush, cerrado, y de las vías que se extendían por detrás.

La guarida del asesino sociópata más famoso del mundo le había causado cierta decepción. Tenía la impresión de estar mirando tras la cortina de un mago. Esperaba encontrar dibujos grotescos trazados con sangre desperdigados por doquier y las paredes cubiertas de siniestros extractos bíblicos, fotografías espeluznantes y recuerdos de su creciente lista de víctimas, pero no había nada. Y, aun así, se respiraba un ambiente inquietante en la anodina habitación encalada.

No había televisor ni ordenador ni espejos. Seis juegos de ropa idénticos y perfectamente doblados ocupaban los cajones y el armario. En el frigorífico solo encontró una botella de leche y tampoco había cama, sino un colchón fino en medio del suelo, una práctica frecuente entre los soldados que volvían a casa, en apariencia sanos y, no obstante, cambiados para siempre. Los libros que llenaban la estantería habían sido organizados, al parecer, por colores: *De la guerra y la moral*, *La especie accidental: Equivocaciones de la evolución humana*, *La enciclopedia de los explosivos*, *Bioquímica médica*...

Wolf limpió el vaho de nuevo y reparó en un coche estacionado en la entrada del estrecho camino de acceso. El ronroneo del motor al ralentí atravesaba la ventana mal encajada del piso. No veía el vehículo con claridad, pero sin duda parecía demasiado caro para pertenecer a ninguno de los ocupantes del edificio. Se levantó al intuir que algo iba mal.

De pronto, el coche salió embalado furiosamente por la vía de la entrada, seguido de cerca por dos coches patrulla identificados, que se detuvieron derrapando en el césped y la grava de debajo de la ventana de la segunda planta.

—¡Mierda, no! —masculló Wolf, corriendo ya hacia la puerta.

Salió al pasillo sombrío y dejó que la puerta del piso de Masse se cerrase sola. La vieja escalera del fondo protestaba con crujidos bajo el peso de la primera oleada de agentes armados.

No tenía adónde huir.

El tropel de botas ascendía estruendoso por la escalera. No había salida de incendios ni ventanas, tan solo la puerta arañada y desconchada del piso del otro lado del pasillo.

Wolf le dio una patada; la puerta se mantuvo firme.

La golpeó de nuevo; apareció una grieta en la madera.

Se lanzó contra ella, desesperado. La cerradura se desencajó de la madera y Wolf cayó en medio de la habitación vacía justo cuando los agentes llegaban a lo alto de la escalera. Cerró la puerta de un empujón. Segundos después se oyeron varios golpes contra la puerta del piso de Masse.

—¡Policía! ¡Abra!

Un momento después se produjo un enorme estrépito cuando los agentes emplearon un ariete para acceder al diminuto piso. Wolf notaba el corazón azotándole el pecho. Tendido en el suelo, oía el tumulto intimidante del asalto que se estaba llevando a cabo a escasos metros de él.

—¡No hay más que una maldita habitación! —gritó una voz que le resultó familiar tras una discusión en las escaleras—. Si todavía no lo han encontrado, no creo que lo hagan ya.

Wolf se levantó y echó un vistazo por la mirilla justo cuando llegaban Baxter y Finlay. Mientras esperaban impacientes en el pasillo, Baxter miró en su dirección y, durante un segundo, Wolf tuvo la certeza de que lo había visto. La sargento bajó la vista hasta la cerradura rota.

—Bonito lugar —le dijo a Finlay.

Empujó la puerta con delicadeza. Apenas se había abierto un par de centímetros cuando topó con el pie de Wolf, que estudió rápidamente la habitación vacía y la azotea baja del edificio contiguo, a la que podría llegar desde la ventana.

—¡Despejado! —gritó alguien en medio del pasillo cuando el jefe del dispositivo salió del piso de Masse con algo en la mano.

—He encontrado esto dentro del colchón. Creo que es vuestro —dijo en tono acusador mientras le entregaba a Baxter un ordenador portátil identificado con el distintivo de Homicidios y Crímenes Graves. Una retahíla de huellas dactilares teñidas de sangre decoraba la carcasa plateada, ennegrecidas y sucias bajo la luz polvorienta del pasillo. Baxter lo abrió con cautela antes de pasárselo a Finlay, como si no fuese capaz de mirarlo siquiera.

—Es de Chambers —explicó mientras se quitaba los guantes que había utilizado para manejarlo.

—¿Cómo lo sabes?

—Por la contraseña.

Finlay leyó la tira de papel ensangrentada remetida entre la pantalla y el teclado.

—Eve2014.

Pulsó una tecla. El ordenador abandonó su letargo. Introdujo la contraseña con cuidado y accedió a la conocida pantalla de inicio del servidor seguro de la Policía Metropolitana. Un breve correo electrónico, fechado el 7 de julio, permanecía abierto.

Ha recibido este mensaje porque
ya no pertenece a la lista de correo Comandancia_de_
Homicidios_y_Crímenes_Graves. Si cree
que ha recibido este mensaje por error o si necesita
suscribirse de nuevo, utilice el servicio de ayuda.
Atentamente,
Departamento de Asistencia Técnica

Finlay volvió la pantalla para mostrárselo a Baxter.

—Ha estado conectado a nuestro servidor desde el primer momento —gruñó ella—. ¡Por eso siempre iba un paso por delante de nosotros! Edmunds no dice más que sandeces. ¡Wolf no estaba filtrando información!

—Sé que quieres creer eso. Yo también. Pero no tenemos la certeza.

Baxter, molesta, se apartó de él.

—Gracias, gracias… Muy agradecidos… Hasta luego —se despidió mientras urgía a salir del piso a los agentes armados.

Wolf corrió hacia la ventana, trepó hasta la azotea y bajó por la primera escalera de incendios que encontró. Ocultó su cara al pasar entre los agentes que vigilaban la entrada del camino de acceso y percibió cómo se amortiguaba el tintineo de la lluvia que impactaba contra las persianas metálicas del mercado conforme subía las escaleras de la estación de Goldhawk Road. Montó en un tren justo cuando se cerraban las puertas y vio pasar por debajo de él las destellantes luces azules mientras el convoy iniciaba la marcha y se alejaba traqueteando por el puente.

Acababa de perder toda su ventaja.

34

El tamborileo de la lluvia contra las ventanas del apartamento despertó a Baxter. Parpadeó, intentando abrir los ojos, mientras el dulce murmullo de un trueno se propagaba por el cielo, a lo lejos. Estaba tendida en el sofá, bajo el resplandor cálido que proyectaban los focos de la cocina, con el teléfono inalámbrico apretado contra la mejilla; se había quedado dormida encima.

Una parte de ella esperaba que Wolf la llamase. ¿Cómo no iba a esperarlo? Aunque estaba furiosa y se sentía traicionada, habían dejado muchas cosas en el aire, ¿o en realidad ella no significaba nada para él? Ni siquiera estaba segura de lo que esperaba después de la última conversación que habían mantenido. ¿Una disculpa? ¿Una explicación? Quizá la confirmación de que Wolf había perdido el juicio por completo y de que, en efecto, no era un ser perverso, sino un enfermo.

Estiró el brazo hacia la mesita del café, cogió el móvil y comprobó que no tenía mensajes nuevos ni llamadas perdidas. Se sentó y, al bajar las piernas del sofá, hizo que una botella de vino vacía cayera con estrépito y echase a rodar por el suelo de madera; confió en no haber despertado al vecino de abajo. Se acercó a la ventana y contempló los tejados relucientes. Las furiosas nubes mostraban una infinidad de tonos cenicientos cada vez que los relámpagos encendían el cielo.

Ocurriera lo que ocurriese, habría perdido algo para siempre antes de que el día acabase.

Solo quería saber cuánto.

Edmunds se había pasado la noche analizando los rastros financieros incriminatorios que zigzagueaban por la ciudad como migas de pan numéricas. Ahora que además tenían el portátil de Chambers, esos movimientos constituían una prueba irrefutable de la culpabilidad de Lethaniel Masse y, por increíble que pareciese, de que los asesinatos del Ragdoll y los asesinatos fáusticos eran lo mismo. En parte lamentaba no estar allí para detener a ese fascinante e imaginativo asesino en serie él mismo, aunque sin duda el hecho de que Wolf estuviera implicado lo asombraba mucho más que cualquiera de los monstruos que se había imaginado.

Se preguntó si el mundo llegaría a saberlo alguna vez.

Estaba tan cansado que le costaba concentrarse lo suficiente para terminar el trabajo. Sobre las cuatro de la mañana, la madre de Tia le envió un mensaje de texto al que respondió en el acto con una llamada. Su mujer había sufrido una leve hemorragia durante la noche y en la maternidad le habían sugerido que ingresara como medida preventiva, para cerciorarse de que todo iba bien con el bebé. En el hospital les informaron de que todo estaba en orden y que no había motivo para preocuparse. Solo querían tenerla en observación durante unas horas.

Cuando Edmunds preguntó, furioso, cómo no se le había ocurrido llamarlo antes, su suegra le explicó que Tia no quería preocuparlo en un día tan importante, y que se pondría hecha una furia cuando supiera que lo había avisado. Le dolía la idea de que su mujer pasase ese trago en secreto y, después de colgar el teléfono, ya solo podía pensar en lo mucho que desearía poder acompañarla.

A las seis y cinco, Vanita entró en la oficina con un llamativo traje de pantalón, en previsión de tener que pasar el día delante de las cámaras. El paraguas goteante trazó el camino que había seguido desde la entrada, en el que se apreciaba el brusco cambio de dirección que había dado al ver al agente en su escritorio.

—Buenos días, Edmunds —lo saludó—. Hay que reconocer una cosa de los periodistas: son muy persistentes. ¡Es como si ahí fuera se hubiera desatado el apocalipsis!

—No han parado de llegar desde antes de medianoche —le contó Edmunds.

—¿Has vuelto a pasar la noche aquí? —preguntó ella, más impresionada que sorprendida.

—No es una costumbre que pretenda prolongar.

—Ninguno de nosotros lo pretende, y sin embargo... —Le sonrió—. Vas a llegar muy lejos, Edmunds. Sigue así.

El joven le entregó el informe financiero completo en el que se había pasado la noche trabajando. Vanita lo hojeó.

—¿Incuestionable? —preguntó.

—Por completo. El estudio de Goldhawk Road es propiedad de una entidad benéfica que proporciona viviendas a los soldados heridos, por eso costó tanto encontrarlo. El alquiler está sujeto a un descuento importante. Está todo en la página doce.

—Excelente trabajo.

Edmunds cogió un sobre de la mesa y se lo tendió.

—¿Guarda relación con el caso? —preguntó la comandante mientras desgarraba la solapa.

—En cierto modo —afirmó Edmunds.

Vanita se detuvo al percibir su tono, frunció el ceño y se retiró a su despacho.

Baxter llegó a la oficina a las siete y veinte, después de que le pidieran que dejara en paz al Equipo Central de Imagen Forense. En realidad, se sintió aliviada cuando salió de la sala oscura. No entendía cómo los agentes del ECIF podían pasarse las horas encerrados en aquel lugar que tantos dolores de cabeza debía provocarles, revisando las grabaciones de las cámaras de vigilancia de toda la ciudad.

Un equipo de superreconocedores, seleccionados por su capacidad excepcional de diferenciar e identificar estructuras faciales concretas entre la multitud, se había pasado la noche tras la pista de Wolf y de Masse con el apoyo del software de reconocimiento facial. Baxter sabía que era como buscar dos agujas en un pajar, pero eso no sirvió para que se sintiera menos frustrada cuando, como cabía esperar, supo que no habían dado con ninguno de ellos.

Había echado en cara a uno de los miembros de la unidad que hubiera vuelto de su descanso con dos minutos de retraso, café en mano. El supervisor, indignado, reprendió a Baxter delante de todos antes de invitarla a marcharse. Ella volvió airada a Homicidios y Crímenes Graves, y se dirigió a la mesa de Edmunds, que le estaba escribiendo un mensaje a Tia.

—¿Algún progreso con las cámaras? —preguntó cuando terminó de teclear y se guardó el móvil.

—Me han echado —confesó Baxter. Que Edmunds se limitara a encogerse de hombros lo decía todo; ni siquiera se molestó en preguntarle por qué—. De todas maneras, es una pérdida de tiempo. No saben dónde buscar. Están comprobando los alrededores del piso de Wolf, al que obviamente no va a regresar, y el de Masse, al que tampoco es probable que este vuelva.

—¿Y el reconocimiento facial?

—¿Hablas en serio? —Rio Baxter—. Hasta ahora ha localizado a Wolf tres veces. La primera era una anciana china; la segunda, un charco; y la tercera, ¡un cartel de Justin Bieber!

A pesar de la inmensa presión a la que se encontraban sometidos y las graves consecuencias que acarrearía el hecho de que el ECIF no encontrase a ninguno de los dos, la lista de coincidencias absurdas arrancó una sonrisa a ambos.

—Tengo que contarte algo —dijo Edmunds.

Baxter dejó caer el bolso al suelo con pesadez y se sentó sobre el escritorio para escucharlo.

—Detective subalterno Edmunds —lo llamó Vanita desde la entrada de su despacho. En la mano sostenía una hoja doblada—. ¿Tienes un minuto?

—Oh, oh —murmuró Baxter, jocosa, cuando Edmunds se levantó y se encaminó hacia la oficina de la jefa.

Cerró la puerta al entrar y se sentó delante del escritorio, sobre el que vio abierta la carta que había redactado a las cuatro y media de la mañana.

—Debo decir que me sorprende —admitió la comandante—. Que tenga que ser hoy, precisamente.

—Creo que ya he contribuido todo lo posible al caso —se justificó él, señalando la voluminosa carpeta que había junto a la carta.

—Ya lo creo que has contribuido.

—Gracias.

—¿Estás seguro de esto?

—Lo estoy.

Vanita suspiró.

—Te auguro un futuro brillante.

—Yo también. Pero no aquí, por desgracia.

—Muy bien, enviaré los papeles del traslado.

—Gracias, comandante.

Se estrecharon la mano y Edmunds salió del despacho. Baxter había observado la breve reunión desde la fotocopiadora, donde se había colocado con disimulo para intentar oírlos. Edmunds recogió su chaqueta y se acercó a ella.

—¿Vas a alguna parte? —le preguntó Baxter.

—Al hospital. Ingresaron a Tia anoche.

—¿Está...? ¿El bebé...?

—Creo que los dos se encuentran bien, pero necesito estar allí.

Sabía que a Baxter le estaba costando equilibrar la compasión que sentía por él y su familia con la incredulidad que le producía la idea de que abandonara al equipo, de que la abandonara a ella, en un momento tan crítico.

—Aquí no te hago falta —le aseguró.

—¿Está de acuerdo? —preguntó Baxter, señalando con la cabeza el despacho de Vanita.

—Para serte sincero, me da igual. Acabo de entregarle una solicitud de traslado para volver a Anticorrupción.

—¿Que has hecho qué?

—Matrimonio. Detective. Divorcio —le recordó Edmunds.

—No lo decía en... No a todo el mundo le ocurre.

—Tengo un bebé en camino. No lo conseguiré.

Baxter sonrió al rememorar la crueldad con la que había reaccionado al saber que su prometida estaba embarazada.

—«¿Por qué no dejas de hacerme perder el tiempo y te vuelves a Anticorrupción?» —recitó ella con una sonrisa triste.

Para sorpresa de Edmunds, lo abrazó con fuerza.

—Vamos, no podría quedarme aunque quisiera —dijo él—.

Aquí todos me odian. Parece que no puedes actuar contra los tuyos aunque apesten a culpabilidad. Si hoy me necesitas para lo que sea, estaré pendiente del teléfono —se ofreció antes de reiterar con sinceridad—: Para lo que sea.

Baxter asintió y lo soltó.

—Volveré al trabajo mañana mismo. —Rio él.

—Lo sé.

Edmunds le sonrió con cariño, se puso la chaqueta y salió de la oficina.

Wolf tiró a un cubo de basura el cuchillo de cocina que había robado de la pensión al dejar atrás Ludgate Hill. Apenas distinguía la torre del reloj de la catedral de Saint Paul bajo la fustigante lluvia, que empezó a amainar una vez que enfiló Old Bailey, la calle que le daba su conocido sobrenombre al Tribunal Penal Central. Allí los altos edificios le permitieron guarecerse un poco de la tormenta.

No sabía muy bien por qué había elegido los juzgados cuando había otras ubicaciones igual de significativas para él, como la tumba de Annabelle Adams, el lugar en el que habían encontrado a Naguib Khalid junto al cadáver calcinado de la niña o el hospital de Saint Ann. Por algún motivo, los juzgados le parecieron una buena opción, el lugar donde había empezado todo, donde se había enfrentado cara a cara con un demonio y había vivido para contarlo.

Se había dejado crecer una barba oscura durante la semana y se había puesto gafas. La lluvia implacable le había apelmazado el denso cabello, lo que perfeccionaba su disfraz, sencillo pero efectivo. Se dirigió a la entrada para visitantes de los antiguos juzgados y se unió a la larga cola de gente empapada. El escandaloso turista norteamericano que tenía delante dijo que se estaba celebrando un juicio muy importante por un asesinato en el juzgado número dos. Cuando la cola comenzó a extenderse lentamente a su espalda, escuchó varias conversaciones en las que surgió su nombre y en las que los interlocutores pronosticaban emocionados cómo acabarían los asesinatos del Ragdoll.

Cuando por fin se abrieron las puertas, la fila dejó atrás la lluvia poco a poco y pasó obediente por los escáneres de rayos X y los controles de seguridad. Una agente de los juzgados guio al primer grupo, en el que se contaba Wolf, por los pasillos silenciosos y lo dejó a la entrada del juzgado número dos. Wolf no tuvo más remedio que preguntar si, en lugar de ese, le permitirían visitar el juzgado número uno. Lo último que quería era llamar la atención, y por un momento temió que la agente, sorprendida por la petición, lo hubiera reconocido, pero esta se limitó a asentir y a llevarlo hasta la puerta apropiada. Le indicó que se quedase junto a las otras cuatro personas que aguardaban fuera de la galería para el público. Estas, que parecían conocerse entre ellas, lo miraron con recelo.

Tras una breve espera, las puertas se abrieron y el conocido olor a madera pulida y a cuero brotó de aquella sala que no había vuelto a pisar desde que lo sacaran a rastras, con la muñeca fracturada y cubierto de sangre. Entró con los demás y tomó asiento en la primera fila, desde donde abarcaba toda la sala.

El personal, los abogados, los testigos y los jurados entraron en la cámara, que quedaba por debajo de él. Cuando condujeron al acusado al banquillo, los otros espectadores se agitaron tras él y empezaron a hacer señas hacia un tipo cubierto de tatuajes del que Wolf podía decir con solo mirarlo y sin temor a equivocarse que era culpable de aquello de lo que se le acusase. La sala se puso en pie cuando el juez entró y ocupó su solitario asiento en lo alto del tribunal.

Vanita había facilitado varias fotografías de Masse a la prensa después de contrastar las pruebas aportadas por Edmunds. Los canales informativos del mundo entero mostraban ya su inconfundible cara destrozada. Por lo general, el equipo de relaciones públicas tenía que suplicar a los estudios de televisión que emitiesen al menos una secuencia de tres segundos cuando les enviaban un retrato robot, de modo que Vanita no dudó en aprovechar al máximo toda la atención que estaban acaparando. La ironía le hizo sonreír; la sed de gloria del asesino sería su perdición.

A pesar de las instrucciones claras que habían dado al público, los telefonistas se vieron inundados por centenares de llamadas de personas que querían informar de que se habían cruzado con Masse, avistamientos que en algunos casos se remontaban a 2007. En colaboración con el Equipo Central de Imagen Forense, Baxter comprobaba cada diez minutos los datos que iban recibiendo. Su frustración se acrecentaba por momentos.

—¿Es que la gente no escucha o qué? —rugió, haciendo una pelota con el último listado—. ¿Qué me importa a mí si pasó o no pasó por el supermercado del barrio hace cinco años? ¡Lo que yo necesito saber es dónde está ahora!

Finlay no se atrevió a pronunciar palabra. Apareció una alerta en el ordenador de Baxter.

—Genial. Aquí llega otro lote.

Se hundió en la silla y abrió el correo electrónico del centro de llamadas. Ojeó la lista de fechas irrelevantes hasta que reparó en una de las once y cinco de esa mañana. Deslizó el dedo por la pantalla para leer el resto de los detalles. El aviso procedía de un inversor bancario, que de entrada le pareció más fiable que los videntes y los mendigos alcoholizados que estaban efectuando casi todas las llamadas. La ubicación: Ludgate Hill.

Baxter se levantó de un salto, pasó como una exhalación junto a Finlay antes de que a este le diera tiempo a preguntarle qué había descubierto y bajó embalada las escaleras en dirección a la sala de control.

A Wolf se le hizo extraño que el caso se estuviera desarrollando de un modo tan tranquilo y civilizado en comparación con su experiencia durante el juicio de Khalid. Entendió que el acusado se había declarado culpable de homicidio, pero no de asesinato. El juicio iba por la tercera jornada, en la que no habría que determinar la culpabilidad del hombre, sino hasta dónde llegaba su culpa.

Transcurridos noventa minutos de sesión, dos de los espectadores que estaban sentados en la galería por detrás de Wolf salieron con discreción, molestando a todos los que estaban en la sosegada sala del tribunal cuando la puerta se cerró pesadamente. El abogado defensor acababa de retomar su discurso cuando la primera alarma de incendios se activó en algún rincón lejano del edificio. Como si se tratase de un dominó, otras alarmas saltaron una tras otra, alzándose en un coro lastimero que fluyó como un maremoto hasta inundar el juzgado silencioso.

—¡No, no, no! ¡Fuera! —le ordenó el supervisor que ya la había expulsado hacía un rato.

—Ludgate Hill. Once y cinco de la mañana —dijo Baxter sin aliento.

El agente de la mesa de control miró al supervisor a la espera de instrucciones. Cuando este asintió de mala gana, el agente proyectó en las pantallas las imágenes actuales de las cámaras de vigilancia más próximas para acceder a los datos grabados.

—¡Un momento! —exclamó Baxter—. ¡Un momento! ¿Qué está pasando?

Las pantallas se llenaron de una muchedumbre que merodeaba sin rumbo. La mayoría de la gente iba vestida con trajes elegantes, y distinguió a una mujer con una toga negra y peluca. El agente tecleó algo en otro ordenador.

—«Alarma de incendio en el Tribunal Penal Central» —leyó unos segundos después.

Con un centelleo en los ojos, Baxter salió corriendo de la sala sin decir palabra. El agente del ordenador miró confundido al supervisor.

—¿Continúo con esto o no? —preguntó educadamente.

La sargento subió las escaleras a toda velocidad y no deceleró hasta llegar a la puerta de la oficina. Se dirigió con calma a la mesa de Finlay y se arrodilló para hablarle en privado.

—Sé dónde está Wolf —susurró.

—¡Eso es fabuloso! —respondió Finlay, que se preguntó por qué cuchicheaban.

—Está en el Old Bailey. Los dos están allí. Tiene lógica.

—¿No crees que deberías avisar a alguien con más poder de decisión que yo?

—Los dos sabemos qué ocurrirá si le digo a alguien que Wolf y Masse están en el mismo edificio. Enviarán hasta al último agente armado que haya en Londres.

—Y harían bien —estimó Finlay, que ya imaginaba por dónde iba su compañera.

—¿Crees que Wolf va a permitir que lo encierren?

Finlay suspiró.

—Justo lo que yo pensaba —dijo Baxter.

—¿Entonces?

—Entonces tenemos que presentarnos allí antes que nadie y hacerle entrar en razón.

Finlay suspiró con más fuerza aún.

—Lo siento, jovencita. No voy a tomar parte en algo así.

—¿Qué?

—Emily… Sabes que no quiero que le ocurra nada a Will, pero él ya ha tomado su decisión. Yo tengo que pensar en mi jubilación… y en Maggie. No puedo arriesgarme a perderlo todo. No ahora. No por él.

Baxter pareció ofenderse.

—Y si crees que voy a permitir que vayas sola…

—Voy a ir sola.

—Ni hablar.

—Solo necesito unos minutos con él y después pediré refuerzos. Lo juro.

Finlay lo consideró un momento.

—Voy a dar el aviso —decidió.

Baxter lo miró desalentada.

—… dentro de quince minutos —añadió.

Sonrió.

—Necesito treinta.

—Te daré veinte. Ten cuidado.

Baxter le besó en la mejilla y cogió su bolso de la mesa. Finlay no podía estar más preocupado cuando activó el temporizador de su reloj. La vio pasar despacio por delante del despacho de Vanita y echar a correr en cuanto dejó la puerta atrás.

Wolf permaneció sentado mientras a su espalda y por debajo de él la gente recogía sus pertenencias y abandonaba el edificio ordenadamente. Al hombre del banquillo parecía tentarle la idea de fugarse, pero era demasiado indeciso y enseguida entraron a toda prisa dos guardias de seguridad para sacarlo de allí. Después de que un jurista rezagado volviera con urgencia para llevarse su ordenador, Wolf se quedó a solas en el famoso juzgado. A pesar de las alarmas, oía los portazos y el tumulto de la gente que era conducida a las salidas de emergencia más próximas.

Wolf deseaba que se tratase de un simple incendio, pero intuía que el peligro era mucho mayor.

35

Las alarmas enmudecieron bruscamente veinte minutos después, aunque dejaron tras de sí los ecos espectrales que reverberaban sin cesar en el techo abovedado del Gran Salón. Poco a poco dejaron de pitarle los oídos y se restableció el habitual sosiego del juzgado. Entonces Wolf percibió un nuevo sonido, los pasos irregulares y aislados de alguien que caminaba hacia las puertas del tribunal. Permaneció sentado en la galería. Le costaba controlar la respiración y tenía los nudillos blancos de apretar los puños.

Un recuerdo difuso eligió un momento inoportuno para aflorar en su memoria; el pasillo largo iluminado por las luces deslumbrantes del techo, el timbre ensordecedor de un teléfono, alguien que respondía. ¿Un paciente? ¿Una enfermera? Apenas recordaba a esa persona con el auricular al oído. Quería llamarla, avisarla, aun en contra de su voluntad, sometido a la irracionalidad, aunque fuera por un instante.

Aquel mismo miedo volvía a asaltarlo en ese momento.

Se descubrió aguzando el oído mientras los pasos pausados cobraban claridad y se sobresaltó cuando un fuerte golpe estruendoso sacudió con violencia las viejas puertas.

Se produjo un silencio breve durante el que Wolf no se atrevió a respirar.

Oyó por debajo de él el chirrido de una bisagra desgastada y percibió la vibración de una puerta al cerrarse. Observó la sala vacía con los ojos como platos cuando los pasos se reanudaron y un hombre imponente, vestido por completo de negro, se materializó por debajo de la galería. Llevaba calada la amplia capucha del abrigo, largo. Con los nervios a flor de piel, la imaginación de Wolf se desbocó; tuvo la impresión de que el mismísimo Ángel Registrador se había soltado de la magnífica entrada, bajo una lluvia de polvo y escombros, para emitir su juicio sobre él.

—Debo decir —comenzó Masse. Las sílabas sonaron como si le rasgaran la garganta. Un escupitajo destelló bajo la luz artificial mientras proyectaba las palabras deformes hacia el otro extremo de la sala. Era como si se le hubiera olvidado hablar— que me sorprende mucho que te hayas quedado.

Avanzó entre los bancos, deslizando sus dedos pálidos como los de un esqueleto por las superficies pulidas y la abundancia de objetos que los ocupantes de la sala habían dejado atrás durante la evacuación. A Wolf le inquietaba que, aunque Masse no lo miraba, parecía saber con exactitud dónde se encontraba. Había entrado en los juzgados por voluntad propia, pero empezaba a preocuparle que fuese ahí donde el asesino quería tenerlo.

—«Cualquier cobarde puede librar una batalla cuando está seguro de ganar; pero deme un hombre con el valor suficiente para luchar cuando tiene la certeza de perder» —recitó Masse mientras subía la escalerilla del banco del juez.

Wolf sintió que el corazón le daba un vuelco cuando el encapuchado cogió de la pared la Espada de la Justicia. Envolvió la empuñadura de oro con sus largos dedos y desenvainó el arma muy despacio, con un siseo metálico. Se detuvo para admirar la alargada hoja durante un momento.

—Lo dijo George Eliot —prosiguió pensativo mientras la luz proyectaba destellos fugaces en los oscuros paneles de madera—. Creo que le habrías caído bien.

Levantó por encima de su cabeza el inestimable fragmento de historia y lo descargó contra el escritorio del centro. A pesar del filo romo, la pesada lámina metálica se hundió en la madera con una leve vibración mientras Masse tomaba asiento.

La templanza de Wolf disminuía un poco más a cada segundo que pasaba en su presencia. Sabía que bajo aquella capucha no había más que un hombre; un asesino competente, cruel e ingenioso, sin duda, pero un hombre, al fin y al cabo, aunque le resultaba imposible ignorar el hecho de que aquella era la aterradora verdad que se escondía tras las leyendas urbanas que solo circulaban entre susurros, como tampoco podía dejar de lado la admiración que su último trabajo había provocado en un mundo afectado de una apatía crónica.

Masse no era ningún demonio, pero Wolf no albergaba la menor duda de que era lo más parecido a uno que conocería nunca.

—Una espada auténtica. —Masse señaló el arma—. Colgada por encima de los jueces en una sala donde siempre habrá alguien como mínimo sospechoso de asesinato. —Se llevó la mano a la garganta, señal de que el monólogo empezaba a pasarle factura—. Cómo no va uno a adorar a los británicos. Pese a lo que incluso tú mismo hiciste entre estas paredes, siguen dando mucha más importancia a la pompa y a las tradiciones que a la seguridad y al sentido común.

Cedió entonces a un acceso de tos violenta y dolorosa.

Wolf aprovechó la pausa para desenredarse los cordones de los zapatos, aunque esperaba no estar nunca lo bastante cerca de Masse para tener que usarlos. Se estaba enrollando los cordones en la mano cuando se quedó helado; Masse se había quitado la pesada capucha para descubrirse la cabeza, cuajada de cicatrices.

Había visto las fotografías y leído los informes médicos, pero ninguno de esos registros capturaba el verdadero alcance de sus horrendas heridas. Las cicatrices formaban ríos que serpenteaban por una superficie de una palidez cadavérica, entre los que circulaba una red de afluentes que emergían o se secaban con cada cambio de expresión. Entonces levantó la vista hacia la galería.

Durante la investigación, Wolf había averiguado que Masse procedía de una familia acomodada (colegio privado, blasón familiar, clubes náuticos). En su día incluso había llegado a ser bastante apuesto. Se apreciaban todavía rastros de su dicción de clase alta, atrapadas bajo su expresividad desgarbada, pero aun así resultaba asombroso ver a ese despiadado asesino cubierto de cicatrices dirigirse a él con tanta elocuencia y citando a escritoras victorianas.

Wolf empezaba a comprender por qué Masse se había aislado, por qué nunca podría retomar su vida familiar, entre obras benéficas y clubes de golf, por qué sentía la desesperada necesidad de reincorporarse al ejército; ya no había sitio para él en el mundo real.

Una mente brillante atrapada en un cuerpo devastado.

Se preguntó si se habría adaptado a la vida en sociedad si las cosas hubieran salido de otro modo, o si en realidad aquella explosión solo le había arrebatado el escudo de una fachada aristocrática.

—Dime, William, ¿es como esperabas? —le preguntó Masse—. ¿Puede la pequeña Annabelle Adams descansar en paz ahora que ha sido vengada?

Wolf no respondió.

Una sonrisa ladeada rasgó el rostro de Masse.

—¿Disfrutaste del calor cuando las llamas envolvieron al alcalde?

De forma inconsciente, Wolf negó con la cabeza.

—¿No?

—Nunca quise esto —murmuró Wolf, incapaz de contenerse.

—Oh, sí que lo querías —lo contradijo un sonriente Masse—. Tú les hiciste esto a esas personas.

—¡Estaba enfermo! Estaba furioso. ¡No era consciente de mis actos! —Se maldijo a sí mismo. Sabía que estaba dejando que el asesino lo provocara.

Masse soltó un suspiro pesado.

—Me decepcionarías mucho si resultaras ser de esos. «No pretendía hacer esto», «Necesito deshacer el acuerdo» o mi favorita: «He encontrado a Dios». Por cierto, si por casualidad te cruzas con él, te aseguro que me encantaría saber dónde ha estado escondido el muy cabrón.

La risa sibilante de Masse culminó en otro acceso de tos desgarrada, lo que otorgó a Wolf un tiempo precioso para serenarse.

—Y tú me decepcionarías a mí si resultaras ser uno de esos bichos raros...

—¡Yo no soy un bicho raro! —lo interrumpió Masse, poniéndose en pie de un salto y gritando con más fuerza de la que Wolf le creía capaz.

El aullido de las sirenas acercándose hendió la atmósfera tensa.

Un escupitajo de sangre espumosa salpicó el suelo del juzgado cuando Masse jadeó de rabia. La aterradora muestra de que empezaba a perder el control incrementó la confianza de Wolf.

—... que culpan de su maldad y sus perversiones a las voces que oyen dentro de su cabeza. Tú matas por las mismas razones terrenales que cualquier otro. Es lo que hace que los débiles se sientan poderosos.

—¿Tenemos que fingir que no sabes quién soy? ¿Lo que soy?

—Sé muy bien lo que eres, Lethaniel. Eres un vulgar psicópata narcisista que antes de lo que piensa tendrá tanto de especial como cualquier otro bicho raro encarcelado.

La mirada que Masse le lanzó le produjo un escalofrío. Guardó un inquietante silencio mientras consideraba su respuesta.

—Soy constante, eterno, inmortal —aseguró por fin con absoluta convicción.

—Desde donde yo estoy sentado, no pareces precisamente constante, eterno ni inmortal —respondió Wolf con fingida despreocupación—. De hecho, se diría que un simple constipado podría acabar contigo antes que yo tenga la oportunidad de hacerlo.

Masse, cohibido, se pasó la mano por los profundos valles que le acanalaban la piel.

—Esto pertenecía a Lethaniel Masse —aseveró a media voz, haciendo memoria—. Era débil, frágil, y cuando el fuego lo devoró, yo me apropié de sus restos.

Levantó la espada ceremonial del escritorio de madera y bajó de nuevo al suelo del juzgado.

Las sirenas se les estaban echando encima.

—¿Pretendes medirte conmigo? ¡Por eso me gustas, William! Eres desafiante, decidido. Si el tribunal dice que se requieren pruebas, te las inventas. Si el jurado declara inocente a alguien, ya te encargas tú de darle una paliza y dejarlo medio muerto. Te echan, te vuelven a contratar. Y si tienes que encararte con la mismísima muerte, te aferras a la vida con todas tus fuerzas. Es admirable. De verdad.

—Ya que eres mi fan número uno… —bromeó Wolf.

—¿Por qué no te dejo ir? —concluyó Masse, pese a que la idea era completamente nueva para él—. Sabes muy bien que no es así como funciona esto.

Las sirenas se habían apagado, lo que significaba que el edificio se llenaría de agentes armados de un momento a otro.

—Ya han llegado, Masse —le recordó Wolf—. No puedes decirles nada que no sepan. Se acabó.

Wolf se levantó para marcharse.

—La suerte… El destino. Todo es tan cruel —dijo Masse—. Sigues creyendo que no morirás en este juzgado. Aunque ¿por qué ibas a creerlo? Lo único que tienes que hacer es salir por esa puerta y no volver nunca. Es lo que deberías hacer. En serio.

—Adiós, Lethaniel.

—Me entristece tanto verte así, amordazado, obligado a someterte. Este… —Lo señaló—. Este no es el verdadero William Fawkes; este se para a sopesar las distintas opciones, a tomar decisiones sensatas, a garantizar su integridad. El verdadero William Fawkes es todo fuego y cólera, aquel a quien tuvieron que encerrar, aquel que vino a mí para clamar venganza, aquel que intentó aplastar a un asesino contra este mismo suelo. El verdadero William Fawkes decidiría bajar aquí para morir.

Wolf estaba desconcertado. No terminaba de entender el propósito de Masse. Con cautela, se encaminó hacia la salida.

—Ronald Everett era un tipo bastante corpulento —rememoró Masse con naturalidad mientras Wolf empujaba la puerta—. ¿Ocho litros de sangre? Tal vez más. Asumió con la dignidad de un caballero que iba a morir. Le practiqué un pequeño

452

corte en la arteria femoral y comenzó a hablarme de su vida mientras el suelo se encharcaba con su sangre.

»Estuvo bien… Todo sucedió con calma.

»Tras los primeros cinco minutos, empezó a mostrar síntomas de hipovolemia. Calculo que para entonces ya habría perdido entre el veinte y el veinticinco por ciento del total de la sangre. Pasados nueve minutos y medio se desmayó, y al cabo de once minutos su corazón exangüe dejó de latir.

Wolf se detuvo cuando oyó que Masse arrastraba algo por el suelo.

—Lo digo —comentó desde debajo de la galería— porque ella ya lleva ocho desangrándose.

Wolf giró sobre los talones poco a poco. Un rastro rojizo de sangre reluciente trazaba el camino que estaban siguiendo por el suelo del juzgado a medida que Masse tiraba de Baxter sujetándola por el pelo. La había amordazado con el fular que siempre llevaba en el bolso y la había inmovilizado con las esposas.

Parecía muy débil y sumamente pálida.

—Debo admitir que me he visto obligado a improvisar —reconoció sin dejar de arrastrarla—. Tenía otros planes para ti. ¿Quién se iba a imaginar que vendría a buscarnos ella sola? Sin embargo, aquí está, y ahora comprendo que esta es la única forma de poner fin a todo.

Masse la dejó caer al suelo y volvió a levantar la vista hacia Wolf, que lo miraba con la expresión ensombrecida, a la espera. El recelo que le suscitaban el falso demonio y la pesada arma que sostenía se había disipado por completo.

—¡Ah! —exclamó Masse, que orientó la espada hacia Wolf—. ¡Por fin! Aquí estás.

Wolf salió embalado por la puerta y corrió hacia las escaleras.

Masse se arrodilló junto a Baxter. De cerca podía verse como las cicatrices se tensaban y arrugaban cuando se movía. Baxter intentó zafarse de él cuando la cogió del brazo. Percibía el hedor de su aliento y de la mezcla de bálsamos y pomadas que se había untado para calmar el ardor de su piel. Masse le llevó el codo hacia la derecha de la ingle y lo apretó para desacelerar el sangrado.

—Igual que antes. Mantén la presión. —Babeaba sobre ella mientras le daba las indicaciones—. No conviene que nos dejes demasiado pronto.

Se levantó y fijó la mirada en la puerta.

—Y así nuestro héroe acude al encuentro con la muerte.

36

Wolf oía voces procedentes de algún lugar lejano del edificio, las de los bomberos al retirarse antes de que la Unidad de Respuesta Armada registrara las instalaciones. Bajó de un salto los tres últimos escalones y continuó la carrera por el suntuoso pasillo, sintiendo ya una opresión en el pecho y la punzada del flato en el costado. Se concentró en la puerta del tribunal, decidido a ignorar el escenario eclesiástico, donde Moisés, ataviado con una túnica blanca, lo miraba desde el asiento que ocupaba al pie del monte Sinaí, y varios querubines tallados, detenidos en pleno vuelo, retozaban en torno a las ventanas de cristales tintados; los retratos de varios arzobispos, cardenales y rabinos que predicaban la palabra de Dios corroboraban las afirmaciones de Masse.

Existe Dios. Existe el diablo. Los demonios campan entre nosotros.

Wolf pisó el charco carmesí que salía por debajo de las puertas cuando irrumpió en la sala del juzgado. Baxter seguía en el otro extremo, bajo el banquillo, sangrando sobre la madera en la que también Khalid había dejado su huella escarlata. Intentó acercarse a ella, pero Masse se interpuso entre ellos, espada en ristre.

—Ya es suficiente —indicó.

Su sonrisa deforme era repugnante.

Baxter estaba aletargada. Los pantalones empapados estaban fríos allí donde se le habían adherido a la piel. Le costaba mantener la presión sobre la arteria y creía desfallecer cada vez que parpadeaba. Se había hecho varios arañazos profundos en la cara mientras luchaba por quitarse la mordaza que Masse le había enrollado con fuerza a la cabeza y sabía que no podía permitirse el lujo de seguir intentándolo.

Notaba la pistola apretada contra su cintura, adonde no llegaba con las manos esposadas. Masse la había pasado por alto. Intentó alcanzarla una vez más, pero, apenas separó el codo de la pierna, la sangre volvió a manar al ritmo frenético de su corazón acelerado.

Estiró la mano hacia la derecha, pero el brazo izquierdo limitaba sus movimientos. Rozó el metal con las yemas de los dedos. Arqueó la espalda, deseando que el brazo se le dislocara, se le fracturara, cualquier cosa con tal de ganar unos milímetros más.

El charco sobre el que estaba sentada había duplicado su diámetro en cuestión de segundos. Gritó de pura frustración y volvió a apretarse el muslo con el codo para detener la hemorragia, sin haber hecho otra cosa que pagar con siete segundos de martirio infructuoso para perder varios minutos de vida.

Masse había tendido su abrigo sobre uno de los bancos. Llevaba la misma camisa, el mismo pantalón y los mismos zapatos que Wolf había descubierto en Goldhawk Road: su camuflaje. Wolf seguía respirando con pesadez cuando los dos enormes hombres se encontraron cara a cara por segunda vez. La escasa ventaja que Wolf le sacaba en altura y corpulencia Masse la compensaba con una masa muscular muy superior.

Con la urgencia de la evacuación, alguien había olvidado una pluma estilográfica de aspecto lujoso sobre un fajo de documentos. Wolf desplazó su posición para hacerse disimuladamente con la improvisada arma metálica mientras Masse seguía hablando.

—Sabía que estabas allí, en Piccadilly Circus.

La rabia de Wolf dio paso a la sorpresa.

—Quería comprobar si eras capaz de hacerlo —continuó—. Pero eres débil, William. Ayer fuiste débil. Fuiste débil el día en que no pudiste acabar con Naguib Khalid, y eres débil ahora. Puedo verlo.

—Créeme, si no te hubieras marchado…

—No me marché —lo interrumpió Masse—. Te vi sucumbir al pánico. Te vi pasar corriendo junto a mí. Me pregunto si de verdad no me viste parado justo delante de ti o si tal vez en el fondo preferías no verme.

Wolf negó con la cabeza. Intentó recordar el momento en que perdió de vista a Masse entre la multitud. Por supuesto que habría tenido el valor de acabar con él. Intentaba manipularlo, hacerle dudar de sí mismo.

—Estoy seguro de que entiendes lo inútil que es esta situación —siguió Masse en tono amable. Hizo una pausa—. Porque me gustas, y te hablo con el corazón en la mano, te voy a ofrecer una posibilidad de la que no disfrutó ninguno de tus homólogos. Puedes arrodillarte, y te doy mi palabra de que actuaré con limpieza. No sentirás nada. O podemos pelear y hacer que inevitablemente las cosas se pongan… feas.

Wolf adoptó la misma mirada feral que el asesino lucía con tanta naturalidad.

—Predecible como siempre. —Suspiró al tiempo que alzaba la espada.

Baxter tenía que detener el flujo de sangre. No se había atrevido a intentarlo mientras Masse la vigilaba. Dadas las circunstancias, al menos podía regularlo. Si él se hubiera dado cuenta de sus intenciones, se habría cerciorado de que no pudiera parar la hemorragia de ninguna manera.

Sin apartar el codo de su sitio, logró desabrocharse el cinturón con las manos esposadas. Respiró hondo, se lo quitó y lo enrolló alrededor de la pierna, justo por encima de la herida. Lo apretó tanto como pudo, provocándose un dolor insoportable, hasta que de nuevo redujo la hemorragia a un fino hilo.

Seguía perdiendo sangre, pero ya podía volver a usar las manos.

Masse dio un paso hacia Wolf, que retrocedió. Otro paso. Wolf retiró la tapa inesperadamente pesada de la estilográfica, puso el pulgar justo debajo del plumín y la blandió ante él como si fuera un puñal.

Masse inició una acometida y descargó la letal reliquia con ferocidad. Wolf se tambaleó hacia atrás cuando la hoja golpeó la pared que tenía al lado, y Masse embistió de nuevo, haciendo que el arma hendiese el aire a escasos centímetros del rostro de Wolf y perdiendo el equilibrio con la propia inercia del embate. Wolf se arriesgó a dar un rápido paso adelante y le clavó la estilográfica en el brazo para extraérsela acto seguido y retroceder hasta una distancia segura.

Masse emitió un aullido y evaluó el daño, palpándose serenamente la nueva herida con fascinación.

El momento de calma pasó como el ojo de una tormenta cuando el enfurecido asesino atacó de nuevo espada en mano. Wolf retrocedió hasta un rincón, ladeando el cuerpo de forma instintiva para esquivar el golpe; sin embargo, el impacto oblicuo le produjo un dolor corrosivo al alcanzarle el hombro izquierdo. Se lanzó entonces contra Masse y lo apuñaló repetidamente, clavándole la punta metálica cada vez más hondo en el brazo con el que empuñaba la espada, hasta que un golpe débil lo derribó al suelo. Oyó que la pluma caía y echaba a rodar hasta perderse de vista.

Ambos se detuvieron un momento. Wolf estaba en el suelo, apretándose el hombro caído y conteniendo el dolor mientras Masse observaba fascinado el cordón de sangre grana que asomaba bajo el puño de su camisa. No mostraba señal alguna de miedo ni de dolor, tan solo el asombro que le provocaba el hecho de que su indigno contrincante le hubiera infligido tanto daño. Intentó alzar de nuevo la pesada arma, pero, al comprobar que apenas podía levantarla del suelo, se vio obligado a cogerla con la mano izquierda.

—Arrodíllate, Lethaniel —le dijo Wolf con una sonrisa mordaz mientras se ponía en pie con gran esfuerzo—. Te doy mi palabra de que actuaré con limpieza.

Vio que Masse contraía la expresión, agraviado. Miró un segundo a Baxter, y Masse hizo lo mismo.

—Me pregunto si lucharías con tanta entrega para salvarla si lo supieras.

Wolf ignoró el comentario enigmático y dio un paso hacia ella antes de que Masse volviera a cruzarse en su camino.

—Si supieras que ella merecía estar en nuestra lista mucho más que la mayoría —continuó Masse.

Wolf lo miró confundido.

—El inspector detective Chambers no era un hombre valiente. Rogó. Gimió. Suplicó mientras insistía en su inocencia.

Cuando Masse dedicó a Baxter una sonrisa burlona, Wolf vio una oportunidad y cargó contra él. Masse bloqueó el ataque, pero se tambaleó hacia atrás y tropezó con uno de los bancos.

Baxter vio como el abrigo de Masse se caía del banco, desparramando por el suelo el contenido de su bolso. Apartó la mirada de las ensangrentadas tijeras para las uñas con las que Masse la había incapacitado, y la dirigió primero a su teléfono móvil y después al manojo de llaves que había terminado junto a la pata de la mesa.

—Resulta que, para hacer un favor a Emily —continuó Masse—, para salvaguardar vuestra amistad, dejó que pensaras que él había enviado la carta que llegó a Asuntos Internos.

Wolf lo miró con inquietud.

—La carta que echó por tierra tus acusaciones contra Khalid. —Masse observó con ansioso regocijo la mirada de incredulidad que Wolf le dirigió a Baxter—. Sospecho que matamos a la persona equivocada.

Baxter no pudo mirarlo a la cara. Pero, de pronto, levantó la cabeza y articuló un grito contenido.

Wolf tardó demasiado en ver que Masse se acercaba. Sin más opciones, cargó contra él y placó el golpe salvaje, haciendo que los dos cayeran con contundencia al duro suelo. La espada se deslizó bajo uno de los bancos mientras Wolf golpeaba sin piedad a Masse una y otra vez, infligiéndole unas heridas que se confundían con las espantosas cicatrices.

Masse extendió la mano con desesperación y apretó el hombro destrozado de Wolf. Sintió como el hueso fracturado crujía bajo la piel, lo que le enfureció aún más y avivó la violencia del ataque. Wolf emitió un grito de odio y furia, un rugido que ensordeció a su obstinado enemigo. Lanzó su cabeza como un ariete brutal contra el rostro triturado del asesino, rompiéndole la nariz y minando la fuerza de sus frenéticas extremidades.

Masse lo miró con impotencia, paralizado por la ferocidad de la arremetida. En sus ojos, abiertos como platos, se había instalado una mirada suplicante, pávida.

Baxter se arrastró hasta el otro extremo de la sala, dejando un rastro de sangre tras ella. Alcanzó las tijeras y cortó la mordaza que le lastimaba la cara. Más débil a cada segundo que pasaba, reptó hacia las llaves.

Wolf se llevó la mano al bolsillo y sacó los cordones. Los dobló para ejercer más presión, levantó del suelo la cabeza de su oponente derrotado y los tensó en torno a su garganta. Azuzado por un último latigazo de adrenalina, Masse pataleó con rabia y liberó la cabeza.

—Lo único que vas a conseguir es ponértelo más difícil —le advirtió Wolf a su agitado enemigo.

Vio la pluma estilográfica debajo de una mesa y se levantó para recogerla.

—Dime —masculló Wolf, que escupió al suelo un grumo de sangre de Masse mientras regresaba tranquilamente con el arma ensangrentada—, si tú eres el diablo, entonces ¿quién soy yo?

Los débiles intentos de Masse por arrastrarse lejos de él se frustraron cuando Wolf se agachó a su lado y, sin titubear, le clavó la pluma en la pierna derecha, provocándole una herida similar a la que le había infligido él a Baxter. Ahogó los gritos de dolor de Masse rodeándole el cuello con los cordones y tensándolos tanto como le permitió el hombro lastimado.

Se deleitó con el ruido de sus balbuceos desesperados y notó que sus patéticos intentos por liberarse se debilitaban por momentos. Vio como los vasos sanguíneos reventaban en la parte blanca de sus ojos y apretó con más fuerza, hasta que le temblaron los brazos por el esfuerzo.

—¡Wolf! —gritó Baxter, que forcejeaba con las llaves a la vez que perdía la destreza de los dedos. La sala le daba vueltas—. ¡Wolf! ¡Para!

La cólera le impedía oírla. Miró a Masse. La vida escapaba de sus ojos. Ya no era defensa propia; era una ejecución.

—¡Basta!

Se oyó un clic seco cuando Baxter levantó la pistola y le apuntó al pecho. Wolf la miró atónito antes de bajar los ojos hasta la masa sanguinolenta que tenía ante sí, como si fuese la primera vez que la veía.

—He dicho que basta.

37

Baxter sabía que estaba a punto de perder el conocimiento. Notaba la piel pegajosa y fría, y las náuseas aumentaban a cada segundo que pasaba. Se había apoyado contra el estrado de los testigos y mantenía la pistola orientada hacia su compañero, incapaz de decidir si de verdad lo conocía. Wolf se apartó de Masse y observó al hombre machacado que yacía a sus pies, como si le sorprendieran las consecuencias de su brutalidad.

Baxter se dio cuenta de que Masse estaba inconsciente, pero vivo. Desde donde estaba sentada, solo alcanzaba a distinguir cómo su pecho subía y bajaba mientras boqueaba en busca de aire con la cara aplastada, y a oír el crepitar de la sangre que empapaba su respiración trabajosa. Por mucho que se mereciera el sufrimiento, era imposible no sentir un ápice de compasión por aquel despojo que yacía boca arriba en el suelo del juzgado.

La pelea había terminado mucho antes de que Wolf acabara con él.

Los gritos que estallaron en las cercanías sacaron a Wolf de su aturdimiento. Corrió hacia Baxter.

—¡No me toques! —le prohibió ella.

Parecía asustada de él y Wolf vio que le temblaba el dedo sobre el gatillo.

Levantó los brazos tan alto como pudo.

—Déjame ayudarte —le dijo, sorprendido por su reacción.

—No te acerques a mí.

Wolf se dio cuenta de que tenía las mangas empapadas de sangre oscura.

—¿Tienes miedo de mí? —Se le quebró la voz al formular la pregunta.

—Sí.

—Esta... no es mi sangre —le aseguró.

—¿Y crees que eso lo arregla todo? —respondió Baxter con incredulidad. Empezaba a trastabillar—. ¡Mira lo que has hecho! —Señaló al hombre moribundo del rincón—. Eres un monstruo —susurró.

Wolf se pasó la mano por los ojos para limpiarse la sangre de Masse.

—Solo cuando debo serlo —admitió con tristeza. Los ojos le brillaban mientras se esforzaba por mantener los brazos en alto—. A ti nunca te haría daño.

Baxter rio con amargura.

—Ya me lo has hecho.

Wolf parecía abatido y Baxter sintió que su determinación se debilitaba.

Se oyó un fuerte golpe en algún lugar del edificio mientras la Unidad de Respuesta Armada continuaba con la búsqueda.

—¡Aquí! —gritó ella, desesperada por que todo acabara de una vez. Entrecerró los ojos en un esfuerzo por enfocar—. Dime la verdad, Wolf. ¿Lo hiciste tú? ¿Tú le encargaste a Masse que asesinase a esas personas?

Wolf titubeó.

—Sí.

La confesión pareció dejar sin aliento a Baxter.

—El día en que murió Annabelle Adams —prosiguió—. Tras reincorporarme, empecé a investigar esas historias, pero ¡nunca imaginé que fueran ciertas! Que algo así pudiera ocurrir en realidad. Hasta que vi esa lista hace dos semanas. —Miró a Baxter a los ojos—. Cometí un error gravísimo, imperdonable, pero he hecho lo imposible por repararlo. Nunca quise que sucediera nada de esto.

Baxter tenía el cuerpo cada vez más laxo. Su respiración se había acelerado de forma alarmante.

—Podrías haber dicho algo. —Hablaba con notable lentitud y el arma le pesaba cada vez más. Mecía el brazo mientras intentaba sostener la pistola—. Podrías haberme pedido ayuda.

—¿Cómo? ¿Cómo iba a decirte que había hecho algo así? —Parecía tan hundido como en la famosa fotografía que lo mostraba junto a Elizabeth Tate—. ¿Que les había hecho esto a esas personas, a nuestros amigos? —Sintió náuseas al reparar en el charco de sangre que rodeaba a Baxter—. ¿Que te había hecho esto a ti?

Una lágrima reticente escapó de los ojos de Baxter y se deslizó por su mejilla. Sin fuerzas para ocultársela a Wolf, dejó que cayera al suelo ensangrentado.

—Me habrían apartado del caso —siguió Wolf—, tal vez incluso me habrían suspendido. Pensé que así ayudaría más al equipo, porque estaba seguro de que daría con él. —Señaló a Masse—. Ya había hecho las primeras averiguaciones.

—Quiero creerte, pero...

El cuerpo de Baxter terminó de ceder. La pistola cayó en su regazo mientras ella se desplomaba de costado.

Se oyeron más gritos procedentes del Gran Salón y el estruendo reverberante de un enemigo invisible que se acercaba. Wolf miró con anhelo la puerta que había detrás del estrado de los testigos, consciente de la vida de presidio que le esperaba si no huía por esa salida sin vigilancia.

Posó la cabeza de Baxter en el suelo con delicadeza. Hizo un ovillo con el abrigo de Masse y se lo puso bajo los pies para elevarle las piernas por encima de su corazón exhausto. Baxter volvió en sí cuando Wolf le apretó el torniquete un poco más, y profirió un grito en el momento en que algo se desplazó por dentro de su hombro lesionado. Parecía que iba a estallarle la pierna, que latía con pereza al compás del corazón vacilante. Wolf estaba arrodillado junto a ella, manteniendo la presión sobre la herida.

—No —gimió Baxter, que intentó apartarlo mientras se esforzaba por incorporarse.

—No te muevas —le indicó él. La ayudó a tenderse de nuevo con cuidado—. Te habías desmayado.

Baxter necesitó un momento para entenderlo. Miró en todas direcciones para determinar dónde estaba y vio que la pistola seguía en el suelo, junto a su cabeza. Para sorpresa de Wolf, ella le tendió una mano temblorosa. Él se la tomó y se la apretó con tanta ternura como le permitieron sus manos enormes.

Un clic acompañó el tacto del metal frío alrededor de su muñeca.

—Quedas detenido —susurró Baxter.

Cuando Wolf retiró la mano de forma instintiva, vio que el brazo de Baxter la seguía, colgando flácido por debajo. Él le sonrió con cariño, sin extrañarse en absoluto de que ella se negara a dejar que una trivialidad como enfrentarse cara a cara a la muerte le impidiera cumplir con su deber. Se sentó en el suelo junto a ella, ejerciendo presión con ambas manos sobre el origen de la hemorragia.

—Aquella carta... —comenzó Baxter. A pesar de todo lo que había ocurrido, sentía que le debía una explicación.

—Ya no importa.

—Andrea y yo estábamos muy preocupadas por ti. Intentábamos ayudarte.

Al otro lado de la sala, Masse articuló un gruñido gutural antes de que su respiración dificultosa se detuviera por completo. Baxter lo miró con pesadumbre mientras Wolf mantenía una expresión de esperanza.

Segundos después, Masse farfulló ruidosamente y recobró el aliento.

—Mierda —susurró Wolf.

Baxter le dirigió una mirada de desaprobación.

—¿Cómo se te ocurre presentarte aquí sola? —le preguntó. En su voz se advertía una mezcla de angustia, rabia y una pizca de admiración.

—Quería salvarte —susurró ella—. Pensé que podía pararte los pies antes de que hicieras que te matasen.

—¿Y cómo te ha ido?

—No demasiado bien. —Rio ella. Durante el rato que llevaba tendida había recuperado parte de las fuerzas.

—¡Despejado! —bramó una voz que retumbó en el Gran Salón.

Baxter sentía el batir de las botas contra el suelo mientras veía a Wolf volver la vista con impaciencia hacia las puertas abiertas.

—¡Estamos aquí! —llamó él.

Baxter cayó en la cuenta de que Wolf no había intentado justificarse en ningún momento; tampoco se había esforzado por persuadirla para que lo dejase ir, ni para que se inventara cualquier historia con la que defender su inocencia. Por primera vez en su vida, Wolf estaba asumiendo su responsabilidad en lugar de buscar una vía de escape.

—¡Aquí dentro! —gritó de nuevo.

Baxter volvió a tomarlo de la mano, pero esta vez con sinceridad.

—No me has dejado —le dijo con una sonrisa.

—He estado a punto —bromeó él.

—Pero no lo has hecho. Sabía que no me dejarías.

Wolf sintió que se desprendía de su muñeca el aro de metal. Se miró confundido la mano libre.

—Márchate —le susurró Baxter.

Wolf se quedó donde estaba y mantuvo la mano apretada con firmeza contra la pierna de Baxter.

El estruendo de las botas se aproximaba como una locomotora sin frenos.

—¡Márchate! —le ordenó ella, que se incorporó hasta apoyarse en la pared de madera—. ¡Wolf, por favor!

—No pienso dejarte.

—No vas a dejarme —le aseguró Baxter con desesperación mientras sentía que las fuerzas la abandonaban de nuevo—. Ellos me ayudarán.

Wolf abrió la boca para oponerse.

El alboroto se intensificaba de manera incesante, el crepitar distorsionado de las radios y el tintineo del metal contra el metal se tornaban más definidos a cada momento que pasaba.

—¡No queda tiempo! ¡Márchate, ya! —le suplicó Baxter, que lo empujó con la escasa energía que conservaba.

Aunque desorientado, Wolf cogió el abrigo del suelo y corrió hacia la pequeña puerta de detrás del estrado de los testigos. Se detuvo y la miró durante un instante fugaz, sin rastro del monstruo que ella había visto destrozar a Masse en sus profundos ojos azules.

Y, un segundo después, Wolf había desaparecido.

Baxter miró a Masse. Dudaba que sobreviviera, y recordó que tenía que esconder la pistola. Estiró el brazo hacia la derecha, pero no logró palpar otra cosa que el suelo duro. Con gran esfuerzo, volvió la cabeza y comprobó que el arma ya no estaba allí.

—¡Cabrón! —Sonrió para sí.

Levantó los brazos y sostuvo su identificación por encima de la cabeza cuando el tropel de agentes uniformados de negro irrumpió en la sala.

Wolf se adentró por los pasillos que ya conocía para dejar atrás el tumulto de la búsqueda. Se abotonó el abrigo de Masse para taparse la camisa ensangrentada y volvió a ponerse las gafas antes de salir a toda prisa por la primera puerta de emergencia que encontró. A su alrededor sonaba una multitud de alarmas, pero sabía que desde la calle sería imposible oírlas debido al caos desatado delante del edificio.

La lluvia caía con fuerza, dotando a la colorida flota de vehículos de emergencia de un lustre adicional que los hacía resplandecer en medio de la ciudad cenicienta y bajo las nubes lóbregas. La prensa y el creciente enjambre de transeúntes curiosos se habían concentrado en el otro lado de la calle, donde se disputaban los mejores puestos en su afán por atisbar aquello que todos los demás estaban mirando.

Cruzó con calma la tierra de nadie que mediaba entre el edificio y el cordón policial mientras dos sanitarios entraban a la carrera. Orientó su identificación hacia un agente joven, que estaba demasiado ocupado manteniendo a raya a los periodistas para molestarse en examinarla. Al agacharse para sortear la cinta policial, se fijó en la estatua de la Dama de la Justicia, que lo observaba todo desde el tejado, siempre a punto de precipitarse al vacío, y zigzagueó entre la apretada muchedumbre que se escudaba bajo un millar de paraguas negros.

Cuando la lluvia arreció, se caló la capucha del abrigo negro y se encaminó hacia el exterior de la aglomeración, notando los empujones que le daba la gente al pasar junto a él, pisando a los que le cortaban el paso sin darse cuenta e ignorando las miradas de desprecio que eso le granjeaba, ajenos todos al monstruo que se paseaba entre ellos.

Un lobo disfrazado de cordero.

Agradecimientos

Es muy probable que me deje algún nombre en el tintero y que esa persona se ofenda, pero vamos allá.

Ragdoll (Muñeco de trapo) no existiría sin una larga lista de gente encantadora y capaz que ha trabajado mucho para traerlo al mundo.

De Orion, me gustaría dar las gracias a Ben Willis, Alex Young, Katie Espiner, David Shelley, Jo Carpenter, Rachael Hum, Ruth Sharvell, Sidonie Beresford-Browne, Kati Nicholl, Jenny Page y Clare Sivell. No me he olvidado de ti, Sam; te reservo una mención especial más abajo.

De Conville & Walsh, quiero dar las gracias a mis amigos Emma, Alexandra, Alexander y Jake, así como a Dorcas y a Tracy, que siempre se desviven por cuidar de mí.

A mi familia —Ma, Ossie, Melo, Bob, B y KP—, por su ayuda y su apoyo.

Un agradecimiento muy especial para la «inexplicablemente omnipresente» fuerza de la naturaleza que es mi increíble editora, Sam Eades, por su entusiasmo incansable y por creer en mi texto con tanta convicción.

Y un agradecimiento igualmente especial para mi amiga y confidente Sue Armstrong (que también es mi agente), quien sacó *Ragdoll (Muñeco de trapo)* de la pila de manuscritos no solicitados y sin la cual quizá este libro seguiría cogiendo polvo debajo de mi cama, junto con el resto de las cosas que había escrito hasta que tuve la suerte de conocerla. Una mujer muy especial.

Por último, gracias a todos los que han trabajado en el libro, tanto en el Reino Unido como en las editoriales de todo el mundo, y a todos los que han dedicado su tiempo a leerlo cuando hay tantos títulos fabulosos que podríais haber elegido.

Bien, he terminado.

Daniel Cole

2017